阿云嘎文集

第一卷　长篇小说

作家出版社

年少时我喜欢文学，长大后我爱上了文学。现在，阅读和创作成了我生活的基本形式和主要内容，我心满意足。

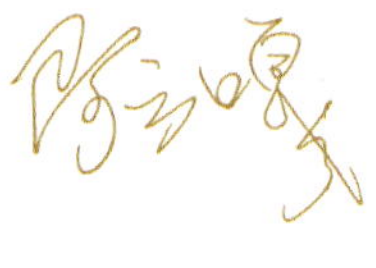

阿云嘎

阿云嘎(1947—2020)，蒙古族，内蒙古鄂尔多斯市鄂托克旗人，中共党员。历任《鄂尔多斯日报》蒙文版编辑、记者，伊克昭盟广播局副局长，盟党委秘书长，伊金霍洛旗党委书记，内蒙古文联党组书记、内蒙古文联第五届、第六届主席。1991年加入中国作家协会。文学创作一级，中国文联第六届、第七届委员会委员。2004年，获国务院政府特殊津贴。

阿云嘎上小学时就喜欢读文学书籍，初中开始写诗。1964年初中毕业，他考上了内蒙古蒙文专科学校（今呼和浩特民族学院）翻译专业。离家前往呼和浩特市的学校报到，他平生头一次坐上火车，那也是他人生路上的第一个转折点。1968年，他被分配到《鄂尔多斯日报》工作。

1973年阿云嘎在《内蒙古日报》发表了处女作诗歌《鄂尔多斯沙漠的春天》，3年后，又发表了短篇小说《鹰飞不过去的地方》。进入二十世纪八十年代，阿云嘎的小说创作逐步走向成熟。

作为通晓蒙古语与汉语的蒙古族作家，阿云嘎先生一直坚持用蒙、汉两种文字创作。著有长篇小说《满巴扎仓》《人间》《有声的戈壁》《草原上的老房子》《燃烧的水》《拓跋力微》《天边那一抹耀眼的晚霞》等，中短篇小说《大漠歌》《吉日嘎拉和他的叔叔》《幸运的五只岩羊》《“浴羊”路上》《狼坝》等，纪实文学《留在大地上的足迹》等，短篇小说集《阿云嘎、赛音巴雅尔、乌·苏木雅短篇小说选》等共计六百余万字的作品。

长篇小说《满巴扎仓》获2014年第三届“朵日纳”文学奖、2015年“乌兰夫基金民族文化艺术优秀作品奖”；短篇小说《吉日嘎拉和他的叔叔》《大漠歌》《“浴羊”路上》分别获1984年、1987年、1990年内蒙古自治区文学创作“索龙嘎”一等奖；小说集《大漠歌》获第六届全国少数民族文学创作骏马奖。2016年荣登“中国作家出版集团奖”荣誉榜。

序　言

玛拉沁夫

阿云嘎是我的好朋友，他是一位才华出众的蒙古族作家，也是一位宽厚、公正的善良人。阿云嘎夫人乌日娜同志给我写信，请我为阿云嘎文集写篇序言，我责无旁贷，慨然应允。

1978年，我在内蒙古文化局工作期间，主持举办了拨乱反正后第一次全区青年文学艺术创作班，当时参加的人员很多，分母语和汉语两个班。母语创作班上一个身材壮硕的青年写的一篇小说，无论从思想内容到人物结构都给我留下了深刻的印象，他就是从鄂尔多斯选送来的阿云嘎。后来我调来北京，虽然接触少了，但对于阿云嘎的创作一直关注着。这次创作班后，阿云嘎的文学创作一发不可收，不但用母语创作，后来则是蒙古文、汉文同时写作，而且得心应手，连续三次获得内蒙古文学创作政府奖“索龙嘎”一等奖，一次获得全国少数民族文学骏马奖，发表在《人民文学》杂志上的长篇小说《满巴扎仓》不但获得文学界的好评，还译成英语在国外出版。在这几十年里，我们无数次地在颁奖会、笔会上相遇，谈及他的文学近况，他只是淡淡地说：“在搞一个东西，每天不写点东西好像这一天就过不去。”这朴实而坚毅的文学情愫，这挚爱生活深谙艺术的创作理趣，这一丝不苟永攀高峰的精神境界，使他成为享誉文坛的具有代表性的蒙古族作家。就是这样一位创作上正爬坡冲顶、万千读者待读他新作的作家，却在2020年六月因病突然永远地离开了这个他热爱的世界。听到阿云嘎盛年离世，让我这耄耋老人潸然泪下。老天不公啊！这也是我在92岁时仍为《阿云嘎文集》写序的因由。

阿云嘎是鄂尔多斯高原上出生长大的牧人之子，天生敏悟，好学上进。参加工作的初期他在鄂尔多斯报社工作了十五年，是大家公认的好编辑、好记者。他还做过多年的行政领导工作，担任过伊克昭盟盟委（今鄂尔多斯市委）秘书长，工作勤勤恳恳，任劳任怨，政绩突出。在此期间他到基层挂职锻炼两年（出任伊金霍洛旗旗委书记），是人们心目中为民办事的好干部。1996年根据工作需要他任内蒙古文联党组书记，后来连续两届任内蒙古文联主席。他具有深厚的文化底蕴和蒙古民族沉稳、平和的性格特征。阿云嘎是新时期内蒙古文学的杰出代表。1973年开始发表作品，涉足文坛。从最初写诗到专攻小说，从蒙古文写作到蒙汉双语写作，他在文学创作的道路上从未停歇探索突破的脚步，并且硕果累累，进入新世纪，他的创作进入了巅峰状态。在他的笔下，蒙古族短篇小说被锤炼得更加精湛。他优秀的短篇小说和史诗般的中长篇小说已经深深地镌刻在当代蒙古族小说创作的丰碑上。

阿云嘎是一位低调的作家。对自己的作品从来不张扬，总是谦虚地请教老作家，不断提高作品的品味。四十七年来发表的主要作品有：长篇小说《人间》《有声的戈壁》《燃烧的水》《拓跋力微》《满巴扎仓》以及《草原上的老房子》等；中篇小说《幸运的五只山羊》《雪落无声》；中短篇小说集《大漠歌》《阿云嘎短篇小说集》（三人合集）、《阿云嘎小说精选》《天上有没有铁丝网》《赫穆楚克的破烂儿》等。另有一部《小说创作谈》，还有不少散文随笔和评论文章刊登在各种报刊上。短篇小说集《大漠歌》获第六届全国少数民族文学创作骏马奖。短篇小说《大漠歌》还获得第二届“索龙嘎”文学奖一等奖。长篇小说《满巴扎仓》获第三届“朵日纳”文学大奖，并获2016年“乌兰夫基金”奖。阿云嘎的小说被介绍到英、法、德、蒙古等国家。

注重草原生活，展现历史沧桑是阿云嘎目光较为集中的领域。他的不少短篇作品都描写了牧民的真实生活情景，将他们的内心情感细致生动地描写出来，充满草原生活的气息。他是一位擅长构思故事，刻画人物的作家。在他的小说中，人物和故事相随出现，自然而然，水到渠成。包括寓言式的传奇故事也是如此。阿云嘎小说中的人物无论是轻描淡写还是着重刻画，读者都会感觉到栩栩如生。小说中的人物，绝大多数是平民化、生活化的，而且是取向低调的形象。

阿云嘎的小说语言表达自然朴实，充满灵性，具有极强的表现力，往往可以自然而然地把人带入情境，以至于平中见奇，淡中见趣，于简单中见深意，能够在不雕不琢间自成一格。他的小说既有草原文化神韵，又有全球文化意识，具有深刻的文化洞察力和丰富的审美性，并升华为普遍性的人文价值观。

阿云嘎近几年创作的长篇《满巴扎仓》思想性艺术性都达到了较高的水平。小说以蒙药学院满巴扎仓为背景，生动地描写了19世纪后期鄂尔多斯高原雄浑壮阔的社会生活。故事情节奇特，矛盾冲突激烈复杂。小说结尾把蒙药药方以手抄本的形式散发给社会公众，以拯救被病魔缠身的人们，表达了各族人民和睦相处的思想，小说构思巧妙，寓意深远。

阿云嘎用作家的敏锐灵感找到了自己创作的支撑点，他关注草原的独特文化氛围，陆续创作了一批具有鲜明地域性和民族性的文学作品。他的小说真实地再现了草原生活和时代气息，充满独特的魅力。小说生活气息浓厚，形象塑造生动。人物内心挖掘深入有力，语言流畅，叙述准确，善于用寓言式的情境抒发浓郁的草原风貌。阿云嘎是全国知名的少数民族作家，他的作品深受读者喜爱。相信《阿云嘎文集》的出版对文学创作语言的交流，对草原文学的深入研究，对中华民族共同体意识的认知和宣传，以及向世界传递文学的力量都会有不可估量的研究价值和现实意义。

目　录

满巴扎仓

哈　森　译

第一章

一

距今一百二十多年前一个电闪雷鸣、暴雨如注的深夜，一位姑娘骑马疾驰到满巴扎仓寺院所在的图海山下跃下马背，便顺着通向寺院的石阶向上跑去。据说有五百六十四个台阶的这条石阶路在不断的闪电和白花花的大雨中蜿蜒直上，其顶端仿佛钻入了云霄。姑娘一口气跑上去的时候，一道闪电闪了一下，这座远近闻名的寺院被照出了个模样：药王殿伫立在正中央，沿着它周围的山坡远远近近、高高低低次第坐落一些僧舍。所有的这些在夜雨中影影绰绰，在闪电中却又显得惨白，让人看着不由得心悸。药王殿东南端有一座高墙砖瓦院，姑娘跑过去敲门，打得门哐哐直响。

“师父，开开门啊……”

天空中不断电闪雷鸣，满巴扎仓寺院上空一阵喧嚣，大雨倾盆。

百余年前，鄂尔多斯是一个雨水丰沛的地方。就说故事开头的那天吧，白天本来还是一个大晴天，到了下午人们就看到那个叫乌仁都西的山顶上布满乌云。起初，云在那里不移不动的，夕阳西下时却翻卷而来。人们知道暴风雨就要来了。于是，放牧的人们尽早把畜群往家赶，留在家里的人们抓紧把牛粪柴火往家搬，去乡亲家瞧病的满巴扎仓的喇嘛们趁雨还没下，也往寺院快马加鞭，草原上呈现了一片慌忙的景象。就这样，到了晚上暴风雨惊天动地地降临了。刚开始的时候，乌仁都西山顶不断电闪雷鸣，没多久转到东边有名的黑龙贵峡谷口，再从位于高山深处的奇异石头棋盘上狂飙而过后向满巴扎仓袭来。瓢泼大雨没有停息的样子，满巴扎仓四周闪电不断，一直持续到深夜。几天之后的一些消息证实，这场大雨殃及很多地方，引发了不少灾情。距满巴扎仓向西三十华里外的黄河那夜发了大水，据说岸边船家的茅草屋连人带畜被卷走得没了踪影，黄河西岸的回民田也大范围遭了殃，满巴扎仓附近的几群羊也被洪水冲跑走了。然而，当晚谁也不知道发生着这么多的事。不管是满巴扎仓的喇嘛们，还是远近的牧民，都猫在各自的家中，等着雨过天晴。在这样的大雨中奔走野外的人，兴许只有刚才这么一位姑娘。

看来像是遇到了什么紧急的事，那个姑娘站在那座庭院前，一个劲儿地擂门，擂得越来越响："师父，能给我开开门吗？……"

过了许久，院子里灯光一亮，有一个人走到门口，被雨水浸透的木板门沉闷地响了一声，终于开了。门内站着一个四十开外的健壮喇嘛。他是满巴扎仓的名医旺丹。

"旺丹师父，我是旗府东协理家的家仆。我家夫人从中午开始又吐又泻的……"那位姑娘像是掉进水里又爬出来的人一般浑身湿透了。

"啊，进来说吧……"

姑娘走进了名医富丽堂皇的堂屋。

"你说是夫人身体欠佳？"这个叫旺丹的喇嘛手里握着一只大玛瑙鼻烟壶，脸色阴沉着问她，显然对她在这样的雨夜请他出诊而不满。

"夫人从中午开始上吐下泻的，到了傍晚就开始昏厥了。"姑娘虽说是仆人，但毕竟是大户人家的丫头，话说得还算清楚利落。姑娘说毕从怀里拿出一条短的哈达，上面托着一两银子："我们老爷说这是请您的礼金，等您去了另有重谢。"

见了银子，旺丹脸色好了很多。"病痛这个东西，谁都可能遇到的，不必如此客气。"他把哈达和银子搁到一边说，"那么，现在就动身吧。不过，得下山找我的马，会费一些时间的。"

“您不用找您自己的马，我是牵了一匹马过来的。”

“那就省事了。”

旺丹腋下夹着药囊跟着姑娘出门。寺院房舍间到处都是水，山涧里洪水在咆哮。在不停闪烁的闪电光中他们俩尽量找一些水少的地方走着，走到了那五百六十四个台阶的口子上。旺丹撩起袍子的边角，跟姑娘并行走下去。就这么一小会儿工夫，旺丹已经浑身湿透，但他心里还是很愉快的。

旺丹满巴[①]跟旗东协理是老朋友。东协理家有病有灾的，都会请他。一去那里，协理会捋着山羊胡子亲自招待他，其夫人苏布道达丽唱着歌给他敬酒。东协理是现任旗王爷的亲哥哥，十年前跟其弟争夺王位，败给了其弟，就挂了个协理之名，搬出官邸隐居了乡下。但毕竟是瘦死的骆驼比马大，他仍然财大气粗，富有得让人咋舌。每次请旺丹去瞧病，他都会用不少银两酬谢。所以，再是遇到了雨夜，旺丹还是高兴的。他寻思，来请时都有礼金，要是去治好了他老婆的病，怎么也会赏赐我一个四条腿的牲畜，让我牵着或赶着回来的吧。再说，协理家不是还有一个牧羊女诺日吉玛吗？……

天再度闪电时，旺丹无意中瞥见姑娘的耳垂上有一个东西亮闪闪的。他不会不知道那是金耳坠。

旺丹立马停下了脚步。

再说是富户人家的丫鬟，但她终究是一个丫鬟吧，怎么会戴这么昂贵的首饰呢？他这么想着，心里不免生疑。闪电光中忽隐忽现的飞崖峭壁开始显得诡异，关乎强盗或鬼魂的诸多故事也开始鱼贯入脑海。他开始后悔了，不该在这样的夜晚跟着一个陌生姑娘出门。所以，他停住了脚步。

“你是协理家新来的仆人？”他问的那个架势仿佛在说你若不给明

---

① 满巴：即医师，藏语。

确的答复，本师父就不再走了。

“师父您不认得我了？今年春天您来协理家瞧病住了几天，还是我每天给您喂马饮马的呀。”姑娘咯咯地笑着，“您只记得诺日吉玛，把其他人都忘了。”

协理家原来还真有这么一个仆人吗？连诺日吉玛我俩的事儿都知道得这么一清二楚，旺丹边想边接着往下走。走了几步，还是觉得这个婊子在撒谎。春天是在协理家待了几天的，但都是他自己喂马饮马的，现在怎么成了你做的事？别的事，可以忘，喂马饮马的事是不可能忘的。他就是以饮马喂马为借口，到野外和放羊的诺日吉玛去约会的。旺丹偶尔也喜欢跟女人发生一点故事，春天去协理家瞧病时跟牧羊女诺日吉玛眉来眼去就好上了。遗憾的是协理的病好得太快了，他无奈地告别姑娘回了满巴扎仓。

他又停下不走了。

“师父您是不是怪我撒谎了？我是跟您开了个玩笑的，春天您去的时候，我刚好回家了，后来听诺日吉玛姐姐说的。”姑娘笑着又说，“师父我们快点走吧，即便不为病人着急，也该急着去见一见你的诺日吉玛呀。”

“诺日吉玛连那种事都跟你说？”他盯住姑娘。

“嗨，她能不说吗？年轻的姑娘们彼此炫耀这些事是正常的。尤其跟您这样有名望的喇嘛好上了，诺日吉玛那骄傲劲儿就别提了。”

旺丹又继续向前走。然而，恐惧这种东西一旦在心里生成，一时半会儿是不可能消失的。因此他越走疑虑越重，脚步也慢了下来。想一想今夜的这件事，怎么想怎么不对劲。

他刚想再停步，那姑娘忽然“哎哟”一声蹲了下去。

“怎么了？”

“踩崴了……哎哟，可能骨折了……”闪电光下见姑娘将裤腿卷到了膝盖。

“啊，怎么……”

“您帮我看看嘛，疼死我了。”姑娘有些撒娇。

旺丹很愿意摸一摸那条白花花的腿。他胡乱摸了一番说：“被这么嫩的肉裹着的骨头是不会轻易折的。”他的笑露出一丝淫荡。

“师父您就是开玩笑，也到了地儿再说嘛，这么大的雨里能干吗呀？”姑娘又说，“您能扶我走吗？真不好意思。”

旺丹现在别说是扶了，就是背着她走，都是愿意的。他开始对姑娘细致入微起来，扶着她一起下山，还说着：“不行的话，头靠着我，手臂搭在我脖子上……”

好不容易下了山，又见一阵闪电。见山脚下有几匹配着马鞍的马，有几个黑影朝他们走来。

旺丹发觉事情有些不妙，说：“我忘了一袋儿药，回去拿一下。”

“我们不需要什么药。”姑娘的声音变得冷冷的。脚好像也不疼了。

“不，这……”旺丹在闪电光里看了一眼那几人，在一切被漆黑吞没的瞬间，忽然向一方跑去。他心想着这么黑的夜晚，只要逃开一点点，就来得及脱身。但不知道哪一个用脚绊住了他，他翻了一个跟头，还滚了几个滚。看来现在只有拼老命了，他想着吐掉嘴里的沙土，开始跟那几人拳打脚踢起来。但是，那几个人实属都不简单，没费什么力气就绑了他一个五花大绑。他的药囊不见了，帽子和一只靴子也掉没了。他想能否挣开绳索，便暗中试了试劲，但他绝望了，便老实了许多。

天再度闪电时，他看到了瓢泼大雨中蜿蜒而上的石阶以及它彼端隐约可见的药王殿金顶。之后，雷声轰鸣，什么都不见了……

第二天，天晴了，阳光明媚。寺院围墙被雨水浸透了，斑斑驳驳地散发着潮湿的味道。一直到这个时候，还没有人发觉昨夜发生的事。

满巴扎仓这座寺院不仅有名，而且还很特殊。这里供的佛不是观音菩萨而是药王佛，从这里散发的不是桑烟和香火，而是蒙药藏药的味道，这就是它的特殊之处。满巴，意为医生；扎仓，是学院或研究院的意思，说白了这座寺院是医学寺院。远近闻名的名医这里不止十个八个，别说那些满巴，这里的伙夫马倌都能给人号脉开方。

尘世间的事，总是以其固有的轨迹运行，不会因为满巴扎仓的一个喇嘛失踪而改变其什么。再者说，到这个时候还没有人发觉一个喇嘛已经失踪。所以，当新的一天开始后，诸多平常事平常地延续着。比如说，满巴扎仓掌权者扎仓堪布那日清晨起得很早，用完早茶后，与其徒弟继续昨夜未下完的棋；旺丹的师弟楚勒德木赶着晨露上山采药去了；楚勒德木的徒弟耶奇勒扎马[①]无精打采地向伙房走去；一只手有残疾的更登在铜臼里捣着药忙乎着；该寺另一位名医金巴为如何治好乡间一个富人而与一位流浪医生意见不合，下了两匹马的赌注……这一天的清晨，真是平静美好。到转经路稍远处解手的喇嘛们见了彼此，说一些类似“今天早晨天气不错啊”“昨夜下了一场好雨，又是一个丰年啊”的话，寒暄几句后慢悠悠地各自而去。药王殿里点灯烧香的喇嘛进进出出的。正在编撰百部药典的那座院子里，偶尔走出一个眼里布满血丝的喇嘛，那说明他们编撰药典彻夜未眠。给青少年传输医学的经院传出琅琅的诵经声。

人们开始找寻旺丹时，已经到了晌午。

晌午时，一个乡里人来寺院想找旺丹取药。旺丹的院门上着锁，他就去了伙房询问。伙房的扎马们说，旺丹满巴应该在家的，昨晚甘毕勒扎马肚子疼，还从旺丹那儿拿的药。乡里来的那个人一直在吃旺丹开的药，现在药吃没了，今天怎么也得拿到药才行。于是为了找到旺丹，他到喇嘛们的僧舍挨个地找了一遍，但仍然没找到。如此这般一阵子，那个人就觉得奇怪了。扎马们不是说旺丹直到昨天夜里都是

---

① 扎马：即伙夫，藏语。

在家的吗，不仅如此，方才那个人来寺院时的路上看见旺丹的马戴着羁绊在山下吃草。昨夜那么大的雨，旺丹不可能徒步去了什么地方，所以再怎么想，旺丹也应该在寺院里。

正在这时，去山下泉边提水的耶奇勒扎马回来说，泉边看到了一顶帽子，一只靴子，还有一个药囊，看着是旺丹的东西，还看到了好几个人凌乱的脚印。耶奇勒是旺丹的师弟楚勒德木的徒弟，所以，一看旺丹的东西就认出来了，他没捡帽子和靴子，但把药囊带了回来。人们看了看，果真是旺丹的药囊，便惊慌乱成一团。喇嘛们报告了“格斯贵”[①]和“果尼尔”[②]，又去泉边把那帽子和靴子也拾了回来。格斯贵和果尼尔又找来几位有权势地位的喇嘛商议之后，决定进旺丹的家，看个究竟。

旺丹的院门上着锁，格斯贵下令，让小喇嘛叫来伙房伙计达林台。达林台是一个五大三粗的汉子，他拿来锤子，砸掉了锁头。打开院门一看，院子里积了雨水，静谧一片。他们又撬开了房门的锁，走进屋子。药香弥漫的宽敞屋子里柜子、箱子以及铺在炕上的地毯等物品秩序井然，一点儿都没有发生过意外事故的迹象。炕中央的方桌上放有一本翻开的经书以及半碗茶，让人不由得疑惑旺丹满巴是不是方才还坐在这里喝着茶读着经文。

果尼尔的眼睛忽然停留在一样东西上，说：“看看，那是什么？”原来他看到炕角上的小箱子上放着一条哈达和一块银子。于是拿起哈达和银子，翻来覆去地看了半天说：“是不是昨天夜里有人来请走了旺丹？”

格斯贵：“可是……他的帽子、靴子和药囊被丢在了山下，不像是被请走的。”他让人去叫甘毕勒扎马，名叫甘毕勒的老扎马立刻就来了。

---

① 格斯贵：寺院里管戒律的喇嘛。

② 果尼尔：寺院里的职位，即香头。

“昨夜你来旺丹家拿药时，很晚了吗？”格斯贵问。

甘毕勒：“很晚了，我睡一觉醒来时肚子痛得厉害，所以冒着雨跑来取了点药。”

“你来的时候旺丹在做什么？”

“喝着茶看经书来着。”

“就他自己？”

“就他自己。”

“没看见有其他人？”

“没有。”

格斯贵不由得拧紧了眉头：“去吧，去吧。”甘毕勒立马又跑回去了。

他们从旺丹家里走出来时，已是中午了。格斯贵吩咐达林台，给旺丹的院门安上新锁，然后跟果尼尔向前走去。

他们看到一个中等身材的喇嘛从山上下来。那是旺丹的师弟楚勒德木。看来是去山上采药刚回来。

“那不是楚勒德木吗？问问他看，也许知道一点什么。”格斯贵说道。

果尼尔摇头说：“像他那样除了采药什么都不知道的人，能说出什么呢？”

“他不是旺丹的师弟吗？”

“但他跟旺丹不大对头，两个人擦肩而过都不打招呼的。”

“多问一句，能歪了你的舌头不成？”

果尼尔不说话了，跟格斯贵站在那里等着，楚勒德木就走过来了。

“旺丹失踪了，你知道吗？”

“什么？”楚勒德木反问时脸上挂满了汗珠。今天的天气可真闷热啊。

“旺丹不见了，好像是昨天夜里的事。”

“这叫什么话？不是昨夜有人请他走的吗？”楚勒德木说。

格斯贵惊讶道：“是别人请走的？谁请走的？你看到了？”

“看见了呀，一个女子来领走的呀，我亲眼看到旺丹拿了药囊跟着去的。”

“原来是这样啊？站在外面太热了，去你屋里喝着茶说吧。我俩还没喝中午茶呢。”果尼尔说。

楚勒德木的家比起旺丹的家显得又小又寒酸。楚勒德木请他们上了炕，熬了茶请他们喝。

“现在你再说说吧。”格斯贵催促。

“刚才我不是说了吗？”

“你说得不对，旺丹一定是被什么人绑架走了。你说说看，到底是谁绑架了他呢？”

“绑架？这只是你的说法。我看到的情况是，他自己跟人家走的。”

“也许，一开始可能是跟着走的，但是下了山，定是另外一种情况了。你的徒弟耶奇勒去泉边提水捡到了他的帽子、靴子和药囊。”

“是吗？真是怪事啊。”

“旺丹有仇人吗？”

“仇人？谈不上吧？反感他的人是有的。你们也不是不知道，他那个人人品不是很好，但也不至于被人绑架吧？”

“你怎么知道是一位女子来带走他的？你在一旁看着来着？”

“我呀？那个时候我被雨困住了，正在旺丹放牛粪的洞里避雨来着。”楚勒德木说着不由得笑起来。

据楚勒德木说，昨天下午他去山上收回白天晒的药材，就遇上了大雨，只好躲进一个山洞。夜深时雨小了一些，他就拼命向山下跑，结果雨又下大了。闪电光里，他发现自己跑到了旺丹家跟前，也见其西南角的巨石上有一个洞。他知道旺丹在那洞里存放干牛粪。于是他钻进了洞里。闪电光里，旺丹的庭院忽明忽暗。他看见甘毕勒扎马捂着脑袋跑进旺丹的院子，甘毕勒走后没多久，见一位女子来敲打旺丹的院门……

“是什么样的女子？认识吗？”

“没看清楚。听声音不像是熟人。”

格斯贵和果尼尔走出楚勒德木家时，已经是午后了。

二

夜深了。

满巴扎仓在睡梦中静默着。雨水好的年头，天上星星也显得近了许多，在寺庙上方很近的地方闪烁着。潮湿的空气在弥漫，药王殿屋顶上筑巢的鸽子在梦里发出咕咕声。

伙房在药王殿的东南下方，所以鸽子们的咕咕声清晰可闻。扎马们住的一间房里，甘毕勒扎马在熬药，达林台在灯光下补衣裳。

达林台是一个独眼儿，一条腿还有残疾，脸上还有着深深的疤痕。他身材魁梧、力大无比，脾气很坏。他原本不是满巴扎仓的喇嘛，而是旗王爷手下的兵头。那时候胆大力大不说，还有一种特殊的本领，那就是对各种踪迹具有特殊的识别能力。所以很受旗王爷赏识和重用。但在二十年前的那年夏天，他忽然被冤案牵连，经受几天几夜的酷刑后，眼里被撒了白灰，胳膊腿被打断，扔在野外。人们都以为他死了，但那时寺院的住持洛布桑堪布在野外看到了浑身浮肿、奄奄一息的他，用神药救治后带回了寺院。从那以后他就待在满巴扎仓，在伙房做一些苦力活儿。据说他不仅一只眼睛失明，一条腿也瘸了，还有他那个识别踪迹的本事也没了。但他仍是力大无比，他一次背回来的柴火，甘毕勒扎马辛苦半天才能堆到一边。

达林台此时正瞄着独眼纫着针眼，因力不从心而恼火。不知忙活了多久，还是没纫上，懊恼地将针线连同衣服扔向墙角。他生气地看着正在喝药的甘毕勒说："屋子里这么闷热，你这个家伙关什么门啊？难道你是冻死鬼投的胎？"

看来那个药非常苦，甘毕勒每喝一口都表情古怪。他用畏惧的眼神看着达林台："开了门，蚊子会进来……"

"进来的是蚊子，又不是恶狼。把门打开！"

甘毕勒赶紧开了门。

达林台虽说脾气不好，但对甘毕勒来讲可是一个依靠。那年，满巴扎仓的更登喇嘛来到伙房，因为一件小事儿对甘毕勒大发雷霆。更登长有一副古怪的粉白色的脸，所以大家称他"白脸更登"。他这个人本性狂妄而轻浮，医术还算不错，再加上前一年在乌仁都西的敖包会摔跤比赛中拿过头一名，就变得更加狂妄不羁了，动不动就拿拳脚说话。那一天，更登的脾气坏到了极点，对甘毕勒真是骂不停口。老实巴交的甘毕勒起初还没说什么，后来忍不住就顶了几句。这样一来，更登恼羞成怒，一巴掌打翻了甘毕勒。甘毕勒趴在地上仍然在骂，看到更登抬起脚要踢他，便闭上了眼睛。然而，更登的脚没落在他身上，忽然无声响了。

甘毕勒睁眼一看，身旁仿佛立起了一堵墙。再定眼一看，达林台来到他身旁，挡在更登面前。

"躲开！"更登呵斥道。

"欺负老实人，你成不了什么英雄吧？"达林台说。

"别在搏克手面前没事找事，你会吃亏的。"更登说。达林台没吱声，也没动。

更登忽然向他袭击，拳打脚踢起来。但是，达林台纹丝未动。伙房的扎马们，路过的喇嘛们围起来看他们的热闹。更登使尽了浑身解数，把学到的一些摔跤技巧全都使上了，但达林台却像一座巨石伫立依然。

更登忽然挥手掌向达林台的脸扇了过去。但不知为什么，自己先失声叫嚷起来。人们好奇地一看，原来这时候达林台已经抓住了更登的手腕，更登想抽出手，像落入狼夹子的狐狸一样挣扎着。

在人们哄然大笑中更登更是恼羞不堪，粉白色的脸变得通红。那天更登要是就此罢休，结果还会好一点，但他偏不服输，打不过对方就想语言中伤，便骂了一句“臭瞎子……”，又向达林台脸上啐了一口。

只听到“啪”的一声闷响和更登的惨叫，大家看到更登就瘫软了下去。他的手腕已经断了，一只手掌毫无知觉地耷拉了下来。他的手是被达林台那只大手硬生生掰断的。人们都不敢看这个惨不忍睹的样子。达林台放手时，更登像一口袋米一样重重地倒了下去，横在地上失去了知觉。更登的一只手就是这样残废的。

“哼，去年在乌仁都西参加摔跤比赛的大概全是女的。”达林台嘟囔着径自走去。

若说之前，谁都随时可能欺侮懦弱的甘毕勒，但自从出了这件事以后大家都收敛了许多。至少当着达林台的面谁都不敢欺侮甘毕勒了。因此，甘毕勒对达林台是心怀感激的，但同时也很怕达林台。

“你不睡吗?”甘毕勒问。

“该睡的时候，不用你教也会睡的。”

甘毕勒再也没敢吭声，盖了袍子团在那里。达林台倚着门，望着繁星闪烁的天空，伫立很久。

他来满巴扎仓已经二十年了。二十年并不漫长，但是旗里的百姓都已经不记得有他这么个人了。在人们的眼里他只是一个栖身满巴扎仓的苦力，一个脾气古怪、力大无比的粗鲁下人而已，谁都不会将他跟二十年前旗王爷衙门里的兵头联想到一起，谁又会去留意到这个下人的心灵深处隐藏着什么？二十年前非人的折磨给达林台的记忆力造成了损害，二十年下人的生活也让他的习性和思维发生了巨大的变化。但他还是不能不想这片土地上的很多事……

夜已经很深了，满天星罗棋布，药王殿上鸽子们的咕咕声也不知什么时候停了。但听到远山有斑鸠在鸣唱，见伙房上空有一只巨大的鸟影飞过。达林台那有着深深疤痕的脸上显出一丝恶毒的讥笑。呼唤情侣的斑鸠在远山鸣叫时，寻找食物的另一只鸟儿居然盘旋在满巴扎仓上空。谁也别想满巴扎仓是宁静的，水深则不起浪，这个满巴扎仓兴许是一个无底的深潭呢……

看来甘毕勒的肚子又开始疼了，起来披起袍子往外跑。过了很久回来捂着肚子坐下了。

达林台回头看了看问："还没好？"

"还是不行，不知这个旺丹给我开了什么方子。"甘毕勒笑了笑，"要不，你给我抽一口烟呗，据说可以止疼呢。"

达林台是俗人，吸烟。有时也给甘毕勒吸一口。慢慢地，甘毕勒上瘾了。达林台把烟袋扔给了他。甘毕勒立马精神了，贪婪地吸着，笑眯眯地望着达林台。

"你说旺丹到底出了什么事呢？"甘毕勒这么问，是想跟达林台聊天。甘毕勒寂寞的时候喜欢跟达林台聊天，但是能否聊得起来却取决于达林台有没有兴致。若是达林台也愿意聊，两个人就会聊到半夜；若是达林台不理不睬的，甘毕勒就悄悄地去睡。

"我怎么知道他出了什么事？"达林台说。

看达林台没有生气的样子，甘毕勒来了兴致。爬上炕，盘腿而坐，再一次点燃了达林台的烟锅："细想啊，这满巴扎仓有很多怪事。我在这里已经四十六年了，什么没经历过呀。不过，虽说我心里清楚，嘴上却一般不说。"

"原来你还是一个明白人啊？你到底知道什么？跟我说说吧，我想听。"达林台带着讥讽的口吻。

甘毕勒似乎很受鼓舞，依旧保持盘腿坐的姿势，还往前挪了几下，凑近了达林台："那么多事，不知从何说起了。比如……就拿那个旺丹说吧，我早就想到那家伙迟早会惹麻烦……”

“是吗？为什么？”

“人品太差。作为医生他的医术倒是高明，但病人若是不按他的要求答谢的话，他宁可看着人家死掉，也不会救治的。”

“你见过？”

“嗨，就那年……”甘毕勒的话匣子打开了。“那年，旺丹的叔父生病叫他过去看看。旺丹一去就看上了人家拴马桩上的马。然后进叔父的房间给其号脉时说，叔父的那匹马可真是讨人喜欢。然而，刚巧他叔父也是个一毛不拔的人，明知侄儿的心思，只是一味地哼唧，却不提马的事。旺丹熬了一服药给叔父喝了，就住了下来。到了第二天，叔父的病依旧没起色，旺丹又给他号脉说，最近我想买一匹马呢。他叔父听了这话，还是没说什么。旺丹又给他熬了一服药喝下。到了第三天，旺丹的话越发直接了。他说，命要紧呢，还是财要紧？他叔父生气地瞪他一眼，还是没说话。就这样，旺丹每天给他叔父号脉，服药，说着关于马的话题，而他那个叔父也一直没有松口。日子一天天过着，一直到了第八天，他叔父实在忍受不了病痛的折磨了，终于答应把那匹马送给他，要求他尽快把病治好。据说旺丹当时就笑了，说：我是想看看叔父您到底能忍几天，原来您也就能忍八天啊，说着从药囊里拿出两服早已备好的药。他叔父喝了那两服药不再疼痛时，旺丹骑着叔父家的那匹马，牵着自己骑来的马，已在回寺院的路上了……这下你知道了吧？旺丹就是这样一个人。”

“我也听说过这个事。但别人说的跟你说的有点不一样。我听说旺丹给他叔父那两服药，不是在第八天，而是第六天。”达林台的话还是带着讥讽。

“不对，是第八天给的。”甘毕勒红着脸辩解。

“好了，第八天就第八天吧。满巴扎仓还有什么怪事？”

“满巴扎仓北面的山叫什么山？你知道吗？”

“那个谁不知道，不是叫图海山吗？”

“为什么叫图海山？”

“你说为什么？”

“那是一件意义深刻的事件呢。我们这个鄂尔多斯右翼中旗以前可是一个富有的旗，后来灾难连连，一年比一年差，旗王爷东日布色楞找了一个有名的风水先生看了看这块土地。那个风水先生转了整个旗之后说，你们这个旗啊，有一个秤，旗衙门是秤盘，多尔奔温都尔高地是秤杆，阿尔巴斯山南端的一座山是其秤砣啊。旗王爷东日布色楞十分惊讶地问道，那个秤砣是哪一座山呢？风水先生领着东日布色楞走到了一座山下，说就是这座山。从那时起，那座山就被称为图海①山。我们满巴扎仓从以前的吉祥什拉召寺搬了出来，重建在图海山半山坡上。这回你知道了吧？咱们这个满巴扎仓是在全旗的秤砣之上，旗衙门却是在秤盘上的。秤这个东西吧，秤砣重了，秤盘就会轻。咱们满巴扎仓就是这么厉害……”甘毕勒憨笑着说。

“我早就知道这些。其他还有什么？”

“有的是，你知道那个秘方药典在谁手上吗？”

“什么药典？”

“你没听说过满巴扎仓有一部秘方药典吗？”

“你说的是那部大典呀？我当然听说过。”

原来，甘毕勒所说的那个秘方药典是满巴扎仓的传世珍宝。

据说那是元末明初时期，元上都被烧，妥懽帖睦尔北上应昌后，一部药典从上都大火中被抢救出来，辗转一番到了鄂尔多斯。那部药典起初多年被保管在民间，后来满巴扎仓在鄂尔多斯北部建成后，被移送至此保管。据说那部药典的保管非常严密。然而，对那部药典垂涎三尺者一直不乏其人。那部药典具体存放在什么地方，在谁手里，

---

① 图海：秤砣，蒙古语。

只有满巴扎仓的住持堪布才知晓。一代住持临死会告诉下一代住持，那部药典在哪里、在谁手上。但是，上一代住持洛布桑堪布在他五十三岁那年忽然暴病而去。据说，没来得及给其下一代住持交代那部药典在何处。就这样，满巴扎仓有了一个天大的谜，引起了从内到外形形色色之人的贪念和猜测。

“我不知道那部药典在哪里。你知道？”达林台问。

“我也不知道。”

“不知道的事，你说它干吗？”

“那我再跟你说一件事。”

“想说就说吧。”

甘毕勒像是怕被别人听见一般，向外瞅了瞅。

“有什么大不了的，摆什么谱儿？爱说就说，不爱说拉倒。”达林台不耐烦了。

“那你听着，有一件非常蹊跷的事。”甘毕勒开始吸第三袋烟了，“咱们这个满巴扎仓的东北角和西北角各有一个砖瓦大院，这你知道吧？”甘毕勒七窍都在生烟。

“那谁不知道？”

“你也知道这俩院子里住的是什么人吧？”

“谁不知道啊？一个是旗王爷的哈屯[①]乌仁陶古斯，一个是旗王爷的兄长东协理和他的哈屯苏布道达丽。”

“他们为什么住在那里？”

“不是说为了治病吗？”

“什么病？”

“不就是要治愈不孕不育嘛！”

“你现在想明白了吗？最为蹊跷的是这件事啊。”

---

① 哈屯：尊称，夫人，蒙古语。

“但我觉着一点都不蹊跷。”

“你还是没明白。你想想看，旗王爷兄弟俩的哈屯怎么一样落下了不孕不育的毛病？”甘毕勒像是了不起的智者一样笑着问达林台，依旧贪婪地吸着烟。

“我怎么知道谁的老婆为何不生育？”

“嗨，不生孩子的婆娘肯定是有的，哪个地方没几个？这本身不算什么稀奇的事。可是……接下来你好好听，一个家族兄弟俩的媳妇双双不孕，这就很奇怪了。怎么就妯娌俩有同样的毛病呢？”

“我不知道。难道你知道？”

“我说的意思是……哎呀，你怎么就不明白人家的意思呢？就是一群母羊，也是有的怀胎有的不怀胎吧？如果全都不怀胎，那肯定有什么问题吧。”

“那能怪母羊吗？那是公羊没能耐。”

“那两个哈屯不能怀孩子，你以为是她们的男人没有能耐呀？这就怪了，两个大男人恰好都患了同样的毛病？这有可能吗？依我看呀，这背后肯定有其他原因，八成是有什么人在这两位哈屯身上做了手脚……”

“你是想说，有人让两个哈屯怀不成孩子了？谁有这个本事？”

“你我当然没那个本事，但有些人是可以有的。”

“什么人？”

“医生呗，满巴扎仓有那么多的医生。现在你明白我的意思了吧？”

“你的意思是说满巴扎仓的某一位大夫给乌仁陶古斯、苏布道达丽两位哈屯开了什么药，断了她们的生育能力？”

“就是。”

“可是他那样做有什么好处呢？”

“这个，我就不知道了。”

“好吧，就算你刚才说的事比较蹊跷吧。那么，还有其他什么怪事吗?”

甘毕勒没了兴致。他想，给达林台这个粗人说什么都没用。

达林台沉思许久后站了起来，盯着甘毕勒说：“你要是说完了，那我现在对你说几句。刚才你说的那些话，千万别跟别人说，弄不好会惹上麻烦的。好了，你现在睡吧，把我的烟袋还给我。”

三

甘毕勒入睡后，达林台也上炕躺下了。但他失眠了，显得有些烦躁。他现在满脑子都是旺丹，那家伙究竟遇到了什么事?说实在的，别说是旺丹失踪了，他就是死了，也与他无关。他不愿意去理会满巴扎仓这些七奇八怪的事。二十年前，他被王爷府里的事牵连，差点没了命。虽然残废了，多亏洛布桑师父相救，这会儿还算活着。他再也不想多管闲事。

然而，他不想管，却无法不想那些事。

旺丹失踪的事儿，是晌午被发现的，到了傍晚时已炒得沸沸扬扬了。他已经听说，昨天夜里先是甘毕勒肚子疼去旺丹家取药时，旺丹正喝着茶读经书；之后，楚勒德木目睹一个陌生女子领着旺丹下了山……那就说明一个女人以瞧病为由，深夜带旺丹下了山。后来，耶奇勒扎马去挑水，带来了旺丹的靴帽和药囊，这又说明到了山下肯定发生了某些事情，那么究竟发生了什么事呢?达林台下午专门下山去泉边，看到了几匹马和几个人凌乱的脚印。于是他陷入了沉思，怎么也放不下这事了。他想弄明白这是怎么回事：说是劫财吧，旺丹房屋里的东西丝毫未动；说是仇人来复仇吧，谁又会跟一个大夫结怨呢?这么说，旺丹一定是牵涉了一桩他人无法知晓的事件。那么，旺丹究竟牵涉到了什么事呢?

虽说，满巴扎仓发生着诸多谜一般的事，但很少有人思索那些事之间到底有着怎样的内在关联，其背后又藏着什么样的目的。每当发生一件事的时候，喇嘛们会舆论一番。有的会提出种种猜测，有的甚至会添油加醋地去传说。之后，过几个月就没人再提起了。什么时候有谁想起了，其他人也就应和一下：“哦，是有过那么一件事呢。”达林台不是那样。他认为所有的事背后都有一个引子，诸多事情也可能有什么内在关联。这么一想，旺丹失踪的事与满巴扎仓发生过的和正在发生的一些事，有可能有什么关联吧……

好了，谁爱怎样就怎样吧，跟我无关，达林台想着，闭上了眼。二十年前，不就是因了一件与己无关的事，差点命丧黄泉吗？

这样一来，二十年前的那件事又浮现在他的脑海里……

二十年前那个风雨交加的夜晚，本旗贝勒老王爷让人通知兵头达林台到他和他侧哈屯琪木德次仁的住处。达林台走出旗衙门的值班房，冒雨去见老王爷时，发现琪木德次仁在屋里抹泪，他们三岁的儿子依在母亲的膝边，老王爷正急得满地乱转。仔细一看，老贝勒王爷也已是老泪纵横。

达林台有点惊讶。

“唉，我的达林台啊，你也不是不知道旗府内的钩心斗角……”王爷说出此话，苍老的声音哽咽着愁苦。

达林台没吱声，但他深知王爷在说什么。老王爷有两个哈屯，他怕大哈屯，大哈屯性情蛮横，还是盟长[1]大人的外甥女，有靠山。然而，他又特别宠爱他的侧哈屯。怕一个爱一个的老王爷就这样在两个哈屯之间左右为难，而两个哈屯之间的争风吃醋也愈演愈烈，府里府外闹得沸沸扬扬。尤其是侧哈屯琪木德次仁生下一子之后，这个矛盾

---

① 盟长：旧时蒙古行政单位。比旗高一个级别。一般管辖若干个旗。现内蒙古自治区也沿用盟旗称谓。“盟”相当于国内其他地方的“地区”。

更是激化了。老王爷不仅爱侧哈屯琪木德次仁，更爱其子钦达穆尼。大哈屯也生有两子，并都长成二三十岁的人，正等着继承老王爷的顶戴花翎呢。因此，若是两个哈屯最初的较量只是为了得到王爷的宠幸，后来就转化成哪个哈屯的儿子继承王位的争斗。王爷的儿子有三个，而王位却只有一个。为了争夺那个唯一的王位，什么事情都有可能发生。仇恨、嫉妒、阴谋迅速生长着。最近发生了琪木德次仁哈屯母子俩饮食中毒事件，谁都明白两个哈屯之间的争斗已经升级到危害彼此性命的地步。达林台那时候深得王爷的厚爱，对王爷家里发生的这些事当然是心知肚明。

琪木德次仁还在哭。达林台心想，这个刚刚二十出头的女人如果不是嫁给大自己四十岁的王爷而是嫁了平民百姓，定是不会遇到这样的麻烦。

“刚刚接到盟长大人的来函。”老王爷连说带咳，“说琪木德次仁跟边塞的强盗有勾结，必须严查严办。达林台啊，你应该能想到将要发生怎样的事了吧？这母子俩可是命运未卜啊……”说着又哭了起来。

达林台听着鼻子发酸。

“我不让我的儿子继承王位，我也不当什么王爷的哈屯了。我抱着儿子逃命去，不行吗?”琪木德次仁边哭边说。

“可怜的哈屯，你说的话多么幼稚，你们母子若是离开我，离开了这个院子，就很可能看不到明日的太阳。”老王爷说，“达林台呀，我要拜托你一件事。”

达林台单膝跪地，等着王爷发话。

“看来，发生意外之事是在所难免的了，今晚你给这个孩子找一个地方，让他逃命去吧……”

达林台十分吃惊。找一个什么地方？怎么逃命?

“你把这个孩子送到一个陌生的地方，送给一个陌生人领养吧。

要是命大，他会长大成人的……”

琪木德次仁揩了眼泪：“你不必迟疑。老爷和我心意已决。不管把我的儿子送给什么人，都不要说出他的身世……”

“可是……以后……”达林台望着王爷。

“我写一个说明这个孩子身世的信，缝在他内衣里吧。如果以后能看到这个信，他就知道自己是什么人。”

“我再给领养我儿子的人写一封信，求他好好待我的孩子。”琪木德次仁泪流满面。

随后，王爷和哈屯各写了一封信，由琪木德次仁缝在儿子钦达穆尼的内衣里。事毕之后，达林台夹起那个男孩出了门，琪木德次仁尖叫一声便没了声息。达林台知道，哈屯一定是晕过去了。

达林台紧紧抱着那个拼命挣扎哭喊的男孩，在电闪雷鸣中疾驰着，自己也哭了。那时的达林台刚三十出头，还是一个没娶上媳妇儿的单身汉。他自幼是一个孤儿，不懂得母子之情为何物，但还是忍不住哭了。

达林台在狂风骤雨中快马加鞭飞驰了很久。忽然在一道闪电中，他看到了一顶三角帐篷以及帐篷边上羁绊的马。他知道有赶路的人夜宿在此，就勒住马停了下来。

“您好啊！”他喊。

“啊，您好！”帐篷里传出阿拉善①口音。

“您能不能想办法点上灯？”

“这大雨天……”帐子里的人嘟囔着说，“您先进来坐着，虽然漏雨，但毕竟是帐子，比在外面淋雨强吧。”

达林台抱着男孩进帐时，那人也点了灯。是一个中年男人。

“这么大的雨，您还带着一个孩子啊！”那个人看来很惊讶。

---

① 阿拉善：地名。现位于内蒙古最西端。

“没办法啊，老婆死了，我一个人带着这个小家伙。但是，从今以后我没办法再抚养这个孩子了。”达林台说。

“啊？为什么？”

“我犯了罪，旗府官兵在后面追杀我呢。”

“那你想把这个孩子怎么办？”

“也许有缘，才会在这样一个夜晚遇见了您。求您收留我的儿子，把他抚养成人吧。”

那人吃惊地看着他：“这么大的事，在这样的夜晚，如此没商量地托付一个陌生人，你可真是一个怪人！”

“不是怪人，是一个走投无路的人。”

那人气得嘴巴都哆嗦了：“你把你的崽子，爱扔哪儿就扔哪儿吧，可别留在我这里！”

达林台拿出十两银子放在那人面前，跪着拜了拜，说：“我不想带着这个孩子进监狱被砍了头。所以，只能留在您这里。您要是愿意，就请您带他走。您如果不愿意，就扔在这里。这么小的孩子在这么大的雨里，也是活不了多久的。要是那样，您回了阿拉善，拿这个银子为他念经超度一下吧。”

那人愤慨到了极点：“我一辈子放牧，但第一次遇见像你这样的畜生。不，你还不如畜生，畜生还知道爱惜自己的幼崽呢。”他浑身战栗，又说：“那我带走这个孩子吧，不如畜生的你，赶紧给我滚！”他将达林台的银子扔出帐外。

达林台走出了帐子，还能听得见那人的说话声：“你连问都不问我的名字，你真是个畜生！你不想知道把儿子托付给了什么人吗？记住，我叫日格牧德，阿拉善人。你真应该早点被劈死！”

黎明时分，达林台回到了旗府，还未来得及见王爷就被抓了起来。之后，受酷刑几个日夜，奄奄一息被弃于旷野。幸好，洛布桑堪布看到了他并医治救活了他，带回了满巴扎仓。没过多久，他听到了琪木德次仁哈屯暴病去世的消息。达林台知道什么缘故。再后来听说，一个带着小孩的阿拉善人被旗兵追杀，无奈之际躲到满巴扎仓，还是洛布桑堪布指点，让他们从秘密通道下了山，渡了黄河回了阿拉善。

达林台从那时起，在满巴扎仓一待就是二十年。

达林台偶尔会想起那个小男孩钦达穆尼。想必他一定生活在某一个地方吧。随着岁月的推移，小男孩钦达穆尼在他的记忆中也渐渐模糊了。可是，几年前开始，达林台又开始想到了他，而且有时候一想就出神发呆。

旗王爷的哈屯乌仁陶古斯、旗王爷的嫂子苏布道达丽二人时不时地来满巴扎仓，而且一住就是一两个月。大家都知道，这两个女人是为了治愈不能生育的毛病。谁不知道现在的旗王爷兄弟俩啊？兄弟俩争夺旗王爷之位，为弟的打败了兄长，登上了宝座。可是更多的人忘了，现在的旗王爷兄弟俩下面还有一个同父异母的胞弟叫钦达穆尼！

然而，达林台没忘记。不仅没忘记，还想到了很多。

说来，那是几年前的事。乌仁陶古斯、苏布道达丽二位哈屯来满巴扎仓吃药时，偶尔命伙房做备餐给她们。一天中午，乌仁陶古斯想吃沙葱肉包子，苏布道达丽想吃肉粥，两个哈屯的指令同时下达到伙房。为了让她们满意，扎马们开始忙碌起来。脸上蹭了锅灰的甘毕勒咧嘴笑着说："不下蛋的老母鸡吃什么都没用。"几个扎马哈哈大笑。"不能生就不能生呗，干吗急成那样？"又一个扎马说。"能不急吗？不生个带把子的，就没人继承旗王爷的顶戴花翎啦。"第三个扎马说。扎马们又是笑了一番。

达林台没笑，忽然有一念闪过。

两位哈屯都这样不孕不育时，要是那个钦达穆尼出现了，会是怎样呢？旗王爷今年已过不惑之年，其兄也过天命之年。如若以后他们都膝下无子而寿终时，要是忽然冒出一个胞弟钦达穆尼，那么旗府的权力当然会是那个男孩的。如果真是这样……

他沿着自己的思路想了下去。如果真是那样……这两个哈屯得了不孕不育症，是不是另有其因？不管怎么想，两个哈屯一样的病症，仿佛是在给钦达穆尼的夺权准备着条件。难道，有什么人为了让那个男孩夺权而断了两个哈屯的生育能力？这个满巴扎仓里，有的是名医呢……

从那天起，钦达穆尼会时常在达林台的脑海里出现。有时觉得那个男孩坐在哪一座山坡上远远地望着满巴扎仓，有时甚至觉得他就在满巴扎仓，连他的呼吸声都清晰可闻……

达林台想着这些失眠了。远山深处的斑鸠仍在鸣唱……

四

就在这一夜的午夜时分，满巴扎仓掌权者扎仓堪布跟其弟子下着一盘棋。他是一个三十六七岁的英俊喇嘛。

扎仓堪布对棋艺情有独钟。据说他这个爱好源自满巴扎仓附近山谷里的石头棋盘。不知是哪一朝哪一代的什么人在那个山谷雕刻了那么多棋盘。有的有桌面那么大，有的有一间房地基那么大，最大棋盘的长和宽都足足有几十步，那个棋盘上摆放着比真马真骆驼还大的石头棋子。要是坐在那边的山坡上俯瞰山谷，那盘棋清晰可见。扎仓堪布十几岁时跟着洛布桑堪布去过那个山谷后，便对棋艺开始着迷了。人们见他时不时地去那个山谷观察那个最大的棋盘，有时一待就是几天几夜。人们去扎仓堪布家时，多数会遇见他在下棋。有时跟其徒弟，有时跟外来的某个人，有时独自一人在下棋。那一年，红痣匪帮围困了满巴扎仓，威胁不拿出万两白银就烧了寺院。格斯贵像走马一样小跑着来报告扎仓堪布时，他还是在下棋。格斯贵说，红痣匪帮要烧了我们的寺院。扎仓堪布却说：“我的徒弟该做午餐了，要不你跟我下完这盘棋如何？来，走一个。”原来他的心思全在下棋上。心急如焚的格斯贵恨不得将他的棋盘掀个底儿朝天，气急败坏地喊：“堪布大人，您不能等匪帮撤走后再下您的棋吗？”扎仓堪布仍旧盯着棋盘说：“我昨天已将红痣的母亲接到寺院住下了，你去告诉他，就说他的母亲在这里吃着药身体好转了很多。他听了会乖乖地回去。”格斯贵只好去照办，结果匪帮果真就撤走了，当格斯贵再回去禀报时，扎仓堪布仍在下棋。

大门吱呀地开了，格斯贵和果尼尔走了进来。为了旺丹的事整日忙乎的这二位已经气喘吁吁，衣服都被汗水湿透了。

“堪布大人，旺丹他……”格斯贵说。

扎仓堪布：“我已经听说了，”眼睛依然盯着棋盘，“将！”

“那我们怎么办？”格斯贵问。

扎仓堪布说：“回去睡吧，已经夜里了。”

“我问的是……”

“别紧张，淡定一点。我们满巴扎仓要遇到一件棘手的事。那也不必紧张，紧张也没用。将！……”

格斯贵和果尼尔走出扎仓堪布的院子。背后传来扎仓堪布不断“将”的叫声。格斯贵想，今夜堪布大人下棋的架势可真猛啊。

别说格斯贵和果尼尔，连扎仓堪布的徒弟也感到惊讶不已：师父今夜这盘棋下得也太凌厉了一些。徒弟知道师父是一个性情温和的人，至今未见他发怒和慌张，下棋也一贯很平和。然而，在这一个夜晚，师父的棋下得实在让他喘不过气来，这是怎么了呢？

“好了，你现在可以去睡了。”扎仓堪布终于微笑着说。被师父的棋逼得紧张的徒弟脸色煞白，衣服也被汗水湿透了。

“师父，您不睡吗？”

“哦，过会儿再睡。”

徒弟进了卧室没了动静，扎仓堪布依旧站在原位。他知道一场严峻的较量已经开始了。说实在的，这个较量已酝酿多时了。

扎仓堪布望着棋盘，微笑着。他想，什么棋盘啊，这不是我们鄂尔多斯右翼中旗吗？在他眼里，这棋盘就是家乡的土地，各种阴谋、较量和角斗都在继续……

他想起那位不请自来的棋手。

那是前年冬天一个大雪纷飞的日子，扎仓堪布在火盆前烤手盯着棋盘时，身后忽传来一声问候。回头一看，一个四十开外双眼炯炯有神的人面带笑容站在那里。

“久闻您精通蒙古象棋之道，想跟您学一学棋艺，所以从老远赶来了。”

“哦，哦……”

窗外，大雪迷漫，远近的山峰在风雪中若隐若现。扎仓堪布洗净手又点燃了一炷香，开始摆棋布阵。

“我们……开始吧。”

他俩这盘棋整整下了两天两夜，扎仓堪布这辈子都忘不了那次的较量。

那个棋手是扎仓堪布遇到的最难对付的高手。并不显山露水却包藏着祸心的冷静运作，充满计谋出神入化的完美布局，环环相扣步步紧逼的凌厉攻势，着实让扎仓堪布暗暗吃惊。这个人的棋路怪异诡秘，险着连连出人意料，眼看陷入绝境却又很快峰回路转，每一颗棋子都变成了活物……让人惊叹不已。但扎仓堪布并不紧张，甚至觉得遇到这样的对手是一种享受！这哪儿是在下棋呀，明明是在无边的旷野上领着千军万马对阵作战。两天两夜俩人没吃没喝，一动都没动。过了两天两夜，他俩谁也没赢谁。看着下了一半儿的棋，俩人相视一笑，扎仓堪布感觉仿佛经历了数十年的激烈角斗。

“今天暂时到此为止吧。”那个棋手笑着说。

“这个较量还是要继续的。”扎仓堪布也笑。

“您真是一位了不起的棋手。”

“能遇到像您这样的棋手，我觉得甚是幸运。”

“还要继续玩哦。”

“那肯定。既然已经开始了……”

他们都明白他们所说的不只是棋。那人向扎仓堪布鞠了一个躬，走了出去。扎仓堪布连忙追出去，那人却已消失在纷纷扬扬的大雪中，只见他脚印一串儿，深深嵌在雪地里……

那个棋手再也没来。但是，扎仓堪布知道他坐在某处，摆弄着他那些棋子。已经开始了的较量还在继续，还会继续……

扎仓堪布脚步轻盈走出院子。漫步着，发现自己已走过了转经路，到了北边的山麓。满巴扎仓在他眼下朦胧可见。

两个砖瓦院子在山下影影绰绰。两座大院，一个是旗王爷哈屯乌仁陶古斯住的，一个是旗府协理跟其哈屯苏布道达丽住的。无论是乌仁陶古斯，还是旗府协理夫妇，时常来满巴扎仓，在各自的院子里待个半月二十天，吃药调养。满巴扎仓是药师寺院，所以不怎么禁止女人来，一些乡下的女人常到自己认识的喇嘛大夫家里吃药治病。何况这两个院子在转经路外围，所以不在寺院范围。

这两座院子的外观和内部布局十分相似。但那并不意味着相互模仿，而是表达着彼此间的互不服气。猜忌、提防和仇恨隐藏在这两个院子背后。十年前，旗里的老王爷归西，争夺王位的残酷较量在兄弟俩之间随即展开。在一番激烈较量之后，王权落入弟弟的手中，兄弟俩从此结下了永不和解的仇怨。现在他们的较量依然在继续，但较量的内容似乎有了一些变化。他们之间的较量，现在已经从争权夺势转化成了生儿子的竞赛。然而，乌仁陶古斯、苏布道达丽两个哈屯自嫁到王府以来，别说是孩子，连耗子都没能生下。因而，旗王爷顶冠上的红宝石顶戴今后由谁继承，已经成为一个巨大的悬念。要是乌仁陶古斯、苏布道达丽她俩的哪一个生了儿子，那孩子肯定无疑就是未来的王爷。意识到这一点的兄弟俩真是焦急万分，两个哈屯也很是努力，两家的夫妇为了生个儿子，都在全力以赴。但是忙乎了半天，老婆们的肚子依旧是瘪瘪的。所以，几年前开始，两位哈屯经常来满巴扎仓吃药调理。她们想，满巴扎仓的满巴们把断了气的人都能治活，难道还不能让年富力强的两个女人怀上孩子？

扎仓堪布站在山坡上，望着夜的黑暗中影影绰绰的那两座大院。若说两个哈屯不孕的毛病，在别人的眼里只是与旗里权势的争斗有关，而在扎仓堪布看来，像是另一码事儿。

这兴许是那位棋盘高手走出的一步棋吧？扎仓堪布这么想。两位哈屯来满巴扎仓吃药调理已经好几年了，但是至今未孕。这么看来，两位哈屯的毛病不是一般的方子能治愈的。那么……

扎仓堪布的脸上显现一番讥讽的笑容。那么……就需要找到能治愈两位哈屯的一个特别药方！

两位哈屯不孕的背后，好像有着精心布置的一步棋。这事要是再往下延续，自然会指向满巴扎仓收藏的那部秘方药典。

多么狡猾的阴谋啊！

他想起他的前任扎仓堪布，心里不由得起敬。洛布桑堪布虽然因疾病突然仙逝，但是早就想到并安排了后事。当时洛布桑堪布忽然将管理寺院事务的几个喇嘛唤到自己的住所，提出并交代自己寿终后让谁继承扎仓堪布之位的有关事宜。那时，现在的扎仓堪布还是一个不到二十岁的小伙儿，洛布桑堪布却指名让他继任。接着，老堪布单独把他叫来，说的就是关于如何保护秘方药典的事。

“你会遇到的最棘手的事，肯定就是如何保护好秘方药典。”洛布桑堪布对他未来的继承人说。

他静静地听着。

“满清朝廷多次派人来打听那部药典，他们态度和蔼，十分友好。

我也是对他们笑颜相待，但就是没给。然而，贪图别人东西的人，总是先笑后恼的。总有一天他们会变脸色的。这个，你一定要记住。所以，我俩得想一个办法。”

“嗯……”

“朝廷那边前些天专门派来特使，下旨说秘方药典必须要上交皇宫管理。这就说明他们快要变脸色了！现在，我俩唯一的办法就是抹掉这部秘方药典的踪迹。”洛布桑堪布说着，“之前的扎仓堪布一般在临死时，才会将秘方药典的存放处交代给其继承人。但是，现在我却不能把它交代给你。换句话说，那部药典的踪迹将跟我的生命一起消失。到了你当扎仓堪布时，你一点都不知它在哪儿……这样一来，满清朝廷没法逼你交出那个药典！”

“那……以后？”

洛布桑堪布说：“你别担心，其实那部秘方药典一直在你的掌控之中，只是你不知道它在哪里、在谁的手中。但你一定要相信，到了最严峻的时候，有人会来找你拿主意的，因为有权做出最后决定的是你！”

“哦，是这样……”

洛布桑堪布说完这些话，没过三天，独自去野外，忽然暴病去世。满巴扎仓就像天塌了一般，大家在泪雨滂沱中将老堪布的尸骨安葬在后山时，新任扎仓堪布年轻的心正滴着血。虽然没有洛布桑堪布自杀的确凿证据，但他圆寂的时间，刚好是清朝官兵出发直奔满巴扎仓的那一天。安葬洛布桑堪布的事刚刚结束，操着刀剑的清朝官兵已到山下。新任扎仓堪布下去迎接他们，并禀告洛布桑堪布圆寂的消息。

“你们那部药典在哪儿？”清兵头目问。

“洛布桑堪布在野外暴病身亡，所以没有来得及给我交代那个药典。”

清朝官兵无奈退兵。但是，寻找那部药典的行动，从未停止。

第二章

一

旺丹失踪近一个月之后的一个夜晚，旗府协理的哈屯苏布道达丽正走在返回满巴扎仓的路上。刚刚应邀参加一家小孩的满月宴，她喝了不少酒，有点兴奋，边走边唱着。

香柏树上
斑鸠在鸣唱
心上人啊
双眼在传情……

皎洁无瑕的月，在夜空中散发着迷人的光亮，满巴扎仓山下的辽阔草原迷蒙无际。一阵阵清风带着露水的清香，真是让人心旷神怡。满巴扎仓后面的图海山以及它后面的阿尔巴斯山脉都黑压压的，将半个天空挡在了其后。

山脚下，有不少带着羁绊的马在吃草。那些都是满巴扎仓喇嘛们的马。苏布道达丽走着走着，她的马忽然像是被什么惊着了，打着响鼻，不肯前行了。她想知道个究竟，勒住缰绳定睛一看，前面有一个暗色的马在徘徊。马还能被马儿吓着？真是个怪事。她再定睛细看，那匹马腿上的羁绊已经断了，拖在后腿上。啊，这是那个失踪了的旺丹的马吧，想到这里她吓得头发都要竖起来了，那个旺丹要是把我也带走，那该多可怕啊。她吓得不轻，赶紧快马加鞭。

走到山下，卸下马鞍放在山石下边，羁了马。

“啊，苏布道达丽哈屯啊？”一个声音传来，她望去，看见也有一个人正在下马。她认出是白脸更登。

“原来是您啊，去给人看病刚回来吧？”苏布道达丽寒暄着，心想，真见鬼，怎么遇见他了？

“是啊，看来今夜有缘遇见您呢。那么，坐着聊一会儿啊？”

“不了，我很困。”

“那就躺着聊天也可以。”

“不行啊，老头子等着我呢。”

苏布道达丽说罢顺着石阶往上走去。她真是想快点儿回家。一想起满巴扎仓转经路北面的那座大院里，只剩下她那个身为旗府协理的老头子和女仆诺日吉玛两人，就急得不行。谁知道那一老一少这会儿在怎么折腾呢。早晨她出门时，老头子好像很高兴，笑着说：“别着急，要是太晚了，就住那儿，明天再回来。”她注意到诺日吉玛的脸还红了一下。她当时装出一点都不在意的样子说：“肯定会住下的，路这么远。”但心里却恶狠狠地想，你们就高兴着吧，老娘要半夜回来捉奸在床……对老头子和诺日吉玛之间的奸情她早有察觉，甚至都知道老头子偷偷给那婊子买过做蒙古袍的缎子。一想起今夜就他们两个人在那座大院里，她心里就像猫抓般难受。

上了山，见满巴扎仓静静的。没多久她到了寺院的后面，已经过了转经路。她看到那个高高的砖瓦院儿。那是乌仁陶古斯的院子。哼，臭女人！你男人从我老公手里抢到了王位，还不死心，还想生个儿子，想让你的子子孙孙都占那个宝座吗？想得倒美！据说苍天有一万只眼睛盯着尘世呢，能容忍你们把一切便宜都占尽吗？难怪你生不出儿子，那就是报应呀！这么想着，她心里似乎有点平衡了。但是，转念想着自己的情况，无奈一阵忧伤袭她而来。说人家乌仁陶古斯没孩子，那自己呢？已经四十二岁了，也是一直没有生养。到了四十二还没怀过孕的女人，今后能有希望吗？她可真没有这个信心。老头子都快六十了，虽说现在还像个发情的公羊，但是再过几年就该没劲儿了。再过些年，她只能眼睁睁地看着旗王爷那顶冠被戴到别人的头上……

她就这样边走边想，忽然看到前面走着一个人。虽说月亮被山峰挡了一半儿，远近的景物还是可以看到一些的。她看得出前面这个人是一位喇嘛，而且他好像怕被别人发现似的慌里慌张，左顾右盼，为了不弄出响声，他的脚步放得很轻。

那个喇嘛正走向乌仁陶古斯的院子。

啊，这个……苏布道达丽似乎想到了什么。看他走路的样子，看来是一位年轻的喇嘛，难道是跟乌仁陶古斯的丫鬟有了一腿儿？应该不会，色日吉姑娘很乖，今年才十六岁。那么，是个小偷？满巴扎仓哪个家伙这么大胆，要去旗王爷哈屯的院子偷东西呢？……

苏布道达丽刚好路过一个巨石，巨石旁还有一个弯了腰的榆树。她藏在巨石和榆树间观望起来。那个喇嘛像小偷一样悄悄走到乌仁陶古斯院门，轻轻推门。那个门吱呀地开了。

敞开的门内闪出一个女子跟喇嘛相拥热吻起来。苏布道达丽没看错，那个女子是乌仁陶古斯。

苏布道达丽不相信自己的眼睛，愣在那里。啊，我的佛啊！这是在干什么？……

喇嘛和乌仁陶古斯亲热半天后相拥着走进了院子。苏布道达丽还在那里发愣。愣了半天才知道那个板门早已关了。她浑身发烫，心里一阵恶心。啊，原来，乌仁陶古斯跟满巴扎仓的一个喇嘛在偷情……

在清醒时，她正飞快地走在回自己家的路上，袍子的下摆带着风。她好像有点过瘾，又有点恶心，有点想笑，又有点伤感……种种心情在心里翻腾着。

她到自家门口使劲敲起门。

“诺日吉玛，臭婊子，难道你睡死了吗？……”

叫了半天，诺日吉玛来给开门。衣服勉强披着，头发都散开了。

“哈屯不是说明天才回来吗？”诺日吉玛怯生生地问。

“我回的是自己家，难道今天回来错了？”

诺日吉玛脸上露出一丝笑：“我什么都不知道，睡着了……”

“是吗？哼！”

苏布道达丽进屋，她老头子在被窝里打着呼噜。她一把掀开了他的被窝，喊道：“你给我起来，装什么装！”

老头子坐了起来，那意思好像是：我不装了你又能怎样？“你别像个母牛一样叫唤。是不是在乡下没碰到合适的公牛啊？”他说。

苏布道达丽抓起柜子上的罐儿碗儿什么的，往地上摔。老协理也操起拐杖顺着墙边箱子上的花瓶什么的来了一个大扫荡。满地是瓷器的碎片。诺日吉玛拿着扫把扫起那些碎片。

“不怀胎的母牛！”老协理咬牙切齿。

“你这个小贱人不是也一样没能怀上吗？”

“你说话小心点儿。”

“不小心又怎么了？你能怎样？”

协理和苏布道达丽的争吵没多久就平息了，都上炕躺着了。争吵虽说已经结束，但是气儿还都没消，都像饮足了水的牛一样大喘着气。

苏布道达丽的气儿慢慢消了之后，自然想起了方才在乌仁陶古斯家门口看见的事。乌仁陶古斯跟一个喇嘛在偷情，那个喇嘛到底是谁呢？满巴扎仓的喇嘛，她哪一个都认得。但因为是在夜里，就没能认出来那个人是谁。但我总算抓住了你的把柄，等我高兴了，给你老公去告个状，到时候看看你怎么个倒霉样儿……

乌仁陶古斯既然跟一个喇嘛在偷情，那早晚会被发现的。要是哪天怀孕了，藏也藏不住了……啊！要是她怀孕了……

苏布道达丽忽地坐了起来。

这些年，苏布道达丽为了治愈不孕症真是想尽了办法。吃了不少药，不仅没有效果，反而疑虑却越来越多。她发现她和乌仁陶古斯是一样的毛病，都到满巴扎仓服药调理，她就不得不想一个问题：为什么王爷家的两个媳妇都不能怀孕？是她们自己的毛病还是她们的男人有问题？她有这样的猜疑已经很久了。而现在她又突然想到：如果是男人们的毛病，那么，乌仁陶古斯跟别的男人在一起，那很可能就会怀孕的呀！

苏布道达丽一想到这个，就坐了起来。看看老头子，他面朝上躺着，一动不动。因为暗，看不清他睁着眼还是闭着眼。只看得见他下巴上的几根儿山羊胡子。

“喂，你睡着了吗？”她轻轻地问。

协理没回声。

“你起来，我跟你说一件事儿……”

“想说就说嘛。”

“我刚才看到了一个蹊跷的事儿……”

于是苏布道达丽就说起刚才的事，等她说完，老头子也坐了起来。

“你说什么？怀了孕会怎样？”他问道。

“她要是生一个男孩，那不就是生了一个旗王爷吗？”

“她男人不会怀疑那是野种吗？”

“怀疑肯定会怀疑，但不会表露出来的。不管是谁的儿子，养了就是自己的儿子。别忘了有句俗话叫：不管公牛是谁家的，牛犊可是自家的。”

“啊，这个……”协理坐不住了，说，“那怎么办呢？”

“我也不知道怎么办。”

“要不，给她老公去告状？”

“你那个弟弟能信你的话？人家要是硬说乌仁陶古斯没那回事，你我岂不是反惹了麻烦？”

“那么，哪天夜里去捉奸？”

“大伯哥抓自己的兄弟媳妇?”

“那现在怎么办?”

两人你瞧我，我瞧你，愣了很久。他们真是遇到了做梦都想不到的事。

“看乌仁陶古斯那样……看来没找到那个方子……是吧?”

“好像是……”

两家的矛盾或者竞争其实已经到了白热化的地步。过去是为了争夺王位钩心斗角，后来是为了抢先生儿子暗中较劲，这两年又陷入了寻找秘方的竞赛之中。不管是乌仁陶古斯还是协理两口子，对满巴扎仓喇嘛们的药已经越来越没有了信心，但他们却知道满巴扎仓珍藏着一部非常了不起的秘方宝典，于是他们就迫不及待地开始暗中寻找那部宝典。协理夫妇当然知道乌仁陶古斯在寻找，他们急得要死。但在这一天的后半夜，这两口子却做出了两个判断：一是乌仁陶古斯跟满巴扎仓的喇嘛勾搭，目的就是怀孕生儿子；二是看来乌仁陶古斯还没有找到那部药典，如果她已经找到了，就绝不会干出那种既冒风险又丢人的事……

苏布道达丽打了个哈欠，窗外天已微微亮。

“天亮了。”她说。

“那也得睡啊，赶紧，赶紧，脱衣服。”

苏布道达丽叹了一口气，解开了衣扣。为了生一个儿子，他们可是一直这么忙乎的，苏布道达丽已经倦了，老协理也快累死了。

二

白脸更登目送着月光下向山上走去的苏布道达丽背影，“呸!”一声，吐了一口吐沫。他心想，年近六十的那个糟老头你有什么可恋的?你这个女人可真是没有福气享受我的疼爱。

原来，满巴扎仓真有暗地里寻那个秘方药典的喇嘛，白脸更登就是其中一个。

更登其实是一个聪明人。在满巴扎仓，他的医术也算不错。但他这个人聪明得有点过了头，大家就讨厌他。他没有见过那部药典，因此当然不知道那到底是怎样的一个东西，但他想，那应该是一本厚厚的书。要是把那部药典弄到了手，整个满巴扎仓头号大医师就是我了。那么，声名、金钱……你不想要都不行，都会追着你来的。然而，那个该死的药典到底在哪儿呢？不过，只要是这个世界上存在的东西，只要你用心去找，也许会有一天找得到的吧。

对那部药典，他留意已久，猜想推理无数次，想着想着，有时会彻夜不眠。药典也许藏在佛塔下？佛像下面？或在图海山的哪个山洞里？或在哪个喇嘛手里？……不管在哪儿，肯定有一个人知道它到底在哪儿的。那么，那个人又是谁？如果在喇嘛手里，在哪个喇嘛手里呢？

更登今年三十六了。这三十六年里，起码有二十年，他都是在琢磨这个事儿，但至今未果。今后，他依然不会放弃这样的找寻。就算是幻想一会儿那部药典，心里都是美滋滋的。

苏布道达丽刚才没理他，他心里有点生恨。这个世界又不是只有你这么一个女人，本师父我没你也一样能乐和……他走向山下的旷野深处。

在朦胧的月色中，隐约可见满巴扎仓羁绊的马儿们在吃草。再往草原深处走了一会儿，见一顶毡房以及毡房边反刍的羊群。那个毡房里有一个叫嘎吉德玛的中年妇女，他早就认识。一到夏季，有一些牧户会转场到山下。满巴扎仓的僧人们从那些牧户家要牛奶熬茶。

他走到嘎吉德玛的门口低声唤道："睡了吗？不点一下灯？"

包里，传来穿衣服的窸窸窣窣声，"啊……谁啊？"一个女人困顿的声音。

"我，更登。"

“深更半夜的来吵什么?”

“迷路了，去乡下瞧病，找不到回满巴扎仓的路了。”

“是吗？不正经的东西……”女人打着哈欠，点了灯。

更登进毡房，嘎吉德玛披着袍子睡眼惺忪。请他在图拉嘎[①]右边坐下，倒了茶。

“茶就不用了，困了。”

“你是想住在这儿啊？你不是说迷路了吗？我给你引路去吧。你的满巴扎仓就在这北山坡上屹立着呢。”

“不那么麻烦你了。好好睡上一觉，我自己就能找到满巴扎仓。”

嘎吉德玛笑了笑，吹灭了灯。

中年女人有力的臂膀抱得更登喘不过气来，一股暖暖的气息向他扑来。

“你不怕吗?”嘎吉德玛问。

“怕什么?”

“不怕被抓走?”

“被谁抓啊?”

“嘻嘻……满巴扎仓的师父们有的不是被女人绑架走了吗？不是已经把你们旺丹带走了吗?”

“你也知道这事啊?”

“我就在边儿上看着来着，怎么不知道?”

“什么?”

“过会儿再告诉你，现在不行……你忘了自己是来干什么的吗?”

过了一阵，事儿办得差不多了，大汗淋漓的两人赤裸裸地平躺在一起，更登忍不住问：“你真见过旺丹被绑架?”

“你还在想这个事呀?”

---

① 图拉嘎：火撑子。

“快说啊，我的姐姐，求你了。”

“啊！我的佛啊，你知道那夜的雨下得有多可怕吗？闪电一次次劈向大地，雷声阵阵轰鸣在头颅上，而不是在天上……真吓人啊。那时，我到这儿刚两天。我担心刚换牧场的羊群吓跑了，所以，膈一会儿从毡房往外看。忽然，有一道闪电像剑一样，扎向我的羊群，紧接着一声炸雷……”

“嗨，嗨，你怎么不说旺丹的事，净说别的啊？”

“……为了找回四散的羊群，我跑了出去。羊群真的惊散了。我跑着跑着，跑到了满巴扎仓下面。”

“然后呢？”

“忽然看到有几个人在揍一个人。”

“啊！是吗？”

“我很吃惊也很害怕。那么大的雨，又是深夜，什么人在那里打架？不是强盗就是鬼怪吧？我离他们真的很近，也就是三五步吧。急得我躲进一块巨石后，我忽然认出其中一个是旺丹。哦，原来不是鬼，是人在打架。但他们为什么打架呢？还是有点奇怪。再细看一眼，天啊，旁边还站着一个女的，那个女的命令那一伙儿人说，快把这个家伙儿给绑紧了……”

“等等，跟旺丹打架的几个人，没有你认识的吗？”

“一个也没有。”

“那女的是个什么样的人？”

“看起来还不到二十岁吧。真是一个大美女。要是像你这样的师父见了她，定会立刻把满巴扎仓忘到九霄云外。”

“后来呢？”

“他们五花大绑捆了旺丹，架在马背上带走了。”

更登静静地思索起来。想必是远方的强盗绑架了旺丹。强盗的头目还是一个女子？真是怪了！他想。

“只要那个秘方药典还在，你们满巴扎仓是一天都不会安宁的。”嘎吉德玛说。

“什么？你说什么秘方药典？”

“嘿，你还装什么装啊？谁不知道满巴扎仓有一部不得了的秘方药典啊？”

“据说是有。那有什么用？”

“怎么没用？”

“谁也找不到的东西，对谁也没用吧？”

嘎吉德玛咯咯笑：“那部药典在谁手里，你真的不知道？”

“不知道。那你知道吗？”

“怎么不知道啊？”

“啊？”更登倏地坐起身来，“快点上灯，你给我好好说说。”

“干吗呀？……我先穿上衣服，光着身子点灯我害羞！”

“那就快穿吧，真麻烦！”

嘎吉德玛点了灯：“那部秘方药典肯定在楚勒德木手里呢。”

更登奇怪至极：“在楚勒德木手里？你是怎么知道的？”

“你听着……前段时间，我婆家的一个远亲姐姐从马背上摔下来，大腿骨折了。说是骨折，其实骨头都碎成无数个小块了，像是装在皮袋子里的碎石子一样。那天刚好碰上楚勒德木在她邻家看病。她们焦急万分地请楚勒德木到家里，姐姐的腿已经肿得连裤腿儿都快撑破了。楚勒德木看了摇头说，我不会接骨，你们还是找一个正骨的大夫吧。但他们上哪儿去找正骨大夫呢？如果不赶紧想办法，麻烦就大了。全家人跪在楚勒德木面前说，您是满巴扎仓的满巴啊，给我们想想法子吧。楚勒德木沉思良久后说，唉，怎么说都是一条人命，我试试看吧……”

“他怎么弄的？”

“说从药袋子里取出一剂药，用酸牛奶搅拌后洗了她的腿，又煮了一服药给她喝下了。”

“那是什么药？”

“乡下人又不是医生，谁知道是什么药啊？问的可真是没用的话。”

“然后怎么弄的？接着说呀。”

“不到熬一锅茶的工夫，我那个姐姐的腿开始咔咔作响了，我姐说粉碎的骨头们好像在各就各位呢。腿也消肿了很多。到了晚上，我姐已经开始能走路了……”

“啊！真的吗？”

“你要是觉得是假的，那你去我姐姐家问呀。据说楚勒德木回去的时候再三叮咛他们，千万别说谁治愈了她，更不能说是怎么治的。后来乡亲们都知道了这个事，就开始传开了。大家说，看来楚勒德木用了一个奇异的药方，很可能就是满巴扎仓那部秘方药典里的药方……”

更登不说话了，静静地沉思起来。嘎吉德玛说得对，楚勒德木真是用了一个十分特殊的药方。他自己也是大夫，还是一个医术不错的医生，所以一听楚勒德木治疗的过程，就觉得不是一般的治疗。好比好的猎人听到枪声就知道是什么枪一样，他听到了有生以来闻所未闻的奇特枪声！

要是那个秘方药典真的在楚勒德木手里，那么，是怎么落入他手中的呢？他又开始推理。楚勒德木这个人比较笨，不怎么跟人打交道，是一个本分的喇嘛。扎仓堪布能把那么珍贵的东西交给他保管？……他觉着不可思议。但接着他又想到，那部秘方药典也是可以在楚勒德木手里的。楚勒德木是名医旺丹的师弟，医术不亚于旺丹，甚至据说可以超过旺丹，但楚勒德木对自己的医术有所保留，这是满巴扎仓很多医生都议论过的话题。医术这个东西，按道理不是藏着掖着的东西。楚勒德木为何要保密呢？这本身就有点可疑。再说他不爱跟人交往，不爱跟人说话，这到底是他的本性呢，还是为了避开他人的注意力？那为什么怕引起注意？定有一个原因……

要是楚勒德木真的在保存着那个秘方药典，那么他的这些古怪的表现反倒可以得到合理的解释了。哈，这个楚勒德木！

更登站起来了。感觉多少年绞尽脑汁寻找的那部珍贵药典，现在好像就在眼前。

回到满巴扎仓时，开始拂晓了。夜的黑幕，从山下草原的东方开始慢慢被拉开，然而满巴扎仓还是在朦胧之中。他低着头想着心事儿走着。抬头再看时，远远地看到乌仁陶古斯的院子。这时，那个院子的大门开了个缝儿，有个人走出来，快步走向满巴扎仓。

那个……不是楚勒德木的徒弟耶奇勒扎马吗？难道耶奇勒住在这里了？更登觉得不可思议。他又想起了嘎吉德玛方才说的话：那部药典一定是在楚勒德木手里……

三

拂晓时分，耶奇勒回到了自己住的院子。他看一眼正房，师父的寝室窗口幽深静默。他以畏惧的眼神看了一眼那扇窗户，踮着脚尖进了自己所住的偏房。

他上炕脱了衣衫，钻进了被窝，想装出彻夜睡得死死的、哪儿都没去的样子。

但他实在是心跳得厉害。跟旗王爷的哈屯偷情的小喇嘛怎能不惶恐呢？刚刚年过二十的耶奇勒扎马做梦也没想到会跟旗王爷的哈屯乌仁陶古斯到了这个地步。

那是一个月前的一个早晨。他的师父楚勒德木大清晨就上山采药去了，耶奇勒独自在家读医书。虽说自己是伙房的一名扎马，但他特别想当一名医生，所以很用功。师父楚勒德木也毫不保留地给他传授医术。但奇怪的是师父一直在叮嘱徒弟不要向别人炫耀自己的医术。

那天早晨的雾很浓，耶奇勒朝门口一看，敞开的门外雾霭落得很低，游弋着。偶尔飘来一团浓雾，仿佛是什么猛兽走了进来。在他这般出神时，见一个年轻女子出现在浓雾之中，走进院门。耶奇勒想辨认这是什么人，定眼细看，只是觉得熟悉，却说不出是谁。

女子走近微微一笑："小师父可好啊？"

"啊……"耶奇勒忽然认出走进来的这位女子，是旗王爷的哈屯乌仁陶古斯。他起身却不知如何是好，是跪下来行礼问安，还是请她上座？

乌仁陶古斯笑得毫无拘束："那么紧张做什么？以为是老虎来了吗？我是人，不是老虎啊。"她坐在炕沿儿，问，"有茶吗？"

"啊，啊……"

耶奇勒急忙斟茶，又从柜子里拿出一碟奶酪放在桌子上。兴许是还未生育的缘故，已是三十八岁的乌仁陶古斯身材还是那么曼妙可人，所以刚才被耶奇勒误看成年轻女子。

"你师父不在？"

"上山采药去了。"

"我求你一件事，行吗？"

"夫人您尽管吩咐，我听命就是。"

"你肯定以为旗王爷的哈屯每天在享福。其实哈屯也有哈屯的苦啊……"乌仁陶古斯忽然声色哽咽，眼里噙满了泪水。

耶奇勒感到不知如何是好。

乌仁陶古斯泪眼看着耶奇勒："听说你师父有能让女人怀孕的药。你能给我找到那个药吗？"

"您不能直接跟我师父要吗？"

"我求过你师父的，他总说他没有那种药。你师父胆儿小，可能是怕被卷入什么纷争吧。"乌仁陶古斯说着眼泪就掉了下来，"你不知道我有多苦啊……"

耶奇勒不由得可怜起乌仁陶古斯。看来这位夫人真是在无尽的痛苦之中。要是她有一丁点儿办法，怎会哭着求我这个穷扎马呢？

“您别急，我想法儿给您找……”

乌仁陶古斯脸上泛起红光：“那我放心了。”她瞅着耶奇勒的衣襟，“你的扣子快要掉了，我给你缝了吧。有针线吗？”

“不劳驾哈屯您，我自己会缝的……”

“客气什么？当哈屯之前，我还是一个牧羊女呢，针线活儿还是可以的。给我找针线吧。”

喇嘛们都有针线，一般缝缝补补的事都是自己解决。耶奇勒找出了毡制小包拿出针线。

乌仁陶古斯穿针引线开始给耶奇勒钉扣子。她呼出的气息丝丝柔柔扑向耶奇勒的脸，长长的睫毛忽闪着，近在咫尺。耶奇勒感到浑身发烫，额头上渗出汗水。

“你怎么出汗了？”乌仁陶古斯咯咯笑，咬断了线，“你还是小啊，见了女人紧张成这个样子。”

此后，乌仁陶古斯常来耶奇勒这里。她来时，不是清晨就是晚上，而且总是挑楚勒德木不在家的时候。耶奇勒也慢慢将这个无拘无束、性情率直、热心肠的女子当成了朋友，有时候甚至忘了乌仁陶古斯是旗王爷的哈屯。与乌仁陶古斯的这种来往让他变得很愉快。

“什么时候再来呢？”每每乌仁陶古斯要回去，耶奇勒总是这样问。

“有了机会我就来，除了你，我没别的朋友。可是……不能让别人瞧见……我可是王爷的哈屯啊。”乌仁陶古斯说。

一日清晨正下着雨，乌仁陶古斯一路小跑着进来。

“正走着就下起了雨，我的衣服都湿透了。快把毛巾递给我。”乌仁陶古斯说。

耶奇勒拿出干毛巾给乌仁陶古斯。她用那个毛巾擦了脸和头发，之后脱了外衫，擦起脖子和肩膀。耶奇勒看得出了神儿。看着乌仁陶古斯只穿内衣的腰身，他的心脏忽像脱缰的野马一般。

乌仁陶古斯察觉到了他的异样，笑了笑：“这么盯着我干什么？”

“啊，我……”耶奇勒脸红到耳根，不知所措。

“你不用害羞，我们是朋友啊。”乌仁陶古斯把毛巾扔到一边儿，走到耶奇勒身边，抱着他，在他脑门儿上轻轻吻了一下。

耶奇勒像是中了箭一般，愣在那里。

乌仁陶古斯穿上了外衣，调皮地看着耶奇勒：“今晚……等人们都睡了以后你去我那儿吧。我等你。”说完便走了出去。

那夜，黑漆漆的。整日心跳不已的耶奇勒到了夜深之后，心惊肉跳地出了门。他东张西望，踮着脚跨过转经路，走到满巴扎仓西北角上的大砖瓦院子，推开了门。

浓重夜色中的满巴扎仓显得安详、宁静，好像什么事情都不曾发生，然而，一件事，就这么不知不觉地开始了……

从此，耶奇勒陷入了一种怪异的状态：幸福、痛苦、期盼、恐惧……齐聚于心，不足一月已经明显消瘦了。会不会有人发现这个事？这样下去迟早会被发现的吧？要不明日起不再去那个院子了？……他几乎每天都在这种犹豫、痛苦、心惊肉跳中煎熬，但每当他这样想的时候，乌仁陶古斯那双会说话的泪眼仿佛在望着他，他甚至想起她那柔软的小手，滚烫的气息，鼓起的胸脯……这样，他的犹豫和退缩又像春日阳光下的积雪一样，柔柔地化了。有几次，耶奇勒都决心不再去找她。可是一到夜里，他又止不住去往那座大院的脚步。我对不住师父啊！每当想起师父，他心里又特别痛苦。

耶奇勒出身贫寒，曾是一个哑巴孩子。七岁来到满巴扎仓，从师楚勒德木，楚勒德木一直给他扎银针，最终让他开口说了话。耶奇勒明白师父对他的恩情如重生父母。要是知道徒弟与王爷的哈屯偷情之事，不知师父会怎样伤心和惶恐。就算师父不晓得此事，他这么做也是对不住师父的。耶奇勒心里真是难受极了。

耶奇勒想着这些，辗转反侧。许久之后听见师父咳嗽的声音，不一会儿听到他的脚步声走出了院子。

他知道，师父又上山采药去了。

四

清早，一位三十多岁的高个儿喇嘛正朝药王殿走去。此人是满巴扎仓又一位名医金巴。

药王殿里有几位喇嘛正在上香点灯。果尼尔站在药王佛前给长明灯添酥油。金巴向前供了酥油灯合掌静默了一阵儿之后，去看殿内顺墙而立的书架。关于医药学的蒙藏书籍陈列于这些书架上。这些书籍金巴几乎都读过。他选了想重读的几本书，让果尼尔进行登记后走了出去。

真是一个好天气。金巴精神抖擞地走着，忽见苏布道达丽迎面微笑着走来。她的双眼，像是一对儿褐斑蝴蝶一样俏皮地转动着，莞尔一笑，露出了洁白的牙齿。

“金巴师父可好？”苏布道达丽站在他面前。

“还好，还好。”

“最近怎么没见您呢。”

“你的眼睛都是朝上看，一般人怎会被你瞧得见？”

苏布道达丽哈哈大笑。

金巴和苏布道达丽是同乡。相差十岁的这两个人，一个年方二十出嫁离乡时，另一个还是一个刚过十岁的孩子，但时已至此，他们已感觉不到所谓年龄的差距了。

“你不给我瞧瞧我的病吗？”苏布道达丽问。

“你有什么病吗？”

“你没听说吗？”

“哦，你说的是你怀不了孩子的事吧？那可不是什么病啊。”

“不是病，那是什么？”

“有的女人生孩子，有的女人不生孩子，原因很多，不一定都有病。”金巴说。

苏布道达丽又笑：“有空去我家吧。”

“有空一定去。”

“一直说去，可从未见你去过。”

“官宦人家，望而却步啊。”

“不至于那么胆小吧？大概是因为瞧不起我。”

金巴跟苏布道达丽道别，走进经院。这里是给少年儿童教授医学之地。这里的经院分五个等级，孩子们一个等级一个等级地学下去，第五个等级毕业后还要经过严格的考试，再跟师父经过若干年的实习，才能出徒独立行医。第五经院的道卜顿迎了出来。原来，他曾求金巴来给他们上一课，但金巴一直不得空。

“今天有空吗？”道卜顿问。

“还是没空儿，今天说好给一个乡下老人去看病。”金巴说。

“求你一回，真太难了。”道卜顿有点不高兴。

“求名医，一般都是这样的。”金巴笑了起来。

道卜顿也笑了。

金巴出了经院，去了编撰百部医学药典的大院子。穿过院子，走进一座大房子，见二三十位喇嘛坐在案前，抄的抄，写的写，审的审，改的改，很是忙碌。金巴从他们中间走过去，走到了一个角落。那里有一位满脸络腮胡子、穿着补丁衣衫的老喇嘛在纸张堆里忙乎着。这位是满巴扎仓另一位名医，药方专家拉布柱日。

“多日不见，以为你死了呢，还活着啊？”金巴笑。

“编完这百部药典，不用你说，我就可以死了。”拉布柱日也笑。

“何时能编完?”

“可能还得两个月吧。”

“那么，你还能活两个月啊。”

“是啊，是啊。”拉布柱日笑。

金巴见拉布柱日桌子上有百部药典目录，拿起来看。

“啊，第一百部是什么?《元上都所藏秘方》? 这不是那部秘方药典吗?”金巴问。

“就是。”

“你能找到那部秘方药典? 不是说扎仓堪布都不晓得它在哪里吗?”金巴好奇地问。

“我可能找不到的吧，但这百部药典里收录其名目总应该吧? 那可是我们满巴扎仓著名的药典啊。”拉布柱日叹息。

“你说得有理。先把书名收录进去。那部药典迟早会现身。那时再补充进去就可以了。”金巴也叹了口气。

二十多岁的一个喇嘛给拉布柱日送来午饭。这是拉布柱日的徒弟苏德巴。满巴扎仓的医师们都喜欢这位言语不多、总是满脸微笑的年轻喇嘛，都说他以后可以成为好医师。

“给你师父带了什么好吃的?”

带来的是几枚炸果子，一壶没有兑奶子的茶。承担百部药典最后审定任务的拉布柱日，吃饭都不离书桌。

“要记着给你师父做一些好吃的。给他粗茶淡饭，他会死得更快。”金巴笑。

“师父不肯吃好的。”苏德巴笑。

中午时分，金巴骑马走在原野上。一个月之前，他为诊治一个乡下老人的病，跟一个流浪医生有了意见分歧，打了两匹马的赌。今天，赌期已到。

一个月前，那个老人生病请了金巴。金巴去时刚好碰见一个三十来岁的陌生人坐在包里喝茶。金巴给老人把了脉，开始包药。

那人看了一眼金巴包的药，问："你是满巴扎仓的满巴？"

"是的，我是满巴扎仓的。"

"听说满巴扎仓的医生们都很厉害，看你开的药，也不怎样呢。难道你是满巴扎仓最差的医生？"那人说。

"啊？你说什么？"金巴一看，那个人跟他年龄相仿，在那里微笑着。

"看来你大概也会抓药治病吧？"金巴问。

"除了死人，其余的，躺着的可以让他坐起来，能坐着的可以让他跑起来。"那人笑得骄狂。

这家伙可不是一个省油的灯，金巴想着，便笑了笑说："我们经院那些学医的孩子经常跟你一样吹嘘，没办法，都是一些不懂事的孩子。"

那人盯着他哈哈大笑："要不打个赌？"

"输了你不会哭吧？"

"我从来没有输过。"

"好吧，那怎么打这个赌？"

"你这个药，老人喝了，好是定能好。但是身上会长红色疱疹，会落下瘙痒的毛病。"那人说。

"我早就想到这个了，所以加了几味药。"金巴说。

"你药的剂量不够。"

"那我们就此打个赌。"

"一个月后我们再来一看，老人要是有了那样的毛病，你就输了。否则就是我输了。"

"行，赌什么？"

"两匹马，怎样？"

“当然可以，不过，你有两匹马吗？”

“我就是因为少了坐骑，才赌马呢。一个月之后，我只带来两匹马的笼头。”

金巴今天奔老人家去，想起跟他打赌的那人一双有神儿的眼睛，觉得可爱至极。

金巴去的时候，那家人真是高兴成一团。老人的病已经好了。进屋一看，只见那个流浪医生在图拉嘎右面坐着。

“向来可好？”金巴笑着问候。

“好，好。满巴扎仓的满巴您可好？”流浪医生也问好，“您怎么就只带来一匹马？我可是带来了两个笼头呢。”

“带笼头是不是早了一些？笼头再背回去，你不嫌麻烦？”金巴反讥。

老人忙笑道：“两位恩人，你们彼此怎么开玩笑，我不管，但不要让我着急。你俩都是我的恩人。”

于是老人一家杀羊上酒，弹琴奏乐真是热闹非凡。正红火时，扎仓堪布派的小喇嘛疾驰而来，递给金巴一封信，说那是扎仓堪布亲笔信。金巴打开信一看，信上写道：

金巴：

陕西发生了重疫，求助我们满巴扎仓，你尽快赶过去。我让药方专家拉布柱日随后即去……

金巴看完，将信递给了流浪医生。流浪医生看过之后问：“怎么办？现在就去吗？”

“走吧，咱俩一起去。”

“好吧，去就去。”

一听到他们要走，老人一家就着急了。

“二位救命恩人啊，怎么也得吃个热乎饭，住一宿，热闹一下再走吧。不然老头子我会睡不踏实的啊。”老人抖着胡子说的时候，眼里噙满了泪水。

金巴笑道：“这个世界上要是只有您一个病人，我俩在您家住上几年都行。可是，现在别处那么多人得了瘟疫，并且生命危在旦夕，我们可不能在这里吃吃喝喝耽搁时间啊。”

金巴和流浪医生走出老人家门时，老人也急忙跟了出来。老人牵出配好马鞍的两匹马，将缰绳递到金巴手中：“那好吧，我的命是命，别人的命也是命呢。你们要去救别人的命，我怎么能阻拦？这两匹马，是我给你们二位准备的。不要以为我听了你们打赌，就给了马，跟你们打赌一点关系都没有。”

金巴哈哈大笑：“说不要吧，您老人家会难过，所以我们牵您的马走就是了。但把马牵走可以，鞍具和马嚼子我们就不带了，给我两个笼头就行。”他说着卸下了马鞍和马嚼子。

老人的孩子给他拿来了两个笼头。

“请大家多保重。”金巴和流浪医生跨上马背，快马加鞭而去。老人全家流着泪，挥手目送。

两人一阵疾驰，跑过一道高坡勒住了马。流浪医生看着金巴笑。

“咱俩打的赌呢？”金巴问。

“起初几天，据说老人身上确实长了一些红色疱疹。没过两天疱疹就消失了。”

“那你我谁输谁赢了呢？”

“就算打了平手吧。”流浪医生又笑。

“那这两匹马怎么办？”

“你不是早就打定主意了吗？马鞍和马嚼子都留在主人那儿了。”流浪医生仍在笑。

“那就卸下笼头让这两匹马回去吧，让它们回到马群中。”金巴哈哈笑着，卸下了两匹马的笼头。

两匹马起初是慢跑，后来蹄声急如火。金巴他俩朗朗地笑着，目送两匹马往回飞奔而去。

金巴和流浪医生进入陕西地界时，那里的官员和几名名医前来迎接。

“是怎样的瘟疫？”金巴问。

“不知道。户户都倒下，家家都在死人。乡亲们的烟囱几乎都不冒烟儿了。我们也是尽力医治了，但怎么都不行。”胡子稀疏的一位汉人大夫说。

“你们给开了什么药？”金巴问。

几个汉人大夫打开了纸包，把药摊开在金巴面前，盯着金巴的脸问：“就是这些药，莫非是错了？”

金巴久久看着那些药，望着流浪医生：“您看这些药如何？”

流浪医生拧着眉说：“药是没错儿的，一般的疫情都应该能治愈的啊。”

金巴凝思已久，说：“药是没错，错的可能是路子。你们这里的瘟疫，可能不是普通的瘟疫。”随后又说，“我们还是先去看看病人吧。”

沙洼地里高矮不一的土房子散落无序。虽说有这么多的房屋，却仿佛无人一般，寂寥至极。细看，确实没几个烟囱冒烟。金巴、流浪医生带着几个乡里官员和汉人大夫，挨家挨户看，男女老少无不病入膏肓，弥留之状。

“把脉看看。”金巴对流浪医生说。

据说医者的眼，在其指尖上。他俩现在正用指尖上的那只眼努力窥探病人五脏六腑。把了半天的脉，他俩面面相觑，愣住了。

“这里可真是发了一场奇怪的瘟疫。”

“所以，必须配出一种特殊的方子才行。”金巴说。

“需要一个药方专家。你我的医术还是不够的。”流浪医生说。

“拉布柱日应该快到了。”金巴说着，从药袋中拿出一个小瓷葫芦，给了汉人大夫，“这里有救命的丹药，给每个病人吃一粒，怎么也能维持几天。”

两天后，拉布柱日带着几个人来了。金巴和流浪医生跟他们商议后制定了救治病人的方案。紧接着，金巴、流浪医生、拉布柱日等几位专家，加上陕西几名地方名医和那里的官员……忙了几个日夜，忙得废寝忘食。之后，那些病人不能动的开始动弹了，会动弹的开始坐了起来。见此情形，金巴他们几个要回去了。陕西的官员和医师们送至边界，说我们已经决定为你们立牌楼，纪念你们的恩德。

金巴哈哈大笑：“什么是牌楼?”

“用石头建起的像门一样的建筑。为了纪念你们的恩德。”陕西地方官员说。

“别说立起石头，将我们当佛爷塑起来又有什么用?与其忙乎着建什么牌楼，倒不如记住鄂尔多斯有一个叫满巴扎仓的寺院。”金巴说。

“恩人们啊，究竟怎样纪念你们，我们自己会拿主意的。”

“那你们自己看着办吧。”

桀骜不驯的鄂尔多斯蒙古马猛地向前奔去。金巴他们走了很远之后勒住马，回首再看时，穿着长袍马褂、瓜壳帽后面的长辫子看似羊尾巴的那些官员和大夫一直在朝他们合掌鞠躬。

流浪医生向西面望了望：“黄河那边是阿拉善吧?”

“是的，怎么?”金巴问。

“听说阿拉善也有一座满巴扎仓。我想结识一下那里的名医们。”流浪医生说。

“好吧，咱俩一起去?”

“我等的就是你这句话。”

“那咱俩去吧。只是想劝你，别再跟人家打两匹马的赌，你一定会输。”

之后，拉布柱日赶往满巴扎仓，金巴和流浪医生朝黄河边上策马而去。

落日时分，金巴和流浪医生在黄河西岸边并驾而立。宁夏大地广阔苍茫，北边的阿拉善山脉巍巍延绵，黄河之水泛着红光波涛滚滚。

“太美了，我们去山脚下的人家借宿一宿，明日再翻越大山。”金巴说。

二人快马加鞭。

五

白脸更登像是知道了谁都不知的天大秘密一般，开始经常面带一种诡秘的笑。一个细密的计划已在他的心中酿成。说实在的，他是一个聪明人。

那部药典可能真的在楚勒德木手里，他想。那么接着怎么办？肯定不能直接去问楚勒德木，而必须想个办法让他开口。这么一想他就大伤脑筋了。但真是天无绝人之路，那日天亮时他从嘎吉德玛家出来回满巴扎仓，却十分意外地看到了一件事：楚勒德木的徒弟耶奇勒扎马正好从王爷的哈屯乌仁陶古斯家溜了出来……他甚至觉得那不是他自己看到的，而是老天爷故意安排让他看到的。

乌仁陶古斯哈屯怎会跟一个比自己小十几岁的小喇嘛在偷情呢？他好奇不已。但接着细想，就明白了：乌仁陶古斯的心思不在耶奇勒身上，而是在那部药典上！原来那个哈屯也知道了秘方药典在楚勒德木手里，她是打算先让他的徒弟耶奇勒上钩，再通过徒弟摸清师父的秘密，真是一个厉害的女人。那么，我也不能闲着呀……

他有信心让耶奇勒成为自己囊中之物。只要是抓住了他的把柄，吓唬几次，即可让他像辕马一样老实，让他怎样他就得怎样。我只要告诉他："你跟王爷的哈屯偷情的事我可是知道了，我要是不高兴了，去告你一状，看你脑袋还能不能长在你的肩膀上。"别说是药典，把他爹的脑袋都会摘下送来的……

但是，他不急，心急反而坏事。要好好制定一个方案，一次搞定。

这些日子，老协理和苏布道达丽也急得寝食难安。乌仁陶古斯和耶奇勒偷情，要是真搞大了肚子，那就一切都要完结了。现在除了要找到那个方子，别无他法。可是，那个方子并不是那么轻易就弄得到的呀！

"得快点想一个法子。"协理每天嘟囔。

"光说有什么用？"苏布道达丽恼火。

"我想呀，你我自己找肯定找不到那个药典，到哪儿去找？但是，如果让满巴扎仓的哪一个喇嘛去找，可能还成……"

"谁会给你找那个东西？"

"所以，不是说得想法子嘛。"协理沉思良久，"我们要是把哪个喇嘛掌握在手里……就是说，他除了给我们找那个方子别无选择的话……"

"谁会那么轻易听你的？"

老协理忽然拍打大腿说："那个白脸更登不是一见你就像个闻到腥味的猫吗？"

"你提那个残废家伙做什么？听到他的名字，我都恶心。"

"不过，那可是一个墙头草，头脑易发热，胆儿小，却又好事，但也不是一个没头脑的家伙……"

"那会怎样？"

"很容易的，你先去把他勾引住。之后，我去……"

"你说什么？我怎么去勾引他？"苏布道达丽生气了。

“那不简单吗？那个残废不是一见你就忘了自己是谁吗？你先去跟他睡一觉，我随后去捉奸。到了那个时候，那个残废会为我们尽犬马之劳的。”

苏布道达丽听了火冒三丈，操起桌子上的一碗茶，泼到了丈夫脸上。

“我早就知道你不是个东西，但我没想到你竟会把自己的老婆往喇嘛怀里塞。你真是一个畜生！”

天天跟老婆吵闹不休的老协理今日却不同以往，忽然在苏布道达丽面前咚地跪了下来。

“你要是不生下一个儿子……我活着还做什么？还不如即刻上吊。”他恸哭起来。

苏布道达丽流下憎恨的泪，背过身去。

屋里，这对夫妇上演着如此怪诞之剧，却不知隔墙有耳。那人便是婢女诺日吉玛。

两天后的中午。

更登在家蹲着捣药，院门吱呀地开了，苏布道达丽扭着身子走了进来。在更登眼里，这人不是旗府协理的老婆，而是下凡的天女，他一直凝视着她，看得她脸红了。看来她精心打扮过，发辫都很别致。铜制满杵[①]停在半空，他的手僵直了，愣了神儿。这时，苏布道达丽已经扭了进来，倚着门框站着。

“我的满巴，你在忙什么呢？”她咯咯笑。

“僧人不能娶老婆，只能捣药取乐呗。”

“这样没日没夜地捣，你不嫌累？”

“其实有些事吧，越干越精神，根本不觉得累。”

---

① 满杵：蒙古语，臼。

苏布道达丽捂着嘴笑。更登依然蹲在那里，仰视着她。见她的腰身甚是好看。

“你的身材可真好。”他笑得淫荡。

“身材？身材不是在衣服里吗？你看见啦？”苏布道达丽笑得更欢。

更登快忘记自己姓甚名谁了：“进来吧，聊一会儿。”

“屋里不是很闷吗？”

“关门不就凉快儿了？”

“你打什么坏主意？”苏布道达丽咯咯笑着，忽然叹息，“我是来让你开药的。”

“怎么了？病了吗？”

“别当作不知道，装什么装啊。想生个孩子，这么多年都没法子。”

“那不是你的问题，是你老头子的毛病。要不我给你忙乎着试试？”

“你有那个本事也行啊。真要是能让我生一个儿子，你也算给这个旗立下功劳了。”苏布道达丽还是咯咯笑着，“晚上你在家吗？”

“晚上……吗？在，在。”

“我晚上来，你可别插了门。”苏布道达丽扭着腰身走了。

更登高兴得恨不得挥着满杵起舞。走到屋外一看，太阳还在当空高高挂着。他心里祈祷着太阳快快西沉，停止了捣药，上炕躺着，想象着苏布道达丽泛着红晕的脸庞和曼妙的腰身。太阳啊，请你快快西沉吧，我的心肝我的宝贝，我的甜心，来吧来吧……

感觉最漫长的一天终于过去了，到了夜晚。更登钻进被窝，倾听着动静。不对，这个婆娘不是不让我亲近的吗？今天怎么自己送上门来了呢？是不是背后有什么勾当？不过不要紧，我也不是傻子，也不是那么容易就被你套住的马……他笑着躺着。

院门好像轻轻开了，轻盈的脚步越来越近。闪进来一个黑影，即是苏布道达丽。苏布道达丽黑暗中摸索着坐到了炕沿儿，更登猛地起身搂住她。

“等等，等我脱了衣衫……”

没多久，赤裸的苏布道达丽钻进了更登的被窝。

事情过后，苏布道达丽穿上衣服，准备回去。

“这么快就回去了?”更登拉住苏布道达丽的手。

“已经这样了，有了机会还会来的。”苏布道达丽又说，“我想求你一件事。”

“有什么就说什么吧。”更登心想这个婆娘可要挑明来意了。

“你不给我找找那个秘方药典?”

原来如此。这样一来，嘎吉德玛说的话，楚勒德木以及清晨从乌仁陶古斯家出来的耶奇勒……一个个闪进脑海。那个药典，我可是老早就开始找了的，但不是为了你要找，而是为了我自己。无论什么时候，我都不会为了他人去找那部药典的。他想着想着愣神儿了。

苏布道达丽弯腰亲了更登，脸贴在他的脸上：“你不愿意帮我吗?”

“我也一直想得到那部药典，可是扎仓堪布都弄不到手的东西，怎会轻易被我找到呢?”

“那就算了!”苏布道达丽冷冷地说着，走了出去。

更登笑着躺着。

六

扎仓堪布在灯光下观察着他的棋盘。棋子们在他眼里都像一个个真人。这个是乌仁陶古斯，这个是苏布道达丽……扎仓堪布自言自语着，眼睛盯在棋盘角上的两个棋子。可是，谁在动乌仁陶古斯、苏布道达丽这两枚棋子呢？那个人到底在哪儿呢？他想得绞尽脑汁。那么，那个叫钦达穆尼的孩子又在哪儿?

棋盘上散落的棋子在各自位置上，静静的。可是，它们之间定有着一种作用和关联，这一点是毋庸置疑的。世间的一切，彼此都有着千丝万缕的关联啊。

那个棋盘高手，仿佛在眼前。今夜，他定在某处也观察着他的棋盘吧。那个人能清楚地看得见乌仁陶古斯、苏布道达丽两个哈屯的一举一动。那个孩子钦达穆尼也在他的棋盘上吗？

那个棋手定会有一天使出最狠的一着，当他摆布好一切步骤，认为有把握一步就可以把我将死的时候，他会下手的。那时候我也会回他一着，那一着怎么走，必须深思熟虑，万无一失！

扎仓堪布举起一枚棋子，踌躇良久……

第三章

一

达林台打扫完药王殿的阶梯，返回时天色渐明。早晚打扫两回药王殿阶梯是他分内的活儿。

清晨的东方鱼肚白下，满巴扎仓仍在熟睡之中。凉风习习，达林台低头走向伙房。走着走着忽然猛地停下了脚步。他也不知自己为何停止了脚步，只是知道得到了某种提醒。我是怎么了？刚刚我听到了什么？或者想起了什么？我的这个脑子也真的不行了，他懊恼着，就那样低头站着，绞尽脑汁地想着。

沙砾地上有很多人的足印。除了达林台，没有别人能认出这么硬的地面儿上的足印。然而，达林台能看得到。虽说他的一只眼失了明，另一只眼也不是很好，但还好没有完全丧失辨认踪迹的特殊功能。

对，是足迹……他仿佛想起了什么。想到此，好似漆黑的夜里有一道闪电，照亮了他的思维，他明白了，刚才他看到了一个人的足印！所以才有了异样的感觉。每日有无数个喇嘛走向药王殿，所以很多踪迹映入了达林台的眼中。那些踪迹有的清晰有的模糊，新旧重叠……这下他知道，刚刚在众多踪迹中，看到了一个足印，所以才猛然停了脚步。可是，刚才让他停止脚步的是哪个足印呢？为何要停步？他有点糊涂了。看来他的脑子确实不如以前了。

他的目光在那些踪迹上游移着，忽然心跳加速，呼吸也急促了。他现在终于再次看到了刚才无意间看到的那个足印。

那是一个穿靴子的人右脚足印。应该是哪一位喇嘛的足印，可是，方才一看见这个足印，我怎么就停止脚步了呢？我的心为何到了现在还跳得这般剧烈？达林台惊奇不已。不过是一个平常人的足印而已。莫非它触及了达林台记忆里的某个东西？

达林台久久凝视着那个足印，最后都坐在一旁了。之后，抬头望着东边天际的红霞，出了神儿。我见过这个足印，应该是在很多年前。那么，是什么时候呢？他追忆。

就这样，遗忘已久的一个情景闪现于脑海。草原深处有一片新月似的沙地。那片沙地上，一个三岁的孩子快乐地玩耍奔跑着，旁边有一个年轻女子开心地笑着……

是啊，二十年前的事啦，达林台嘟囔。琪木德次仁哈屯领着儿子钦达穆尼去沙地上玩的时候，是达林台护卫着他们去的。

钦达穆尼在沙地上跑着玩着，足印在沙地上一串串的……

一个三岁孩子的足印，那时深深印在达林台心里。二十年过去了，今日忽见那个孩子长大后的足印时，他心中淹没已久的一个记忆瞬间复苏了。

达林台再次细看沙砾地上的足印。他确信这是二十年前的那个足印。他相信自己绝不会认错人们的足印。他隐约记得自己年轻时，见黄羊足迹的刹那，就能辨认出那是腹中有胎的母黄羊。

这是钦达穆尼的足印，是昨天下午经过这里时留下的。这里走过很多喇嘛，密密麻麻，重重叠叠，但那孩子右脚的一枚脚印还是奇迹般地没有被其他脚印覆盖，留在这里，被他看见了。

钦达穆尼是不是就在满巴扎仓？或者，从外地来满巴扎仓时路经于此？每日有很多看病抓药的外界众生来满巴扎仓的啊。然而，他毫不怀疑钦达穆尼的足印出现在这里，定是与那两位哈屯的不孕不育有关。这般推理下，钦达穆尼在满巴扎仓的可能性很大。

若钦达穆尼住在满巴扎仓，要找到他，也是不难的。果尼尔那里有登记喇嘛们年龄的一个档案，从那个档案中找到年方二十三的喇嘛们的名字，寻到钦达穆尼就容易了。满巴扎仓虽有喇嘛百余人，但是年方二十三的喇嘛应该不足十人吧……

原来那个可怜的孩子还活着，并且离我很近。很可能，那孩子已经知道了自己的身世，已经听说了他母亲的遭遇，那么他心里肯定燃烧着复仇的火焰。但其结果会如何？弄不好也许还没来得及为母报仇，自己就会遇到危险呢……想到这儿，达林台猛地站了起来。

得赶紧找到钦达穆尼，从今往后，不管明里暗里，都要帮助那个可怜的孩子。

那一天达林台很忙。早茶之后他去了果尼尔那里，问二十三岁的喇嘛有哪些人。果尼尔没问他做什么，拿出一个本子，给他读了十余人的名字。听着那些喇嘛的名字，那些熟悉的面孔在达林台脑海里一一闪过。他们之中哪一个是钦达穆尼呢？他心中不免激动。夕阳时分，他毫无所获。他一一仔细看了这十余喇嘛的足印，哪个都不是药王殿附近看到的那个足印。可能，钦达穆尼不住在满巴扎仓吧。那么，从哪里能找到他呢？他这般想着，回到了与甘毕勒同住的小屋子。

正在喝茶的甘毕勒见了他，咧嘴笑："喝茶吗？我刚熬了一锅好茶。"

达林台生气地瞪了他一眼，没吱声。

"你是不是很累？脸色不大好。"甘毕勒又说。

"我的脸色好不好跟你有什么关系？"

"驴脾气又犯了吧？像你我这样的穷苦人，不管遇到什么事，都不该生气和着急，徒劳伤身子。"甘毕勒说。

"那要是遇到让你伤脑筋的事，该怎么办？还乐着？"

"那当然，乐着笑着，苦恼就会逃开了。"

达林台没说话。然而，恰好今日甘毕勒心情极好。"要不咱俩猜谜语？"他说。猜谜语、讲故事是喇嘛们平时消遣晚间时光的重要内容。

达林台没吱声。

“一个巴音[①]跟巴拉根仓[②]打赌说，你明日骑着一匹有两个脑袋的马来我家门口，我会赏你很多钱。巴拉根仓答应了。第二天巴拉根仓骑着一匹马来到巴音家门口时，那匹马果真有两个脑袋。你说说，因为什么？”

达林台没理他。

“巴拉根仓骑着将要产下马驹的母马，给其饮足了水飞奔到巴音家门口，那母马刚好产下了马驹。这不就是有两个脑袋吗？”

达林台倒了茶喝了一口。

“一个人一脚踢死了七条狗。为什么？”

“为什么？”

“那是条母狗，腹中怀着六个小狗……”

“那么……我问你一个事。”达林台说。

“问吧。”

“有人跟我说，二十三岁的一个喇嘛在我们满巴扎仓。可我没找到那个喇嘛。为什么呢？”达林台问。

“你是怎么找的？”

“还能怎么找？二十三岁的喇嘛，一个个地去找呗。可是，我要找的喇嘛不在他们之中。为什么呢？”

“什么为什么，这多简单啊。”甘毕勒笑。

“简单？怎么个简单法儿？”

“你那个喇嘛变更了年龄。”

“这话怎么讲？”

“你那个喇嘛要是自报二十一岁，或自报二十四岁的话，你这一

① 巴音：蒙古语，富人。

② 巴拉根仓：蒙古族民间故事中的人名，聪慧过人，以专门戏弄富人、恶人为乐的形象。

辈子都找不到他的。”

达林台死死盯着甘毕勒。多么简单的事啊。那个钦达穆尼为了隐瞒自己的身份，是可以谎报自己年龄的。那样的话，岂能从果尼尔的档案里找到他？

“你不是蠢货……”达林台说。

甘毕勒第一次受到达林台的夸赞，惊讶不已。

二

又一夜，白脸更登抱着苏布道达丽在半梦半醒之中。

苏布道达丽突然推醒他，问：“你果真找不到那部药典？”

“我不早说了吗？连扎仓堪布都找不到的东西……”

“是吗？我的满巴，你回头看看，看看你后边坐着的是谁？”

更登没明白苏布道达丽的意思，回头一看，炕沿儿上真的坐着一个人。他吓得魂飞魄散。这人是谁？什么时候进来的？想干什么？细看，那人缩着脖子，尖尖的下巴上稀稀疏疏的几根胡子隐约可见，看起来像是老协理，他不由得一身冷汗。

“我的满巴，赶紧点灯穿衣为好。赤裸着躺着，未免太……”那人开口说了话，真的是老协理。

更登想说什么没说出来，战战兢兢地穿上了衣服。这时候，苏布道达丽已经爬起来点上了灯。

灯光下，老协理的脸异常威严。“我的满巴，你的扣子扣错了。到了旗衙门人家会笑话你的。”

“还要去……旗衙门？”

“应该去吧？衙门自然知道如何严惩跟官宦之家女人偷情的喇嘛。”

“协理爷饶恕我……”更登跪在地上，像啄草籽儿的野鸡一样撅着屁股磕起头来。

协理沉默着，让他磕了很久才说：“那，这事儿打算怎么了结？”

“协理爷，我罪该万死。如果您饶恕了我，今后您就把我当牲口使唤好了。我……我给你们……想法子……找到那部秘方药典……”

“你不刚刚还说那东西找不到吗？”苏布道达丽冷冷地说了一声，梳着散发。

“找不到就别找了，麻烦！还是到旗衙门了结此事算了。”协理说。

“您一定要放过我，求您了……”更登爬向前，抱着协理的腿，哭了。

他哭了很长时间，协理和哈屯并没有理会他的样子。

“你真能找到那部药典？”协理良久之后开口问。

“我拼命去找……”

“那么……我给你半个月时间。半个月的最后一天，你若不拿来那部秘方药典，咱们就去衙门好了。”

“行，行……”更登赶紧磕头。

磕了半天头，抬头再看时，协理和哈屯已经走了。他嘴里嘟嘟囔囔骂着爬起来，从灶台上拿起了茶壶，直接对着壶嘴儿咕嘟咕嘟地喝起凉茶来。奶奶的，总算可以缓一口气了，他想。协理刚才说半个月，半个月里我怎么也能想出个法子来。

更登坐了一会儿便上炕躺下。那部药典，半个月肯定是找不到的。就算找到了，也不能轻易给了那个长着山羊胡子的老家伙。那个山羊胡子一旦把那个药典弄到手，肯定又要威胁我。本师父得提前想出一个万全之策……

外面好像有月亮，屋里的柜子箱子朦胧可见。刚才那个山羊胡子，可真是把本师父吓坏了，过度惊吓会虚火上升，明天得配点压惊补虚的药……他想着，笑了起来。

次日，更登起得很晚。喝完早茶他走出院子，走向药王殿。天气晴好，阳光晃眼。他看见达林台在前面走着。他好像在寻什么，瞅着地面儿。这家伙儿怎么像个勘狐狸踪迹的猎人呢？

这个壮汉子那年拧断了他的一只手臂，从此他跟他从不说话。但今天看到他却似乎想起了一些什么。这家伙原是王爷府中的人，后来好像因了什么事，受了重刑差点丧了性命，如今只能在满巴扎仓砍柴挑水。他为什么住在满巴扎仓？是不是跟那个药典有关？或许是为了保护那部药典，在此蹲守？……

再向前走，他看到旺丹的院子。旺丹失踪快两个月了，生死未卜，原因尚不清楚。想必也有其缘由。但什么缘由呢？跟秘方药典有无关系呢？

他远远绕过旺丹的院子，见甘毕勒从伙房出来。在更登眼里，他今天所遇到的人们似乎都变得可疑，都跟秘方药典有关系。可别说甘毕勒软弱无能，他可是在满巴扎仓待了一辈子，定是知道很多事。

甘毕勒走近了。更登面带笑容："扎马忙什么呢？"

甘毕勒好像忘了挨他辱骂的往事，回笑："像我这样的穷扎马除了茶饭之事，还能忙什么？"又说，"那您在忙什么呢？"

"最近有人给我送来新鲜的奶油和奶豆腐。这几天一直想请你去家中喝茶，今天你有空吗？"更登问。

"请我这个穷扎马喝茶做什么？"甘毕勒说是这么说，但看得出他是很乐意去的。

"客气什么？我们可是老朋友了。走吧。"更登说。

就这样，更登带甘毕勒回到家中，请他美美地喝了一顿茶。

"有什么喜闻乐事？"受到人敬重的甘毕勒笑着问。

"没什么，我们满巴扎仓的事，你知道的可比我多啊。您是这里的老人儿了，什么没经历过啊！"更登一个劲地劝他多吃一点。

这话，着实叫甘毕勒头脑发热了。他喝了一口茶，擦了擦嘴巴说：

“太远的事先不说，就说从‘毛呼拉盖’[1]暴民火烧满巴扎仓那年算起，我也在这里待三十年了。那时，我来满巴扎仓都已十多年了。哎呀，那场大火，估计一般人都没见过……”

“我也只是听说，没亲眼见过。据说那些‘毛呼拉盖’很厉害呢……”

三十几年前，有一拨儿叫“毛呼拉盖”的强盗进入鄂尔多斯烧杀抢掠，惹了不少灾祸。他们中的一帮人有一天放火烧了满巴扎仓。那时甘毕勒已经在满巴扎仓。

“……举着刀枪棍棒的一伙儿人从山下喊叫着跑了上来。那时，当时的扎仓堪布洛布桑师父还很年轻，他带着喇嘛们逃到后山观望着。没多久，药王殿里浓烟滚滚，强盗们下了山。我们随洛布桑师父到寺庙一看，天啊！诸多房屋的门窗被砸烂，红黄各色的药粉散落满地，药方药典纸张乱飞。先扑灭药王殿的火吧，想尽办法救出那些珍贵的医药经典，洛布桑堪布下令。就这样，一群喇嘛冲进大火中……”甘毕勒说得满嘴白沫。

“那么，我们满巴扎仓的那部珍贵的秘方药典是不是从火里抢救出来的?”更登插问了一句。

“据说洛布桑堪布提前转移了它。”

“听说有很多人在找那部药典。你在满巴扎仓多年，难道没听说过它在哪儿?”

“就是听说了，也不能说的呀?”甘毕勒说。

“你真听到了什么？不会吧?”

“待了这么多年，什么没听说过?”

“咱们都是熟人，谁不知道谁呀？我知道你有时候爱吹牛。”更登笑了笑说。他想，用这样的话一激，不怕甘毕勒不开口。

---

① 毛呼拉盖：意为恶贼，蒙古语。

果然不出所料，甘毕勒一听便着急了：“不是，你听我说啊……”

“我不是在听吗?”

“……那时候那部药典不在满巴扎仓，据说存放在山下一个牧户家中。后来世事太平了，又被送回满巴扎仓的。”

“行了，别说了。这些谁不知道啊？我看你知道的并不比我多。”更登又激了一句。

甘毕勒露出恼怒状：“你真想听?”

“当然想听。”

“听是可以听的，但不能往外传!”

“我才不会那样无聊。只是想跟你聊一聊而已。听完就忘了。”

“那部药典在楚勒德木那里。”

更登的心思眨眼间已经转了几个周折，嘎吉德玛说的话再一次闪入脑海。但他又不外露，哈哈大笑：“你这个牛可真是吹大了，你怎么知道在楚勒德木那里？那部药典放在楚勒德木那儿，还不如藏在我这儿呢。”

“洛布桑堪布活着的时候常说，楚勒德木是个可以信得过的人……”

三

达林台第二次看到那个足印时，已是日落时分。他是在经院门外的石阶上看到的，而且只有进去的脚印，没有出去的脚印。

达林台心跳加快了，钦达穆尼那孩子现在就在这个院子里！他想着，仿佛听到了二十年前与母亲活活分开的那个小孩的哭声，他鼻子发酸了。他想稳定情绪，就弯下腰，从怀里掏出脏兮兮的粗布手巾，擦了擦眼睛，往里走。

经院的孩子们在扫院子。达林台站在门口细看，都是不足二十岁的孩子。他们当中不可能有钦达穆尼，他们的年龄太小。这时，药方专家拉布柱日领着苏德巴走了出来。编撰药典的院子跟经院相通，所以这师徒二人从这里走了出来。

“达林台，你怎么来了这里?”须发蓬乱的拉布柱日笑着问。其徒弟苏德巴害羞地红着脸笑。

“啊，我，只是……”达林台马马虎虎说着，目光突然停在苏德巴脚上。

达林台毫不怀疑院门口看见的足印就是苏德巴这只穿着靴子的脚印。他的目光慢慢从苏德巴的脚向上移到脸上，看得出了神儿。这个老实巴交的年轻喇嘛红着脸笑着，站在他面前。啊，可怜的，都长这么大了!

“真是一个凉爽的夜晚啊。我整日在屋里弄笔墨，走到外面真是觉得舒畅极了。”拉布柱日说。

“啊，您要出去散步?”达林台如梦方醒。

“我可没有那个闲心啊，要跟我的徒弟回家去拿几本书。”

达林台知道怎么办了。“苏德巴初来当你徒弟的时候，还是一个小孩儿。现在长成男子汉了。今年二十几了?”他看着苏德巴。

“二十一。”苏德巴小声说。

“啊，这么快二十一了啊?”达林台微笑了起来。

达林台走出经院，大步流星走上了后山。太阳已经落入了地平线，天际一片血红。他忽然用脏兮兮的大手掌捂着脸哭了。可怜的，长成男子汉了……然而二十年前的你，是多么可怜啊?这么多年，不知过得多么艰辛……他想着，泪水不停地流，声音呜咽，像狼嚎一般，声色凝重。

哭了个痛快之后，他抬头见夜色已浓。天空中有无数星星闪烁着。夜晚的凉风中，他清醒了很多。那个孩子定是为了给母亲报仇而来吧?那么，会不会有什么人早已开始利用他了呢?可怜的孩子也许会被卷进无法言说的阴谋和罪恶呢……

他仿佛看到了老王爷和琪木德次仁哈屯的泪眼。那二人曾将自己的儿子托付给我的啊，我以为完成了那个嘱托，而现在看来，我还没完成……啊，可怜的孩子！只要我还在，定能帮助你，他想。

四

苏德巴夜里进自己的房间插上了门。他的师父在经院中没日没夜地忙着，平日也就住宿在那边。所以，夜里，这座院里只有苏德巴一人。

暗淡的油灯下，屋里简陋的陈设朦胧可见。他好像忘了动弹，在房屋中央站着，一动不动。

苏德巴来满巴扎仓师从拉布柱日已过十年。他好像畏惧所有人似的，总是低着头走路。要是有什么人问起话，他会显得很腼腆。平时，不是看医学书籍，就是望着远方走神儿……因此，很少有人注意到他。

他常常产生一种幻觉：满巴扎仓原先的住持洛布桑堪布仿佛站在他面前。说实话，他没见过洛布桑堪布。但他猜想，二十年前救过他命的那个著名的高僧，定是一个慈祥的人。想象多年，那位恩师真在他的心里复活了一般，相貌越来越清晰。

他的阿爸日格牧德早已把事情的来龙去脉讲给他了。阿爸的故事，起始于一个暴风骤雨的夜晚。

"……我帮熟人将他转场的畜群送到你们家乡，返回时遇到了骤雨。"阿爸讲的故事是这样开头的。"就在那个夜晚，一个壮汉将你夹在腋下钻进了我的小帐篷。"阿爸接着说，"第二天，我带着你上路了，但是突有官兵追来。情急之下，我看到山坡上矗立着一座寺院。我抱着你爬上去，有一位慈祥的僧人迎接我们。那座寺院是鄂尔多斯右翼中旗的满巴扎仓，那位僧人便是满巴扎仓的住持洛布桑堪布……”接着，阿爸又说起洛布桑堪布派人将他们送下山渡过黄河的过程。“带你回到了阿拉善，想给你换衣服时，发现缝在你内衣里的信。那是你亲生父母写的。”这是阿爸讲的故事结尾。

苏德巴在慢慢长大。苍茫戈壁无边无际，阿拉善山脉巍峨雄伟。“东边是黄河，黄河那边是你的家乡鄂尔多斯。”他的阿爸日格牧德说。

起初，苏德巴听那些故事似懂非懂。然而，他在渐渐长大，也慢慢醒悟着自己的身世。阿爸日格牧德经常把他父母的信念给他听，刚开始他也听不明白，但后来听着听着就想流泪，夜里失眠。他开始觉得心灵深处仿佛有微微火苗燃起。后来他才明白，那是仇恨的火苗。

在他十三岁那年，阿爸日格牧德要送他去满巴扎仓。想着要离家远行，他不由得伤感。阿爸日格牧德变了脸，说：“你这一去就不许回来。因为我不是你的阿爸，这里也不是你的家。”从小对他百般宠爱的阿爸忽然这般发火时，苏德巴真是怕极了。阿爸日格牧德接着说，“你要记住，你的家在鄂尔多斯，你母亲受难于鄂尔多斯！不能为娘亲报仇的男人，不叫男子汉。从此以后，定要想着报仇。除此之外，你没有资格想其他。”

后来他明白，阿爸是为了让他下定复仇的决心才那样对他。

阿爸日格牧德送他到满巴扎仓时，把他父母的信交给了他！

苏德巴来到满巴扎仓，师从了拉布柱日师父。随着年龄的增长，胸中藏起复仇的火种。他有时到山下为牧人治病，见了人总是问他们知不知道过去老王爷有一个哈屯叫琪木德次仁。人们告诉他，大家都知道琪木德次仁哈屯，可惜她年轻轻的就没了。有一次他见到一位老人，又说起有关琪木德次仁哈屯的话题。老头感叹着说：“琪木德次仁哈屯呀，我见过。年轻、貌美、心地善良，夏季偶尔会来我们牧场，挤奶做奶食，做针线活儿，样样行。”他问：“不知她葬在什么地方？”“听说过三道梁那个地方吧？她就葬在那里。坟头上堆着白色的石头，远远就能看得见……”

几日之后的黄昏时分，苏德巴在那个叫三道梁的地方找到了母亲的坟头，就跪下恸哭起来，哭着哭着就晕倒在地。那一夜，当皎洁的月亮升起在草原的东边天际时，苏德巴枕着生母的坟头睡着了。在那一夜的梦中，苏德巴第一次看清了自己生母的容颜。身材娇小的年轻女子向着他张开手臂满脸慈祥地走来……

就这样，一颗仇恨的火种煨埋在满巴扎仓，有朝一日，很有可能变成冲天大火烧毁很多东西……

当仇恨之火烧灼内心时，来自师父的慈悲气息又在抚慰着他的心。“要想做一名医生，是不能心存仇恨的。要仁爱善待所有生灵，你手中的药，才能功效不凡。”拉布柱日常对他说，“药是什么？善者手里救命之圣物，恶人手中夺命之毒剂。”师父爱他。再也不能回日格牧德阿爸家的他，自然就把师父视如生父。然而，师父的话，并没有让他忘了胸中的仇恨，反而学会了尽量隐藏仇恨。这样一来，自己好像不再是一个人，而分裂为两个人。人前，他是单纯老实、刻苦钻研的一个年轻人。他并没伪装，在人群当中，他的性情本来就如此。但在独处时，他难耐胸中仇恨的熊熊烈火，在那火焰之中，自己的心肝被锤炼成钢铁一般，计谋越发成熟，不畏惧做任何惨烈之事。

他明白，自己是为复仇而活着的。他也明白，单靠自己报仇，尚且势单力薄。

忽有一日，一位陌生人来见了他。

那日，他上北山采药，正午炎热时分到树下歇息。忽冒出一个人走来坐到他身边。

“你可别烦我这个不请自到的人。其实我们是老相识。你的真名叫钦达穆尼。现在在满巴扎仓的名字叫苏德巴。”那位中年男人说。

苏德巴惊讶不已，不知所措地问：“你我是老相识？”

“那当然。阿拉善的日格牧德带你渡过黄河之时，你我已相识。

我一直追随着你，直到现在……”

“你想做什么?”苏德巴问。

“不做什么，只是想帮你。”

“帮我?”

“你想为母亲报仇，但你不知道怎么报仇。”

“你说什么?”

“傻子才干杀人放火的事，那样太简单了。杀掉仇人的机会总是有的，但那不算真正的报仇，真正要报仇的人，是不会那么做的。要把王爷宝座上的那个人拉下来，你在那人的宝座上哪怕坐上一天，并哈哈大笑着告诉他们：我就是那个被你们陷害的琪木德次仁之子，我这是在为我的母亲报仇雪恨！男子汉的仇，应该是这样报的……”

他愣住了。这个人知道我所有的秘密，而且说得很有道理。

“不过，你现在太势单力薄了，不是吗?”那人面带讥笑。

“是啊，我还没有能力报仇……”

“所以我来了。”

“你为什么要帮我?”

“我与现今王爷也有血仇。”

“怎样的血仇?”

“这我以后会讲给你听。现在就说你的事。我知道你的手中有一份能证明你身世的信笺。不过只有那个证明还不够，还必须经过朝廷认可才行，否则废纸一张。但反过来讲，只要朝廷认可了，王爷的宝座就会属于你。所以，关键是得到朝廷认可。”

“怎样才能做到呢?”

“我在朝廷有熟人，我去跟他们说。”

“那您真是帮了我大忙了。”

“我不是说过了吗，我跟王爷有仇。”

“以后怎么才能见到您?”

“你不必找我。以后我会经常来满巴扎仓。那时我们见面很方便。”

自那以后，一个叫桑布的药贩子常来满巴扎仓。但看来得到朝廷的认可是很难的一件事，过了这么多年，依旧没什么结果。

这期间，发生了两件事。其中一件，就是乌仁陶古斯、苏布道达丽二人常来满巴扎仓吃药调养。

苏德巴知道她们为何吃药，因此恨得咬牙切齿：害死了我母亲不说还差点要了我的命，现在又为了世代占有王爷宝座而忙乎着生儿子！这样一想，仇恨烧灼着他的胸腔。正在此时，桑布来了。

“那两个娘儿们为了怀孕，开始到这儿吃药了。”苏德巴说。

“我知道这个事。不过你放心吧，她们哪个也生不了孩子。”桑布说。

“是吗?”

“我们早就给那两个婆娘吃了断其生育能力的药了。你知道为什么这么做吗？就是为了日后顺利让你继位。别说你们满巴扎仓这些满巴，就是药师佛亲临，也不能治愈她们的毛病了。”

“是吗？您说的‘我们’是什么人?”

“不是我一个人在帮你，我们有很多人……”

“啊，啊……”

“谁要是想医治那两个婆娘的毛病，我们会拧断他的脖子。”

“啊，可是……”

岁月如梭。第二件，便是旺丹失踪的事。

旺丹失踪之事，成了满巴扎仓所有人永远无法猜到的谜，然而这个谜底在苏德巴这里却能猜个八九不离十。

要是旺丹没来经院授课，至今可在满巴扎仓过得安安稳稳的。那是两个月之前的事，苏德巴即将结业于第五经院。

阿拉善口格牧德真是一个智慧的人。送苏德巴到满巴扎仓报岁数时，故意说小了两岁。没人能想到二十年前三岁时失踪的钦达穆尼即是而今二十一岁的苏德巴。然而，有一人说了苏德巴今非二十一岁，而是二十三岁。那人便是来经院授课的旺丹！

那天，旺丹来经院给小喇嘛们专授号脉之课。医术高明且爱炫耀其本事的旺丹说："医者的眼，是长在指尖上。因为每个人生命所有的秘密都写在脉象上。所以呢，一个好医者用指尖上的眼睛洞悉着病人血脉上书写的书。我号脉就能知道，这个人到底出生于冬天还是在夏天，是黑夜还是在白昼。还能知道其成长的经历，身体落下了哪些毛病。不信的话，我给你们一个个号脉看看……"

事情就这样开始了。经院的徒弟们一个个向前，让他号脉。自信的旺丹每把完一个人的脉，便说出一些什么。

"你出生于寒冬时分，我说错了没有？"旺丹笑着问让他把脉的小喇嘛。

"没错儿。"小喇嘛笑着说。

"我不会说错的。好了，下一个……"旺丹说。

他号了下一个的脉搏，说："你五岁之前伤了脾胃，病根仍未除。"

"差点吐血死了呢。"让号脉的孩子说。

轮到了给苏德巴号脉。

旺丹笑着说："苏德巴，你是拉布柱日的徒弟。来满巴扎仓十几年了吧？今年多大了？"

"二十一。"苏德巴低着头说。

"多少？"

"二十一。"

"你说得不对，你已经二十三了。"旺丹说罢，哈哈笑。

苏德巴不知如何才好。

旺丹的指尖摁在苏德巴脉搏上："不仅你年已二十三，儿时还遭了很大的惊吓。等等……都说你性格温和，但你的脉搏里有一个奇怪的东西在凝结。你是一个心病很重的人、内心充满仇恨的人，脉象就是这样……你的脉象真是奇怪……号着你的脉，仿佛觉得你是另外一个人……”

苏德巴浑身冒汗。旺丹再厉害，也不可能从他的脉象知悉他的身世。但是，旺丹说出了他不想为人知拼命掩藏的东西，他不能不急。满巴扎仓的喇嘛们定会传言苏德巴瞒着年龄，他的脉象也很怪等等。那样，接着真不知还会发生什么，他越想越怕。

经院下了课，旺丹走了。可是，两日之后苏德巴又碰到了他。

那日，苏德巴去伙房返回时，旺丹正站在自己的院门口看着他笑。苏德巴有点紧张，正想匆匆走过去，却听旺丹叫他。

“进屋坐一会儿，我有事问你。”

苏德巴无奈，走进旺丹的屋子。

“那天给你号脉之后，我对你有点好奇。怎会有那样的脉象呢？你说实话，你果真在内心藏着愁苦与仇恨？恨的是什么人？”

“我没有。”苏德巴说。

“奇怪啊，真是……”

在苏德巴看来，旺丹的好奇是一个巨大的危险。旺丹是名医，他要是如此好奇下去，迟早要出事。那几天苏德巴总是提心吊胆，正在这时桑布来见了他。苏德巴说起旺丹的事。桑布没说话，但没过多久，旺丹就失踪了……

人们传说，夜里有人来绑架了旺丹。苏德巴想，那必定是桑布所说的“我们”之中的一拨儿。苏德巴有了桑布这样的靠山，有时高兴，有时也不安。

五

草原上有一种蘑菇生长在土层下边，它们一窝窝、一串串地隐藏在地面以下生长，所以一般人是很难发现的。但有经验的牧人可以从沙土的颜色、密度等微小的变化中看出蛛丝马迹……人间的阴谋就很像这种蘑菇，它总是在暗中运行，而且不易被人发觉。但是一旦有人发现了其中的一个环节，那就很可能有接二连三的一连串发现。

达林台现在正是这样。他先发现了苏德巴就是钦达穆尼，没过两天他又注意到了药贩子桑布。昨日，他看到苏德巴忽然往北山走去，他就悄悄跟了上去。结果他发现北山上果真有一个人在等苏德巴，那个人就是桑布。他想到，不在寺院会面，却在山里见面，定有什么阴谋。然而，药贩子桑布到底是什么来头呢？

达林台不仅老了，而且脑子好像也变得愚钝了，但现在，他的心思忽然敏捷起来。仿佛一辆破旧勒勒车长锈的铁车轴猛地飞快转动了起来，又似羁绊中的马儿忽地解绑开始飞驰了一般。他现在做出了迅速而准确的判断：对于想报仇却力量绵薄的苏德巴来说，当然是需要帮助的。结果，一些搞阴谋的人就会乘虚而入……

药贩子桑布来满巴扎仓的次数很多，达林台经常能看到他。看到的次数多了，达林台早已对他的身份产生了怀疑：此人真的是药贩子吗？达林台看出桑布的眼神冷静而果断，走路的样子像个军人……今日，亲眼见桑布和苏德巴在北山秘密会面，达林台好像猜到了所有事情的十之八九分。桑布定不是药贩子，说不准是朝廷的走狗。可怜的苏德巴兴许庆幸自己找到了一个有力的帮手吧？但苏德巴复仇的事跟桑布有什么关系？桑布的意图应该是利用苏德巴达到另外的目的。那么桑布的目的到底是什么？是不是想弄到那部秘方药典？如果桑布真的是朝廷的奸细，那么这个判断应该不会有什么错。

山里的一个岩石边儿上，桑布和苏德巴在说着什么。因为相距远，所以听不到他们的谈话。达林台的心中汹涌着对苏德巴的怜惜和对恶人的愤怒。义不容辞帮助苏德巴的决心，无情消灭恶人的狠心和信心，甚至计谋……使达林台已胸有成竹。要是有谁还没忘了二十年前的达林台即是旗衙门兵头的话，不会奇怪他今日的举止与状态。

达林台现在迟疑着要不要去找扎仓堪布。说实在的，扎仓堪布和他应该想法一致。然而，要跟恶人较量，心须要恨，手亦要狠，不能受道德束缚，也不能忌讳诡计。尤其情急之时要果敢，不能拖泥带水。如此想来，跟什么人沟通和商量都是多余的……

达林台最后决定，暂时不去找扎仓堪布商量了，先按自己的计划行事。

原来，满巴扎仓是一个无底深渊。想要报仇雪恨的一个年轻人身着僧衣隐藏于此，一个装扮药贩子的朝廷暗探也在这里觊觎着蒙古族医学宝典，求子心切的两位哈屯成了阴谋者的工具……然而，达林台断定事情还远远不止这些。若说，操纵阴谋的幕后人（达林台当然不知他是谁，在什么地方）是一个大蜘蛛，那么他的蜘蛛网到底拉得有多宽，上面粘着多少昆虫？只有把这些情况大致摸清了，才能够决定下一步该怎么办。

达林台回到自己的屋子里思索良久，长长嘘了一口气，拿出烟袋抽了起来。烟如乱麻缭绕在他眼前。满巴扎仓的事亦如这烟雾。然而，麻线再缠绕凌乱，只要找到它的线头就能捋出头尾。

到了第二天，达林台又有了新的发现：他不仅看到了耶奇勒去乌仁陶古斯家的足印，还看到苏布道达丽去白脸更登住所的足印。看足印他们都不止去了一次。奶奶的，官府的太太成了喇嘛的垫子，佛祖的教徒都成了发情的公牛，他嘴里骂了一番，接着他就想到了，这些乱七八糟的事情很可能都与那部秘方药典有关。

六

忽传近来满巴扎仓在夜里闹鬼。没有人说自己亲眼看见了鬼，但都在说某某人确实碰到了鬼。据说，某某喇嘛夜里出去方便，走到转经路外，刚刚蹲下，好像身旁还有一个喇嘛蹲下了，某某想知道是哪一个，侧身一看发现是一个没有下巴颏儿的人……某某喇嘛半夜醒来，发现一个女子在他家熬茶……某某走出药王殿发现迎面来一个人，走到跟前儿就停步了，仔细一看，像是已故几年的一个喇嘛……

人们说，鬼魂竟敢到寺院里来了，这说明不是佛太老实了，就是鬼太厉害了。

老协理给更登限定的半个月，现在只剩三天了。更登开始日夜思谋着，寝食难安。他绝对不相信自己半个月内能找到秘方药典。所以，早就打定主意逃跑。他想：快到限定的日期，本师父就趁着夜色一走了之。当那个山羊胡子发现我溜掉而捂着嘴巴懊悔不已时，我起码也到阿拉善了。只要尘世中病痛不断，医生就没有饿死的道理，再说，本师父的医术也不差！

逃是容易的。身为喇嘛，他无妻儿家室，无牵无挂，揣着一些银两和药囊下山便是。他的马在山下，马鞍和马嚼子就放在山崖边……

这十几天，协理夫妇没让他安生。老协理时不时地翘着山羊胡子来他屋里。

“找得怎样了？”

“我正在找呢。”

“有希望吗？”

“应该有吧。”

老家伙偶尔还威胁他说：“要不别找了，咱俩还是去衙门讨个说法吧。”

“协理爷，再等两天，我一定认真找……”他说着就磕头。

苏布道达丽偶尔也来讥讽他：“看起来，你脸色不好，病了吗？”

更登冷笑道：“想起自己做的那些事就后悔，无法入睡。”

“不自量力就是这般下场，以后长点记性。”苏布道达丽说，“要快点找到那部药典，不然你真的就麻烦了。”

更登恨得咬牙切齿。他想，我本来在满巴扎仓活得好好的，就这个山羊胡子夫妇让我坠入他们的圈套，才到了如今的地步。他们定会不得好死。

太阳渐渐消失在山那边。更登坐在转经路外的岩石上。他打算今天晚上溜走，正迫不及待地等着天黑。不一会儿，黄昏已过，黑夜来临。他站起来，伸了个懒腰，不紧不慢地走向自己的院子。

不知苏布道达丽从哪儿冒了出来，站在他面前。

“刚才我看见你坐在转经路那边，是不是在等你的情人呀？见到了吗？”苏布道达丽问。

“今晚我没碰上人，却碰到了一个鬼。”更登恨恨地说，他是在骂苏布道达丽是鬼。

“是吗？难怪都说满巴扎仓开始闹鬼了。当心点吧，你本来就是一个鬼迷心窍的人。”苏布道达丽又说，“我家老爷子让你去一趟呢。”

“现在？有点晚了吧？”

“你又不是不知道我家老爷子是急性子。”

“要干吗？”

“谁知道啊，看起来很生气的样子。”

“我也是今晚想去见协理爷来着，又怕打扰他休息。如果他让我去，我现在就去。你先回去让你家诺日吉玛熬个茶，我回去取一个重要的东西，随后即去。”更登笑着说。

“什么重要的东西？”

“带过去你就知道了。”更登说罢回头就走。这婆娘肯定以为我找到了秘方药典吧？她今晚回去跟她那个山羊胡子老头儿一说我要送去一个“重要的东西”，那山羊胡子还不知道高兴成什么样子呢。人要是缺心眼儿了，也是够可怜的。好了，你们就那样等着吧，我得去另一个地方……

这般想着，他步履轻盈起来，但还是心跳得厉害。走进院子，他怕有人跟踪自己，环视周围，见院内的树木、墙角的岩石黑乎乎的，让他感到阴森恐怖。

进了屋他没点灯，摸黑爬上炕，找到褡裢将药囊塞了进去。之后摸到扔在桌子下的鼻烟壶。接着打开箱子，把一些银子揣进怀里。他想，现在可以走了。

就在此时，他突然听到一个女人压低嗓门的咯咯的笑声。笑声距他很近，就在他身边。他吓得魂飞魄散。一股凉凉的气息扑面而来，那个女人的声音对着他的耳朵说："我的师父，你可别想着逃啊……"

更登吓得晕了过去。

七

编纂经书大屋子的一隅，拉布柱日忙着审稿。徒弟苏德巴送来晚餐已经好一阵子了，他都忘了吃。后来他终于抬起头伸了个懒腰，看到苏德巴送来的晚餐在一旁。

啊，可怜的孩子，眨眼间长成大小伙儿了，他想着苏德巴，开始吃饭。

拉布柱日比谁都了解自己的徒弟。在别人眼里苏德巴是一个老实平和的小喇嘛，而在拉布柱日眼里却是一个孤独的、深陷痛苦的可怜孩子。他会在睡梦中咬牙切齿、哭泣，醒着的时候又常常发呆走神儿……这些怪异的情形使拉布柱日感到，这个孩子的内心有着深深的痛楚，甚至结着仇恨。随之，担心这个孩子日后兴许遇到什么。

我无法那么快了解到这个孩子的内心秘密，但可以让他的心灵得到矫正，拉布柱日想。他认为医学也是一种调整心灵的学问。医学的背后隐藏着善良、宽容和怜悯。所以，要是真正能学好医学，心灵即会变得宽宏纯净，并能悟到活着的本质……

拉布柱日教授徒弟的办法与众不同。他让徒弟在经院学习，认真学习医学理论之外，起初留给他一天给五十人号脉的作业。“师父，脉是怎么号的?”苏德巴问。“到底怎么号，我现在说了，你也不会即刻懂得。你就按我说的号着，总会觉出什么的。”拉布柱日说。从此，苏德巴整日到处走动，见人便求：“让我给您号个脉吧。”从满巴扎仓的诸多满巴到伙房的扎马用人，还有来看病的乡亲……不管见谁，他都求着号脉。谁都理解并赞许苏德巴的刻苦，情愿让他号脉。起初觉得人们的脉象都一样。可是渐渐地，那些脉搏之间的区别就被他捕捉到了：有的浮，有的沉，有的轻躁，有的凝重……到了这时，拉布柱日又要求他说：“明日起，你要上山品尝一下各种草。”之后，他将山里的各种草尝了个遍，尝得舌头都绿了。过了几个月，他能感觉到那些草含着热、温、寒等不同的性质。就在这个时候，拉布柱日跟自己的徒弟进行了第一次长时间的谈话。

那日晴好。他领着苏德巴走到山梁上坐下。远山苍茫，山下的草原幻景重叠、广阔无边。

“孩子啊，你看到了什么?”拉布柱日问。

苏德巴环视远近良久后说：“只见山和草原……”

“不只是山和草原啊，世间诸多事物的关联就在你的眼前。你看!若说草原是山峦的根基，那么山便是草原的威严；若说天空是大地的盖子，那么大地便是苍天的托盘。你看到空中飘浮的白云了吗?那是地上的水升腾为气飘在天空中，之后又化作雨降落到大地。冬去春来，日夜更替，如影随形……相辅相成，相反相成……”

苏德巴惊奇地望着师父。原来，在师父的眼里，世界是如此这般模样。

“你号过很多人的脉，尝过很多种草的味道。若是人有千种病痛，世上会长着千种治愈它的草。人是怎么生病的?因了空气、饮食、冷热等。人的病怎样才能痊愈?要依仗世上的植物、岩石、动物的脏器……孩子啊，这个世界上，没有一个东西是独立存在的，包括恩德、仇恨、悲悯、妒忌……”

苏德巴默默地沉思良久，点了点头。

第二次谈话，距此半个月之后的一天，也是在这里进行的。

“师父老了，半个身子已入土了。我来到满巴扎仓整整五十八年了。不过，知道我身世的人并不多。以前的扎仓堪布知道，现在的扎仓堪布也知道。不过知道的人越来越少了。你是我这辈子唯一的徒弟。所以，我想把自己的身世以及几十年以来的生活，全部告诉你。”拉布柱日说。

“啊，好的好的，我真想听一听。”苏德巴说。

“我呢，不是你们鄂尔多斯人，是黄河北岸一个恭亲王之子。父亲是旗里的世袭王爷，我家兄弟有四人。父母说兄弟四个里我是最聪明的一个。你知道我的童年是怎样的光景吗？正是清朝坐稳了江山，蒙古人被诬害排挤的时候。作为旗王爷的父亲自然要面临将来把王位继承给哪个孩子的问题。最后，父亲把我这个他认为最聪明的孩子送到满巴扎仓当了喇嘛，将自己的王位传给了我的长兄！”

“啊，是吗？怎么会那样？”苏德巴不由得声音很大。

“父亲请来旗府掌事的五个政要以及乡里知名人士进行了商议。父亲简要说了满清朝廷对蒙古的策略，提醒大家，蒙古族官员后裔今后只有两条路可走。一是继承父位成为清朝的工具，二是到寺院当喇嘛毁其一生。但从目前的情况来看，我们还是应该把我们优秀的孩子送到寺院才是。因为，一来寺院是学知识的地方，今后不管哪个族群，都要依靠学识才能立足于这个世界。谁都知道，满清朝廷为了蒙昧蒙古人而建了很多寺院。然而，我们可以把满清朝廷修建的寺院当作研修学习知识的中心。大家赞许父亲的意见，举行了我长兄继承王位和送我到满巴扎仓的大宴。父亲和已继位新恭亲王的长兄送我至黄河岸边……”

原来，我的师父本可当恭亲王啊，苏德巴不由得一惊。

“要是没有族群意识，做了再大的官，又能如何？若是有那般心志，在乡间寺院为僧又如何？人活着的意义，在于为何而活着！”

苏德巴默默点头。

拉布柱日曾相信，能让他的徒弟成为一个目光远大、关注族群命运和世界大事的人。然而，近来拉布柱日有些着急。当他全力教导苏德巴的时候，仿佛有一个人也在竭力将苏德巴拉向反方向。他还说不出为何有这般感觉，但能察觉到，而且还想到，此事跟近来围绕秘方药典展开的激烈较量有关。

八

脸上像是滴着湿漉漉的东西，更登以为是在下雨。我在野外吗？怎么是躺着的呢？仿佛听到一个人的呼吸声，一股热乎乎的气息扑向他的脸，于是他想到：正当他往褡裢塞东西的时候，也是这般有人的呼吸声，之后一个女人的冷笑声在耳畔响起的。我就那样被鬼引走了？现在是不是在去见阎王的路上？原来通往阎王殿的路又黑又湿……脑颅上还是湿漉漉的。听说人的魂儿是从头顶出去的，可能是我的魂儿刚从那里飞了出去吧。

像是雨点一样的水滴仍然喷洒在脸上。“师父，你可醒了？睁开眼看看吧……”听到一个女人的笑声。那个声音很近。

更登慢慢睁开了眼睛。暗暗的光景里，看见一个女人的脸模模糊糊俯瞰着他。他还看到女人头顶是自己房屋的梁子椽子。难道我不是在去见阎王爷的路上，而是在自己家中？他的神志慢慢清醒。他这才明白自己躺在一个女人的怀里，那个女人正向他的脸喷洒着水。

“嘻嘻，你若是醒了，去换换你的裤子吧，刚才好像尿裤子了。”

这不是老协理家的女仆诺日吉玛吗？更登认了出来。看来老协理知道我要逃，指使诺日吉玛跟踪了我。我却让这个婊子吓晕了，还尿了裤子丢尽了脸……说实在的，尿裤子是小事，明日肯定会把我捆了送到官府，接着数落我的百般不是，刑罚伺候的吧。那时，不仅仅是要丢脸，也会丢了命……

更登已经万念俱灰。爱怎样就怎样吧，老协理若是此时走进来，他别说下跪磕头，起都懒得起来。

“你可真是个胆小如鼠的家伙，我是来帮你的……”

更登缓了一阵儿勉强问：“你说……什么？”

“你要是按原计划逃的话，不等你下山就会让协理手下的人抓起来。那个老家伙早就知道你要逃，在所有可以下山的路口都安插了人。你逃，就是自投罗网。我不想让你落入虎口，所以才赶着来的。可你却被吓晕了……”

更登睁开眼，慢慢坐了起来。

“你……说的是真的？你不是协理家的仆人吗？”他问。

“协理夫妇欺负我太甚。我恨他们。”

“所以来帮我的？”

“也不是，要是咱俩合力，好像能成大事，所以我觉得该救你。”

“咱俩……成什么大事？”

“别急，我让你见一个人。”

“谁？”

诺日吉玛跟更登耳语道：“一位满清朝廷官员要见你，不过你先换一下裤子吧。”

更登感到黑夜里迷路时看到了灯光。满清朝廷官员？！以前他没有结识满清朝廷官员的机会。所以，几乎想都不敢想这个世界上还有满清朝廷官员这么一拨儿人。然而，这一夜诺日吉玛说要引见满清朝廷官员时，他觉得再也不必怕那个长着山羊胡子的老协理了。别说是旗府协理了，就是王爷的命运也在满清朝廷的手里。要是结识这样一个官员，那就等于骑在老协理的脖子上！

夜深时，更登随着诺日吉玛下了山。夜的朦胧中听见远处夏营牧场上的狗在叫，还听到断断续续的歌声。走着走着，走进了草原深处，听见黑暗中有人在吹口哨。

有一人在等他们。当更登认出那人是药贩子桑布时，他惊奇得目瞪口呆。这就是所谓的满清朝廷官员？

“听说您可是遇到了一点麻烦?”桑布冷冷地问。

“唉……”更登低下了头。不仅仅是因为丢了颜面，见到了“满清朝廷官员”他还有点怕。

“逃是傻办法。要是没有诺日吉玛，恐怕你这个时候就很麻烦了。”桑布说。

“嗯，嗯……”

“要是想不怕那个老协理，你该接受满清朝廷的庇护。你们的蒙古官员们只是我们清朝饲养的一些虫豸而已。不管捏起哪一个，都会悄无声息地完蛋。”

“是啊，是啊……”

“不过，我们大清朝廷也不会白白护了你，你要给我们找到满巴扎仓秘方药典。”

“啊……好的，好的。”

“你要是耍心眼儿，知道会怎样吧?”

“知道，知道……”

“以后要听诺日吉玛的话。”

“好的，好的……”

桑布和诺日吉玛撇下更登消失在黑夜里。更登久久站在那儿。出窍的魂儿好似慢慢回到了躯体之中。他知道依靠了满清朝廷，就等于靠上了一座大山！哼，臭山羊胡子，我现在可不怕你了！而你倒是应该小心一些。不久后你便知道有福之人是怎样的……

第四章

一

就在满巴扎仓发生着这么多事的时候，金巴和流浪医生二人愉快地驰骋在阿拉善广阔的戈壁上，他俩朝拜了很多寺院，走遍了阿拉善所有的满巴扎仓。

“不知道有没有人统计过蒙古草原上有多少寺院？”金巴好奇地慨叹。

“这个要翻一翻清朝皇帝的记录才能知道。他们为了改变蒙古人的秉性，想把苍狼变成绵羊，所以蒙古草原才有了这么多寺院。”流浪医生说。

“满清朝廷的目的当然很明确，然而，我们蒙古人也不是白痴，已把那些寺院都当成了学术研究的场所。”

“你在为清朝皇帝歌功颂德，听了你这句话，他也许会奖赏你。”

“我说的是实话。”

他俩真是成了好朋友。偶尔这么争辩一番，双方都兴奋不已。流浪医生是一个饱读史书、深谙事理的人，这一点越来越明显。他恨清朝，也瞧不起僧人与寺庙，因而二人争辩，但他们之间的争辩很友好。

“眼睁睁看着朱元璋的大军烧了元上都，现在隐在寺院做起了学问，多么可悲……”流浪医生讥讽道。

“要是说起来，而今蒙古人中的精英人士都集中在诸多寺院里。

附属六个扎仓、四个扎仓的寺院不是很多吗？那些扎仓都是做学问的地方啊。”

“穿着绛色长衫走路都谦卑，像是被阉割了一般不能娶妻生子，撒个尿还得像女人一样蹲着，你们这样的僧人，我怎么看都不觉得是蒙古人的精英。”

金巴生气了：“再怎么着，我们也比你这个居无定所的流浪汉强。”

俩人就这么一路拌嘴说笑着。一日，他们走到黄昏时分，须找一人家借宿。正在这时遇到一个牵着骆驼的人，就问附近有没有人家，那人告诉他们这座山坡东麓有一户人家，户主叫日格牧德。

到日格牧德老人的家时天色已晚。两条样子很凶的牧羊犬吠叫着迎来，围着叫了半天，却没有人出来。

流浪医生生气地喊：“到底有没有人？你家的狗要吃掉我们了！”

过了一会儿，跑出一个小伙子，赶走了狗，来问安。黑夜里见他牙齿甚白。

流浪医生还是不高兴：“你家这两条狗是不是拿人肉喂养的？怎么这么厉害啊？”

小伙子笑了笑：“日格牧德阿爸生病了，我正给他烧水忙乎来着。他一个人生活，没有人照顾，我是他邻居。”

流浪医生笑着下了马，将马拴在拴马桩上：“病了？这不是来了两个好大夫吗？”

“真是太好了！日格牧德阿爸真是有福。”小伙子又说，“快快请进。”

进了屋里，见一位老人气喘吁吁躺在图拉嘎的东侧。小伙子往图拉嘎中添了牛粪忙着熬茶。金巴和流浪医生放下褡裢，轮流给老爷子号了脉，商量了一番后包了几包药。

“小伙子，你别忙着熬茶，先把这个药煮了，趁热给他喝了吧。”

老人喝了药，当小伙子熬好茶时，他打了几个嗝儿便坐了起来。

小伙子合掌说：“来了两个活菩萨。”

“快给老人家吃点东西，过会儿再给喝一包药。”金巴说。

老人家吃了药，精神了许多：“听你们口音，像是鄂尔多斯人。”

“这位满巴是鄂尔多斯右翼中旗满巴扎仓的喇嘛，我是俗人一个。”流浪医生说。

“啊，你们满巴扎仓堪布是洛布桑师父吧？是一个有学问的人。身体可好？”日格牧德老人问。

“早就过世了。您还认识洛布桑堪布啊？”金巴好奇。

“见过的……”日格牧德看着金巴欲说还休的样子。

为了让日格牧德老人痊愈，金巴和流浪医生在老人家里待了几天。

一日，日格牧德老人还是没能忍住：“听说你们满巴扎仓有一处经院，是少年喇嘛学习医术的地方。”

“看来您对我们满巴扎仓很是了解呢。”金巴说。

“只是听说罢了。你们那里有一个叫拉布柱日的名医吧？”

“有，他跟他的徒弟苏德巴住在一起。”金巴说。

“苏德巴……是拉布柱日的徒弟？那个孩子……还好吗？”

“挺好的，是一个很勤奋的孩子，以后会成为医术不错的满巴。”金巴说毕见日格牧德老人眼里噙满了泪水。

“哦，可怜的孩子……”老人家说着声音哽噎。金巴好奇了，这个老人好像很关心苏德巴，他可能认识苏德巴，但他又不直接说出来，为什么？

那天夜里金巴做起了梦。他梦见日格牧德老人在对他说着什么，但他听见的却是苏德巴的声音，他这才明白，日格牧德和苏德巴原来是一个人……后来他醒了，想着刚才的梦，觉得梦这个东西实在是荒唐，但他很快又意识到刚才的梦似乎提醒了他什么。他一下子精神了，开始认真思考起来。他终于明白了，他的梦很有道理，在日格牧德老头身上有些东西跟苏德巴很相似，比如他们的口音、他们说话的声调，甚至一些微小的表情和动作……如果说在醒着的时候，他会对这些视而不见。然而，在睡梦中却看到了二者的联系。

他越想越兴奋。这些年学医行医的经历让他养成了对任何事情都刨根问底的习惯。他甚至认为，探究的兴趣是当好医生的必备条件。比如看病，病人的病痛都有其起因，而病痛最直接的起因是任何医生都能看出来的：感冒是因为着凉，腹泻是食用了不合适的食物等等。但在这些起因背后又有一连串的起因，那几乎是一条因果的长链，其任何一个环节都是后一个环节的起因，同时又是前一个环节的结果……一个好的医生只有顺着那条因果长链追寻下去，才有可能找到治疗病痛的较有效的办法。

他现在想着日格牧德和苏德巴两人十分相似的口音、声调以及表情、动作等等，再想起老人不仅知道上一世扎仓堪布，还知道苏德巴的师父拉布柱日，已经感觉出这个老头其实是认识苏德巴的。金巴当然知道苏德巴是阿拉善人，于是他猜想这个日格牧德有可能是苏德巴的长辈，甚至有可能苏德巴是在日格牧德膝下长大的。一个人的一些动作和表情，甚至声调都会带有长辈的某些特征的。但如果这个老人是苏德巴的长辈，他为什么不直接说出来，而总是一种欲言又止的样子？

他听到日格牧德老人在翻身，叹气，才明白这个老人现在还醒着。金巴觉着这个老人和苏德巴身上隐藏着一个秘密，但那是一个什么样的秘密呢？

几天后，老人家的病完全好了，金巴和流浪医生要离开了。老人家进进出出都叹着气，像是要说什么，迟疑着，最终还是没说什么。

几天后，他俩又碰见了一个病人。

他俩正走在戈壁上，有人追来。那人赶上了他们，在马背上弯腰问安："你们好，听说鄂尔多斯来了两个名医，想必是二位吧？"

"有病人？"

“我们家老爷请您到家里，想让您瞧一瞧哈屯的病……”

“医者只是分病人和健康人，而不分贫富贵贱。”流浪医生说。

他们所说的老爷，原来指的是旗里的章京大人[①]。他们生活富足，住着宽敞毡房，章京哈屯长得白白胖胖，看不出有什么毛病。

“我们结婚二十年了，上苍尚未赐予我们子嗣。不知二位大夫有没有法子？”章京大人笑着说。

金巴给那位哈屯号了号脉。而后，自当医生以来他第一次不知所措。因为，这位哈屯没有生育的脉象，无奈看着流浪医生摇了摇头。流浪医生也给哈屯号了号脉，也拧紧了眉头。

“二位师父，我们有子嗣之福吗？”章京大人巴望着问。

流浪医生放下哈屯的手，说：“这位金巴满巴是鄂尔多斯满巴扎仓的名医，先听他怎么说吧。”

金巴生气地瞪了一眼同伴。这家伙自己没了法子，想让我出丑呢，于是说：“还是您先说说吧。”

流浪医生无奈地笑了笑，说：“我没法儿说能治好，但可以试一试。”他打开了药囊包了几服药。金巴看着惊奇。他心想，这不是平时用的几种药吗，但还是第一次见这么个配药法。

流浪医生给他们开了两个月的药，说：“霜降之次日起，隔一天服一包，要是你们的运气好，来年这个时候您二位就会有白白胖胖的孩子。若是到那时候仍然没有怀上孩子，那就只能说是命中无子，别怪我即是。”

章京夫妇点着头。

离开章京家，金巴一路想着心事。他一直想着流浪医生开的那几种药，想着若是药力相加，会有怎样的效果。他明白了流浪医生的医术是一种谁也想不到的奇特路数，随即感叹不已。感叹着，原来这个

---

① 章京：清代官位名。

世界上什么本事的人都有啊。

“你刚才包的药，想想可能成，但是细想又觉得少了什么。”金巴说。

“我也是这么想的。如果有时间，我再细细斟酌，重新配一种药，治好那个女人的不孕症我还是有把握的。”流浪医生又说，“你也帮我琢磨琢磨吧，一旦琢磨透了，那些患有不孕症的女人的肚子就会争先恐后地大起来。你们旗里的王位可是后继无人呀，你可以有用武之地了。”

再过了几日，他俩该各奔东西了。

“你要去哪儿?”金巴恋恋不舍。

“想去哪儿就去哪儿，多结识一些名医。我会念着你的。”流浪医生说罢，也流露出了难舍。

“我也会念着你。不知我们日后有没有相遇的缘分。”金巴说。

“可能会有。我这个人到处流浪，说不准哪一天就去看你。”流浪医生又说，“我的满巴，保重。”

“认识这么久了，还不知道你的名字呢。”金巴说。

“我叫潮洛蒙。”

阿拉善广阔的戈壁滩苍茫无际。

二

转经路旁，老协理和更登相遇了。

协理脸色难看，刚要说什么，更登便抢先道：“协理爷要去哪儿?翘着山羊胡子闲逛呢?”

老协理费解地看着他，像不认识似的。

“你老婆在家吗?让她有空去我家。偶尔还真是很想她呢。”更登说罢就走了。

老协理气得七窍生烟，但没来得及说什么，愣在那里。这是见了我就磕着头的那个人吗？这畜生今天是怎么啦？他想着，觉得不可思议。

更登笑着往前走。真可谓冤家路窄，见苏布道达丽又迎面走来。

苏布道达丽还没来得及说话，更登笑着说："哎呀，好几夜没见了，今晚不去我家吗？"

"什么？"苏布道达丽以惊奇的眼神看着他。

"去时带着你家的山羊胡子，让他给我俩熬个茶什么的。"

"你……"苏布道达丽想说什么，更登却哈哈笑着扬长而去。

她见老头子走来，便招手。夫妇二人赶紧回了自家院子。

"那个残废好像变了个样儿……"苏布道达丽说。

"是呢，刚才见了我还直呼山羊胡子。"协理气得发抖。

"是吗？怎么了呢？"

"是啊……"

"不管怎么说，肯定是有了其他靠山。是不是跟乌仁陶古斯挂上钩了？"

"说不准。反正那畜生是不怕你我了。"

"注意他的行踪，会发现什么的。"

诺日吉玛提着茶壶走进来盛了茶。

我们的话会不会被这个婊子听去了？苏布道达丽观察了一番，诺日吉玛脸上看不出什么破绽。

事实上，更登也是心急如焚。他不得不答应为桑布找那部药典，从此就整夜整夜地失眠。离开了协理夫妇，他回到家上炕躺下了。现在除了去威胁耶奇勒或楚勒德木之外，别无他法。可是先去威胁哪一个呢？这是需要斟酌的。

没想出头绪，到了夜晚。依旧没点灯，就那么躺着。这时，一个黑影闪了进来。他知道是诺日吉玛。赶紧起来点了灯。

“找秘方药典的事怎样了?”诺日吉玛问。

更登叹气摇头。

“赶紧想法子，桑布好像生气了。”诺日吉玛说完走了。

更登重新上炕仰卧。奶奶的，我至今见都没有见过那个药典，更不知道藏在什么地方，但找药典的差事怎么就落在我身上了呢？为什么他们都让我找，都动不动来吓唬我呢？满巴扎仓这么多喇嘛，怎么就我这么倒霉？……他越想越憋气。更登就是这么一个人：遇到好事他觉得自己是世界上最幸运的人；遇到坏事，他会想自己多么不幸。

但是，悲观解决不了什么。他知道，那部药典是一定要找的。那么，本师父我先去吓唬一下耶奇勒试试看吧。

三

乌仁陶古斯和耶奇勒相拥而卧。乌仁陶古斯爱抚着耶奇勒大汗淋漓的后背说：“可怜的人，终日在伙房忙碌，肯定很累吧?”

“啊，还好……”

“近来你瘦了很多。”

耶奇勒叹了一口气。怎能不瘦？思念和恐惧折磨着他。

“起初我是为了治病接近你的，但现在不是了，你已成为我的命根子。”

耶奇勒又叹了一口气。

找到那个秘方，对他而言也是一桩心病！找不到那个方子，乌仁陶古斯就无法安生。

“我现在有时想，再也不当这个王爷哈屯，跟你去一个陌生的地方过日子，那该多好。”乌仁陶古斯说。

“你要是能下这个决心，我不说一句不，就跟你走。”耶奇勒说。

“走应该是两全之策，我们俩这事迟早会被发现的。一走了之会省心。”

“是啊。”

俩人这般说了一阵儿，心情平静了许多。

“不过，我们俩没来得及走就被抓了怎么办？比如就今晚，我丈夫派来几人，把你我捆绑起来……”乌仁陶古斯说着笑。

“我不会为自己后悔，只是为你担心。”耶奇勒说。

“我俩好好的怎么说起这个了？直到现在不是好好的吗？你把我抱得紧一点……”

时光在夜的黑暗中无声无息地流淌而过。没多久就近了黎明，耶奇勒起身穿衣服。

耶奇勒推开乌仁陶古斯家的门向外走。没走几步，就有人挡住了他的去路。惊吓得心脏都要从嘴里蹦出去的耶奇勒勉强认出黑暗中的这个人是更登。

“乌仁陶古斯哈屯的身体可好？”更登讥讽道。

“啊……哦……”

“我的扎马，你跟我走吧。”更登说毕走在他前面，他不敢不跟着走，吓得腿都软了。更登领着耶奇勒回家，插上了门。

“现在用不着说废话。你的一切我都知道，我要是去旗衙门，说说自己所见所闻的话，你是知道什么后果的。”更登说。他不仅想起自己在老协理面前求饶磕头的情形，还想到当着诺日吉玛面前尿裤子的情形，仇恨的火焰在胸中燃烧起来，恨不得将所有的火儿撒在耶奇勒身上。

耶奇勒嘴唇微启说：“请您……宽恕我。”声音小小的。

“怎么个宽恕法儿？国有国法，庙有庙规！”更登语气强硬。心想，那个老协理也是这样威胁我的。

“您若……不宽恕我……乌仁陶古斯和我师父都会伤心死的……”耶奇勒哭了。

更登坐在炕沿儿，满足地看着耶奇勒的哭。原来，威胁别人的感觉是这般美妙。

耶奇勒哭了很久，快晕了，更登才叹了一口气说：“唉，看着你，也觉得可怜。你要是听我的话，我可以不去告你。”

“行，肯定听您的……”耶奇勒赶快点着头说。

“满巴扎仓秘方药典在你师父那里。你要是给我拿到那部药典，这事就算啦。至于如何把药典弄到手，是偷还是抢，你自己看着办。最起码你也得告诉我那部药典放在哪儿。”

耶奇勒迟疑了一下，又赶紧点头了。

四

这一夜，又有一个无眠之人，是楚勒德木。楚勒德木整夜未睡。

近一个月内，他发现徒弟明显消瘦了，他好奇也担心，有时都觉得有什么灾难要来临。他觉得徒弟变得古怪了，说他遇到了什么难办的事，有时候好像还挺开心，可是说开心吧，有时又愁眉苦脸起来。几次问他怎么了，耶奇勒都回答说没什么。师徒二人都比较内向，少言寡语，所以也就没有再深究。但是，楚勒德木心里的疑惑越来越重。他想，定是发生了一件不寻常的事。

就在这一天晚上，楚勒德木在正房辗转反侧时，院门吱呀一声打开，像是耶奇勒走了出去。想着他可能去方便了，自己也有尿意，披着衣服随即出去。皎洁的月亮虽已入了云层，但走在他前面的徒弟仍是朦胧可见。可是，他的徒弟走着走着，走进了乌仁陶古斯哈屯的院子！

楚勒德木没能马上想明白这是怎么回事。耶奇勒这是怎么了？他怎么深更半夜走进了旗王爷哈屯的院子？是懵懵懂懂走错了，还是在梦游？他又想，乌仁陶古斯哈屯要是责备起来怎么办？真是愁死人。他在那里站了一忽儿，才想到徒弟是不是在跟乌仁陶古斯哈屯偷情？这一想，他吓得腿都哆嗦了，浑身冒汗，像是头上一阵晴天霹雳，眼冒金光，心智昏暗起来。

月亮从云层后出来了。乌仁陶古斯大院的大板门静悄悄的没有一点动静。楚勒德木不时瞅那扇门，捶打着脑袋。真是老鼠挠猫鼻子，你是在找死啊！我要是将你从小管教好了，能有这样的事吗？都怪我没管教好，现在才成了这样。这样一想，觉得所有的责任都在自己。刚二十出头的傻孩子呢，他懂什么？不管他作了什么罪孽，我都要替他受过，若要惩罚，那就惩罚我好了。他这般嘟囔着，心意已决。

十几年前那个哑巴孩子仿佛在眼前。当时楚勒德木很是心疼那孩子，将他收为徒弟，用银针诊治着，使他开口说了话。看着渐渐长大的徒弟，他心里幸福无比。要是有一天徒弟有个三长两短，他活着还有什么意义？

接着，楚勒德木恨起乌仁陶古斯来。你都快四十了，为何要拉一个孩子下水啊？你跟我有仇吗？你要是想乱来，世上的男人多的是！为什么偏偏害一个小自己十几岁的孩子？你还有廉耻之心吗？真活该是一个不受孕的母牛，你定不会好死！

他忘了时间的流逝，就这么坐着，天都快亮了。乌仁陶古斯家的院门还是静悄悄的。楚勒德木站起来往回走。泪眼婆娑，呼吸凝噎。

天渐渐亮了起来，满巴扎仓还在沉睡中。在一盏不眠的灯下，楚勒德木垂头而坐，一夜间他似乎老了十岁。他在等他的徒弟。

外面响起脚步声，门开了，耶奇勒走了进来，一下跪倒在师父面前，哭道：“师父，救救我和乌仁陶古斯哈屯吧。”

“到底出了什么事?”楚勒德木问，声音很低。

耶奇勒呜咽着说了事情的原委。

楚勒德木仿佛屁股下着了火一样猛地站了起来，但是不知道该说什么。耶奇勒还是在哭。楚勒德木沉默，站了许久。

过了一阵儿，楚勒德木说：“你听着，受孕的药我可以给乌仁陶古斯，不过你以后不许再跟她来往！这是一。”

耶奇勒慢慢点头。

“更登要是想要那部药典，你就告诉他来找我要。这是二。”

耶奇勒流着感激的泪水，点着头，但是没留意到师父眼里闪过的那一道诡异的光芒。

五

老协理和苏布道达丽都奇怪至极。他们曾经坚信将更登装进了圈套，对方却忽然变成了另一个人，变得什么都不怕了，夫妇俩绞尽脑汁酝酿的阴谋落空了，但他们摸不着其中原因。

老协理在家中懊恼得团团转，苏布道达丽坐在炕上厌恶地看着他。

“你好好想一想看，那个更登跟你说过什么话？你应该发现一点线索吧?”老协理瞅着老婆说。

一听更登这个名字，苏布道达丽心里着火了。那是源自耻辱和羞愧的仇恨之火，但她不清楚在恨谁。是恨更登吗？或者说恨眼前这位将自己的老婆推向更登怀里的丈夫?

“你若是再提起那个无赖的名字，我会揪光你的几根山羊胡子!”苏布道达丽咬牙切齿。

“你生谁的气呢?”

“我生这世上所有不如畜生的人的气!”苏布道达丽喊着跑出去了。

让他们惊奇不已的类似事件还在继续上演。

耶奇勒第一次大白天走进了乌仁陶古斯哈屯的院子。他拿出七包药，给了乌仁陶古斯，说："是师父给你的药。"

"是吗?"乌仁陶古斯接过药时，脸上布满红晕。她明白是什么药了。"晚上来啊。"乌仁陶古斯说。

耶奇勒摇头说："师父说我不能再与你见面。"

乌仁陶古斯眼泪簌簌："我不需要这个药，不需要孩子，我只需要你。"

"别那么说，只要有了孩子，你的痛苦就会减轻……"

俩人哭着拥抱在一起。霎时，谁都想到了这是他们最后一次拥抱。

耶奇勒走出乌仁陶古斯家的时候，更登正在门外等着。耶奇勒还没来得及说话，他就问："拜托你的事怎样了?"

"师父说，让你自己去拿。"耶奇勒说完就走了过去。

更登愣了一下，决定天黑之后去楚勒德木家。看样子，楚勒德木是怕了，能不怕吗?要抓他的徒弟入大狱，岂能有不怕的道理?所以他必须老老实实地交出那部药典。我拿了它，交给桑布就完成了差事。大清朝廷会大赏特赏我一番吧，肯定要赏的。以后可是不必再怕那个山羊胡子啦……

六

午后，一个骑马的人走在图海山下的草场上。眼露聪慧的这个人边走边看散放在山下的带有羁绊的马儿。他碰到一个牧羊的女人，她是嘎吉德玛。

"您好!"那人问安。

嘎吉德玛露出洁白的牙齿，笑道："您好!"

“那些马是满巴扎仓僧人们的坐骑吧？您认得哪个是谁的马吗？”

嘎吉德玛笑：“自家的羊，是认得的；喇嘛们的坐骑，怎会认得？您问这个做什么？”

“是想知道我一个朋友的马在不在……”

“你的朋友是满巴扎仓的满巴？”

“是啊，叫金巴。”

“金巴呀，肯定不在寺院里，好久不见了。”

“知道去哪儿了吗？”

“还真是不知道呢。”

流浪医生潮洛蒙望着坐落在山坡上的满巴扎仓，微笑着。

“您也是医生吧？”嘎吉德玛问。

“您怎么知道的？”

“您不说是金巴的朋友吗？金巴到处结识医术好的人，所以您应该不是很差的医生。”

“一点点感冒咳嗽什么的还能对付。”

“您的本事可真大。”

“在满巴扎仓那些活菩萨面前，我应该装得谦虚一点吧。”

嘎吉德玛笑：“满巴扎仓的活菩萨们也不是什么病都能治。”

“真的吗？”

“我们旗王爷的哈屯和旗府协理的哈屯都不怀孩子，年年来满巴扎仓吃药。然而，满巴扎仓的活菩萨们可是没能治愈二位哈屯的病。”

“真是怪事。要是遇到了我，治那点毛病可是太容易了。”潮洛蒙说着，好像急着要跟满巴扎仓的医师们比出个高低似的，说，“你们那二位哈屯在满巴扎仓吗？真想见一见。”

“应该在。”嘎吉德玛又说，“你看，那不是我们旗府协理家的女仆诺日吉玛来了吗？定是来取牛奶的。”

潮洛蒙见一年轻的女子提着铜制奶桶来了。

诺日吉玛跟潮洛蒙问了安，朝着嘎吉德玛说：“姐姐，请给点牛奶。”

“包里有，自己去拿吧。”嘎吉德玛说，“这个医生说能治愈你家哈屯的病呢。”

“啊，那我们女主人真是有福了，她脱离痛苦的时候到了。”诺日吉玛其实根本就不相信这个世界上还有人能治好她家夫人的病。

潮洛蒙笑了笑说：“我在满巴扎仓住个十天八天的，见一些名医聊一聊，参观一下经院，再等候一个朋友。这期间你家女主人要是愿意，就可以来找我。”

怎么冒出这么一个人？看似还要在满巴扎仓住一段时间，这是什么人？为何而来？诺日吉玛不由得这么想着。

七

更登笑着走进楚勒德木院里。楚勒德木在家。

“怎么说呢，你的徒弟可是犯下了大罪。假如给你的徒弟定十二分罪，你这个管教不严的师父也至少承担八分吧？所以，咱们就不找那个麻烦了，你把那部药典给了我，什么事都没有了。”更登笑着上了炕盘腿而坐，说，“给我倒一碗茶。”

楚勒德木没给他倒茶，“那部药典在北山上的一个山洞里，我现在就去那里。过些时候你再过去，我在那儿等你。”说罢走了出去。

他说的是对的，我们俩不能一起去那个山洞，那样会引起别人的注意，更登想。过了差不多熬一壶茶的时间，他走出楚勒德木院子，走向北山。走进山间，他发现楚勒德木走在前面。他跟随其后，走得很慢。只见楚勒德木爬上山坡到了一个洞口，回头看了看，便走了进去。

更登走进洞里，见楚勒德木站在那儿。

“这个洞挺宽敞嘛，你把东西藏在这么远的地方。”更登笑着说完，仿佛想知道那部药典藏在哪里，环视了一番，“咱俩的买卖可是要在这里了结啦。”

“不了结的话，我的徒弟会毁在你手上，我别无选择……”楚勒德木伤感地说。

“那部药典，在哪儿？”

“那部药典不在我这儿。”

“啊？你说什么？”更登无法信自己的耳朵，气恼地喊，“那么……咱俩的事可就没完了……”

“没完也得完！要不我带你到这里干什么？这事完不了，我的徒弟就不能安生……”楚勒德木向他跨了一步。

“那这事怎么个了结法儿？”

“只要你活着，我的徒弟就没法好好活着，满巴扎仓的药典也不会平安。所以，你已经不用再活着了！”楚勒德木向他步步逼近。

“啊，你要把我……”更登两腿发软了。我可是乌仁都西的敖包会上摔跤夺过冠的呀，他这样鼓励自己。然而，年近五十身材瘦小的楚勒德木眼中那像利刃像冰凌的寒光使他不由得战栗。于是他想，还是转身逃吧，跑出了洞口，这家伙追不上我。可是，他还没来得及转身，就扑倒在地。他没留意楚勒德木手里拿着粗粗的棍子。楚勒德木用棍子朝着他的胫骨打去，他便倒了。

楚勒德木开始疯了一般揍更登。更登起初还滚着躲闪，不久后便没了力气。然而，楚勒德木丝毫没有停顿的意思，还是不停地狠揍下去。后来，打着打着自己也累倒在地上。此时，见更登已经血肉模糊。楚勒德木闭上眼，一动不动。楚勒德木仿佛是睡了一觉，醒来一看更登早就没气了。他走出山洞，夏日正午的太阳晃眼得很。楚勒德木背着手慢慢往回走。四周环山，天仿佛小了很多。楚勒德木像是完成了毕生的使命一般，长嘘了一口气。七岁到满巴扎仓为徒的他，别说是杀人，就是见了蚂蚁都绕着走，怕踩死那些蚂蚁。然而，几天前决定除掉更登时，他不曾有丝毫的畏惧和迟疑。当自己徒弟的性命和满巴扎仓珍宝遭到了更登威胁时，他权衡一番后，觉得除掉这个家伙是理所应当的。他想，杀人和踩死一只蚂蚁其实没有什么两样。要是说有所区别，人的身子比蚂蚁大千百倍，所以打斗会吃力一些，但在杀意已决的人面前，再惜命的人也是没办法的。他也知道，杀人是要偿命的。偿命就偿命吧，只要保护了徒弟，保护了满巴扎仓的宝贵遗产，我死而无憾……

没有恐惧，更无逃命的想法，心如秋水般平静。他相信，即便日后以杀人罪名论处，要砍他的头，他也是会这般平静的。

诺日吉玛在那边的山上站了许久。她清楚地看到楚勒德木在前，更登在后，二人进了山洞许久后，见楚勒德木一人走了出来。她以为更登随后出来，但是再也没人走出那个山洞。她好奇，更登在洞里这么久，在做什么？

桑布叮嘱诺日吉玛，要随时观察更登的行动。他说，即便信了世界上最大的骗子，也不要信了更登，那家伙拿不到那部药典，也许会消失得无影无踪。今日，更登走进楚勒德木院子没过多久，楚勒德木走出了院子朝着北山走去。这引起了她的注意。把客人独自撇在家中，自己进了山，这人怎么这么奇怪啊，她心里嘀咕着。没过多久，见更登走出楚勒德木院子，随楚勒德木而去。诺日吉玛便跟在他们后边。

楚勒德木走出山谷后，诺日吉玛下来走进洞口一看，才看到更登躺在那儿。她走到了跟前儿看了一个究竟，就惊叫着往外跑。跑出洞口，不知所措站在那儿，心跳如擂鼓。这时又见一人走进山谷。

她认出此人是流浪医生潮洛蒙。

“哎，你来一下。”诺日吉玛像是怕别人听见，小声招呼。

潮洛蒙手里拿着几把药草，好奇地看着她，见诺日吉玛像是冻坏了一样，脸色惨白，还发抖。他走过来问："怎么了？"

"洞里……有一个人……"诺日吉玛真是受冻了一样抖着下巴颏儿，拉着潮洛蒙的袖子，走进了洞里。

潮洛蒙一进去就看见一个人躺在那儿。他摸了摸那人的鼻孔："这人的一条腿已经迈进了阎王爷的门槛儿了。"说着从怀里拿出了一个小葫芦，倒一粒药丸放进了更登嘴里，轻轻拍打了他的脸，更登像是咽了进去。

"我不问这人是谁，更不会管这个人怎么成了这个样子，因为这事跟我没有关系。我只是作为一个医生，对一个半死不活的人施救而已。如果这人身体足够强健，自然会从阎王爷那边抽一条腿回来。但也说不准。下一步怎么办？你是把他送到满巴扎仓继续医治呢，还是怎么着，那是你自己的事。"潮洛蒙说罢走了出去。

看更登仍然没动静，诺日吉玛站了半天后跑了出去。她知道这事一定要尽快告诉桑布。

她见桑布走在山下，便赶了过去磕磕巴巴地说："出了大事……"

见诺日吉玛惊恐的脸色，桑布问："什么事？快说。"

"楚勒德木打死了更登……"

"啊，你说什么？"桑布问，像是不信诺日吉玛的话。

诺日吉玛将今日的所见所闻磕磕巴巴地说完，桑布沉思了一会儿说："那么，更登真的死了吗？"

"好像是死了，可是……刚好碰上一个人，给吃了药……"

"什么？碰见什么人？"

"外来的流浪医生，叫潮洛蒙……"

"你说得太急了，喘口气，慢慢说。"

诺日吉玛安静了一会儿，话说得清楚了许多，说起最初怎么认识潮洛蒙的，今天在洞口怎么遇到的，潮洛蒙怎么给不省人事的更登吃的药……

“流浪医生……”桑布自言自语着，好像思索着什么，又问，“他是从哪儿来的？来满巴扎仓究竟想干什么？”

最初见潮洛蒙时，诺日吉玛也有过这样的疑惑。看来桑布的想法跟她一样。

“更登能活过来吗？”桑布又问。

“不知道，但是……潮洛蒙说，有可能……”

“给他吃了什么药？”

“一粒药丸！”

桑布又沉思半天，看着诺日吉玛说：“说不准……那部秘方药典就在这个人手里吧？”他的声音微颤着。

“啊！”诺日吉玛声音也发颤了。她曾多次想象，如果真有一天她帮助桑布找到了那部秘方药典，再把它上交朝廷，她和他就可成为全旗独一无二的富人，不只是富有，也定会有权势。那时那个旗王爷在他们眼里什么都不是！现在看来，自己的想象很有可能变成现实，也许，他们苦苦寻找的东西就在眼前……这样想着，她搂着桑布的脖子哭了起来。

“等等，亲爱的，你我从现在开始得注意那个叫潮洛蒙的流浪医生的一言一行。好了，我们去看看那个更登吧。虽说是人渣，对我们而言，还是一个用得着的人渣。”桑布说罢起身。

八

太阳落山前，自黄河西岸划来一条木船。一个下身穿着肥大的短裤、光着膀子的汉子划着桨，一个喇嘛牵着马的缰绳站在船上，那人是金巴。船行至黄河东岸，金巴牵着马走上了岸。船夫将船拴在岸边的桩子上。

“船也要拴吗？怕它跑了？干脆上了羁绊算了。”金巴哈哈大笑。

“不是船自己要跑，是担心黄河水把它带跑。”船夫回答说。

黄河岸边草丛中飞出很多蚊虫，向他们二人袭来。二人拔了一把草挥舞着赶蚊子，爬上陡坡走到了船夫住的窑洞前。

“您就在外面坐一会儿。我也是不住窑洞里的，里面全是耗子。我烧点水吧。”船夫说。

“跟耗子为邻，看来你过得可够热闹的。”金巴说着坐到窑洞门口的石块上。

“以前，下雨的时候没办法，得进窑洞睡。但自从上次那件事，我发誓再也不住窑洞了。”船夫边说边忙乎着烧水。

“上次怎么了？”

“下了一场大雨。除了我，其他船夫都缩在窑洞里，结果全部被黄河的洪水冲走了。唯独我当时没在窑洞里，所以逃了一命……”

“下大雨时你不在窑洞，去了哪里？睡在外面？”

“我想，真是佛主保佑我避开了一场灾难。”

“佛主？什么佛？”

“您听我说呀，下雨的那天，我起初也在这个窑洞里睡来着。闪电雷声不断，河床里的黄河水咆哮不休。忽听见一个女子来打我的门……”

“女子？来救你的是一个女佛？”

“出去一看，见一个年轻女子，后面还有几个人牵着马。趁着闪电的光亮，还看见一个健壮的喇嘛被绑着站在他们中间。我怕是强盗来了。”

“被捆绑的喇嘛？”金巴忍不住问。他想到了失踪的旺丹。

“是啊，身材高大的那个喇嘛双手被背过去捆了一个结实。那个姑娘说，帮我们渡一下河。我说，黄河是不能在夜里渡的，再说下着这么大的雨呢。姑娘向我扔了一小袋银子说，你若帮我们渡了河，这袋银子和我们牵着的马都归你。你若是不肯，我们现在就把你扔进河里。我没办法，只好说可以……”

“真的让他们渡了河？”

“我的佛爷！那一晚，我以为自己死定了，那也没法子，领着他们上了船。在大浪中，船简直像一片枯树叶子一样……我别说划桨了，站都站不住，我只好趴在船上，死死抓住了船沿儿。他们虽然也跟我一样趴倒了，却在哈哈大笑。不管怎样，船到了黄河西岸。他们带着被绑的喇嘛消失了。我有气无力地躺在黄河岸边儿上，知道自己还活着，但还是怕被洪水卷走，又赶快站起来拼命地往高处跑……”

金巴想，旺丹是从这儿被带过黄河的。

“你说的佛，就是那些人？我听着怎么像是强盗？”

“是佛啊，肯定是佛。那些佛来，才让我避开了一场灾难……”

“你怎么说他们是佛呢？”

“就说他们的头头，那个年轻姑娘吧，也就是二十左右的年纪，但她那种坚定不移的样子、果敢指挥的气势，看起来像是指挥千军万马的将军一样呢……”

“你仔细说说，是怎样的姑娘？”金巴问。他知道，要了解绑架旺丹的是什么人，这很重要。

“天仙一般美貌的女子，两个耳朵上戴着金耳坠。我从未见过那样的耳坠……”

“什么耳坠？”金巴紧追不舍。

“两只耳朵上戴了两匹金马。”

那定是专门定做的耳坠。专门定做金耳坠的，定是特别富有的人家……金巴想着。

“然后呢？”

“他们走了以后，我跑到高处又躺了半天。那时候已经是早晨了。

我看到黄河东岸拴着几匹马，那是那些人留给我的马，也就是说，它们已经是我的马了。我又想到有了一小袋银子，一摸裤腰，小袋子不见了。当时我夹在裤腰上，想必是在洪水中掉了。不过，我没觉得遗憾，活了命最要紧。再说黄河东岸的那几匹马都是我的了。我在黄河西岸上发愣了一整日，黄河水波浪翻滚，真不知我昨夜怎么安然无恙地渡了这大水？想想就觉得后怕。第三日，我划着船回到了黄河东岸。一看，我的佛啊，跟我相邻而居的船夫们以及他们的窑洞和草棚都不见了。因而我才知道，那一夜一个女子带着几个人逼迫我渡黄河，是为了救我的命。那是你们蒙古的女佛啊，我的佛……”

“你那几匹马呢?”

“从黄河西岸看的时候，几匹马还拴在东岸来着，但等我划到东岸时它们都不见了。”

“那你银子也没了，马也没了啊。”金巴笑。

“是啊，不过，那两天我是个富人，我有满袋子的银子，还有好几匹马。”船夫也笑。

“可惜你拥有那些东西的时间也太短暂了。”

“可不是，等以后我的两个儿子长大成人时，我会告诉他们，你们的父亲曾经是个富人呢，只是后来我那些财产都被黄河洪水卷走了，所以才变成了穷人……”船夫说着大笑。

“你说他们带着一个捆绑的喇嘛?”金巴又问了一次。

“那个喇嘛十几天前又从这里向东渡了黄河，是我帮他渡河的。”船夫说。

“什么?”

“那是十几天之前的事。那晚我刚要回黄河东岸，身材高大、四十多岁的一个喇嘛来了，求我帮他渡黄河到东岸。我刚想让他交银子，定眼一看便认出是那一夜被绑架的喇嘛。我没敢说什么，就帮他渡河了。”

“那喇嘛去哪儿了？”

“谁知道呢？下了船就向东跑了……”

金巴再也没说话。他明白了，旺丹被人绑架由此到西，又在十几天前从这里东渡。黑夜来临，远近被黑雾吞没，岸下黄河呼啸着。蚊虫一刻不停地袭击着他们。

“你一直在这里待下去吗？”金巴问。

“待着吧，过两年把老婆孩子接过来，养猪养鸡，黄河岸边也可以种植点什么。就这样过日子呗。”船夫说着，用汗衫擦着赤裸的胸脯。

万年不息的黄河之水，在他们脚下滚滚流淌……

九

乌仁陶古斯回旗府住了半个月，又回到了满巴扎仓。阳光明媚的一天，乌仁陶古斯的侍女色日吉手持针线坐在转经路边大石头上，像是在缝着什么。正在这时，苏布道达丽走了过来。

“缝什么呢？”苏布道达丽问。

色日吉害羞地笑了笑：“哈屯让我缝这个东西，我不大会呢。”

“缝得不错呢，你手真巧。”苏布道达丽夸赞着她，细看其手中是一件婴儿服。

“是婴儿服？”苏布道达丽问的时候脸都白了。

“是呢。”

“给我看看。”

色日吉把手里的婴儿服递给了苏布道达丽。苏布道达丽翻来覆去地看，果真是一件婴儿服。

“你家哈屯……怀孕了？”

“不知道啊。”

这点儿大的孩子知道什么呢，苏布道达丽想着回头走去。说实在的，有什么可问的？一见缝婴儿服，她就断定乌仁陶古斯肯定是怀上了。多年较量的结果，我们还是输了。这么一想，她心里愤愤然，眼泪哗啦流了下来。

“啊，苏布道达丽哈屯啊，近来可好？”听见声音抬头一看，金巴腋下夹着褡裢，自山下上来。她知道他最近一段时间出门了，骄阳野风中明显晒黑的脸上带着健康快乐的微笑。

“啊，您好吗？多日不见，又去了哪儿？”苏布道达丽礼节性地问，金巴已走到了跟前儿。

“去陕西，又到了阿拉善……”金巴又说，“你的脸色不好，病了吗？”

“还好……”

“你还是为不能生孩子在发愁吧？有什么好发愁的？真是奇了怪了。”

苏布道达丽用无神的眼睛望着金巴。

“说实在的，你盼的不是儿子，盼的是旗王爷的宝石顶戴。可是，那颗石头真的有那么好吗？我倒觉得那个破石头是个祸害，让骨肉分离、兄弟成仇。谁要是迷上那块石头，谁就会疯了。”

苏布道达丽欲说还休，愣着。金巴却走了。

回家一看，老协理和诺日吉玛都不在。她趴在炕上哭了一会儿，慢慢平静之后，望着房顶出神了。金巴说的话，还在耳畔回响，她自问，我到底为何这般痛苦？

真的呀，千万个人都没有那顶戴，不是过得好好的吗？我怎么就为那个没用的东西发愁，陷进了这个肮脏的争斗呢？

回想这些年经历的事，忽觉肮脏龌龊至极！金巴说得对，那个石头真是一个折磨人的祸害。可我为何想得到那个不祥之物呢？

屋子里静静的，她一人坐了很久，心里宽慰了许多，多年的仇恨苦闷仿佛都在消失。

她舒了一口气，盛了一碗茶。想起十八岁嫁到这个家，在这个家生活了二十四年，等于傻傻地生活了二十四年！以为当了富贵官宦家的哈屯，一直很知足。其实我真是傻透了！我没有快乐，也没有爱情。每天恨别人，遭人恨，为那些无缘由的恨而着急上火，还被推进最讨厌的喇嘛怀里……这个家不是人待的地方，是酝酿阴谋仇恨的地方，如狐狼之窝一般恶臭难耐……

金巴洁白的牙齿，俏皮的笑脸仿佛在眼前。人这个东西真是奇怪。她见了油嘴滑舌的更登就厌恶不已，而对金巴却很有好感。是的，金巴一见面就嘲讽她，还流露些许看不起她的样子，但也不难看出，他也在为她惋惜。一想起比自己小十岁的金巴，她心里居然很是温暖！她还想起，有那么几次，金巴跟她说了几句笑话走掉时，自己久久望着他的背影……

她明白了金巴为何总是快乐而信心十足。因为他不使阴谋，不怀恶意，没有贪念，坦坦荡荡，那样的人怎能不快乐呢？好了，让人家快乐地生活下去吧，像我这样肮脏的人，想人家做什么？心里祝福他好好的就行了。

十

苏德巴坐在屋里发呆。

自从听说乌仁陶古斯怀孕的消息，他就开始这样常常发呆。桑布不是说，已断了乌仁陶古斯和苏布道达丽的生育能力吗？现在看来，并不是那么回事。如此一来，乌仁陶古斯要生一个孩子，如果那个孩子偏偏是男孩，日后长大了就继承王爷的宝座！苍天怎么就不睁眼看看，怎么就不庇佑受冤屈的人们啊？老天要是不管，那只有我自己管吧，他咬牙切齿地想着。

得想办法。说实在的，办法是有的。作为满巴扎仓著名药方专家拉布柱日的徒弟，想要打掉乌仁陶古斯的孩子，真不是什么难事。别说是打掉孩子，就是想要乌仁陶古斯的命，也是能做到的！败事总比成事要容易得多。眼前，他就有了一个极好的机会……

乌仁陶古斯派色日吉姑娘来找他师父拉布柱日，色日吉跟拉布柱日说，哈屯虽然怀孕了，但是十月怀胎也不易，想开一些安胎补药。拉布柱日正忙着，就写了一个药名，给了色日吉，说这些药可到我的徒弟苏德巴那儿取。色日吉拿着那个单子给了苏德巴，苏德巴找借口说，现在药不全，须配药，你下午来拿。

接着，苏德巴的脑子就飞快地转动起来。他望着靠墙的那一溜药柜，那里摆放着很多种药，他知道该拿什么药。

不过，他还是犹豫着。“药即毒，医生是救星。医者不用别的，而是用毒救人性命。因此，医生用药的时候要针对病情，而不能针对人。否则，医生很容易成为刽子手。”这是师父的训言。苏德巴至今都以为自己是一位医生。想着而今要成为刽子手，他不能不犹豫。

二十年前，满巴扎仓救了我。而今，我挂了医生的名儿，要成为害人性命的刽子手吗？那岂不是背叛满巴扎仓，背叛师父吗？

他长长地叹了一口气，按照师父的交代包了五包药。那五包药鼓鼓的，看起来很可爱。

门吱呀响了，桑布走了进来。

“听说发生什么事了吧？”桑布冷冷地问。

“听说了……”

“知道该怎么做吗？”

“想到了。可是……”

“不能说可是。你亲生母亲的灵魂站在你旁边看着你呢。在你为母亲报仇雪恨之前，那个灵魂哪儿都不会去，会一直守在你身边儿的。”

苏德巴用诧异的眼神看着桑布。

“有人已经察觉到你隐居在满巴扎仓了，要是不下决心，还如此犹豫下去，今后你可是不会再有任何机会!”

“谁察觉到我在满巴扎仓?”苏德巴问。

“达林台跟踪你很久了。他不是王爷的侍卫吗？他为什么来满巴扎仓，你想想便明白吧?”

“那么……”

“再不抓紧，你的仇家会先要了你的命。那时你后悔也晚了。”桑布又问，“色日吉不是要来拿药吗？你想给她什么药?”

“正想着呢……”

“你要记住，你不能要了乌仁陶古斯的性命，只对付她肚里的孩子，也就是说，你给她打胎的药就可以了。”

“为什么?”苏德巴大为惊奇。

“你给乌仁陶古斯堕胎的药，那娘儿们就会折腾着要流产，而那个时候又有人要为她保胎。我们需要出现这样的情况……”桑布又说，“一定要按我说的去做。”

桑布这么说完就走了。苏德巴没明白桑布话里的意思，诧异着。他最近越来越觉得对桑布这个人琢磨不透了。他不是说跟王府有血仇吗？为什么说不能要了乌仁陶古斯的命呢？他拿走了证明苏德巴身世的书信，就再也没有下文了，究竟是怎么了？他真正的目的是什么？

苏德巴站了很久，他觉得不能完全听从桑布的话，有些事应该自己拿主意。他知道应该用什么样的药！他打开药柜最下边的一个抽屉，又包了五包药。新包的药，就放在原先的五包药旁边。

没多久，色日吉走了进来。

“苏德巴师父，药配好了吗?”

“啊……啊……”苏德巴盯着十包药，不知该拿哪五包，犹豫着。桑布的话仿佛在耳畔，他咬着牙拿起了后来配好的五包药。可是，手太抖了，药包都掉到了地上。

色日吉“哎呀”一声，捡起地上的药包即往外走。

“等等……”苏德巴没忍住，叫她。

色日吉站住，回头看着他。

“不是那五包，是这个……”

色日吉拿了药，看着苏德巴说：“你的脸怎么这么惨白？是不是病了？”

色日吉走后，苏德巴抓起剩下的五包药，倒在炕上放声痛哭。人的内心是多么奇怪呀！他拿起后来包的五包药给色日吉的刹那间，仿佛就看到了母亲。但在刹那间，亲生母亲似乎又幻变为乌仁陶古斯哈屯。都是一样的女人，都是一样的母亲啊！这样想着，他没抓稳后来的五包药，掉在了地上。

他好像又看见了亲生母亲，但他看不出母亲是在赞赏他，还是在责备他。

十一

更登微微睁眼一看，见桑布坐在身旁，正看着他。楚勒德木不是打死我了吗？他细看，不是在洞里，而是在一个毡房里。他以为自己神志不清，在幻觉中。但见诺日吉玛也站在毡房门口，于是才相信自己还活着。身子疼痛难忍，这也是他活着的证明。身子如被烧灼，如被刀割，如被钢铧戳，如被锯拉扯一般，他忍不住大声呻吟。

“这家伙醒了，给他喝水……”桑布说。

看来，更登气数未尽！

“到底发生了什么事?”桑布问，在更登身上又摸又抓。

“求求你，别动……”更登疼得像山羊一般叫唤。

桑布依然不停手地抓着，笑:“真的那么疼吗?”

“求你了……”

“怎么除了求，就没别的话了呢?该说的赶紧说。”桑布的手停了，站了起来。

“楚勒德木说要给我秘方药典，骗我到洞里……”更登吃力地说了起来。

桑布一直听着，说:“明白了，楚勒德木是以为你已经死了的，所以你就像死了一样悄悄地在这儿待着。不过，你得给我们配一个方子。”

“什么……方子?”

“那个乌仁陶古斯已经怀上了。我们现在需要堕胎药。乌仁陶古斯一旦流产，那些人就会开始为了保胎而忙碌起来。那时，那部秘方药典自然会出来的吧。但是你要掌握好药力。药力不能过强，要了乌仁陶古斯的命，那部秘方就不会出来了……”

“配药?你看我现在哪儿有那个力气?”更登说。

“又不是让你捣药，你告诉我方子，我就会配药。我可是药贩子哦。”桑布生气地说。

第五章

一

重重的捶门声打破了夜的寂静。色日吉姑娘在打楚勒德木的院门。

“师父，快点开开门吧！”

耶奇勒跑过去开门的时候，色日吉站在那儿哭。“哈屯肚子疼……”接着就说不出话来了。

听见敲门声，楚勒德木也披着衣服出来了。一听色日吉这么说，他就边穿衣服边往外跑，给耶奇勒交代说：“把我的药囊带来。再快快去请拉布柱日和金巴……”

楚勒德木走进去时，脸白如纸的乌仁陶古斯昏迷不醒，口中流着涎水。

楚勒德木拿出几根银针，毫不犹豫地扎进乌仁陶古斯的身体各个部位，乌仁陶古斯开始呻吟起来。之后，他从药囊里拿出一个小葫芦瓶，倒出一粒药丸，搁进乌仁陶古斯的嘴里，轻轻拍打她的脸，乌仁陶古斯咽进了那药丸。他再也不管乌仁陶古斯了，垂头坐在炕沿。

他的判断十分清晰：有人给这位哈屯吃了毒药，但不是要她性命的毒，而是堕其腹中胎儿的药！

拉布柱日、金巴和苏德巴跟着耶奇勒满头大汗跑来。

“怎样了？”拉布柱日问。

楚勒德木说出自己的诊断。

拉布柱日问色日吉：“你家哈屯吃我给开的药了吗？”

色日吉一看就是很怕的样子："熬了苏德巴师父给包的药，没过多久就开始吐了。"

"你把剩下的药拿给我看看。"

色日吉从那边的柜子上拿四包药给拉布柱日。

拉布柱日一一拆开，说："都是我开的药，这个药不会中毒的啊。"他看着金巴。

金巴笑着说："给乌仁陶古斯哈屯下毒的人，是不会像你直接让徒弟包好了给色日吉的。依我看，定是有人趁色日吉不在，动了手脚。"

拉布柱日拧紧眉头，说："我特别好奇两件事。一是多年不孕的乌仁陶古斯哈屯怎么忽然就怀上了？定是有人给她服了药，那是一种非同一般的药。那么用那种非同一般药的人是谁？我们不知道，但那人定在满巴扎仓。二是给这位哈屯下毒的又是谁？以什么渠道下的毒？"

楚勒德木和耶奇勒装聋作哑，像是什么都没听见。

金巴对拉布柱日说："乌仁陶古斯、苏布道达丽二位哈屯的脉，你我也号过的。能让那样脉象的妇人怀胎的医生，在满巴扎仓不超三五个。像你我这样的医生能不能治愈那种毛病，都难说。除了你我，旺丹也许能做到。"

拉布柱日沉思一阵，说："还有一人你怎么不说？你怎么忘了楚勒德木？"

"我不是忘了，而是觉得他不可能参与这些事。谁插手这两个夫人的事，谁就等于玩命。像是楚勒德木这样胆小之人，怕是躲都躲不及呢。"金巴说。

"越是胆小的人，越有可能干出大事，现在的事，谁能说得准？"拉布柱日说着，看着楚勒德木笑，"你我几人已经被卷进了这个玩命的游戏了。不管能不能保住乌仁陶古斯哈屯的胎儿，总会有一部分人将我们恨之入骨。然而，又能怎样？不管谁有什么罪，母亲腹中的胎儿是没有罪过的。不管谁恨着谁，没有恨胎儿的道理！治病救人的时候，医者没有权利犹豫。”

“别忘了，治病救人还需要药方。”金巴说着笑了。

“遇到重病之人，医者没有保密其医术的权利，也无保密其药方的权利。”拉布柱日说。

“可是，这件事背后，明显有着巨大的阴谋。”金巴心事重重。

几人凝思了许久。

拉布柱日叹了一口气，看着徒弟说：“从现在开始，你不能离开乌仁陶古斯哈屯半步，除了我们的药，别的谁给的药都不能给她吃。”

“好的。”苏德巴老老实实应着。

“那么，苏德巴在这里守着吧，我得去扎仓堪布那里一趟。你们也不回去睡一小会儿？”金巴说。

几人走出乌仁陶古斯家时，夜空中满布星斗。

二

苏德巴、色日吉二人轮流守着乌仁陶古斯，寸步不离。金巴、拉布柱日、楚勒德木三人一天来看三回。那天深夜，苏德巴回去睡一小会儿，一早又朝乌仁陶古斯家走去，忽听有人叫他。一看，是桑布在一个大岩石后伸出脑袋招手。

“你现在每天守着你的仇人，正是下手的好机会。”桑布说。

苏德巴看着桑布，没吱声。

桑布从怀里拿出几包药，给了苏德巴，说：“你每隔一天给你的仇家服一包，这样，那几个喇嘛的药力会减弱的。”

“前几日，乌仁陶古斯怎么中毒了？”

“这事多简单啊。乌仁陶古斯伙房灶台上方不是有一个小小窗户吗？色日吉姑娘熬的药，就在那个灶台上，我从那个窗户伸进手，将一包药倒进那沸起的药中。”桑布盯着他说，“今后我就不用那么费劲了，反正你在那里。”

桑布说完就走了。苏德巴拿着他的药愣在那里。师父说的话，又在他耳畔回响：“不管恨什么人，没有恨胎儿的道理！治病救人的时候，医者没有权利犹豫！”

色日吉见他来，起身说：“您守着哈屯吧，我去熬茶。”

他想起桑布说的话，想起了伙房灶台上方的那个小窗户。

“伙房之外，其他地方还有灶吗？”苏德巴问。

“有的，有的，我住的旁边屋里还有一个灶。”

“那么，做饭熬药只用那个灶吧。”

色日吉虽没明白原因，但快快点了头。

三

也在这个夜晚，协理家人也一直没有睡。

老协理翘着山羊胡子哼着歌，诺日吉玛在熬茶，苏布道达丽坐在一边儿看着老头子。

“老天真是长眼啊，知道乌仁陶古斯怀孕老天都怒了，所以那娘儿们中毒了……”老协理又说，“明天得到寺院上供，拜谢佛主恩典。”

苏布道达丽不说话，只是看着他。他们今天下午刚从乡下回来。一回来就听到乌仁陶古斯中毒的消息，老协理高兴得快要疯了，苏布道达丽却是很冷静。

刚一听到乌仁陶古斯中毒的消息，苏布道达丽很是吃惊，接着又感到害怕。平日里因了嫉恨，按说乌仁陶古斯死掉了她都会高兴，但今天刚一听到乌仁陶古斯中毒，她却变得心惊肉跳了。若怀孕的不是乌仁陶古斯而是我，也有人给我下毒吧？这么一想她就害怕。她不知道谁给乌仁陶古斯下了毒，但她毫不怀疑那是她怀孕的缘故。她第一次感觉到，原来乌仁陶古斯她俩有着同样的命运。

“就算是乌仁陶古斯没死，她怀中的胎儿也早已毁了。中毒的女人能生出什么正常的孩子？不是傻子就是残废吧！听说乌仁陶古斯身体里的毒还真是不好解呢。”老协理来回踱步，说，“现在咱俩再努力努力，生一个儿子，王爷的宝座就要属于我们了。对了，诺日吉玛，快去给我熬一下那个补药，两包一块儿熬了吧……”

“然后，你让我也中毒？”一直不声不响的苏布道达丽开口说了话。

“啊……不会的吧。”老协理看了苏布道达丽一眼，才想到落在乌仁陶古斯头上的灾难也有可能降落在他老婆的头上，不由得踌躇了。

“我中毒也罢，你又不会少了女人，但说不准让你也一命呜呼了呢！”

老协理的脸煞白，恼怒道：“你别说不吉利的话。”他觉得苏布道达丽惊醒了他的美梦。

然而，即便苏布道达丽什么都不说，他的梦也该醒了。忽听重重的砸门声以及呵斥的声音：“开门！快点儿！”

诺日吉玛跑出去一看，是旗衙门派来的持着刀剑的三人，领头的是身材魁梧的旗衙门兵头扎木森。

“协理老爷可安好？”扎木森冷冷地说，老协理已经察觉出了什么，腿都软了。

诺日吉玛抢先一步说：“请各位上座儿喝茶吧……”

扎木森没理会诺日吉玛，阴着脸：“你们可听说乌仁陶古斯哈屯中毒一事？”

“听……听说了……”

“知道给王爷的哈屯下毒的后果吧，协理大人？”

“知道……知……道。”

“知道谁下的毒吗?”

协理满头是汗:“是啊……谁如此歹毒呢?我也是诧异得很。”

“拿烧红的烙铁烫一下皮肉,这事估计就清楚了。”扎木森冷笑着说,“那么,协理大人,我是奉令弟旗王爷之命来的。哈屯中毒的事,定要查个水落石出。将您列在嫌疑人名单的不是我,而是王爷。为什么把您列在嫌疑人名单里?想必您也清楚,您的嫌疑很大呀。不过您放心,我们不会让您这样上了岁数的官人太为难的,只是我们问您什么,您如实回答就是。不过,那个拉布柱日和苏德巴是要吃一些苦头了。”说罢,朝诺日吉玛说,“你刚才不是说请我们喝茶吗?你的茶呢?”

扎木森在协理家这般耍威风的时候,他带来的几个兵去配药房抓了拉布柱日,又到僧舍抓了苏德巴,把他们带到专门的房间里关押了起来。

办完这一切,扎木森见扎仓堪布去了。他必须要清楚地告诉扎仓堪布,来满巴扎仓抓人,是在行使旗王爷之命。

扎木森走进扎仓堪布家,躬身问了安。扎仓堪布笑着请上座,说:“我已经听说了,你是按照旗王爷的命令来抓人的。不过我告诉你,你们是中了别人的计啊。”

扎木森诧异:“请堪布大人明示。”

“直说吧,中了别人诡计的不是你,而是旗王爷阁下。乌仁陶古斯哈屯的药是拉布柱日和苏德巴给的。现在的说法是,哈屯从他们给的五包药中只吃了一包就中了毒,这样他们就成了给乌仁陶古斯哈屯下毒的头号嫌疑人。但是,他们要是真想害哈屯,会那样明目张胆地把毒药给她吗?再看其余的四包药,都是无毒的。所以,很明显,下毒者另有其人。你知道现在是什么局面吗?他们几个满巴正在全力以赴要保住乌仁陶古斯哈屯腹中胎儿,其中就有拉布柱日和苏德巴。你现在却抓了那两个人。这样一来,治疗保护乌仁陶古斯哈屯的人手就不够了。虽说，抓拉布柱日和苏德巴的命令是你们王爷下的，乌仁陶古斯哈屯腹中的胎儿要是流产了，王爷岂不是又要怪罪于你?”

扎木森不由得点头：“原来是这样啊？那现在该怎么办？放了拉布柱日和苏德巴?”

扎仓堪布摇了摇头说：“跟我们较量的是阴谋家。跟阴谋家较量，是不用忌讳用计谋的。你抓了拉布柱日和苏德巴，刚好可以变成迷惑阴谋家的办法。你就那么关押着他俩吧。但别忘了，时不时暗中让他们去乌仁陶古斯家看看。”

扎木森躬身谢礼：“感谢堪布教诲，我一定按照您的吩咐去做。今后，还请您多多提醒。”

达林台和甘毕勒在自己小屋里坐着，忽见门开，扎木森走了进来。

达林台望着扎木森说：“听说你来抓人了。”

扎木森坐在炕沿儿，喝着甘毕勒盛的茶，说：“我刚见了扎仓堪布，看来事情越来越复杂了。”

达林台望着扎木森，说：“只要来到这个地方，你就肯定躲不过麻烦了。”

“想听一听兄长的教诲。”扎木森视达林台为前辈，恭敬并崇拜着，达林台也对扎木森信任有加。

见达林台和扎木森要说事，甘毕勒回避了。达林台开始说起了那部秘方药典，说起了围绕药典发生着的一切，最后说：“你是军人，还是一个兵头，铲除邪恶是军人的职责啊。”

“今后有什么事，希望兄长及时提醒兄弟才是。”

“面临危险的不仅仅是乌仁陶古斯一个人，”达林台说完沉思一会儿，又说，“诊治乌仁陶古斯的那几个人都有生命危险，要好好保护他们。”

四

金巴抬头一看，发现流浪医生潮洛蒙走了进来，笑着看他。他一跃而起，跟潮洛蒙紧紧拥抱并欢呼：“你怎么突然来了？天上掉下来的？地缝里钻出来的？”

“听说满巴扎仓的僧人们遇到了棘手的事，想帮你们，我就来了。”潮洛蒙说着笑了起来。

“你别开玩笑了，我们真是遇到麻烦了。”金巴请潮洛蒙坐下。

“好吧，我们是无话不谈的朋友，你说说情况，我一定帮忙。”潮洛蒙说。

金巴似乎有点犹豫，说：“我不想将你拉进这个危险的游戏。我们旗乌仁陶古斯哈屯怀孕之后，一些人想堕其腹中的胎儿，我们几个医生想保护那个孩子，就这么着我们就陷入了危险的境地。何必再让你也陷进去？那不是害你吗？”

潮洛蒙生气了，说：“你知道我是医生！说实话我并不次于你们满巴扎仓的任何一个满巴。医生见了病人就如同军人见了敌人，哪儿有退缩的道理？”

金巴哈哈大笑着说：“我是在试探你呢，其实，我见了你就高兴，知道我有帮手了。”

“好吧，那我俩去看看那位哈屯。”潮洛蒙站了起来。

两个人走进乌仁陶古斯的房间，色日吉守在乌仁陶古斯身边。

潮洛蒙给乌仁陶古斯号了号脉，说：“这个毒，好解。”

“怎么解？”

“不是有那个拉布柱日吗？需要一个方子。”

“那我去带拉布柱日过来，在转经路那边关押着呢。”金巴笑着说。

拉布柱日、苏德巴被关押在转经路那边的石头房子里。师父拉布柱日显得平静安详，徒弟苏德巴却让愤怒烧红了双眼。

夜已深了。

为了保住乌仁陶古斯肚里的胎儿忙乎了半天，结果却被当作企图堕掉乌仁陶古斯胎儿的嫌疑犯被关押在这儿，苏德巴一想到这个，就觉得这个世界已经无药可救了。如此黑白颠倒，如此善恶不分，如此恩将仇报，这样的世界早就该雷劈火烧了！他如今已处于近乎疯狂的状态，为好多事后悔不已：后悔当初没有把已经包好的毒药给色日吉，后悔接着还参与了抢救乌仁陶古斯，更后悔这些年徒有复仇之心却一直迟疑不决……我何苦要在这里被关着让人摆布？要是有机会出去，我便见一个杀一个！

苏德巴心里不仅仅是恨，还有很多疑虑。他不能不想：关押我，是不是跟我的身世有关呢？谁能说，不是旗王爷为首的仇家知道了我是谁，以乌仁陶古斯中毒为由，把我抓起来了呢？若是那样，一定要早点想法子逃出去，否则一切都晚了。

他时不时地朝门口看。门是从外面锁住了，并且有兵丁把守，要从这个门逃出去，是难之又难。不过，送茶送饭时那个门总会被打开的，等那时再说。

“苏德巴，你不睡吗？”拉布柱日说罢准备躺下。

“睡不着。”苏德巴咬牙切齿。

“你是气得睡不着吧。可是，生气只会伤了自己的身子，没有其他好处。”拉布柱日打了一个哈欠。

这时门被打开，扎木森和金巴笑着走了进来。

“辛苦二位师父了，但是没办法，现在跟我们去一个地方吧。”扎木森笑着说。

可能要将我们带到旗衙门吧？但至于急得连夜去吗？或者要带我

们到转经路那边砍头？苏德巴想着，恨恨地瞪着扎木森。可是，金巴怎么又跟扎木森在一起呢？

拉布柱日起来扎了腰带，瞅着金巴问：“乌仁陶古斯哈屯是不是病重了？”

“还是老样子，我们还得努一把力。”金巴说。

他们是要带我们去诊治乌仁陶古斯吗？完后又把我们押回来关到这儿？苏德巴想着就气坏了。但他也想到了，也许这是唯一一次逃脱的机会。

“两位满巴看完乌仁陶古斯哈屯后，还得回到这里。没有办法。我去一下达林台大哥那里。”扎木森说罢走了。

几人走出石头房子，朝乌仁陶古斯家走去。这是一个没有月亮的漆黑夜晚。色日吉给他们开了门。楚勒德木和耶奇勒早就来了，坐在乌仁陶古斯身旁。还有一个陌生人，那人即是金巴的朋友潮洛蒙。几人轮流号了乌仁陶古斯的脉，商量了接着给什么药。拉布柱日想让苏德巴去取药。

“苏德巴！”拉布柱日叫。

色日吉姑娘走了进来，说：“苏德巴师父刚刚还在伙房。”

“就说我在叫他。”

色日吉进伙房看了一眼，回来说：“不在伙房。”

“可能去方便了吧，等会儿。”拉布柱日说。

可是等了许久，苏德巴还是没回来。

五

夜色中，诺日吉玛快步走向深山。

今年还不到二十岁的这个姑娘，从小孤苦伶仃，受尽了生活的艰辛困苦。不过，她的命运也在悄悄变化之中。十几岁成了旗府协理家的牧羊女，现在已升级为贴身侍女。苏布道达丽不在家的时候，老协理经常淫笑着叫她到自己的屋子里去，诺日吉玛虽是怕得像见了狼的羊羔，但她不能说不，只能顺着他。她知道，让老协理爱抚着，总比挨他的鞭打要好一些。不过，苏布道达丽还是察觉到了什么，一回来就找各种碴儿打她。虽说，夹在夫妇二人间，起初甚是难熬，但没过多久诺日吉玛便知道怎么应对了。苏布道达丽不在家时，她会尽力讨得老头子的欢心，苏布道达丽一回来，她就会哭着向女主人告状协理老爷如何欺负自己，也会透露老协理与其他女人之间的一些蛛丝马迹。这样一来，不仅老协理对她更是爱不释手了，连苏布道达丽对她嫉恨着却又离不开她。就这样，这个姑娘的智谋日益见长着，变得越来越自信。她相信自己有朝一日会活得比任何人都强。通往富贵的路虽说曲折艰难，但只要走下去，总是能够达到目的。她本想趁着苏布道达丽不孕，给旗府协理生个儿子。那样，她和苏布道达丽的角色就会倒个个儿：送茶倒水、听人使唤的是苏布道达丽，而挑三拣四、百般为难仆人的很可能就是她自己。然而这样过了几年，她也没能怀孕，看来老协理根本靠不住。于是她想另寻靠山，正在这个时候，桑布来找她。

现在，诺日吉玛为了把一个重要的情报告知桑布而在赶夜路。

夜的黑暗中，忽听一人嘹亮的口哨声，听起来很近。走近一看，桑布坐在岩石上。

“今夜的湿气很大呢。”诺日吉玛走过去跟桑布拥抱，头贴在桑布胸前。

“你不是为了说今夜的湿气而来见我的吧?”桑布说。

“据说乌仁陶古斯的肚子不疼了……”

“是吗?”桑布不是着急，而是兴奋，“我们现在不能再迟疑了。那个叫潮洛蒙的流浪医生可不是来满巴扎仓玩的，定是为了一个重要的事而来。然而，这个重要的事是什么？我们还没法儿知道。不过，不能忽视他把秘方药典送来的可能性。不管那部药典在潮洛蒙手里，还是不在，我们就当作在他手里。不然我们会后悔的。”

“可是……秘方药典要是在潮洛蒙手里，他怎么不早不晚这个时候送来呢?”

“一是秘方药典不管在谁手里，它都是满巴扎仓的珍宝。那么珍贵的东西，是迟早要送到满巴扎仓的。谁都知道保存那样的东西风险很大。尤其最近，药典已经面临着巨大的威胁，谁不想把它趁早归还呢？二是要保住乌仁陶古斯的孩子，也急需那部秘方吧……”

“那我们现在该怎么办?”

“先观察他的行动吧。实在不行的话，可以抓他，威胁并严刑伺候……”

“就咱们两个人?”

桑布骄傲地笑了笑：“满清军队已到山下安营扎寨了。”

“啊，原来……”诺日吉玛以佩服的眼神看了桑布一眼。因为天黑，桑布的表情不是很清楚，但能感觉到他信心十足。

六

苏德巴溜出乌仁陶古斯的院子，爬上了北山。他需要好好想一想接下来怎么办。他们发现他不见了，定会追来。不能被他们再抓了去！二十年隐姓埋名不就是为了报仇吗？现在我必须行动。什么桑布，什么争夺王位，什么满巴扎仓，从现在开始跟我丝毫无关！与其那么费事，还不如直接要了王爷兄弟俩的命，告知天下自己是何人即可。那时会砍我脑袋的，我会笑着让他们砍。妈妈的灵魂会领着我去另一个世界。只是，我可怜的师父，会为我难过，请他老人家宽恕我吧……

他长长叹了一口气。

天渐渐亮了，凉风习习。山下辽阔的草原上，东边儿锦簇的云团像是烈火燃烧一般。苏德巴想，今日就此避一下，晚上再行动。

听到苏德巴不见了的消息，诺日吉玛赶紧告诉桑布。桑布一听就着急了。

“原先还指望他帮我们，现在他却要帮倒忙了。”

“什么意思?”诺日吉玛奇怪。桑布从来没对诺日吉玛说起苏德巴的事。

桑布对诺日吉玛简单说了苏德巴的身世，又说：“他的目的是报仇，我们的目的是找秘方药典。原先他是想依靠我们来报仇，我们想利用他找秘方。其实，他报仇的事，跟我们一点关系都没有。直说了，苏德巴是我们手中的一枚棋子。那个棋子要是听我们的话，我们就用：要是不按我们的话走，那就可以让他出局，不就是一枚棋子吗?”

“可是……苏德巴现在怎么就成了我们的麻烦呢?”诺日吉玛问。这姑娘虽然聪明，现在却跟不上桑布的思维了。

“你知道苏德巴逃出去之后，接着要做什么？他为了报仇会拼命的。首先，他很可能对乌仁陶古斯下手。然而，让乌仁陶古斯安然无恙对我们很重要！只要乌仁陶古斯活着，满巴扎仓的秘方药典就有可能被引出来。乌仁陶古斯死了，或者乌仁陶古斯腹中的胎儿没了，那部药典也就不会出来了。”

诺日吉玛这时才知道桑布在说什么，急着问：“那现在怎么办?”

“一定要制止他做傻事，实在不行就来硬的。”桑布咬紧了牙。

来硬的，就是说要了他的命。这个，诺日吉玛领会得很快。

知道苏德巴已逃，拉布柱日也着急。回到被关押的房子，越发坐立不安。他知道应该尽快找到苏德巴，却不知怎么找。这时外面传来脚步声，卫兵打开了门，扎木森和达林台走了进来。拉布柱日像是见了救星一样，觉得事情也许有转机了。

“拉布柱日师父，您得跟我们一道去找找您的徒弟了。”扎木森说。

“我正急得要死。”拉布柱日说罢跟他俩走了出来。

三人在夜的黑暗中走着，走出了转经路，停住了。

“现在长话短说吧，你的徒弟苏德巴目前遇到麻烦了。”达林台对拉布柱日说，“你以为你的徒弟是什么人？他是原旗王爷最小的儿子。他亲生母亲就是那个被大哈屯陷害的琪木德次仁夫人，他是铁定了心要为母报仇雪恨。如今他逃了出去，定会做出什么。但是，也许不等他动手，别人可能先对他下手。所以，我们必须尽快找到他。”

拉布柱日惊奇万分，但他立刻信了达林台的话。因为达林台用三言两语说清楚了他徒弟身上诸多令人费解的行为。

“那……去哪儿找这个孩子呢？”拉布柱日着急地问。

“他上北山了，我跟踪他的足印到了山口，至今还未见他下山的足迹。所以，应该还在山里。不过，今夜他定会下山的。”达林台又说，“我们现在赶紧去山下截他的路。”

三人急忙向前走去。拉布柱日走得气喘吁吁。刚到山下，听见一个人疾跑的脚步声，接着有人喊：“抓住他，快……”三人吃了一惊，就见苏德巴从山里跑了下来。在黑暗中他好像没认出他们三人，从他们旁边猛跑而过。

“苏德巴你要跑哪儿去？”

苏德巴听到师父的声音，猛地止步了。这时追赶他的几人也赶了过来。

“绑了这个家伙！”陌生人中的一个呵斥道，几个手下向苏德巴扑去。

扎木森横在他们面前，冷冷地说：“等等，别说是人了，就是绑一头牲口也得说个缘由。”

“缘由不需要跟你这样的人说。别费那个事了。闪开！”对方口气很强硬。

“你大不过是清兵小头目吧？在这个深山遇到了我们，你应该弄清楚我是谁。”扎木森慢条斯理地说，“这个小喇嘛是我们关押的嫌疑犯，昨晚逃出来了，现在我们要把他带回去。有什么事，你们明日可来满巴扎仓说。”

那几人不敢太放肆了，小声商量了一下，问：“你是什么人？”

“旗王府侍卫兵头扎木森。”

“那明天再跟你说。”

几人撇下他们走了，脚步声越来越远。苏德巴怎么都想不明白方才发生的事，在一边儿静静地站着。

拉布柱日走到他跟前说：“我的苏德巴啊，你怎么自己一人跑掉了呢？这一天一宿你知道师父有多着急。”

“可是……”

苏德巴心里有很多疑惑，想问却不知如何问。

“要不是我们赶来，你刚才就被抓走了。”扎木森说。

“……二十年前，你是一个刚满三岁的孩子。疾风骤雨的那一夜晚我受你父母的委托，将你夹在腋下快马飞奔到阿拉善日格牧德帐篷里，把你留给了他。那时候你还小，什么都不懂。二十年前，我受你父母之托，心中暗自发誓在危难之时保护你。而今，你遇到了危险，还不是一般的危险……”达林台以老人沙哑的声音伤感地说。

“啊？”苏德巴惊讶，声音很轻。“疾风骤雨的一个夜晚，一个壮汉将你夹在腋下钻进我的小帐篷，将你扔给了我。”他不由得想起日格牧德阿爸说的话。

“当时，你父母还备写了一份书信缝在你的衣服里。现在你……长大成人了……”达林台说着弯腰抽泣起来。

苏德巴摇晃了几下，咕咚倒在地上。他觉得很累，但是神志还清楚。

“孩子啊，爱与恨，每个人心中都有。然而，爱有大爱与小爱，恨也分大恨与小恨，这其间存在着天壤之别呀……”拉布柱日说。苏德巴点着头流泪了。

七

金巴去乡下给乡亲看了病往回走时，忽然有一个壮汉飞马追赶过来，跑到他前面，截住了他。那人在马背上向他行礼：“满巴您好！我家里有病人，我赶过来请您，能不能到寒舍走一趟？”

“您家远吗？”

“快马一鞭就可到达。”

“您家什么人病了？”

“是我的母亲。”

“那就走吧。”金巴笑着又说，“我要是说不去，你肯定会绑架了我吧？”

壮汉也笑：“你认出我了？”

“怎么能认不出来？你脸上的印记那么明显。”金巴看着壮汉脸上长着胎毛的红痣说。

“娘胎里带来的印记，有什么法子呢？”

二人驰骋一阵子，见高地坡上有两个崭新的毡房，白得耀眼。东边儿的毡房走出一个年轻姑娘，笑着迎来，向金巴问安。姑娘带着他们进屋，一个老太太披着一件袍子坐在图拉嘎左侧，见金巴进来微笑致意。大盗红痣的家原来如此安详友好，金巴想。

“我的母亲近来体虚，您给瞧一瞧吧。”红痣说罢，又指着那个姑娘说，“是我的妹妹，叫次仁朵丽玛。”

金巴不由得慨叹，世界上原来还有这么美丽的女子。次仁朵丽玛看起来二十刚出头，显得聪慧而活泼。她轻快地摆了奶食品、盛了茶，笑着说："听说病痛见了满巴扎仓的满巴们就会吓跑，请您吓跑母亲的病吧。"

金巴看老人的脉象，还不错。这个时候，次仁朵丽玛已经开始煮肉。红痣听母亲的身体尚好，放心了，说："母亲就是世界，只要母亲安好，世界就是完整的。"金巴给老人开了几服调养的药。

看病的事，就这样结束了，金巴和红痣开始聊起天来。

"听说过红痣大盗，我一直以为是一个怎样的凶神恶煞呢。而今看来，原来是一个普通的汉子，是一个有温暖的家、对母亲孝顺有加的人。"金巴笑。

"众生从娘胎里生出来时，都是一样的人。慢慢地，有的当了官，有的只是民，有的成了满巴，有的就成了强盗。"红痣叹了口气，又道，"所谓强盗是见谁抢谁，杀人放火无所不为的。而我不是那种人。我抢的是逆天的钱财，旗里百姓的东西，我是不动的。所以，大家都称我为强盗的时候，我有时真伤心。"

"可我听说你那年围困满巴扎仓，威胁说不交出万两白银的话，就烧了满巴扎仓。"金巴说。

"当时我获悉，我们现在旗王爷跟他兄长争夺王爷宝座，用驼队要给满清皇帝进贡白银，并从满巴扎仓征集了万两白银。我是想，那些银子与其让王爷拿去孝敬皇上，还不如我拿去花了呢。"红痣笑着说。

"原来是这样。"

"你们的扎仓堪布可是一个不简单的人。猜到我要去拿钱，他早就派人把我母亲带到了满巴扎仓。我无奈只好退回。然而，扎仓堪布拜见旗王爷说，红痣也威胁我们交出万两白银，我们不知将银两先给哪一个，此事能否宽限几天再说？一听是红痣，王爷也犹豫了，他怕引起麻烦。就那么拖着，满巴扎仓连旗府的万两白银都没上交就过去了。说实话，我是帮了你们满巴扎仓的。”

“那你想一辈子挂这个强盗的恶名吗？”

“强盗这个名儿，是不可能从我身上消去了。再说了，世道不平，大家称我强盗，一般人还让我三分呢。”红痣笑。

锅里的肉煮熟了，红痣先取了一块儿盛在盘子上，放在佛龛前。次仁朵丽玛给母亲盛了一碗羊汤敬上。红痣瓷杯里斟满酒敬给金巴，金巴弹酹之后回敬红痣。

吃喝热闹了一番，夕阳快西沉了。“您家的井在哪儿？我得去饮马。”金巴起身。

“我领您去。”次仁朵丽玛说。

太阳慢慢落入山梁。金巴牵着马，跟次仁朵丽玛肩并肩走着。吹来一阵阵带着草儿清香的风，远山苍茫延绵无尽。次仁朵丽玛一路说笑，笑声像银铃一般。金巴跟这位自来熟、开朗豁达的姑娘走在一起，心中满是喜悦。

“你看……兔子……”次仁朵丽玛说。

“兔子？”

“没看到吗？那儿簇灌木丛中……”

金巴真看到一只兔子在几簇灌木丛跑跑停停。正在这时，天上响起了可怕的呼啸声。金巴惊恐着仰头一看，一只雄鹰正从空中向地面箭一样射来。那只鹰的目标是那只兔子。

“啊，恶贼！”次仁朵丽玛解开腰间的皮质投石器，抓起一粒石子儿放在投石器上挥动起来。

快速俯冲的鹰眼看就要抓到兔子的刹那间，次仁朵丽玛投石器上的石子儿也飞了出去。石子儿像长了眼睛，非常准确地击中了鹰，令其羽毛纷飞。鹰看似受了伤，摇晃了一下无力地闪着翅膀，慢慢飞远。

金巴惊呆了。所谓投石器，是将同样长的两根熟牛皮条系在一起，中间有置放石子儿的小盘的简单工具。据说远古打猎时常用，后来成了牧童们的玩具。金巴还是第一次看到一个姑娘这样使用投石器：快速、准确、有力，简直是到了出神入化的地步。

二人到了井边，金巴提水，次仁朵丽玛将提上来的水接过去倒在水槽里。次仁朵丽玛姣美的脸庞在他眼前晃动着。他的目光扫过姑娘浓密的黑发、脸庞、耳朵……像是原野上柔柔的风拂过。他看见了她耳垂上的小黑点儿，金巴知道那是耳坠眼儿。一般女子出嫁之后才佩戴耳坠儿，莫非次仁朵丽玛已经嫁人了？

次仁朵丽玛笑着问："你干吗这么盯着我？"

金巴尴尬地说："没有，我……"

"我知道你在看什么，你看着我的耳垂，定是在猜测这个姑娘是不是已经嫁人了。我还没出嫁呢。这辈子都不会遇到敢娶我为妻的人的！大盗红痣的妹妹，谁敢娶啊？"次仁朵丽玛笑。

"可是……"

"我从小就任性。小时候看佩戴耳坠的女子就很羡慕，跟哥哥说给我做耳坠。哥哥有一次去伊尔盖城[①]给我定做了一副金耳坠，我想戴就戴。我的耳坠儿是世界上独一无二的哦，是两匹金马……"

黄河岸边结识的船夫的话忽然回响在金巴的耳畔："天仙一样美貌的女子，双耳佩戴的耳坠儿是两匹金马呢！"

八

潮洛蒙走出药王殿，碰见了药贩子桑布。

"不来点药吗？"桑布问。

"什么药？"

---

① 伊尔盖城：指银川市。

“我是药贩子，叫桑布。”

“有好药吗？”

“都是西域的真货，您不去看看？”

“看看，在哪儿？”

“跟我来。”

潮洛蒙跟着桑布下了山。原来桑布住在山下的一个牧户家。

潮洛蒙走进那座毡房，笑了笑说：“屋子里有一股麝香的味道，闻着味儿，看来你的麝香是好麝香。”

桑布盛了茶：“您诊治乌仁陶古斯哈屯一定很累吧？”

“诊治那样的病，还不至于累。”潮洛蒙笑。

“以后需要什么药，就直说，我给您带来。”

“我的方子跟平常的方子不同。现在的医生都在沿用藏药药方。藏药传来之前，蒙古医生们用的可是自己的药方。那些方子虽然被很多人遗忘了，但是少数人还是保留着一些……”

“这么说，你的方子是蒙古人传统的方子？”桑布忍不住打断了潮洛蒙的话。

“应该说是吧。”潮洛蒙笑。

桑布拿来一个褡裢，摊开了里面的药材。“我虽是一个卑微的药贩子，但是喜欢结交一些好医生。这些药，你若喜欢就挑吧，就当是见面礼了，不收费。”

“那怎么行呢？我这辈子都没白拿过别人的东西。”

“那我按最低价给你，今后您当我是朋友就好。”

“从今日起，我会将你视作我的朋友。朋友是什么？倾诉秘密，分享所有的人即是朋友啊。”潮洛蒙笑。

“听了你的话，我真是高兴。既然成了朋友，定要红火热闹一番。”桑布说。

“好啊。”

二人煮了干肉，桑布还拿出了高度的汉地白酒。

“既然已经是朋友了，我就提醒你一件事。你可要好好保存那个蒙古秘方药典，听说满清朝廷也在找它，不小心会给你惹来麻烦。”酒过三巡之后，桑布说。

“谁也找不到我的那部药典的。”潮洛蒙笑了。

“那我就放心了。”桑布也笑。

二人吃肉喝酒，聊到深夜。潮洛蒙哼着歌儿，醉步走上山，桑布还在乐着。

潮洛蒙真的醉了。上了山，穿过满巴扎仓诸多房屋，走进了金巴的院子。

金巴一闻见酒味就生气了：“去哪儿饮了这辣水，玷污我们满巴扎仓!”

潮洛蒙更是恼了，说：“让你们满巴扎仓的满巴们一筹莫展的那些事，到了我潮洛蒙的手里就能迎刃而解，日后你们应该给我塑像上香祈祷才是。”

“你做了什么了不起的事?”

潮洛蒙哈哈大笑：“你们满巴扎仓不必再发愁那部秘方药典的事。”

“你说什么?”

“你不是说满清朝廷在找寻那部药典吗？可是找它的那人是谁，你知道吗?”

“你知道吗?”

“怎么不知道？那人即是药贩子桑布。”

“你……你说什么?”

潮洛蒙笑着说：“快盛茶，我渴了。”

金巴赶紧盛茶。

“好了，你现在听着。”潮洛蒙喝了一口茶，接着说，“我来满巴扎仓是想见你的。可来了之后，我参与了医治乌仁陶古斯，于是那个药贩子可能以为我身上藏着满巴扎仓的秘方药典，所以他带我去山下招待了一番，跟我交了朋友，还要赠我名贵药材……我装傻，心中不由得暗笑。那家伙一直套我的话，我也装作落了他的圈套。其实，那家伙自己落入了我的圈套。他说需要什么药都可以跟他要，我说我的药方跟藏药不同，更多是蒙古药方。一听这话，那家伙眼睛都亮了。”

“那……”

“我看，那个叫桑布的人屡次以药贩子的名义经常出现在满巴扎仓，都是为了寻找你们的秘方药典。但找药典却很不顺利，就在他感到走投无路时，正好我这样一个陌生面孔出现了，还参与治疗乌仁陶古斯，于是他开始怀疑我，今天又套我的话，我也就顺水推舟了。我现在成了他们眼中嫌疑最大的人了。他们定会没日没夜地跟踪我的。我就这么装下去，装得越像，你们满巴扎仓的药典就越没了危险……”

“可是……这样一来，你不就危险了？他们如果怀疑那部药典在你手里，是什么事都干得出的。”

“我能应付。我又不是你们这些喇嘛那样无用。”

金巴沉思很久后，叹息道：“我真为你担心。”

“再说，我还真有一部药典，那是我师父留给我的。若是哪天我真遇到了什么事，请你珍藏那部药典。那部药典比我的生命还要珍贵啊……”

潮洛蒙是真醉了，说着说着就躺倒，没多久就打起了呼噜。金巴久久看着他，已经熟睡的潮洛蒙脸上仍然充满着自信和活泼……

第六章

一

旺丹东渡黄河是半个月之前的事。下了船，他几乎一直在跑，跑着到满巴扎仓时已到了后半夜。到了自家门口一看，门锁被换过了。即便没换锁，他也没办法，钥匙早已不知去向了。他翻墙进去，虽说院墙很高，但是旺丹个头高，并没有太费劲。房门锁也被换了。他有点为难了。不过他又想起，房屋窗户有榫，却没插儿，于是他也很容易就进了屋子。灯和火柴在桌角上原来的位置，他点了灯看，桌子上的哈达和银子不见了，桌上喝了一半的茶已经蒸发了，其他所有东西都原封未动。不管怎样，现在得填饱肚子。进了伙房，柴火和水都是现成的，他开始熬茶。从柜子里拿出了点心。他吃喝了很久，忽然想起桌下抽屉有镜子，拿出来一看，头发胡子都乱长得活脱脱一个野人。他嘟嘟囔囔骂了一句什么。

过去的这两个月，他风餐露宿，有时一连几日只能吃沙葱、地梢瓜等充饥。偶尔遇到一户人家，他也说不出化缘的话来——到了这种地步他仍然放不下架子，他这一辈子只有别人求他，他却几乎没有求过别人。但是在人家眼里他就是一个叫花子，看到他都可怜他，给吃个饱。要是我的药囊还在多好，我可以隐姓埋名，给人治病也可养活自己，他想。他出门总是带着药囊的，但那天山下打架时却丢了。

但他毫不气馁地走着。

那个雨夜他遭受绑架，起初是愤怒，后来有点奇怪。要是贪图财物，应该是翻箱倒柜让他交出银两的。可是那几人没那么做，却让他骑着马，夜渡黄河进了阿拉善。就算是要杀我，也没必要带到那么远吧，旺丹想。

然后，没过几天又放了他。

“好了，我的满巴，有人给了我们很多的银子，让我们要了你的命。可我们跟你无冤无仇，所以还是放了你吧。不过，你可不能再回去，隐姓埋名在哪儿过日子都行。”带人来绑架他的那个女子说。

被松绑的旺丹坐在野外沉思了很久。他已经猜到发生了什么事。

二十年前，旺丹去伊尔盖城买药。转了几个药铺，晚上回到旅店喝茶时，一个年轻人前来见他。

“您是来买药的？”年轻人问。

“是啊。”

“我们在这里新开了一家药铺。新开的店铺一般都有降价让利的规矩。您不去看一看？”

“好，我明日去看看。”旺丹说。

年轻人笑了笑，说：“我们掌柜备了酒菜等您光临呢。”

“想干什么？”

“只是想多结识一些人罢了。”年轻人笑。

旺丹跟着那个年轻人走出了旅店，在街上转了几个弯，走进一个巷子里的大院。那个院子看来很大。过了三道门，进了一个厢房。旺丹判断这个药铺掌柜很有钱。不过，这处大院怎么看也不像铺子，倒像衙门。

那个房间里，四十左右的一个中年人在等着他。

“满巴扎仓的著名满巴旺丹先生，能在伊尔盖城遇见您，真是三生有幸。”那人用纯正的蒙古语说，旺丹听着像是一种讽刺。

“买卖可好？”旺丹冷冷地问。

“还好，还好。”那人说，“想跟您谈一笔大买卖呢。”

“你的药要是真的那么好，我当然不惜银两。”

“药材买卖嘛，之后再说。先说其他的。”

“什么？”旺丹好奇。

“你们那个老旗王爷的两个儿子都快迎娶哈屯了吧？你听说了吧？”

“听说过……应该是快了。”

“得让那两个哈屯终身不孕！”

旺丹想了半天才明白过来，这话的意思是要断了那两位哈屯的生育能力。“可是……那不是医者该做的事。”旺丹诧异地说。

“我就是让你做这个不该做的事。”那人面带笑容，语气却是很强硬。

“这叫什么事？”

“问了不该问的，你会很麻烦的。就按我们说的去做，我们不会亏待你，会给你很多银子。你揣着那些银子回去，我们彼此不再相见。这个事就算完结了。你要是不答应，今后这个世界上就不再有旺丹这个人，要是有人问起满巴扎仓的僧人们旺丹去了哪里？他们会回答说‘好像是去了一趟伊尔盖城，就再也没回来’，如此而已……”

旺丹吓得浑身冒汗了。他不知道面前的这个人是什么人，但他明白，这个人要对付他这样的一个医生，就像捏死一只蚂蚁一般容易。如果不答应，他很可能就走不出这个屋子……与其让这个陌生人杀掉，还不如挣一些银子继续活着。他知道该做怎样的选择。

“那么……”旺丹望着那人的脸。

“我相信你有本事让女人不孕。但是别忘了也骗掉她们的男人。”

“好的，好的……”

刚叫他来的年轻人将元宝码在大盘子上，放在他面前。旺丹扫了一眼，看起来足足有五百两银子。

“就这样吧，我的满巴，快收起你的银子回去吧。赶紧回满巴扎仓干该干的事，然后将一切忘了吧。”

接着，乌仁陶古斯和苏布道达丽二人先后失去了生育能力，做这种事对旺丹来说是再简单不过的。乌仁陶古斯和苏布道达丽，还有她们的丈夫都经常到满巴扎仓吃药调理，他们跟旺丹又很熟。因此旺丹有条件趁机下药，而且完全可以不显山露水。不管是二位哈屯，还是她们的丈夫，都没察觉出自己身上发生的变化。起初，旺丹很内疚，常有畏惧、自责的心情，后来渐渐就没事了。再后来，连他自己都快要忘了这事，即便偶尔想起，也当作是往事而已……

旺丹曾想，这个事件已经过去了，伊尔盖城见过的那人也早已忘了他。然而，两个月前被绑架，他才明白人家还是没忘了他。那个姑娘不是说来着吗？“有人给我们很多银子，让我们要了你的命。可我们跟你无冤无仇，所以还是放了你吧。”可是，他为什么就想要我的命呢？事情过去已经二十年了呀……

虽说隐姓埋名、远走高飞是一个好办法，但他怎么也想回家看看。家当财产都在那里，不管怎样，得变卖一些东西换银子。再说，他也有无法舍弃的一件大事！

他每天躲在自己家琢磨着、沉思着。不管怎样，他需要先好好地休息两天。

二

金巴烧了一壶茶，等到半夜，潮洛蒙还是没有回来。金巴着急地去乌仁陶古斯家问，已经好了许多的乌仁陶古斯说，潮洛蒙今天没有来过。金巴的脸一下子阴了。他感到他的朋友可能出事了。那现在怎么办？一是一定要找到潮洛蒙，要找到潮洛蒙，一定要先找到桑布。二是要将潮洛蒙托付的药典，找一个稳妥的地方保管好。潮洛蒙交代过要好好保管那部药典。潮洛蒙失踪之后，定会有人来搜那部药典……

天快亮了。金巴走进扎仓堪布家。见扎仓堪布坐着，达林台在他面前站着。金巴想他们定是在商议要事，但他没等他们说完，紧忙禀报了潮洛蒙失踪一事。

“首先要救出潮洛蒙。若是被桑布抓去了，那就麻烦了。所以，达林台去寻找潮洛蒙。金巴你将潮洛蒙的那部药典转移到一个谁都想不到的地方。清朝要是将那部药典认为是秘方药典的话，定会穷追不舍的。可是藏哪儿好呢？”

在扎仓堪布还没有想好将潮洛蒙的药典交给谁保管的时候，金巴却突然想到了一个人。

金巴猜对了。此时，潮洛蒙已经被桑布控制了。

早晨的太阳照进深山里的一座石头房子里。被带到这里的潮洛蒙看着桑布哈哈大笑。

“你笑什么？疯了吗？”桑布阴沉着脸说。

“不是我疯了，而是你疯了啊。你抓我来这里做什么？”

昨夜，桑布骗潮洛蒙下山后，叫了几人绑架了他，带到了深山里一间废弃的石房里。桑布清楚这里有一间多年前牧民转场用过的房子。

“你不是说有一部药典吗？”

“有啊，想干吗？”

“给我吧，那就什么事都没了。”

潮洛蒙又哈哈大笑了：“那部药典不是我的东西，而是满巴扎仓的珍宝。能给你吗？又不是你的东西！”

“既然你来到这里，给也得给，不给也得给。”

“不给的话要杀头，是吗？”潮洛蒙又大笑。

“我们可以给你钱。”

“你给多少？”

“你要多少?”

“我讨厌讨价还价。我不给你们药典，我还是把命给你们好了。”潮洛蒙说。

桑布虽说也是经历过不少事的人，但在潮洛蒙面前真是没了办法。这家伙，怎么老是笑啊?

潮洛蒙不再笑了，叹了一口气，说：“贩子先生，别过于着急。我知道对你来讲，药典比我的性命更重要。然而，那部药典对我来说，也比我的性命珍贵。你已经把我绑架了，拿不到药典，定不会善罢甘休。所以，我们直说吧。你拿那个药典要做什么?”

“那是我的事。”

“你要是这么说，咱俩就无话可谈了。那么，现在我们俩的这事儿可怎么了结好呢?我是不会把药典给你的。想要我的命，你就拿去吧。得不到你想要的药典，却要了一个毫无用处的命，你的企图还是要落空了。”潮洛蒙说罢干脆躺在了炕上。

三

苏布道达丽洗了脸，站在镜前梳头，看着自己好像比任何时候都年轻漂亮了，真可谓相由心生啊。

让她有了这般变化的人，是金巴。昨天早晨她往药王殿去的路上碰见了金巴，擦肩而过的金巴低声对她说：“马上去一趟我家。”苏布道达丽稍稍迟疑了一下，紧随金巴而去。

“事情紧急，没有时间说多余的话。我要托付您保管一样东西。”金巴说。

“什么……东西?”

“一部药典。”金巴说，声音很低，近乎耳语。

“药典！”苏布道达丽重复的时候，没出声，只是嘴巴动了动，眼里噙满了泪水。金巴将那么要紧的东西，不是托付给别人，而是要托付给我，这么一想，她激动不已。被人信任的感觉多么美好啊！尤其接受金巴这样的人的重托，她感到幸福！

“有人正在找那部药典，很危险。无论如何不能把它交出去。”金巴说。

苏布道达丽还在流泪，没能说出话，使劲儿点着头……

金巴将一个布包递给了苏布道达丽，苏布道达丽双手接过，久久凝望着金巴。她想着，这个人在最最为难的时候，将最最重要的东西托付给了我，她心里有一种骄傲和幸福油然而生。她想拥抱金巴拼命地吻他，也想跟金巴说你吻我一下，可一转念又想，我这样的一个女人怎能如此不知天高地厚，我该知足了……

从金巴家走出来后，苏布道达丽哭了一路，哭了个痛快。哭过之后，想着将这部药典藏哪儿。她的心智真是明朗了很多。想到山脚下搁置的马鞍，觉得那是最稳妥的地方。她怀揣着药典下了山，到了马鞍旁。然后将药典分两部分，缝进鞍屉中。

苏布道达丽从金巴家出来时，其实诺日吉玛已经看在了眼里。但诺日吉玛当时却没有太在意，过了两天，她才为自己的忽略后悔不已。

山中的石头房子里，桑布和潮洛蒙仍在僵持着。桑布叫来的两个同伙站在一旁。

“我最后一次问你，交不交药典？”桑布的脸变得狰狞了。

“你怎么老是说最后一次？你已经说了七次或者八次‘最后一次’了。”

“你不说我也能找得到。”

“那你自己找不是更好吗？何必在这里跟我纠缠？你真的能找到，那药典就归你。”

桑布首先想到了金巴，因为潮洛蒙住在金巴家，所以药典可能在金巴家。于是他让两个同伙守住潮洛蒙，自己朝满巴扎仓跑去。金巴不在家，大门上着锁。桑布从院墙上像猫一样轻巧无声地翻越进去，打开了没插的窗户进了屋子。金巴屋里的摆设很简单。他看见炕角上有一个褡裢，应该是潮洛蒙的东西，打开看，没见药典。接着他翻箱倒柜找了一番，接着又掀开炕上的毡子，打开伙房里的米袋子面袋子，最后连锅台下边的烟道都看了……但是依旧一无所获。他想，潮洛蒙没把药典放在这里。不在这里，那在哪儿呢？

桑布无奈走出金巴家，见诺日吉玛迎面走来。

"金巴这两天有没有什么异样？"

"嗯……"诺日吉玛想了想，"好像没有什么吧？不过见苏布道达丽哈屯去过金巴家。"

桑布一听这话就觉得这里有问题。因为在桑布印象里，这么多年苏布道达丽好像从来不去金巴家，她为什么突然想起去那里？肯定不是为了串门聊天。于是他又联想到潮洛蒙那个药典。那东西是不是转移到了她那里？

"你知道她去金巴家做什么了？"

"不知道……"

"是不是拿了潮洛蒙的药典？"

诺日吉玛说："那部药典交给苏布道达丽保管，岂不是把羊羔藏在狼窝里一样？"

"藏好了，藏在狼窝里的羊羔更安全。"桑布说。

"那怎么办？"

"你赶紧回去，看看苏布道达丽是不是在家。"

诺日吉玛转身跑去。

诺日吉玛走进正房，看到老协理垂头丧气地坐在那里。这个老头现在完全是一副万念俱灰的样子。扎木森好几次带着几个兵来问这问那，还交代说这段时间不能随意离开满巴扎仓，那意思很清楚，已经把他当作了重要嫌疑犯。于是一开始他又气，又急，又恨。气的是扎木森对他的态度就像对囚犯一样，急的是他觉得他弟弟很可能想把他置于死地，恨呢当然也是恨他弟弟。这样一来他就吃不下睡不着，只几天工夫，已经变麻木了。

“老爷您明显瘦了。”诺日吉玛语气里有些许讽刺。

协理没说话。

“别灰心，你可能时来运转了！”

看来老协理对此类的话已经没有兴趣了，只是看了诺日吉玛一眼。

“我的话你听清楚没有？也许，你可以从你弟手里夺回王位呢。”

老协理又用茫然的眼神看了她一眼。那是一个失败者灰心丧气的眼神，他已经不相信任何好消息了。

“你没忘了满巴扎仓有一个秘方药典吧？”诺日吉玛说。

“哦……”

“你若协助我，找到那部药典呈给清朝，朝廷会让弟弟下台，把王位给你。”

他这次好像听明白了诺日吉玛在说什么。“我到哪儿找那部药典去？”他傻乎乎地问了一句。

“那部药典在你老婆手里呢！”

“什……么？”他想，她这是逗我取乐呢？还是神志有了毛病？

“你老婆去哪儿了？”

“不知道……”

“快跟我一起去找苏布道达丽。她要是跑了，事情就完了。”

一脸蠢相的他听到诺日吉玛近乎命令的口气，怔了一下，就跟着姑娘小跑着出了院子。

四

天空中乌云密布，眼看就要下雨了，这时候已经是黄昏时分。从山下跑上来几个清朝官兵，抓走了金巴。金巴被他们推搡着走的时候，见色日吉姑娘在远处看着他。

“色日吉，过来。”金巴喊。这时，铜钱儿大的雨点开始砸下来了。色日吉迟疑了一下，还是快速跑过来。

“快去告诉苏布道达丽哈屯，就说我被抓走了……”

色日吉跑着，见苏布道达丽从转经路外回来，脚步也匆匆。这时已大雨瓢泼。

“哈屯……”色日吉拦住了苏布道达丽去路，说，“金巴满巴被抓走了。”

“什么?”苏布道达丽看着被大雨抽打的色日吉。

“金巴满巴刚才叮嘱我，赶紧告诉您……”

色日吉这么说完就回头跑了。苏布道达丽不明白色日吉的话，发了一会儿愣。金巴被抓走了？被谁？还让色日吉告诉我他被抓走的消息？是什么意思呢？……想着，想着，她就明白了。金巴告诉我自己被抓的消息，就是提醒我也有被抓的危险吧！金巴被抓定是因为那部药典。然而那部药典而今在我手里呢……

再一看，持着刀剑的几个人朝她家院子走去。看来他们是来抓我的吧，想罢她就往山下跑去。

这时，诺日吉玛和老协理跑出了院子。诺日吉玛对已经到了门口的清兵说：“你们是来抓苏布道达丽的吧？她不在家，我们也在找她。”

“你是何人?”清兵的头头问。

“我是桑布的朋友。”

“啊，你就是诺日吉玛？”

于是，诺日吉玛和老协理跟清兵一起跑在大雨中，跑出了转经路外。未见苏布道达丽。

老协理说：“会不会是下山了？”

几人跑到下山口。本是到了黄昏，再加上大雨滂沱，山下的情况无法看得清，但诺日吉玛还是看到了那个熟悉的身影。

“那边……她……苏布道达丽哈屯！”诺日吉玛指着山脚下大声喊。那里真有一个人正在鞴马鞍。老协理虽然看不清楚是谁，但认出了苏布道达丽平日骑的那匹高高的白马。

“她要逃，赶紧追！”

几人往山下跑时，老协理跑在最前头。他现在好像变了一个人，因为他朦朦胧胧地意识到，也许真的到了他时来运转的关键时刻，于是突然精神起来，跑得比谁都快。

这几个人叫着喊着跑下山时，苏布道达丽已经跨上了马。她鄙夷地看着自己的老公、诺日吉玛以及那几个兵，嘴角不由得荡起一股讥讽的笑意。几个兵，有的跑向自己的马，有几个直接向她跑来。她一点都不着急。她相信自己的马。她想，一般的马是追不上我的马的，再说我出嫁之前可是一个好骑手呢。

几个兵围过来，她一磕腿，高高的白马向前一跃，越过前面的一个兵的头顶，飞奔而去。

“追！”

“快！”

“追上她！”

“将她逼向黄河边儿上！”

天色一片漆黑时，苏布道达丽哈屯已来到了黄河岸边。清兵的马虽然不怎样，但他们歹毒得很，把苏布道达丽哈屯已经逼到了黄河边。雨还在下。苏布道达丽面前，黄河翻卷着洪水，咆哮着。

“你走投无路了！我们已三面围上你了，在你前面就是黄河。快下马吧!”一个清兵喊道。

“我的哈屯，请你快快下马吧。你我的命运要改变了……”老协理用沙哑的声音央求着。

“哈屯，你把那个药典藏在哪儿了？你告诉我们，我们即刻就回去了。”这是诺日吉玛的声音。

一道闪电突然划破了天空，苏布道达丽看到几个骑兵、诺日吉玛、老协理等人已经形成了包围圈，向她步步逼近。她知道没有退路了，突然间想起了金巴。我的金巴怎么样了？我绝不会让你托付的药典落入仇人的手中，她想道，咬紧了牙关。闪电再次闪过时，苏布道达丽将马头转向黄河，朝马肚轻轻磕了一下腿。白马如流星划过，跃进陡岸下翻滚的巨浪之中，不见了踪影……

五

桑布守着潮洛蒙，在石房子里。桑布都快急疯了。整整两天两夜，桑布发脾气潮洛蒙就笑，桑布安静了，潮洛蒙就睡。到了现在，桑布已经忍无可忍，想着与其跟这个家伙儿浪费时间，不如给他一刀子，再去忙该忙的事。

“我有一个毛病，就是没耐心，很容易生气。”桑布咬紧牙说。意思是我已经不能再忍了，要生气了。

潮洛蒙叹了一口气说：“谁都有毛病。我呢，胆小，晚上独自出去都怕。不过，奇怪的是，我却不怕死。”

“咱俩在这儿磨两天两宿了。这事，该了结了。”

“早该了结了。”

“怎么个了结法儿?”

“看来你去过很多地方，见多识广。我也跟你一样，从小就到处流浪，结识过形形色色的人。像你我这样的人，心眼儿都坏着呢。心眼儿不坏的话，保不了命。”潮洛蒙叹着气摇着头说，“你不用拿杀头来吓唬我，你的命早就在我的手里了。”

“你说什么？”

“你已经中毒了，唯有我才能解这个毒。所以你得让我活着，还不能刺激我让我不高兴。”

桑布以无法置信的眼神看着潮洛蒙，以为他在说谎，但又不得不担心，要是真的该怎么办？

“当你把我带到这儿，我就知道自己危在旦夕，为了保护自己，我只好在你喝的水里放了一点点东西。你不是喜欢半夜喝凉水吗……”潮洛蒙说着打了一个哈欠。

桑布沉默很久。

人的一辈子，真是酸甜苦辣都有。曾经一度当上皇上的侍卫军小头目，吃香喝辣耀武扬威的桑布，忽然有一天被指控参与了叛军，于是他逃到了蒙古草原。说实在的，叛逆的想法，他的上司也许有过，但他绝对没有。但皇宫是一个充满着阴谋、谗言、冤屈的地方。不管是不是真的有过叛逆的阴谋，反正皇帝说有就是有，被说成叛逆的人，逃掉的还可能活命，逃不掉的只有掉了脑袋。不管怎样，桑布是逃掉了。他有时也梦想自己再回到从前的荣华富贵，然而，梦这个东西虽然很美，但终究不是真的。再后来，有一个了不起的棋手让他知道了美梦可以成真。棋手说：“满巴扎仓有一个珍贵的秘方药典，若找到它献给皇上，你的梦会成为现实。”从那之后，桑布经常以药贩子的身份出现在满巴扎仓。

桑布一直相信自己，能够轻而易举地得到那部药典。俗语说“再老的狼也能对付羊”，一个曾当过皇宫侍卫军的人，对付几个乡下喇嘛应该绰绰有余。然而，过了十几年，那部药典连个影子都不见。现在事情刚刚有了一点转机，这个叫潮洛蒙的人又成了他无法逾越的高山，横亘在他前面的路上。

他知道，杀潮洛蒙是毫无意义的。潮洛蒙刚才说给他喝的水里下了药，这可能是真的，也许是假的。但杀了潮洛蒙，只是会断掉寻找药典的一条线索，再无一点好处。

诺日吉玛跑了进来。

“苏布道达丽……拿着那部药典跳了黄河……”诺日吉玛气喘吁吁。

桑布跳了起来：“什么？”

诺日吉玛大喘着，将事情的始末说完，桑布反复骂着：“一个个真是饭桶，还都是缺心眼儿的饭桶！”

听说苏布道达丽跳了黄河，潮洛蒙不由得叹气，起身从石房的窗户久久凝望着远方。

“现在怎么办？”诺日吉玛问。

桑布没说话。他觉得需要好好想一想。他感到心脏跳得有点怪异，是方才过于生气的原因呢？还是潮洛蒙给他下的药物开始发作了？

六

次仁朵丽玛快到满巴扎仓时，雨下得很大。因为走在旷野之上，没有地方躲雨，看到前面不远的地方有一顶毡房，她就策马跑去。她去满巴扎仓是为了见金巴。红痣出门十几天了，母亲开始咳嗽，需要请大夫，就想到了金巴。再说，自从上次与金巴相识，她时常想起金巴，偶尔还会梦见他，这是她不会与任何人说的秘密。

拴好马跑进毡房时，一个女人向她问了安。那人是嘎吉德玛。

“我生火吧，你的衣服全湿了，换我的衣服吧。”嘎吉德玛说。

次仁朵丽玛脱了衣衫，拧着水笑着说：“刚才天还好好的，想不到遇到雨了。”

“是不是要请医生?”

“是，一个叫金巴的满巴给我母亲看过病，我想请他去。”

嘎吉德玛朝门口看了看，说：“那不是你说的金巴吗?”又说，“奇怪了，好像被捆绑着，有几个人押着他……”

次仁朵丽玛朝门外看，傍晚的朦胧中，雨的雾气像是一层纱幔，有几个人在那里走着。在这样的大雨里急着赶路，看来不是一般人。他们有的徒步，有的牵着马，看起来很是怪异。次仁朵丽玛认出了被捆绑着的金巴。

“押金巴的这些是什么人?是旗衙门里的兵?”她问嘎吉德玛。

“不像是。旗衙门里的兵好像不穿这样的衣服……”

次仁朵丽玛穿上拧了水的衣服，走出了毡房。

走着走着，天快黑了。次仁朵丽玛下了马，解开了腰上的投石器。石子儿一颗颗地在雨中飞了出去，金巴前后的清兵一个个倒地打起滚来。金巴不知出了什么事，吃惊地站在那里，忽见次仁朵丽玛站在面前，耳朵上的金马耳坠亮闪闪的。

“次仁朵丽玛!”金巴高兴地喊。

次仁朵丽玛解了金巴的绳索，说：“跟我走，我能领你去一个谁也找不到的地方。”

“可是……我不能离开满巴扎仓!”

“他们要是再来抓了你怎么办?”

“你会帮我的吧……”

“你到底放不下什么?”

“我的好朋友潮洛蒙忽然失踪了，大概是被坏人抓了。我不能不找他。这是其一。其二，我把潮洛蒙的药典交给苏布道达丽哈屯保管了。当我被清兵抓走的时候，我传信给那位哈屯。不知道她有没有来得及逃跑。再说，现在满巴扎仓面临着大难，我不能一走了之……”

“那我跟你一起去，我肯定帮得上你。”

“那我俩现在得去见一个人。”

“什么人?”

“那个人叫达林台。”

天黑了，骤雨狂啸着。

七

旺丹在家藏了几天。每到夜深人静时他才烧火做饭。白天，他怕别人见他家烟囱冒烟儿，所以不生火，就在屋里躺着不动。吃喝都是小事。最麻烦的是解手的问题。并且这几天肠胃也不好，让他急得很。夜晚在院子里凑合着。白天只能在屋里解决。这样一来，屋子院子一下子发臭了，绿色的苍蝇整日嘈杂一片。

现在该离开这里了，他想。不只是为了逃离苍蝇和恶臭，他有更重要的事要做，他需要处理牲畜和财产。

按照佛教戒律，僧人是不允许娶妻的，但旺丹不仅有女人，还有丰厚的家产，只是他的女人和家产在一个秘密的地方。他已经明白，今后他不能待在满巴扎仓，甚至都不能在认识他的人面前露面，他必须彻底销声匿迹，去一个很远的地方过日子。

另外，他还保存着一部药典!

别看满巴扎仓有那么多名医，其实如果有人用心观察，就会发现他们中间存在着各种门派的痕迹，只是这种痕迹眼下已经变得很模糊罢了。由此可以想见，满巴扎仓那些名医所掌握的医术都有各自的源头，那些源头又起源于藏医学、传统蒙医学、中医学、神秘的民间医术等内部的各种流派。起源于那些流派的医术像一条条溪流先后汇集到了满巴扎仓，在这里相互补充、融合，得到不断的完善和丰富，形成了这里博大精深的优势！从这个意义上讲，如今满巴扎仓的满巴们不属于任何门派，他们都是满巴扎仓的一分子。但从另一方面讲，他们却各有各的传承，各有各的侧重，甚至各有各的“绝活儿”。也正因如此，满巴扎仓僧人们手中保存着一些传统药典。旺丹手中就有一部。那是他和楚勒德木的师父临终前亲手交给他的。

不错，旺丹从本质上讲是个贪婪的人，但他却懂得深浅。如果说白脸更登一心想把满巴扎仓那部珍贵的秘方药典占为己有，而旺丹却从来没那样想过。为了得到更多的回报，他可以不顾亲情牵走亲叔叔心爱的坐骑，也敢给王爷和协理的老婆服用绝育的药，但他却从未想找满巴扎仓那部神秘的药典。说到底是他不敢，他敬畏满巴扎仓，他甚至认为谁如果染指那部药典就会受到某一种神秘力量最严厉的惩罚。这就是他与更登的根本区别。

再说，他有师父传给他的药典，已经足够了！

满巴扎仓的人们至今都记得洛布桑师父在野外暴病身亡的事。然而，很多人忘了满巴扎仓又一个学术渊博的高僧跟洛布桑师父同一天去世了。那个高僧是旺丹和楚勒德木的师父。别人忘了，旺丹却没忘那件事，而且他觉得，满巴扎仓二位高僧在同一天以同样的情形暴病死亡是一件蹊跷的事。

那一日，他的师父还很健康。楚勒德木回了乡下的家，只有旺丹一个人陪师父配药。到了中午，他的师父忽然眼睛翻白倒了下去。情急之下，旺丹给师父含了一粒丹药。师父有了知觉，便说：“你赶紧扶我进里屋。”旺丹扶着师父进了里屋，师父的眼神很是坚毅，“你挪开墙边儿的那个书柜。”旺丹照办了。师父又说：“打开那个墙上的门。”书柜后面有一个暗门，这个旺丹和楚勒德木也知道。实际上，满巴扎仓有点财产的喇嘛屋子中这样的暗门是常见的。那一年“毛呼拉盖”来毁满巴扎仓之后，喇嘛们在自己的屋子里纷纷弄出了这样的门。强盗来时可以藏东西，平日里存放一些暂时用不着的物件。

师父的命令接二连三：“先合掌祈祷一下，然后走进去！”“角落中有一个洞，拿出那里的药典，双手捧着出来!”……

当旺丹双手捧着一个用蓝色绸缎包裹着，又用青色哈达打了结的厚厚的书走出来时，他心中充满了虔诚。

“跪下!”师父厉色。旺丹举着那个包裹跪下了。

师父的眼神再一次严厉起来：“我知道自己遇到了恶人暗算，我的性命很快就结束。你手里捧着的是我师父传给我的药典，将死之前我必须把它交给一人！直说了吧，如果现在楚勒德木在，我会把它交给他的。因为楚勒德木人品比你强！可是，楚勒德木回来之前，我就要没命了，所以我只能交给你……”说着，师父开始气短剧咳起来。

旺丹泪如雨下。

“给我净身吧!”

“是……”

师父安详地躺着，再也不动了。旺丹不停地哭着给师父净身，换完衣服之后，汇报了格斯贵等人，又让人快马加鞭叫楚勒德木回来。

旺丹这般手忙脚乱时，传来扎仓堪布洛布桑师父在野外亡故的消息。整个满巴扎仓乱成了一团……

这次他遭遇绑架后又侥幸活了下来，他明白今后必须远走他乡了，他不仅需要处理家产，带上自己的女人，还必须把药典带上。

夜深人静时，他翻出了院子。

八

很少有人知道，在阿尔巴斯山脉深处有这么一个地方：四面环山，方圆十里左右的一块草场。因为这块草场四周被陡峭的山崖包围着，与世外隔绝，即便这附近生活了几代的人，也不知道这里有这么一个地方。进出这里的唯一通道是一条自然形成的隧道。那隧道地处隐秘，即便有人看到了，也以为那是一个山洞。其实如果进入里边，骑马的人都可以行走，七拐八拐，就能进入那片草场。但山里洞穴无数，谁都不会无缘无故走进一个山洞，所以几乎没有人进入过那条通道。

但这里不仅有人，还有畜群和毡包，一个女人在这里住了二三十年。这个女人叫扎哈玓。

扎哈玓十八岁那年，父母暴病去世，无奈的扎哈玓为了投奔远方的舅舅走进了阿尔巴斯山脉。平原上来的这个女孩进了山里，就找不到方向了，饥饿难耐。她正咬着牙走着，突然闻到一股药味儿，见一个魁梧的喇嘛骑着马迎面相遇了。

“啊，小姑娘一路安好吧？要去哪儿啊？”那个喇嘛问。

扎哈玓问安后说：“去找我舅舅。”

“你舅舅住哪里？”

“听父母说住在阿尔巴斯山……”

“知道你舅舅叫什么吗？”

“不知道……”

喇嘛叹了一口气下了马：“看来你快饿晕了，吃点东西吧。”他从褡裢里拿出点心和炒米。见扎哈玓抓起来就吃，他说：“你要是不知道舅舅的名字，也不知道他住的具体地名，肯定不会那么快就找到他的。我先带你去一个地方住下吧，然后你再慢慢找你舅舅。”

原来，那个年轻魁梧的喇嘛就是旺丹。

旺丹在马上带着扎哈玓，进入了一个山谷。高耸入云的悬崖峭壁连绵两侧，抬头一看，只见蓝天像一道银线一样蜿蜒着。“这个山谷叫黑龙贵峡谷，长达六十里，也叫六十里黑龙贵[1]。”旺丹说着。太阳西下时，到了峡谷的尽头，只见那里有一个山洞。旺丹骑着马走进了洞，走了半天，前面出现了朦胧的白光，原来这不是山洞，而是穿越峭壁

---

① 黑龙贵：意为黑暗。蒙古语。

的一条通道。走出通道，她见四面环山的小牧场以及毡房和牛羊。

“医生给人看病会得到一些回报，比如羊呀、牛呀、马呀，但喇嘛又不能娶妻管理家务。所以，我找到了这么一个地方，把挣来的一些牲畜、财产放在这儿。今日起你在这里帮我管理这家业吧，我给你找你舅舅。”

那个夜晚，旺丹让以前的羊倌老头回了家。也在那个夜晚，旺丹占有了扎哈玿。旺丹像新郎官儿一样在这里待了十几天，扎哈玿夜夜在旺丹面前抖抖擞擞的，像个站在狼面前的羊羔一般。不过，旺丹走了之后，她又不由得孤独了起来，夜里有时还会梦见旺丹。

就这样，扎哈玿一年年地成长着。瘦小的小姑娘长成了健壮的女人，若说以前，虽说她盼旺丹快点回来，但他真要是回来了，却又怕又羞恨不得逃走。不过没过多久，她见了旺丹会扑上去扒他的衣服。就这样，她度过了无数个日日夜夜，一个人撑起了一个家，她什么都会干，比如置放狼夹子、给羊去势、骟马等等纯属男人干的活儿。没有办法，旺丹常年不在家，只能她自己干。

旺丹回来得越来越少了。再后来，他赶着自己所得的牛羊来交给扎哈玿，连住都不住一宿就回去了。扎哈玿对旺丹怨恨起来，但想起自己走投无路时给吃给喝的，又给她寻了这么一个生存的地方，还是心存感激的。

就这期间，她与青海的陶格套胡相遇相识了。

有一天夜里，还没来得及将羊群收回羊圈，就碰到了大雨，扎哈玿守着羊群在山崖下避雨，回不去了。雨毫无停息的意思，深夜时更加剧了。她想只能在这里过夜了。她并不着急，因为山崖下避风处的羊群也不会有事，只是自己淋雨受些风寒而已。扎哈玿是个不怕吃苦的女人。可是，那天夜里真是应了“狼是雨夜的精灵”那句话，夜半时分，羊群忽然遇到了狼的袭击。羊群惊散四方。扎哈玿除了使劲儿喊叫着去追羊群跑，没有其他办法。就在这个时候，她听见羊群那边有一个男人的厉声呵斥，一堆火冉冉烧起来。见了火光的狼，像是吓跑了，四散的羊慢慢向主人汇拢过来。但是扎哈珆很是疑惑，这么大的雨夜，这个山里怎么出现了一个男人，还找到干柴生了火？走到篝火边儿，见一个男人拧着湿了的衣服，虎背熊腰在火光下像是山中光滑的青石一样发着光亮。

“您好，托您的福，我的羊没被狼祸害。”扎哈珆感激地说。

“狼入羊群，岂有不管的道理？您还安好吧？”那个男人问安，四十多岁男人稳重的脸映在火光中。

“请您到家里坐坐吧。”

雨停了，云层散开，圆圆的月亮洒着清辉，但仍有几滴雨水在飘洒。扎哈珆和那个男人赶着羊，边走边聊。

“您怎么走到这里了？”

“我是一个猎人，今天追着几只岩羊走进山谷，走着走着太阳就快下山了。被我追赶的几只岩羊跑进了一个山洞。我以为只要在洞口等着，那几只岩羊已是我的囊中之物。后来，走进洞里一看才知道那不是山洞，而是通向一方的隧道。走出那个隧道时天黑了，见山峰升起乌云，知道要下雨，拾了一些干柴刚堆在能避雨的地方，突然就听到了您的喊叫声……”

“真是有缘啊，您帮了我大忙。您是哪里人呢？”

“青海。”

“听说过青海，据说那里有雪山，是一个很远的地方。”

“是啊，很远。”

“听说青海也有蒙古人。”

“当然有。不过我祖辈不是那里人，是鄂尔多斯或乌拉特搬到那里的。我这是第一次来鄂尔多斯。”

“啊，不容易，真是远方来的人呢。您怎么称呼？”

“我叫陶格套胡，人们叫我青海陶格套胡。”

把羊赶到羊圈那边，扎哈珆进屋熬了茶。天快亮了。

"家里都好吧?"

"啊，我以前有过一个美好的家庭。现在孤身一人了……"青海陶格套胡叹气。

"唉，您真不容易……"

这样，扎哈珆多了一个熟人。青海陶格套胡隔三岔五会来住几天。他这个人干活儿很利落，每每到来都会帮扎哈珆大忙。扎哈珆跟他说起自己这些年的生活，说起了旺丹……对方也说起他妻子是怎么去世的，说起妻子去世后怎样把家当和牛羊扔给了孩子，自己出来以打猎为生等。自从认识了青海陶格套胡，扎哈珆快忘了旺丹。旺丹不来也快半年了。

然而，她没想到快被遗忘的旺丹，今天来了。忽见一个须发乱蓬蓬的人走进来，扎哈珆起初吃了一惊，接着才认出是旺丹，紧忙扶他坐下。她很惊讶，这人怎么变成这样?

旺丹吃喝半天后，倒下就打起了呼噜。扎哈珆诧异不已。

九

诺日吉玛来到石头房对桑布说:"有一个人让你赶紧去见他。"

"谁?"

"不认识，他找到我，问我是不是叫诺日吉玛，说自己是你的朋友。让我叫你，说有事要和你商议……"

桑布马上就知道是谁了，他只跟那个人说过，有一个叫诺日吉玛的姑娘在帮他。

"在哪儿等我呢?"

"山下的嘎吉德玛家。"

"那么……你先守着这个潮洛蒙?"桑布说。

“让一个姑娘家守着我，还不如把我一人撇在这儿呢。我要是想逃，会一拳打翻了这个姑娘就走了的。可我干吗要逃？我还没有拿到我的药典呢？”潮洛蒙说罢又躺下了。

桑布如今对潮洛蒙已经彻底失去了信心，就真的撇下他，领着诺日吉玛出去了。

他们顺着山谷走到满巴扎仓，再下了山到了嘎吉德玛家。见那个不知住在何方的著名棋手独自笑着坐在一旁。嘎吉德玛像是去放羊了，不在。

“什么情况？”棋手问。

桑布说起这两天发生的事。

棋手笑着说：“你上当了。”

“什么？”

“那个流浪医生潮洛蒙可是骗了你一个底儿朝天啊！”

“为什么？”

“正是我们到处找药典的时候，他会把药典送来？没有这个道理！”

若是别人这么说，桑布定是不信的，不过这话出自他佩服得五体投地的著名棋手之口，他就立马相信了。

“要知道那部药典还是在满巴扎仓某一位喇嘛手里。”棋手说。

“哦……”

“你听说过声东击西这个话吧？满巴扎仓的喇嘛们在拿潮洛蒙这个医生迷惑我们的思路，这即是声东击西。然而，我们给乌仁陶古斯下了堕胎药，也是声东击西。”

桑布的脑子跟不上了，问：“那么……我们真正的目的是什么？”

“满巴扎仓现在已经开始乱了阵脚。为了保护药典，他们会使出很多法子。人这个东西，一旦开始想法子，那就会露出破绽的……”

“那我们……”

著名的棋手微笑着说了什么，桑布很吃惊，频频点起头。

十

夜里，达林台领着金巴和次仁朵丽玛顺着山谷走着，走到了石房前说：“就在这里面。”

金巴和次仁朵丽玛犹豫一番进去，先是传来潮洛蒙朗朗的笑声，接着点上了灯。

“我们找你找得好苦啊，你原来在这里。”金巴问，“他们有没有打你？”

“一根儿汗毛都没敢动。只是这两天桑布一直守着我，所以出不去，很难受。”潮洛蒙问，“这两天情况怎样了？”

“我把你的药典交给苏布道达丽哈屯保管的。为了不让你的药典落入清朝的手里，那位哈屯跳进了黄河洪流中……”金巴说着泪水哗然。

潮洛蒙沉默半天，叹了一口气说：“那位哈屯不是为了保护我的药典，而是为了保护满巴扎仓珍宝而献身了。所以不只是我，整个满巴扎仓都不该忘了她，应该念着她。”

“清朝还绑架了我，这位是次仁朵丽玛，她在半路上救了我。”金巴说。

“啊，感谢你救了我的朋友。”潮洛蒙说。

次仁朵丽玛笑着说：“物以类聚人以群分。您是金巴的朋友，自然也是我的朋友。”又望着金巴说，“你打算将我们的这个朋友安顿在哪儿？”

“直接去乌仁陶古斯哈屯那儿吧。他可以医治那位哈屯。清兵是不会轻易去她那儿抓人的，她毕竟是旗王爷的哈屯。”

他们走出石房时，山谷已被黑夜吞没了，骤雨最后的雨点正向他们打来。金巴仰望天空，云层散开，一两颗明亮的大星星依稀可见。他又想起苏布道达丽，眼泪止不住地往下流。金巴第一次为了生母之外的女人流着泪。望着云朵间闪烁的星星，仿佛苏布道达丽的眼在望着他。他想，你从那遥远的天空看着我吧，我也会从满巴扎仓望着你的。

深夜，达林台回到满巴扎仓就去见扎仓堪布。他走进去，面对扎仓堪布跪下了："我受满巴扎仓之恩，才活到现在，为了保护蒙古族宝贵的遗产，我会尽全力！扎仓堪布您让我向左，我定不会向右，一切听从您的。"他的嗓音苍老而沙哑。

扎仓堪布笑道："我知道你一直为此事劳心劳力。那么，现在情况怎样了？"

达林台说了所见所闻，最后又补充说："旺丹回来了，但又从满巴扎仓离开了。"

扎仓堪布沉思良久后说："那你应该想到接着怎么办。"

"我会跟踪他的。"

"好吧，你就按自己的想法行动吧。不管是我们的对手，还是我们自己，现在都有点乱套了。一盘棋下到最后，总是会出现这样的情况。"扎仓堪布笑着说。

"可是，我们蒙古族的珍贵遗产能保住吗？会不会落入清朝手中？"达林台问。

"清朝？他休想！"扎仓堪布的眼神异常自信。

"您能告诉我，您想到了什么法子？"达林台问。

"跟我们斗的是一个棋手，很厉害的一个棋手啊！我不知道他的棋艺是从哪儿学来的，但我的棋艺可是来源于阿尔巴斯山里的石头象棋呢。我应该能赢得了他。"扎仓堪布说。

第三天，达林台走到黑龙贵峡谷时天色已晚。面前一个黑乎乎的洞口。但是细看，那个洞口有脚印。

达林台身后站着红痣兄妹俩。

旺丹睡醒了就吃，吃饱了再睡，这样过了两天。他现在休息足了，恢复了精力，就开始跟扎哈玶说起搬家的事。他说，我们必须要从这里搬走，但是赶着这么多牛羊，也比较麻烦，你在这儿等着我，我先出去找买主，找到了我就回来。这期间要是有什么人来，千万别提我的名字。扎哈玶老实地点了头，但在心里盼着青海陶格套胡赶紧来一次，至少她应该跟他告个别。

到了晚上天黑，旺丹走了。过了一阵儿，扎哈玶刚准备要睡，门开了，青海陶格套胡走了进来。

“你来了呀？路上没遇见一个人？”扎哈玶见了他又高兴又有点儿不安。

陶格套胡抱着她，抚摸着她的肩，又亲了亲，笑着说：“你说的是旺丹吗？那家伙儿还没走出去呢。”

“出去好久了呀，这个时候怎么也到了洞口吧？”扎哈玶说。

“没那么快，你那个满巴先去拿上应该拿的东西，才会往洞口走的。”

“你喝茶歇着吧，我给你做饭。”扎哈玶说。

这时，旺丹已经到北边的一个洞里，拿了药典刚下来。刚走几步，忽听前面有人说：“旺丹满巴，不买药吗？”他一听是药贩子桑布的声音，但还是不信自己的耳朵。桑布怎么会找到这个地方？

可是一个黑影走到了跟前儿，一看就是桑布！

“你怎么……在这儿？”旺丹踟蹰着问，但马上想到这家伙出现在这里，可不是什么好事。又见鬼了，他愤愤想道。

“这一点都不奇怪，我跟踪你很久了，整整二十年了啊。”

旺丹自然想到了二十年前在伊尔盖城遇到的事。这真是一个疥疮一样恶心的家伙，居然跟踪了我二十年。然而，人的一生中有几个二十年？这些家伙最起码毁了我的半辈子。他这么想着就更加愤怒，心想这个桑布定是冲着我的药典而来的，我给了谁，也不会给你这条狗呀，他暗自咬牙。可是不容他想更多，他已经被绊倒了，桑布抢了他的药典，跑了。

“还我的药典，可恶的狗！”旺丹喊。桑布的脚步声忽然断了，代替的是男女几人的笑声。

旺丹惊讶着，几人走到了他面前。山一样巨大的身影移来，一看便认出是达林台。后面的两个没看清。过了一会儿才看出是一个脸上有大红痣的壮汉子和一个耳戴金马耳坠的漂亮姑娘。姑娘手里拿着皮质投石器。姑娘脚底下，药贩子桑布打着滚儿。旺丹自然认出了那位姑娘。不是两个月前绑架我之后放走的那个姑娘吗？旺丹想说什么，却不好意思，无语。

“旺丹满巴不认得我了？”姑娘的声音如银铃。

旺丹哭笑不得，躬下身。

“不请我们去你家喝个茶？我们救了你可是口渴了呢！”姑娘身旁的红痣笑着说。

“哦，哦，请……”

就这个时候躺在地上的桑布纵身起来跑掉了。

“站住！还我的药典……”

“让他逃着吧。他们的阴谋已经落空了。”达林台说。

十一

桑布抱着从旺丹那里抢到的药典，回到了关押更登的毡房。这几日来，更登的状况越来越不好了，时不时地昏厥。桑布走进去时，更登刚好清醒一点。

“你帮我看看这个药典，是满巴扎仓的那个药典吗？”

更登想坐起来，却没劲儿，无奈躺着翻了几页，讪讽地笑：“你从哪儿找到的？”

“旺丹那儿，怎么了？”

“你以为满巴扎仓的人死光了，让旺丹保管那个药典？”

桑布着急了：“这个不是那部药典吗？你仔细看看。”

“我看了呀，一看就认出了。这个不是元上都珍藏的那部，只是满巴扎仓的秘方药典。这种东西，在满巴扎仓还有。”

“是吗？”

更登没再说话，闭了眼。桑布恨得牙齿嘎嘎响。多少年绞尽脑汁用尽谋略，近几个月看似要有结果了，可是怎么一眨眼的工夫又成了这个结果？他真的快疯了。

更登睁开眼：“其实，我想那部真正元上都的药典应该在楚勒德木手里。可是那家伙险些要了我的命，不然那部药典就在我手里了。”

“哼，楚勒德木！”桑布一个字一个字地把这个名字从牙缝里挤了出来。

十二

人这个东西可真奇怪。胆小怕事的楚勒德木前几天打倒更登时没有丝毫犹豫，现在他决定再做一件事！

他已经听说满清官兵来到了满巴扎仓开始抓人了。他们抓了金巴和潮洛蒙，追捕苏布道达丽，逼她跳了河……他知道，下一步定是来抓耶奇勒他俩，所以一定要做好准备！

夜里，他把耶奇勒叫到了自己的房间。

“我的徒弟，我现在要交代你几件事，你一定要全部答应。因为，我今晚要跟你说的话，就是我的遗嘱。”

耶奇勒惊恐万分，望着师父，却见师父的神色那么平静。

“一是，满清官兵来了，在开始抓人。连金巴都被抓了，你我是逃不掉的。听说更登还活着。只要那家伙还活着，定不会白白放过你我的。”楚勒德木说。

“啊，嗯……”

“二是，只要被满清的兵抓去了，定会饱受常人无法承受的酷刑。你肯定受不了那酷刑，有的没的都会说出来。清朝会追问你秘方药典。你不知道那部药典在哪里，但要是不说，你就送了命。就是说了，说一顿假话，他们要知道了照样会要了你的命。他们还可能追查你和乌仁陶古斯哈屯的事。那事要是暴露了，你俩都完了。不管乌仁陶古斯，还是你，都要活着。因为，你们还年轻啊……”

耶奇勒吓得脸都白了。师父给他描绘着令人心惊胆战的后果。他也明白，师父说的这些话转眼就可能成为现实。

“为了让你有生路，我要想个法子。你今后也许会恨我，但我现在别无他法……”

“我不会恨您。我无所谓，而是师父您必须想办法逃过这一劫。”耶奇勒哭了。

楚勒德木畅亮地笑着：“我有一个办法。”

耶奇勒仍在哭。

第二天清晨，楚勒德木去扎仓堪布的家，待了没多久就回来了。谁也不知道他干什么去了，回来后跟泪眼模糊的耶奇勒说：“现在凡事都不用操心了，我们睡一觉吧。”

没过多久，楚勒德木的院子变得静悄悄的。太阳升起后，扎仓堪布走进那个院子许久没出来。

中午时分，满清官兵闯入了楚勒德木家。院门和房门都敞开着，见扎仓堪布朝着楚勒德木的睡榻合掌而立。

“哪个是楚勒德木?”带兵的那个发着横。

扎仓堪布转身看了看说:“楚勒德木师父已经圆寂了。”他用眼神示意,让他们看,楚勒德木在炕上如安睡了一般静静躺着。

“什么?”带兵的好像觉得难以置信,又问,“那么……那个叫耶奇勒的在哪儿?”

“忽然暴病成了哑巴,在昏迷中。”

“怎么忽然成了哑巴?”

“跟他的病有关吧,他小时候就是一个哑巴孩子。楚勒德木扎银针扎好的。现在他师父去世了,估计再也好不了啦。”扎仓堪布说。

带兵的不再发横了,久久望着安详地躺在床上的楚勒德木。他好像还是难以置信这个人真的死了,在他鼻孔上摸了摸,知道没气儿了,像是怕了什么,脸都白了。

“那个耶奇勒现在在哪儿?”带兵的问。

“在厢房里躺着呢。”扎仓堪布说。

清兵走进厢房,见一个年轻的喇嘛闭着眼,身旁还有一个喇嘛拿着药喂他。

“这就是耶奇勒?”

“是。”身旁的喇嘛答道。

这时,躺着的耶奇勒忽然呜里哇啦地喊着、哭着。

“他喊着什么?”带兵的问。

“谁知道不会说话的人在喊什么?看他哭,可能是因他师父的过世而伤心吧……”

“要不要抓他回去?”一个兵问他们的头儿。

头儿很生气:“带回一个哑巴,能问出什么?跟殿里的泥菩萨问事有什么两样?”

满清官兵走了许久后,扎仓堪布依然伫立在楚勒德木遗体前。

第二日,扎仓堪布亲自操办了楚勒德木的安葬仪式。满巴扎仓全部僧人上北山，在楚勒德木的墓前合掌祈祷以示哀痛。

扎仓堪布祈祷完毕后，望着全部僧人说：“楚勒德木是我们满巴扎仓的著名满巴，本是可以享尽荣华富贵的一个人。然而，他为了保管保护我们蒙古族珍贵遗产而终身淡泊名利，独自一人承受了无法承受的艰难困苦。他将师父交给他的秘方药典保管了数十年，这本身就是对付恶人阴谋的最好办法。那部药典在哪儿，谁都不知道，连我都不曾知道，所以自然是谁也找不到它。最后，他知道自己难逃一劫，才把这个珍贵的遗产交给了我……”

众多僧人唏嘘了一番，又静了下来。

“你们听到了满巴扎仓珍宝的消息，一定很惊讶吧？我现在把话说得再明白一些。那部药典在我手里。楚勒德木满巴昨天天亮时送到我那儿的。”扎仓堪布又说，“现在你们别担心那部药典会遇到危险。现在大家即刻到药王殿集合。为了不让那部药典落入坏人手里，我们大家得赶紧做一件大事。”

第七章

一

持刀弄剑的百余号满清官兵顺着石阶像黑蚂蚁般涌上来。奇怪的是，他们没有遇到任何阻拦。清兵头目站在台阶边儿上向上看，见扎木森的几个旗衙门的兵在伙房那儿，有的坐在岩石上喝着茶，有的站在那儿。那个头目不由得想，奇怪啊，难道是怕了我们了？却又不像。那怎么就毫无反应呢？

看见一个喇嘛，他叫来威风凛凛地问："你们扎仓堪布在哪儿？"

"堪布大人……不是在那儿吗？"喇嘛答完就走了。

"哪儿？"

"那不是坐在药王殿台阶上吗？"

领兵头目一看，果真有一位年轻的喇嘛坐在药王殿的石阶上。

"那就是扎仓堪布？"清兵头目问起身旁的那位著名棋手。

"是，正是……"著名棋手的声音无不透露着一种伤感。

坐在药王殿石阶上的正是扎仓堪布。他就在那儿安详地坐着，满清官兵很快围了上来。满清官兵最前面走着两个人。他不认识的那个，自然是满清官兵的头目，另一个则是几年前见过的那位著名棋手。

清兵头目到了台阶前挥舞着手中剑，呵斥道："你是这里的住持吗？下来！"

扎仓堪布依旧坐在那儿，毫不在意地笑着："喊什么？你来这里是什么使命？说说不就完了？"

“交出满巴扎仓保管的那部药典！”

“啊，那部药典就放在我身边，就等着你们来拿呢。你自己上来拿吧。”扎仓堪布说。

“什么？”清兵头目一看，扎仓堪布身旁的桌子上真的放着一个包裹，用深蓝色绸缎包着，用同样蓝色的哈达打了一个结，看起来真像一部很厚的书。

“你要拿假的来骗我们？”

扎仓堪布笑道：“到底是真的还是假的，你可以问问你身边的那位著名棋手。他可是我的旧相识了，是一个智慧超群的人。”

清兵头目瞅了一眼身边的棋手。那位棋手像是受了寒一般脸色煞白，甚至有点站不住了，身子在微微摇晃着。

但棋手还是坚持着向前走了两步：“尊贵的堪布大人，今天我明白，我俩三年前开始下的这盘棋已经结束了。我输了！不过……败给你这样的高手，我毫无遗憾……”他向扎仓堪布深深鞠了一躬。

“不……这究竟是怎么回事？”清兵头目喊叫起来，那位著名棋手却猛地转身走了。

“药典……咱们不要了？”清兵头目在他后边喊。

“你想拿就拿吧！”棋手越走越远。不时地擦拭着眼睛，看来他哭了。

清兵头目不知所措地愣在那儿。他怎么都想不明白到底发生了什么事。

这时扎仓堪布开口了，他声调平和，语速缓慢。

“你们当兵的事多，所以，我长话短说吧。我身边的这部药典就是你们要找的那部蒙古族秘方药典！这部书在朱元璋时期，从元上都的大火中被救了出来，隐藏于民间，后来被送至我们满巴扎仓保管的。药典是救助病痛者的一种书籍。不管对帝王还是对平民，不管对哪一个族群，都是有益的东西。因而，这部药典不仅仅是满巴扎仓的珍贵遗产，也不仅仅是蒙古族的珍贵遗产，它更是人类共同的珍贵遗产。为什么要争它？不是应该一起分享和保护才对吗?”

扎仓堪布的话像山间的溪流一样不紧不慢地流淌着。

“可是抢夺这部药典的纷争从未断过。为了将这部药典拿到手，发生了形形色色的惨案，有的人甚至丢了性命。我们上一辈的住持洛布桑堪布，旺丹和楚勒德木的师父索南扎西师父，还有楚勒德木、苏布道达丽哈屯……都为了这部药典失去了生命……还有多少人危在旦夕……这部药典里浸透了硝烟和血泪、心灵的痛苦……”扎仓堪布拿起身旁的书，轻轻抚摸着。

百余号满清官兵静静地站着。

“……三年前，一个陌生的棋手来跟我下了一盘棋。我明白这个了不起的棋手在跟我宣战！棋盘上的较量最终的输赢就看最后一步棋。三天前，我完成了我的最后一步棋。所以，我的朋友——那位著名的棋手不是在今天，而是在三天前便输给了我。”

清兵头目听得汗都流了下来。扎仓堪布的话，他当然还是听不明白，但已经意识到，这一趟白来了。

“……你们想知道我怎么下的最后一步棋吗？我直说了吧。我公开了这个秘方!”

满清官兵哗然，又静了下来。

“我想，保护秘方最好的办法，就是把它公开。再说了，对所有人有益的方子是不用保密的！我也想过，原先这部药典肯定不是什么秘方，它只是放在元上都的一间房子里，供诸多医生去翻阅的。明朝官兵烧毁了那里的诸多书籍后，这部药典才进入了保密状态！现在清朝的皇帝又下了令，说谁找到这部药典，就赏谁做大官。帝王再有权也不是医生啊，他要我们这部药典干什么？若是生了病，叫我们满巴扎仓的医生去看看便是。这样一想，那位皇帝不是为了治病。那么他是为了什么呢？就是为了将我们蒙古族的一部珍贵遗产占为己有，或者将它彻底毁掉！明朝军队烧掉了元上都整个一座藏书阁，清宫又继续扫荡了仅存的一些遗产，他们究竟是为了什么？他们究竟在怕什么？那我们到底该如何传承这个药典呢？只有一个办法，就是将秘密的东西公开化，将在一个人手里保管的东西，交给更多的人。这个时候，我们的秘方药典就成了整个蒙古的遗产，满清皇帝即便要去了那部药典，也无法达到他的目的。三天前，我已经完成了这个使命。秘方药典送至我手中的那天夜里开始，我召集包括满巴扎仓经院小喇嘛们在内的所有人，抄录那部药典并散发了下去。此时，那部抄录无数份的药典已经传播甚广了吧。你们清兵从那么远的地方跑来就是为了拿走这部药典，你们喜欢就拿去吧，我专门给你们留了一本。当然，这部不是原物，而是抄本，但是我敢保证，它跟原来的书不差一个字。虽说这样，不是医者的话，不管谁拿到了手，都不可乱用。药即是毒，用错了会中毒的……”

扎仓堪布的徒弟来了，说：“师父，您该用膳了。”扎仓堪布起身跟着徒弟扬长而去。桌上的那部药典在百余号满清官兵面前静静地放着。

清兵头目想拿起那部药典，伸了伸手，但又缩了回去。拿走这个，又有什么用呢？他明白，那部秘方药典里所有的内容、智慧、技艺已永久地留在了满巴扎仓，谁也抢不走了……

二

旺丹隐姓埋名，据说在某一个地方当医生，但是谁也不曾见过他。那个桑布，像是人间蒸发了一般再也不见了踪影。

更登去世的消息从乡下传来，扎仓堪布下令派几个喇嘛将其遗骨葬在山下。

诺日吉玛离开了协理家到乡下，不久嫁到了很远的地方，据说生活富足。那个老协理刹那间老了，离不开手杖，神志也不清了，回到乡下老家再也没来满巴扎仓。

满清官兵来满巴扎仓回去的次日清晨，拉布柱日在编撰百部医书的房间里，趴在书案上去世了。他前面放着一个厚厚的稿子，首页上用朱笔写下的“第一百部·元上都蒙古药方”的字样清晰可见。

满巴扎仓出了一个叫耶奇勒的哑巴医生，远近闻名。被旗府赶出来的一个叫乌仁陶古斯的女人带着儿子每年转场到山下的夏季牧场，但是耶奇勒从未去过乌仁陶古斯家。

拉布柱日的徒弟苏德巴成了满巴扎仓著名的药方专家……

空气清新的一个清晨，金巴起身打开了房门，见潮洛蒙和次仁朵丽玛笑着站在他面前。见次仁朵丽玛含羞的脸和潮洛蒙骄傲的笑，金巴明白是怎么回事了。

“我们俩打算成家了，没办法啊，像你们这样的喇嘛多了，蒙古女人都不生孩子了。”潮洛蒙笑。

“没当喇嘛的又怎样，我们旗里那两个哈屯不也是多年不育吗?”次仁朵丽玛说。

金巴望着次仁朵丽玛，遗憾和满足，难舍和幸福……一同涌在心怀。

“什么时候办婚礼？我可得去喝喜酒啊。”金巴说。

“你们俩可别打起来哦。”次仁朵丽玛说。她从耳朵上摘下两匹金马耳坠，递给了金巴，说：“这个……留个纪念吧。”

金巴送他俩到山下台阶口上，站了许久。见潮洛蒙和次仁朵丽玛在山下辽阔无际的草原上奔驰着、奔驰着。他俩像是在赛马，犹如飞箭。不过身后却不见一丝扬尘。今年的水草甚好，不再尘土飞扬。

译者简介：

哈森，蒙古族，七零后，中国作家协会会员，国内外出版独立译著和专著有《满巴扎仓》《蒙古国文学经典 诗歌卷》《巴·拉哈巴苏荣诗选》《达·乌日央海诗选》《通往巴别塔的路上》《中国当代诗歌111首》《被埋葬的词》等15部。

2017年获蒙古国作家协会颁发的“为了文学”荣誉勋章；2020年获第十二届全国少数民族文学骏马奖；2021年获得“全国十佳诗歌翻译家”称号。

人 间

春 华 译

楔　子

静谧，空旷，苍茫……

春夏秋冬在缓慢地轮换，岁月在不知不觉中流失。你看草原上那条路，古老、曲折，时而清晰时而模糊。它从远古的浓雾中蜿蜒而来，又向前延伸，看不到尽头。

盛夏的天空清澈如水，巨大的浮云在它怀中层层重叠，很是壮观。在无垠的天空下边，是宽广的草原。在草原的中央，有一处三角形的高地十分醒目。其顶端是远近闻名的敖其尔敖包。那是一座古老的敖包。三个十五岁的少年正走在高地斜坡上，他们是奔敖包去的。

他们三个是同门师兄弟，是不分你我的好朋友。

十来岁时，他们被送到草原上一个智者那里学习。智者名气很大，天文地理无所不晓，而且很喜欢这三个孩子，把他们一直带到十五岁。今年春天智者归天，这三个孩子只好各奔前程。他们终于走到敖包跟前，长久地跪拜下去。之后坐在敖包前说话。

“我要领兵，用利剑平复世上一切的不公平，用武力保护人间正义。”三个少年中的一个说。他显得精干，很有主见，说这些话时眼睛一直盯着天边，好像从那里看见了自己所追求的目标。

“此言差矣。刀剑只能播种仇恨而不能平复世上的不公平，有仇恨的世界是永远和平不了的。”另一个少年说。这是个一看就是性格平和的人，聪慧的双眼透着善良。

“那你说怎样才能使这个世界和平呢？”头一个少年反问。

“我要出家，修行得道，用慈悲之心去消除人的贪念和仇恨，从而使世界和平美好。”

“那没用，念经吓唬不了恶人，狼永远不会成为绵羊的。”

“那你的刀剑就能征服恶人吗？”

“不能吗？”

“恶人的脑袋是可以砍的，但是会激起其子孙后代更大的仇恨，狼是能消灭的，但狼崽会成群反扑的。”

“但是念经连恶人的汗毛都动不了，改变不了狼的本性。”

“但是我能把恶人变为善人，能把狼变成绵羊啊！”

他们两人争论不休，但他们是三个人并非两个人。那第三个人一直一言不发，沉默着。

“你是啥也不说，怎么想的呢？”慈眉善眼的那个问。

“我呀，我已经决定当强盗了。”长久沉默的那个少年回答的很干脆。

“我的天！那就是说，我俩不管当喇嘛，还是领兵，最终都要跟你作对。但最后的胜利者是谁呢？是他的刀剑还是我的宗教理念呢？”

“我可不是懦夫，你俩谁都不能把我怎样。”

“你为什么要当强盗啊？”那个将来要领兵的少年问。

“我是谁的儿子你俩都知道吧？我爷爷、我爸爸都是被王爷的军队砍了头的，为了报仇我当强盗是天经地义的事情呀！”

慈眉善眼的那个笑了，说：“你看看，我说的对了吧，刀剑只能种下仇恨。”

“但我也看不到你那个佛的威力呀！”

要当强盗的那个沉默着望着远方……

蓝天上白云悠悠，大地在静默。他们又一次对着敖包深深地跪拜下去，之后离开了。

光阴荏苒，四十年过去了……

一

烈日炎炎的一个夏日，在塔日巴格图[①]草原深处的扎德盖[②]湖畔，演绎了这样一个让人心动的人间故事……

晌午时分，一名面容姣好的牧羊女赶着羊群渐渐靠近了扎德盖湖畔。湖边碧绿的草原、定格在那片草地上的洁白的羊群，犹如一幅草原风景画，恬静而美丽。当正午的太阳直射大地，难耐的热浪席卷整个草地的时候，牧羊女轻轻起身，把羊群慢慢赶到了湖水边上。羊儿们争先恐后地跑过去，饮用着清凉的湖水，尽情地驱赶烈日的暑气。之后三五成群地围上一圈，这儿一堆那儿一撮儿地头顶着头、撅着肥硕的屁股，享受着炎热中短暂的凉爽。看着吃饱喝足的羊群，妇女也欣慰地坐到了湖边，从蒙古袍怀里拿出自己的绣花手绢，开始边玩着清澈的湖水，边轻轻地洗刷了起来。这妇女是今天第一个来到此处的人，当她这样宁静地享用着清凉的湖水，被正午恬静的草原环抱的时候，从另一个远处，有一名年轻的喇嘛正奔着湖水而来……

当地人把此湖叫作扎德盖湖。

扎德盖湖深处因有好几处泉眼在常年涌水，所以湖水永远没有干枯的时候。每当夏季来临，湖边青草绿竹林立，水中香蒲野藻密集，大雁野鸭的鸣叫声此起彼伏，吸引着来来往往的人们的青睐。而这丁

---

① 塔日巴格图：即旱獭，故有很多旱獭。

② 扎德盖：敞开的、空旷的。

旱广阔的塔日巴格图草原上的扎德盖湖，也当然地成了远近牧民用水和饮畜的天然水源。所以，生活在湖边的三五户牧人之家、牵两匹马儿奔着扎德盖湖来的喇嘛，或是湖边有羊群和牧羊女，都是再正常不过的自然现象。没有人关注湖边谁在去、谁在来等琐碎事情。

今天也是，妇女和喇嘛都是为各自的事情而来到湖边的。对于喇嘛来说，一名妇女坐在湖边或在别的任何地方，对他来说真是毫无相干的事情，而对妇女也一样，有没有人或什么人往湖边走来对她也是毫无意义的。但如果说，世上真有缘分这个东西，那么命中注定，当他俩的某一个坐到湖边时，另一个一定也会到湖边与他相会的。

奥伦哈日套鲁盖①庙方向来的这位喇嘛二十多岁的样子，微黑的脸颊上豆大的汗水一颗一颗地往下流，牵着的两匹马看上去也是熟悉了驮运营生且膘不肥腿不壮的温驯的牲畜，难耐的炎热中，接近扎德盖湖畔，水草清香扑面而来。闻到扎德盖湖潮湿气息的马们，奔着湖水摇着头颅加快了步伐。而又累又渴的喇嘛也想着快到湖边喝点清水，少许凉快儿之后再赶路，也牵着马儿加快了步伐。

到了湖边，喇嘛选了个布满沙砾鹅卵石的地方，放开马嚼子，将缰绳系在了一个耸立的石头上。两匹马迫不及待地伸过脖子闻了闻便贪婪地喝起清凉的湖水来，喇嘛也蹲在马的旁边，用双手捧几口湖水喝完又洗了洗头脸。然后他站起来拿出那已经发旧的缎子手巾边擦边左右观看，欣赏着进入眼帘的浓密的香蒲翠绿。

从宁静的香蒲深处，突然有个女人轻轻而短促的“啊呀”声清脆地传了出来，喇嘛好奇地顺着声音望过去，稍稍犹豫着把手巾系到头上，用手努力扒开浓密的香蒲，向出声深处走去。看到香蒲中央小块空地上，有一位年轻妇女正脱了靴子卷起裤腿要下水，前面湖水中有

---

① 奥伦：多的。哈日：黑的。套鲁盖：头、山头。

一块绣花手绢在湛蓝的水中犹如开放的莲花般轻轻地漂浮。年轻的喇嘛知道了所发生的一切，原来牧羊女不小心把手绢掉到了水里。放了心的他刚要回头走，妇女“啊呀”的第二次惊叫声让喇嘛不由自主地回了头。下水捞手绢的妇女不知因水中何物绊倒了，她正满身流着水站起身。喇嘛看到危险已经过去，妇女接下来的事情就是站在太阳底下晾晒衣服了，他还是要放心地往回走。

可这次他却没有走，而是站在原处呆呆地看着前方。满脸涨红，呼吸急促，眼睛眨也不眨地看着前方的妇女。

因为年轻的喇嘛看到了牧羊女上了岸就开始一层一层地脱起衣服来……脱了外面的长袍，接着脱了里面的长衫。喇嘛的脸更加涨红，呼吸更加急促，眼睛越瞪越圆，因为妇女接着把贴身的衣服也脱了。这也是情理之中的事情，妇女必须要晒干湿透的衣服啊。

这会儿的喇嘛紧紧地闭上了眼睛，嘴里嘟囔着、不停地念着谁也听不懂的东西，想必念的就是那些喇嘛戒律等的东西吧。可是喇嘛紧闭的眼睛中其实全是妇女那雪白的身影，那个身影犹如有一股强大的魔力，无情地摧毁着他那年轻的灵魂，使他在这无法抵挡的轰击中，心胸澎湃、激情荡漾，感觉到自己马上崩溃，快要走到被粉碎的边缘了。

喇嘛闭着的眼睛其实没坚持多久，转眼间他已经忘记了正在默念的经文，张着嘴巴瞪着眼睛贪婪地直视着对面光着身子的女人。世间所有的东西瞬间已经消失，唯独对面雪白的身影占据了他整个的世界，此时的他都已经忘记了自己是谁，紧紧攥住手中的藤鞭，全身发抖愣愣地站在原地。一直觉得人们是为了遮丑、为了看不到肮脏的人体才穿衣服的喇嘛，今天整个蒙了，原来人们衣服里面还隐藏着如此震撼灵魂的美丽躯体。忽然，脑海中闪过殿堂墙上挂着的度母像，喇嘛猛醒，发疯一样反复默念“罪过罪过，阿弥陀佛，阿弥陀佛……”他知道这可是佛祖不可饶恕的罪过啊。

正当年轻喇嘛不知所措的时候，又一个意想不到的事情在他眼前发生。不知哪儿吹来的一股旋风（其实一般情况下夏季不起旋风的），使战战兢兢抱胸站着的妇女一个趔趄，随即把晒着的衣服也全部卷到湖水中了，而衣服们正随着微微的浪花慢慢地向喇嘛漂来。着急的女人又一次下水慌乱地急追水中的衣服，可现在追的不仅仅是一块手绢，而是内外好几件随着浪花漂浮的衣服，乱了方寸的她已经不知先追哪一件。这次的情况真是有些紧急了，若不赶紧捞起水中衣服，让它任意漂进湖水中心的话，这妇女可就遭殃了，光着的她不能走出芦苇荡，更不能回家，羊群、夜晚……想到这些，喇嘛第一个反应是跳下水给她捞衣服，但是不行啊，衣服后面的是一个一丝不挂的年轻女人！

当衣服荡漾着漂到喇嘛跟前时，他急忙喊道："……您往后避一避，我……给您捞一下……"便跳进齐腰深的湖水中，深一脚浅一脚地奔向衣服。又惊又羞的女人大声叫了一声，猛地坐到水中只露出脑袋惊恐地看着前面。喇嘛麻利地捡起几件衣服放到湖岸边，回头几步窜到马跟前解开了缰绳，逃也似的走开了。

扎德盖湖畔又恢复了宁静。香蒲芦苇轻轻的沙沙声，远处湖中心鸟儿的鸣叫声依稀可辨。塔日巴格图草原在正午的太阳照射下如梦如幻，蔚蓝天空中的朵朵白云，犹如寺院内林立的白塔般耸立。

二

奥伦哈日套鲁盖庙在迟迟升起的残月那微弱光芒中静静沉睡着。寺庙周围静悄悄的，沿着蒙古式三角顶的大殿屋檐下，依次吊挂的几百个小铜钟，在微微清风的抚摸下，发出清脆而悦耳的声音，而从安宁栖息的鸽子窝中，偶尔发出的梦中甜蜜的"咕咕"声，使深夜显得更加宁静。夏日夜晚清凉的山露，不声不响地打湿着寺院殿堂和僧房中间铺设的石子儿路面，显示着风水宝地的丰润。

本寺住持喇嘛嘎拉森尼玛住的大院，在朦胧的月光中显得格外地空旷，早已远离人间缘尘及情欲纷扰的寺院内，所有的高僧及徒儿们早已沉浸在梦乡中，但却有一个人，在自己的炕上翻来覆去地无法入睡，失眠的煎熬中享受着深夜的孤独。这个人就是住持喇嘛嘎拉森尼玛的贴身徒弟，本大院所住的两个人中的另一个，即松赖扎拉森。

松赖扎拉森在自己的小屋里烦恼地仰面躺着。半山腰上坐落的此庙，在深夏的夜里还是清凉的，但他却感到闷热无比，一会儿坐起，一会儿躺下，感叹此夜难耐的漫长。觉得从六岁到二十七岁在此庙度过的整个岁月也没有今夜这么漫长。

去呀？还是不去呀？他无休止地向自己默问着这两个简单的问题而长时间地犹豫着，实在做不出个两全其美的决定。原来，傍晚的时候，松堆和索那木拉西俩来找到他，说今晚在“山下”有聚会，问他去不去。住在半山腰上的僧人，把山下驻扎的牧人统统称为“山下”，那些不学无术的年轻喇嘛们经常深夜出发到“山下”，有时候喝酒吃肉，有时候会会情人，沉浸一夜的欢乐，干的全都是违反寺规、僧人戒律的勾当。天蒙蒙亮的时候才一个个偷偷摸着回来。今天也是一样，他们所说的“聚会”其实就是吃肉喝酒唱歌之类的事情，他干脆拒绝了。

他与松堆、索那木拉西三人是好朋友，松堆与他同岁，今年都二十七岁，而索那木拉西比他俩大，已经三十几岁了，但他却乐意与他俩为友。今天，松赖扎拉森还和以往一样拒绝了他俩的邀请，因为他是寺庙里上下都认可的、虔心修行的年轻僧人，不像他俩一样当一天喇嘛敲一天钟的人，并且他还是本寺住持喇嘛嘎拉森尼玛的贴身徒弟，言行一定要律己的。

他俩动不动就来找他，不是要去那儿就是要干什么，而松赖扎拉森却一次都没答应过。被拒绝的两个人也不太在乎，或讽刺他几句，或骂他一顿，也就过了。不因这而断绝朋友关系，友情还是依然如初。

今天他俩还是和往常一样一左一右地磨个不停。

索那木拉西说："这清冷的破房子里躺着干什么？与其听着老鼠打架，还不如下山解解闷儿，没人会发现的，人不知鬼不觉地天亮前就回来了。"

松堆也从侧面加劲："我从庙仓骏马中选三匹好马系放到山凹下，到夜深人静时一人骑上一匹走就行了。"

松堆是庙仓牧马人，随便选上匹好马到处瞎逛是他的拿手好戏，而索那木拉西虽然在本庙也算个小有名气的喇嘛大夫，但他那拈花惹草的毛病和恬不知耻地把这些当成炫耀资本的嘴脸，让很多人讨厌或厌恶。

"不去。"松赖扎拉森又一次重复了刚刚说的话，他知道跟着他俩去肯定没好事。

但是，索那木拉西出去解手的时候，松堆揪着他耳朵悄悄说的话让他着实吃了一惊。

"主要是婻斯乐玛想见你一面的。"

"什么？"

"你别闷头装傻，喇嘛哥哥今天把真话全给你说了吧，你所认识的婻斯乐玛的邻居和好友叫乌珠莫，她是我已经相好了三年的女友，你的婻斯乐玛曾对她表达过想见你一面的愿望，今晚要领你去就是为了这个原因，木头！到底去不去？"松堆有些不耐烦。

"我……不去……"

"那好，我们走，给你留一匹马啊，想好了、想去了，骑上那匹马走。"松堆便尾随着索那木拉西扬长而去……

月光悄悄地从他那敞开的窗口探进了头，松赖扎拉森半躺在炕上，知道他的两个伙伴已经到达他们的目的地。坐卧难耐，烦闷无比的他又想起刚才松堆说的话语，而这会儿扎德盖湖畔那个雪白而又美丽的躯体和她那姣好的面容好像又一次展现在他的脑海中……

“我是独身一人生活的，我是个苦命人。”

“以后路过此处来家坐坐啊。”

这是他与她再一次见面时她所说的话，这会儿她那幽怨的声音又清晰地回响在他耳边。

他坐起来犹豫了半天，慢慢披上喇嘛袍，下炕套上布鞋，悄悄出了门。院子里月色朦胧，百年老榆树在月光下静静沉默，主持喇嘛深度睡眠中发出的轻轻鼾声，从北侧的正房清晰地传出来。他犹豫了一下，便迅速踮起脚尖，轻轻打开木板门走了出去，经过喇嘛们住的排排僧房，踩着被露水打湿的石子儿路，来到寺外通向“山下”的路口，看见山下广阔的塔日巴格图草原在月光下朦胧。

松赖扎拉森久久地凝视着前方草原，伤感地想着那个让他心跳、让他失眠、让他迷茫的，就住在“山下”那个小小蒙古包里的可爱的女人婻斯乐玛，但他却下不了决心前往。他想自己是个剃度修行的喇嘛，应严守寺规戒律，应潜心修行，远远地思念那个牧羊女都是与佛法背道而驰的事情，更何况是前去幽会呢。不远处，有一匹骏马在月光下孤独地站着，他知道那是松堆留给他用的。

“山下”草原在朦胧中神秘沉默，望着它，松赖扎拉森渐渐进入了甜蜜的回忆中……

他原本是本寺最老实、最无能的，但却是精通经文、咏诵出名的老喇嘛依稀巴拉珠尔的徒弟。五年前，赫赫有名的嘎拉森尼玛高僧从西藏大昭寺修行回来担任本寺住持时，钦点他为贴身徒弟的。嘎拉森尼玛喜欢云游四方，而有时候还喜欢带松赖扎拉森出门。

前些天的一个下午，松赖扎拉森跟随住持出门回来的路上，遇上个让人愉悦的好天气。塔日巴格图草原连绵不断的绿海上，让人陶醉的团团水雾使人遐想联翩。牛羊肥壮、奶香飘逸的这个季节真是让人神清气爽。

对于全年大部分时间都在寺庙度日的松赖扎拉森来说，这样的季节里，跟着师父轻松地游走在这个生他养他的原野上，真是个让人幸福的事情。好像原野深处某一个说不出道不明的东西，永远与他有着共鸣，使他感动、使他亢奋、使他温暖。这个经历了千万年风雨洗礼的旷野，静静地沉默着，广阔的怀抱里哺育着世间万物。蔚蓝天空深处自由飘动的朵朵白云，在大地上留下一片一片大大小小的、形状各异的影子，轻轻抚摸着远处的山川、谷底慢慢移动。远处天边的一两座蒙古包，或是一片羊群、一处牛群，还是原野尽头飞奔的骏马，都让他兴奋不已。

人们所说的“飞奔不尽的塔日巴格图草原”就是这个样子。不管是什么人，只要站在这个旷野上眺望，世间所有的烦恼和不易都会瞬间消散殆尽、无影无踪，天下唯我独尊的感觉会油然而生。对于松赖扎拉森来说，草原的一切，早已印在他的灵魂里，并与他血肉相连了，看着草原，他无法不兴奋。

“师父，看……”他突然兴奋地惊叫。只见离他们二三十步的不远处，一对儿旱獭从洞穴里跑出来，你追我赶地嬉戏着，并且时不时地立在后退上警觉地查看着周围，没发现异样就继续玩耍。

“噢，看到两个旱獭高兴成这样了？看看别处，不仅仅是它俩啊！”嘎拉森尼玛也高兴了。他是个五十来岁的，安详而和蔼的人。

松赖扎拉森顺着师父指的方向一看，旱獭那灵活的小脑袋到处在闪动，有的在冒出洞口警觉地查看周围，有的在太阳下嬉戏玩耍，有的在打架争执都正在火候上，真是热闹非凡。

嘎拉森尼玛好像是自言自语，又好像是给徒弟说教一样，喃喃地说道：“世间的动物，有一部分是独居生活的，一部分是群居生活的，而旱獭是属于群居动物。看到群居动物的一种奇怪的秉性了吧，谁也离不开谁，但又谁也容不得谁，总是分门别类的，或是我主宰着你，或是你被我压迫着，这一堆是衣食无忧，甚至是肥得流油，而那一堆却是温饱不济，穷得叮当响，它们之间有的是冤家仇恨，有的是情意绵绵，有的孽缘深重，而有的却福祉满满。”停顿了一下继续说，“你看看眼前的塔日巴格图草原上的这些旱獭们，仔细看就像人的社会。人也是群居动物，其实谁也可以离开谁，什么达官贵人、平民老百姓，什么僧人喇嘛还是信徒俗人的，复杂得说不完的恩恩怨怨，解决不完的纠纷矛盾，都是无休止的，白天黑夜地瞎折腾啊。”

师父把人间社会比喻成旱獭的世界，对松赖扎拉森来说是个新鲜而好笑的事情，他看了一下周围，敏捷而肥硕的旱獭们在草地上还是不停地进进出出，跑跑闹闹，忙得热火朝天。

今天，嘎拉森尼玛的话匣子好像被什么东西打开了一样，他继续喃喃地说：“旱獭的寿命只有五到十岁，而人也只是能活到七八十岁，这么短暂的人生，为什么不好好地安享天年，总是自找烦恼地瞎折腾、瞎祸害同类呢？”

“真的，为什么呢？”松赖扎拉森顺着师父的话语，没话找话地搭腔。

“为什么？是因为忘了‘谁也不能永恒’这个亘古不变的道理啊，如果旱獭记得自己只能活十来岁，人也记得自己只能活几十岁，那就不会有人与人之间的那些你怨我恨的烦恼了，会相安无事地和谐生活的。旱獭也好，人也罢，在有限的生命里找上无限的烦恼，这是折磨人又折磨自己的事情。扎拉森呀，你知道吗？这就是所谓的因果啊！”师父语重心长地教导弟子。

秋日的天空越来越烦热，午后的太阳好像把地上的一切都要烤化了才能罢休似的，执着地努力着。

“师父，休息一下呗！”松赖扎拉森怯怯地说了一声，忙着擦头上脸上不断涌出的汗水。

“怎么？累了？”前面走的嘎拉森尼玛回头笑着问。谁能想到这位穿着泛旧的红色长袍，步行在草地的老喇嘛是远近闻名的高僧嘎拉森尼玛格西呀？但熟悉他的人是不会奇怪这么高贵的他怎么会是步行的，因为他是个习惯于并且乐此不疲的徒步游行者。

“师父为什么不爱骑马呀？”松赖扎拉森有时问他。

“是我要走，而不是马要走，带上不想走的东西干什么？”师父笑着回答。

他对徒弟非常地温和，两个人出去总是有说有笑的，快乐前行。

“累是不累，主要是太热了。”松赖扎拉森不好意思地笑了。看着师父没有一点儿倦意，连汗都没有，真是从心底佩服。

“那就稍稍坐坐吧。”

两个人在绿草如茵的草地上坐下。嘎拉森尼玛笑着说：“当人觉着热的时候，说明冷的时候也很快要到来了啊！”

“再冷也比这热强啊，我都快喘不上气儿了。”松赖扎拉森笑着答。

“那就你冷的时候快来了。”

“真的？”

“当然是真的，不信你等着。”

松赖扎拉森真的不相信，炎炎夏日怎么会冷呢？

“你好像真不相信，你回头看看，看那天边有什么了？”

草地尽头看见横亘于天边的黛青色平川，人们说它是敖其尔敖包平川。松赖扎拉森看半天也没发现有什么特殊的问题。

“好好看，那平川上面。”

“噢，那些云？”松赖扎拉森看半天才看到平川上面那些孕育着雨水的白云在涌动。

“看到了吧？不一会儿那些白云会移动到这里下瓢泼大雨，让喊热的你马上会喊冷的。”嘎拉森尼玛说完大声笑起来。

松赖扎拉森平时佩服师父洞察一切的本领，但觉得今天好像大话说早了，所以他悄悄笑了。夏天很少没有云的时候，天边聚云就一定下雨吗?

“那边平川上还看到什么了吗?”师父微微笑着问。

“还有什么呀?”松赖扎拉森有些蒙。

“你也知道那是敖其尔敖包平川，出了名的盗贼敖其尔就在那里居住。它的正前方百十里地就是我们的奥伦哈日套鲁盖庙，你知道吧？平川正东二百六十里地是旗王府衙门所在地。是不是啊?”嘎拉森尼玛说完认真地看着松赖扎拉森。

“一直都是呀!”松赖扎拉森瞪大眼睛揣测着师父的用意。

“但是你知道其中的缘由吗？没想过吧?”

“有什么缘由啊?”

“敖其尔敖包平川、奥伦哈日套鲁盖庙、旗王府衙门，是这个塔日巴格图草原上最重要的三个地方。它们分别代表着三个方向的势力。敖其尔敖包平川保持着远古蒙古好汉的传统风格；旗王府衙门是用政权主宰世界的地方；而我们奥伦哈日套鲁盖庙是要压倒所有强大黑暗势力，普度众生的。现在知道了吧？咱们塔日巴格图草原上有这三个目标冲突的三种势力啊!”嘎拉森尼玛平静地说。

“还真是这样啊!”松赖扎拉森如梦方醒一样惊叫了一声接着问，“听说师父您与强盗敖其尔和旗王府衙门军政梅林特古斯朝克图都是同门师兄弟?”

“是的，我们现在也是好兄弟。只是我们的志向从没有统一过而已。”

松赖扎拉森若有所思地向着远处的敖其尔敖包平川看了很久。一望无际的这个塔日巴格图草原上众多的僧人俗人，数不尽的牲畜野兽共存，万种植物随春发芽复苏，秋季成熟结果，一年复一年祖祖辈辈到现在。但是这片草原上蕴含着的最重要的东西只有自己的师父才看在眼里。宗教、政权和传统思想势力在这里一直互相制约、互相抗衡着。我这位师父的眼力有多么地犀利，多么地独到，多么地深邃啊，他肃然起敬。

傍晚的时候，他俩从休息的地方又走了三十里地。不出师父所说，平川上空已经是风起云涌、遮天蔽日，黑压压地盖过来，雷声作响，而硕大雨滴瞬间劈头盖脸地倾泻而下了，顷刻间，整个草原被大水帘遮住，一下子暗了下来。

“师父怎么办?”

“能怎么办？没办法!”嘎拉森尼玛平静地说。他俩左右看了半天也没有个遮风挡雨的去处，任滂沱大雨打得浑身湿透，而没有其他办法。正如师父所说，大雨中的松赖扎拉森不一会儿就开始嘴角打战，哆嗦的躯体在冷雨中有些无法站立了。正当这会儿，看见一处羊群从对面的小山坡上被雨打得四分五裂地拥了出来。

“雨打的羊群，赶紧去帮着接应一下。”

嘎拉森尼玛喊了一声就抢先跑了过去。松赖扎拉森也迎着另一个方向跑了过去。正在这个时候，一名牧羊女跟着羊群骑着马奔跑上小山坡来了。狂风暴雨让人无法睁开眼睛，而羊群也顺着风雨没命地跑过去了。松赖扎拉森在急雨狂风中勉强跟着羊群，在水的世界里杂草灌木丛中深一脚浅一脚地狂奔。雨水不仅浇透了他的浑身，而且冰冷的雨水打在他的脸上，使得他呼吸困难。但他还是执着地跑着，把分散的羊群努力地赶在一起。嘎拉森尼玛也把另一群分散的羊群稳定住了。骑白马的牧羊女也在分开两处的畜群中来回奔跑着，把几个分散的羊也聚到了一处。三个人齐心协力地刚把羊群归拢到一处，暴风急雨也慢慢停了下来，这可真是盛夏的老天爷的风格啊。

“麻烦二位师父了，赶紧到包里歇歇吧。”

牧羊女微笑着往雨雾中远远挺立的包里邀请。看着眼前这位风雨中略显红润的圆脸及中等而俏丽身材的女人，松赖扎拉森觉得好像在哪里见过似的，但一时半会儿还想不起来。也许缘分就是这样的，从前见过多少个女人，但都回头就忘了，记忆中没留下任何痕迹，而她却在他记忆的某一个角落留下了浅浅的痕迹。牧羊女也看了他一下好像想起来什么似的，微微红了脸微笑着。这会儿雨后云层中挣脱出的火红的太阳慢慢开始西下，挂在草尖上的雨珠在绚丽的夕阳红下亮晶晶地随处闪烁着。

“现在咱们也没什么可忙的了，反正让上天恩赐的琼浆玉液洗了个彻底，干脆就帮你把羊群赶到你的营盘去吧！”嘎拉森尼玛愉快地答应了。

“那可是太好了。”牧羊女说完看了一下羊群尖叫一声，“哎呀，缺了些羊了。”

“那就赶紧去找吧，刚才被雨打的羊群不会走太远的，快快！你俩年轻人去找吧，我在这里看住这些羊慢慢往营盘赶吧。”嘎拉森尼玛瞬间安排妥当。

“那就再麻烦你们了，真是太不好意思了。”牧羊女低声说。

“说啥话呢，谁都有遇到麻烦的时候，太阳快下山了，你俩赶紧走吧。”

“师父要是先到家圈好羊群进包先休息着吧。”

于是松赖扎拉森与牧羊女迎着夕阳红跑向绿草莹莹的草地。真是不出嘎拉森尼玛所言，过了一个矮梁，就看见掉队的几只羊正在不远处的草地上站着。

牧羊女长出了口气，看着掉队的羊们开心地说：“天啊，总算是找到你们了。”回头微笑着对松赖扎拉森，“真是给你们添了不少麻烦。”

“别说这个了，你再看看，掉队的羊全不全啊？”

“全，全了，一个也不缺了。”牧羊女说完好像累了似的，安静地站着，松赖扎拉森也安心地站在她的身旁。雨后的夕阳下草原格外地美丽，水珍珠闪烁的绿草腹地，那一小群掉队的洁白的羊犹如画中神灵般可爱。

“看看咱俩的衣服和靴子，都已经湿透了。”牧羊女笑了笑，“不然你脱下来拧一拧吧，能舒服点。”

“不怕，没关系的。”但是抑制不住打战的嘴角和发抖的声音却暴露了他的窘态。

牧羊女爽朗地笑了：“不用客气了，偶尔湿透衣服谁也避免不了，是吧？脱下来拧一拧也没啥丢人的吧？”说完抿着嘴羞涩地笑了一下。

“还是算了吧。”

牧羊女又爽朗地笑开了。

其实她的衣服也早就湿透了，贴在身上完完全全地显示出她那婀娜的体态，看得松赖扎拉森浑身麻木。

“您……怎么了?”牧羊女看见他的神态奇怪地问。

“啊……啊……咱们快走吧。”

“好吧!”牧羊女抑制不住地窃笑。

当他俩赶着掉队的羊群回家的时候已经是谈笑风生的熟悉的朋友了。

自然，师徒俩住到了牧羊女家。

牧羊女的蒙古包虽然有些旧了，而且还显得狭小一些，但却格外地整洁温馨。师徒俩湿漉漉地抖抖索索刚坐到火撑子旁，牧羊女就麻利地拿来阿日嘎拉①仔细地码上点起了火。阿日嘎拉烟的香味让松赖扎拉森顿时感到无比地惬意，这会儿牧羊女熬了茶开始用蒙古刀把干牛肉切成小块放进茶里，顿时奶茶的香味弥漫了整个小屋。

这位年轻的牧羊女不仅干活麻利，性格也是开朗欢快，她一边做

---

① 阿日嘎拉：风干牛粪、自然干牛粪。

饭熬茶，一边不停地问这问那。

“两位喇嘛师父这是要去哪里呀？”

“我俩是奥伦哈日套鲁盖庙的僧人，往回走的路上遇到你了。”松赖扎拉森抢先回答。

“听说你们奥伦哈日套鲁盖庙的住持喇嘛嘎拉森尼玛是个能人，你们肯定都认识吧？”

嘎拉森尼玛微微笑笑，答：“是的，我们认识。”旁边坐的松赖扎拉森偷笑而不作答。广阔的塔日巴格图草原几乎无人不知嘎拉森尼玛，但认识他的人却很少。

“那你们二位是奥伦哈日套鲁盖庙堂之人啊，刚才赶羊确实很在行啊！”女人说。她误认为他们是庙堂的牧羊人。

“不用说赶羊，马群我们也不在话下啊！”嘎拉森尼玛微微一笑，说得不动声色。

女主人做了羊肉面，给他俩各盛一碗，又递上一盘腌好的沙葱。对又饿又渴的松赖扎拉森来说这顿饭是这世界最香甜的美味。吃饱喝足的他开始认真打量屋内的一切，四个哈那的小小蒙古包，没什么像样的家具，但却整洁温馨。门口东侧摆放着水缸和碗架，锅碗瓢盆整齐洁净，东北角叠放的被褥也显得很女性，西北角的柜子上摆放了一个佛龛。虽然穷了点，但能看出女主人是位仔细而自信的人，并且是乐观勤劳的人。

女主人出去上马绊[1]的当儿，他们师徒也出去方便了一下。雨后的夜晚天空繁星璀璨，清新的空气使人神清气爽。离这不远的扎德盖湖传来连续不断的蛙声，显得夜晚更加寂静。女主人走到马桩前，可那马不知什么原因吹胡子瞪眼睛的就是不让女主人靠近它。嘎拉森尼玛发现了赶紧让松赖扎拉森去帮忙。

---

① 马绊：限制马跑远的链子，连前后两腿的链子。

“扎拉森你快去搭把手吧，这马好像脾气不好啊。”

松赖扎拉森赶去帮忙，看见那匹马还是不停地转着马桩，不让女主人靠近它。

“是个不爱上绊子的畜生，你来了正好帮我一下吧。”说着她正好抓住两个人中间无法转身的马的缰绳麻利地解开，然后一起牵着马向着离家远一点的长势好一点的草地走去。

“每晚为了给它上绊子我都折腾半天，今晚有你就好了。”女主人又高兴又有些无奈地说着往前走。

“那你家没有别人吗？”

“没有，我是自己一个人。”女主人低声回答完接着说，“两位师父赶来真是帮了大忙，如果不是你们，我那点羊群都不知道现在在哪里呢。”

同情心在松赖扎拉森心中油然而生。一个女人不容易啊！

“家里还有什么该干的，告诉我，我帮你干吧！”

“没事，我自己还行。”

走着走着来到一个离家较远的丰美的草地。

“就这里吧，你帮我拽着就行。”女主人顺势上了马绊，松赖扎拉森取下了笼头，配合得天衣无缝。与这位年轻女人肩并肩往回走的时候，他心里感到很是舒服惬意。

回到包里，女主人说着：“两位师父肯定都累了，早些歇着吧。”就在火撑子西侧麻利地铺了被褥。师父头挨着枕头就打着呼噜睡着了。但是松赖扎拉森却久久不能入睡，盯着蒙古包的顶棚，想着刚才与女主人并肩走在夜晚的草地的情景，好像开始体验到一种温馨的、温暖的生活味道。无意中抬眼，猛然看见女主人在火撑子东侧坐着脱衣服呢。她那丰满的美胸、细腰和翘臀在她那贴身衣服的遮掩下暴露得一览无遗，好像触动了他那尘封多年的敏感神经，情不自禁地蒙在那里。女主人也好像突然发现一双直勾勾的眼睛在盯着她，笑了一下回头猛地吹灭了油灯。松赖扎拉森的脸好像让火烧着了一样火辣辣的，心也跳得咚咚地响了起来。马上又自责起来，自己可是个出家人啊，怎么能偷看女人的身子呢？而且还那么喜欢的……发觉女主人也好像察觉到了什么，更是觉得无地自容，又羞又蒙又自责地闭上了眼睛。这会儿却听到女主人那抑制不住的轻轻的笑声了。

他好像做了一件最可耻的事情一样，大气都不敢出，静静地躺着。可是年轻女人刚才那美丽的身影占据他整个的身心，久久不能驱散，就是吹灯的声音都觉得美妙无比。他已经睡意全无了。

第二天，松赖扎拉森早早起床了，往外走的时候正好碰见挤完奶往回走的女主人。羞愧的他刚要转头想避免迎头赶上的尴尬，结果对面的女人却先说话了："师父昨晚睡好了吗？"

面对微笑的女人他只能装作镇静，说："真是睡好了，挨着枕头就睡了，啥也不知道了。"

"好像真是那样啊！"女人忍俊不禁，知道女人为啥窃笑的松赖扎拉森顿时满脸通红，无地自容。

"那没做什么梦吗？"

"没，没啊……"他紧张地快快逃走了。

女人乐得都笑出了声，说："师父您真是个老实人啊！"

昨天可能是因被雨水打着了，嘎拉森尼玛好像有些感冒，早晨一起来就感到有些气短，额头上冷汗出个不停，喝完茶开始有些发烧了。女主人和松赖扎拉森着急，张罗着要去请大夫看一看，但却被他制止，他说："不用找大夫，不是只有大夫才有药的，大野地上到处都有，扎拉森你跑一趟，挖一些苦参来就行。"

女主人说："北面洼地就有，师父跟我走吧！"他虽然有些不好意思单独与女主人相处，但挖苦参是眼前最重要并且迫切解决的事情，所以他只能硬着头皮去了。

被昨天的雨水洗礼的草原天空今天显得格外地晴朗，广阔的塔日巴格图草原更加鲜亮，习习微风送来野草的清香，使人的心情感到无比舒坦。

女主人很高兴地一路有说有笑。

“师父，你们平时在庙里都忙些什么呢？”

“我们啊，念经，法会……”

“除此之外呢？”

“除此之外……也没什么……”

“那没事做的时候都想些什么呀？”女主人欢快地笑着。

“没什么可想的……”

“听说你们奥伦哈日套鲁盖庙的喇嘛们可个个是活宝，无恶不作，可我看师父您是个老实本分人。”女主人窃笑。

看着女主人天真无邪的美丽的眼睛，觉得是位朴实善良的女人。她好像是个很早就熟悉的好朋友似的，让人觉得很是舒服。

“哎，无奈，我命薄，一个人过的日子有多么漫长多艰难，您是体会不到的。你俩来了我真的很高兴。”女主人轻轻叹了口气。

独自一个人应对着生活中一切苦难的年轻女人，今天突然来了两个僧人，帮她干这干那，一个屋檐下有说有笑地过一下有滋有味的生活，她真的由衷地高兴。松赖扎拉森也好像从女人的笑容中感受到了这些。他情不自禁地看了一下身边的女人，好像看到了女人笑容背后深藏着的无尽的苦难。

两个人挖了几株苦参往回走的时候，女主人已经恢复到原来那个快乐可爱的面孔，开始了有说有笑的状态。

“师父的大名？”

“松赖扎拉森。”

“这么长的名字？”女主人笑了。

松赖扎拉森也笑了，问：“你叫什么名字？”

“我的名字，不好听，叫嫡斯乐玛……”说完一下红着脸给他个背影。

“你怎么了?”松赖扎拉森着急地问。

“你，真的不认识我了吗?”

“……”

女主人回过头来灿烂地笑着，问：“前些天，你牵着马不是路过这里吗?”说完脸更红了。

松赖扎拉森蒙了一下突然想到扎德盖湖畔发生的那个事情，那是前十来天的事情，当时他又怕又紧张得根本没看清那个女人的模样，可今天婻斯乐玛一提，他马上认出了眼前女人就是那天的她。女人雪白嫩滑的躯体好像再次显现在他眼前的时候，他一下感觉到心跳加速脸上也有烧灼感了。

“我也是昨晚才认出了您，所以一下感到羞涩难耐，不知所措了，但您好像没认出我，我才安心了。”婻斯乐玛叹了口气接着说道，“看出您是位本分的好人才把真相说出来的，您不介意吧。”

松赖扎拉森感到暖暖的，多么善良可爱的女人呀！任何一个女人，这样一个私密的境遇不会轻易告诉任何人的，得到她的信任使他感到由衷的高兴和幸福。

“那天，如果您不把我的衣服捞起来给我，不知出什么不堪的事情，最起码也得熬到半夜三更我才能光着身子，摸着黑儿赶着羊群回家的吧。生活中总有遇到意想不到的事情的时候，好在有好人相助。”婻斯乐玛说着一下提高了声音，“当时突然有男人叫，我真吓得半死，除了坐进水里没有任何办法了。怕遇见了坏人呢，吓得心脏都快跳出来了，好在您是个好人。捡起衣服扔给我就转身走了，当时真是有说不完的感谢话没处说。”说完红着脸爽朗地笑了起来。

“当时我也紧张得有些不知所措了。”松赖扎拉森也红着脸喃喃地说。

“您真是个好人啊，如果是坏人，那种情况，真是后怕。”婻斯乐玛红着脸，眨巴着会说话的大眼睛真诚地问，“住几天走好吗？咱俩可是老相识了，不是吗？”

“师父好了肯定是要马上走的。”

“那以后路过这里来家里做客啊！”

“我会的。”

两个人把挖来的苦参煎水给嘎拉森尼玛服用后，他很快发汗了，之后身体轻松了许多。不出松赖扎拉森所料，师父刚好起来就急着要回庙里。女主人利索地熬了一锅香茶，干肉奶皮米茶的香味飘满了小屋。

“两位师父再住一宿吧！”女主人有些不舍。

“还是早些赶路吧！”嘎拉森尼玛毫无感情色彩地回答。

“下次路过这里请二位师父进屋歇歇脚再走吧！”婻斯乐玛说话的时候松赖扎拉森好像看到了她脸上的不舍。

接着他就跟着师父回到了庙里。

夜色朦胧的月光下，松赖扎拉森伤感地久久地遥望着深沉的塔日巴格图草原，心中深深地思念那可爱而又可怜的婻斯乐玛。其实他们俩中间什么也没有发生，仅仅认识了一两天而已，但是那个女人为什么让他这么牵肠挂肚他自己也不明白。自从走出她家走向寺庙开始，他的心里就充满了一种恋恋不舍的、深深牵挂的情思，并且在一种浓郁的思念中常常想到那个女人的音容笑貌。一心一意修行的单纯的日子，开始有了忧郁的味道，是甜？还是苦？他无法分辨。

原来山上和山下是两种世道，他好像今天才明白。山上是宗教戒律森严的佛教徒生活的地方，而山下是红尘滚滚中的自由世界。之前，觉得剃度出家过着僧侣生活对他是个幸运的事情，但现在觉得这种清淡无味的僧侣生活让他感到有些压抑郁闷，向往山下那种自由生活的心情油然而生。

不知坐了多久，好像听到山下有人在轻轻地歌唱，并且这歌声好像越来越近，越来越清晰了。是一男一女在激情对唱。

山泉水一样清澈美丽哟，
柳条枝一般婀娜多姿啊……

在旷野的月光下，两个心仪的人，肩并肩策马奔腾，留下一路的欢歌笑语，消失在夜晚的宁静中。

松赖扎拉森的心被这歌声深深感染，竖起耳朵顺着那两个骑行者的歌声站了起来。

远远看向云雾迷茫的山头啊，
心中想到那美丽的山丹花啊。

他俩的歌声渐渐远去，孤独和寂寞又回到了松赖扎拉森身边，他望着远方的山下坐了很久很久。午夜的月亮远远挂在天边，有些伤感地把微弱的光色洒向夜晚的草原。

三

奥伦哈日套鲁盖庙是坐落于半山腰的一个雄伟建筑，也是半空中闪烁的塔日巴格图草原人们心中的圣地。此庙建成已经一百多年，听老人说，从前的草原上好汉辈出、刀光剑影、马蹄震天，加上无辜的杀戮频繁，草原上到处是流离失所的苦难人们。人们叹息连连，并把这些苦难都归结到敖其尔敖包上。敖其尔敖包矗立于塔日巴格图草原北部边缘上一个长长的丘陵地带，传说木华黎的得力将军敖其尔战死在此地，长眠于此地而得名。又传说因敖其尔的灵魂附体在这方草原上，所以本地区的人们本性刚烈，喜欢打打杀杀，不够安分守己。因旗王衙署无能镇压只好上奏朝廷，寻求上策。皇帝斟酌许久，笔墨纸砚，最后落笔三个字“觉慧寺”，下旨到旗王衙署。不久，此庙如期建成，晃眼的金顶闪烁在了塔日巴格图草原上。从那时起，盗贼无赖真的一年比一年少，人张扬跋扈的性格也开始被驯服，整个草原上渐渐兴起一种和善祈福的局面，从此草原太平。因寺庙周围有很多小山头，所以山下俗人称它为奥伦哈日套鲁盖庙，而把皇帝赐名放到脑后，很少有人想起它，久而久之僧人也跟着民众叫开了——奥伦哈日套鲁盖庙。

此庙不以僧人的数量，也不以所藏的佛教经典的多少而出名，而是因住持喇嘛嘎拉森尼玛的学识而著名。他是整个会盟三百六十四个寺庙中最有学识、最有本领的喇嘛，远近闻名。周围方圆百十里的信徒都慕名而来，不怕路途遥远，只为一睹其本人的尊容。

对于他，草原上的人们有很多传奇色彩的说法。有人说他十五岁就进驻大昭寺，二十岁得藏传佛教格西称号，三十岁到佛教圣地修炼，练就了一身的本领，寒冬腊月光着膀子都能满身冒汗，而三伏热天还能胡子上挂满冰霜。有的说得更神，说住持喇嘛外出时狂风暴雨见了他都能瞬间停下，旷野的豺狼、山崖的猛兽见了他都四处逃窜，给他让路。还有的说嘎拉森尼玛喇嘛经常坐上红缎子顶棚的骡子拉的轿子车出行，但有的人却说高僧从来没有架子，总是穿破旧的喇嘛袍，吃着粗茶淡饭行走在草原各个角落。因此他的名声越来越高，信众越来越多，神话般传说也一天一个样。

不用说山下那些俗人，就是寺庙里的好多僧人有的时候都不了解他们的住持喇嘛究竟是个怎样的人，因为嘎拉森尼玛喇嘛在庙里的时候很少，总是跑这儿去那儿的，来去神秘。

而真正了解他的人是松赖扎拉森一个人。

嘎拉森尼玛喇嘛真的不是一个普通的僧人，他不仅精通历法易卜和医学，还是一位出色的诗人和画家。整个藏传佛教高层几乎无人不晓他的功名，大昭寺知名僧人名录上清清楚楚记录着阿格旺楚力度木嘎拉森尼玛。因为名字太长，当地人就简称他为嘎拉森尼玛。可这样一位得道高僧从来不会高高在上、张扬跋扈，而总是以一个普通喇嘛的装束和心态出现在人们面前，所以崇拜他、敬仰他的人越来越多，从而他的名声越来越高，越来越神秘了。

初次见他时，他与普通喇嘛没什么区别，不胖不瘦，不高不矮，俨然是一位五十来岁的普通喇嘛而已，即便是松赖扎拉森，跟了他很长一段时间后才慢慢得知他的与众不同。

前年夏末的一天，嘎拉森尼玛带着松赖扎拉森下牧区走一趟，晚上入住到一位穷苦的老人家里。那位老人是佛教信徒，了解到来家的两位喇嘛中一个是他们心目中的高僧喇嘛，真是高兴得不得了。第二天一早，老人从为数不多的几只羊中选了最膘肥的一只，要上供到庙里。

“好一只膘肥体壮的羊啊，不用供到佛前，今天还是咱们三个享用吧！”嘎拉森尼玛说。

听了师父的话松赖扎拉森吓了一跳，心想本来佛教徒的戒律是不可杀生，可今天师父不仅要开戒杀戮，而且还要把可怜的老人要供给寺庙的供品也要半路上享用。

嘎拉森尼玛笑着接着说：“您老人家想一想啊，佛陀可不是仅仅待在庙里的呀，只要心中有佛，人一辈子不去庙里都能得到真经，而心中没有佛陀，一辈子待在庙里也无济于事的。所以呀，与其上供到素不相识的庙里的喇嘛们，还不如供给你眼前的心中的佛，是不是呀？”

老人拜倒，说：“加加，听师父的吧！”

松赖扎拉森笑了一下，“这下不是可怜了这只羊了吗？”

“比起这只羊，眼前这位老人不是更可怜吗？作为羊，不是进了人的口，就是进狼的胃，这是它的宿命，所以还是让它进了饲养它这么多年的主人的口是比较好吧？可怜的牧羊人，不吃饲养的牲畜还能吃什么呢？这不是什么罪孽，是不是啊？好在有幸，今天咱俩也可以分享老人的口福了。”

但是谁杀这只羊呢？也是个事呀！嘎拉森尼玛挠挠头，笑着说："是呀，吃不是罪孽，可杀戮是造孽呀！扎拉森还是你来想办法吧？"

“不行，不行，我可是没有办法啊！”松赖扎拉森吓得直往后退。

嘎拉森尼玛哈哈大笑道：“你不行，附近找个人来帮忙总可以吧？”

松赖扎拉森吓得抬腿就跑出去了。

这样师徒俩在老人家好好享用了一顿美餐，并让老人也着实地高兴了一把。走的时候当师父的给老人嘱咐道：“心里有给寺庙上供的心就可以了，咱们寺庙也不应该接受这样穷苦老人的供奉是对的。老人家，以后心里有佛就行了，有心供奉佛祖就足够了，别总是供到山上的喇嘛了，适当的时候自己享用吧。”

“加加，知道了！”老人家合掌到额头虔诚地拜着送他俩走远。

这样奇怪的事情有时候还偶尔出现。

去年夏天，有一次师徒俩走在草原上已经晚了，附近看不到有人家，师父说：“好了，也不是寒冷季节，咱俩就野营一次吧，怎样？”

松赖扎拉森有些担心地问：“狼来了怎么办呀？”

“来就来吧，哎达，有什么可怕的呀！”

师徒俩席地侧躺刚眯了一会儿，只听见远处真的有狼嚎声，而且越来越近。

“师父，怎么办？”松赖扎拉森吓得心都快跳了出来。

“不会那么快就来的，其实它们也是怕人类的家伙。”师父不慌不忙地接着说，“从前是人怕狼，那也是对的，因为它们是食肉动物，可现在是狼怕人了，这说明世间规则正在开始混乱，唉！”

松赖扎拉森可没工夫考虑世间规则乱不乱，越来越临近的狼嚎声才是眼前最让他担心的事情。可师父却不紧不慢地说着他的大道理。

“不用说是狼，现在连虎豹都开始怕人了啊，是什么问题，扎拉森你考虑过没有呀？这说明现在的世道是用智慧掌控的时候了，而不是用力量。但是到了这样的世道，也预示着乱世即将要来临了呀……”

“师父，它们靠近了……”松赖扎拉森打断师父的话，声音都有些颤抖。

“没关系，来就来吧。”嘎拉森尼玛却不当回事，说着“好困”就打起了呼噜。松赖扎拉森吓得已经六神无主了，干脆坐了起来听着临近的狼嚎声。狼们此起彼伏地在他们俩附近嚎叫着，但一直到天亮也没来他俩跟前。他长出了一口气，看着轻轻打鼾、安稳沉睡的师父，由衷地笑了。师父常说，对于一个真正悟到人世间真谛的人来说，常人的喜怒哀乐、愤恨恐惧都是旁事儿。想到这些对师父更是肃然起敬了。

这些奇事在他眼前常常不断，所以他不得不承认师父不是一个普通的人。师父的道行究竟有多深，他无法估量，但却知道，眼前这位高僧的心里蕴含着一个无边无际的、深邃莫测的海。

嘎拉森尼玛师父还有一个奇事，那就是住在庙里的时候他从不喝井水，而是喝必须从远处拉来的黄河之水。他说黄河水以佛教圣地的雪域高原为源头并且流到此处时已经跨越了千山万水，容纳天地万物、太阳月亮星辰的无限能量的水，是养生的特殊仙水。所以因嘎拉森尼玛师父这特殊的癖好，三五天就去黄河边拉水的神圣任务自然也落到了贴身徒弟松赖扎拉森头上。

今天中午，他想去看看拉来的黄河水还有多少，就奔向位于寺庙东南角灶火房。出了自己居住的院子，经过错落有致的众多僧房，绕过大殿的东侧就看见了灶火房。喇嘛们一捆一捆背来的柴火堆得比灶火房都高了。柴火堆这边一排旧土房子就是灶火房和掌勺喇嘛居住的屋子。离土房二三十步远处有一棵老榆树在郁郁葱葱地挺立。因为是正午的时间，几乎没有来往的人，柴火堆、灶火房和那棵老榆树在正午太阳的炙烤下静静地沉默着。

松赖扎拉森绕过了那棵老榆树才发现有个人在靠着树坐着。是一个高高的而且瘦瘦的人，破破烂烂的衣着，虽然只有三十七八岁的模样，但头发却几乎发白了。那个喇嘛跟前摆放了红红绿绿的许多布条，他在认真地看着摆弄着它们。松赖扎拉森就在他跟前路过，他都没注意，聚精会神地沉浸在自己的世界里。这个喇嘛叫丹赞，是给灶火房帮忙抱柴火、提水的伙计，是个精神稍稍有问题的人。

灶火房的门是开着的，松赖扎拉森走进去的时候没见有人，只听见灶台上的比人还高的大蛮近锅[①]里发出刮锅巴的“咔嚓咔嚓”的声音。

大蛮近锅是草原地区寺庙的一个神奇景象，传说此锅能放进三头整牛，从凌晨生火到傍晚才能开锅，但一旦开锅三头整牛就能完全熟透而立刻满院弥漫牛肉的香味，寺庙外都能飘香久远。事后铲锅巴的时候需要有人拿着铁锹放着梯子才能进去。如果把这大蛮近锅扣在外面，会让人看着相当于一个小蒙古包一样。因此盖这个灶火房的时候先把灶台搭上，再把大蛮近锅架上，然后才盖房子。

当然，这个特大的锅也不是天天用的，只有在大型法会或庙会等活动时才用一次的。平常喇嘛们都住在各自的僧房，饭菜茶点都自己安排，小型经会期间共餐也是用一般的锅做好送到场地即可。

松赖扎拉森不用看也知道谁在大蛮近锅里，所以冲着锅喊：“迦米阳师父，清理锅巴呢吗？”

“噢，是扎拉森啊？”一个老者的声音从大锅深处回响起，接着有一个人顺着梯子爬了上来。

这位是负责寺庙饮食事务的迦米阳师父，五十三四的模样，脸上经常写着个累字，而且还缺一只耳朵。他很笨拙地从大蛮近锅上下来，喝了两口壶里的凉茶才问：“来看住持喇嘛的水吧？快完了，得明天去拉了。”黄河拉来的水是单独储存在一个大水缸里的，只用在

---

① 大蛮近锅：是寺庙大型宗教活动时用来炖整牛所用的大铁锅。

嘎拉森尼玛喇嘛一个人的饮食上。

“我也是想着可能该拉水了，来看看。明天去拉吧！”松赖扎拉森回答完反问，“您老母亲的身体最近怎样？”

迦米阳叹了口气说：“听说最近又不太好，也不知该怎样啊。”

“跟掌堂师请假回去看一下呗。”

“前一段时间刚回去了一趟，现在再想回去估计不会准假吧？”迦米阳又叹了口气。

“掌堂师你俩不是早年的师兄弟吗？他对您怎么也客气点吧？最近又没有大型经会。”

“唉，不知道呀，每次去请假他都脸色不好，我有时候怕看他那不冷不热的样子。”

四十多年前，迦米阳和现在的掌堂师曾经是一个师父的徒弟，而且迦米阳还是师哥。一个大雪皑皑的冬天，掌堂师，当然当时他不是掌堂师，只是一名小徒弟而已，不知是为什么，他一个人去雪地上不小心踩到了旱獭洞里，丢了一只靴子，后来是迦米阳寻找过去把他给背回来的。当时如果没有迦米阳，掌堂师别说是当掌堂师，连活着的可能性都没有。那天迦米阳找到他时，他已经有些神志不清，一条腿冻得石头一样硬邦邦的了。迦米阳哭着喊着，用雪把他的冻腿搓热，把他背着驮着回来的，因当时他着急地救人连帽子都丢了，所以冻掉了一只耳朵。有人说掌堂师冻坏的那条腿缺少的两个脚指头是当时冻掉了的，但没人脱过他的袜子看，是真是假不得而知。但是仔细注意，掌堂师快走的时候还是能看得出有些不太明显的瘸的。

经过了四十多年，迦米阳已成了灶台前后忙碌的一个老喇嘛，而他的师弟却成了让众喇嘛心惊胆战的掌堂师。按惯例，寺庙的掌堂师是三年一换的，但这位都九年了还是稳坐不动。而迦米阳和他之间的师兄弟情谊好像也早就烟消云散了。

迦米阳喝完壶里的茶，把茶叶渣滓倒到柳条编制的筐里晒到外面。因为他是一个连喝茶都很困难的穷喇嘛，所以把喝完的渣滓晒干，下一顿再熬着喝的。有时候那个反复熬的渣滓都没有颜色了，但他还是舍不得扔掉。

正当他俩在灶火房你一句我一句闲谈的时候，外面突然响起噼里啪啦的响声，接着听见有人“啊啊”的大声哭的声音。他俩正要出去，突然刚才在老榆树下玩弄各种色彩的布条的疯子丹赞抱着头跑到灶火房来，紧跟着矮胖矮胖的黑喇嘛手里挥动着大念珠追了进来，原来是掌堂师。

迦米阳和松赖扎拉森这才知道，刚才那个噼里啪啦的声音原来是这个大念珠和丹赞的头碰撞而发出的声音。

挥动大念珠的这位矮墩墩的黑喇嘛就是掌堂师，俗称铁棒喇嘛。他一进来就吹胡子瞪眼睛地训斥：“你们灶台房是怎么回事？佛圣之地还拿来乱七八糟的肮脏之物摆放一地……”然后指着墙角蹲着发抖的丹赞大声喊，“说，你那些肮脏东西都是哪里来的？”

丹赞胆怯地看了一下铁棒喇嘛手中大颗大颗的念珠，大喊了一声就夺门跑了出去。

“哎呀，他是不是犯病了呀？”迦米阳不无担心地问。

“犯病了？犯病为什么不捡别的东西，专捡来女人的裤子和兜布啊？太过分了吧？这疯子不给点厉害就不记事。”铁棒喇嘛骂骂咧咧地追着丹赞走了。

“唉！他的病又犯了吗？”松赖扎拉森关心地问。

“说不准啊，好像这两天一下就不行了。不知从哪里拿来那么多女人用的东西，每天摆弄那些东西。早晨我让他挑两桶水来，结果把水桶扔到路上自己回来了，唉！”

不一会儿，丹赞毫发无损地回来站在了灶台屋门前，显然没被铁棒喇嘛抓住。高高的个子、瘦得像个棍儿一样的体魄、肮脏而破烂不堪的衣物，看着俨然是个魔鬼。

晚上，为了准备明天拉水用的马，松赖扎拉森向着庙堂牧马人松堆的家走去。

满天的繁星，宁静的奥伦哈日套鲁盖庙，让他感到无比舒畅。有位严厉的铁棒喇嘛，加上有严格的教规戒律，本寺人们习惯早早歇息。

要说本寺佛教徒遵守的教规戒律，还真是一时半会儿说不完的，不能穿新的鲜艳的衣服、不能大声说笑、不能重踩地面、不能快跑、不能说晦气的话语等等，到戒杀生、戒女色、戒记仇、戒红食（肉食），真是数不胜数。这些教规戒律很大程度上规范着众多僧人的言行和思想，避开黑暗和罪孽，引导他们向着福报和光明前行。所以一心向佛的弟子们也跟着师父的教导，潜心修行，约束自己的行为，不被红尘所染。因此早早歇息也是原因之一。

虽说是这样，但毕竟是肉体凡胎，他们的本性还是无法泯灭的。在平常生活中不被人所发现的，但还是根深蒂固地存在着的，犹如一股黑色气流在无声无息中暗中涌动。

宁静的表面，煎熬中不能入眠的人还是不少。

庙堂牧马人松堆家，今晚聚集了几个年轻喇嘛。这个小小的聚会从本质上来说可以解释为人本性的无奈显现，也可以说是红尘世界中变了形式的欲念的一次兴奋表达，更可以说是严苛的教规戒律下的无声的挣扎。

他们在说着故事。

自从在蒙古草原上出现了寺庙以后，女人和喇嘛的故事可以说是同时出现的。这种故事中的主人翁永远是一个喇嘛和一个女人。几分的诙谐幽默、几分的直接描述，加上几分让人心跳脸红的故事情节，吸引了众多凡人俗子和年轻喇嘛的热情追捧，成了人人口中的茶余饭后的美谈。

松赖扎拉森推门进松堆家的时候，他正好解开衣襟，袒露健壮的胸膛，哈哈大笑说到一个故事最让人心跳脸红的那个部分。他直接打断松堆的故事，告诉明天要用马匹的事情。松堆不耐烦地说：“你那毛球爷爷就拴在南面草场上，明天自己来牵走就行，有啥说的？”

“马嚼子放在哪里啊？”松赖扎拉森追问了一句。

“哎呀，等会儿行不行啊？爷的故事正在节骨眼上啊！”松堆翻白眼。

他只好等了，结果糟了，他自己也被故事情节吸引进去了。

松堆是一个把寺庙的教规戒律从头到尾全部迎着违反才高兴的奇才。喝酒抽烟、偷鸡摸狗、调戏妇女，无恶不作，而且把所有的恶作剧当成英雄事迹到处炫耀。有人劝他你可是个佛门弟子啊，注意言行才对啊，结果得到的回答是：“去你个头啊，人生在世要懂得及时行乐，当苦行僧有意义吗？世上没有救世主啊。”“铁棒喇嘛看不惯你啊，注意点吧。”回答是：“谁怕那个八个指头，爷十个指头的都没怕过，哼！”公然骂铁棒喇嘛是“八个指头”的，全寺上上下下也只有他一个人。

到了半夜他们才散了。松堆给他取了马嚼子还抱怨：“你那师父怎么那么难伺候啊？非要吃黄河水。”

“说黄河水对人体有益。”

“有益个头，如他所说的，如果黄河水真是那么灵的话，那么黄河的癞蛤蟆不都长命百岁了吗？真是矫情！”

松堆又神秘地笑着说：“不过拉水可是给你创造了绝好的机会啊，草原上的男人不是当兵就是当喇嘛了，使得女人们见了男人就恨不得活剥了，嘿嘿，个个成了喇嘛的享用之物了。”

松赖扎拉森难为情地制止他瞎说：“你别满嘴放炮啊！”

松堆表现出对他的无奈，摇着头说：“你可太老实了，好像让你的嘎拉森尼玛师父上了紧箍咒一样，耷拉着个头，连女色都不敢接近，你呀，每天忙着你师父那点琐事，所有的好事你都甘愿错过吗？”

怕继续这样的谈论，松赖扎拉森的心跳加速了，他想早早逃脱这个是非之地。

“你别这样左顾右盼的啊，多听听你这师哥的高论，也许有救，你这榆木脑袋早日开窍了。”

松堆又特意强调：“那天晚上你没去，婻斯乐玛可是闷闷不乐了许久啊。”

“不会吧……”

“真的，跟我反复问了好几次，为什么没来？我告诉她你可能不会来了，她可是沮丧地坐了很久没吱声啊。”

松赖扎拉森感到心强烈地颤动了一下。真是这样吗？我真的让人伤心了吗？

“现在知道发呆了？师哥告诉你吧，那个婻斯乐玛是真看上你了，女人的心思师父我是最懂的呀。这方面我可以评噶加[①]称谓哟，哈哈。不过告诉你，你可是让人真正伤心了啊，对你来说这也是造孽呀，给哥哥好好反省反省吧。”

“不是那样的吧？”松赖扎拉森像是做错事的孩子一样低声说。

“加加，你爱咋咋样，我只是告诉你我听见的、看见的一切，罪孽不会找到我的头上。”松堆眯着眼睛看了一下耷拉着个脑袋的他，无奈地说，“看来嘎拉森尼玛真是给你骗了蛋了，行了快走吧，爷爷我尿尿回来睡大觉了。”

两个人跟随着出来，松堆绕过一墙角就拉下裤子哗哗地尿起来。实际上喇嘛是禁止站着小便的，而且要求必须到寺院外小路过去才可以，可他是不管这些的人。

---

① 噶加：佛教职称。

松赖扎拉森离开松堆刚走了几步，有个东西在他眼前晃了一下，他不由得紧张地蒙在那里。

他确定不了那是什么东西，只是在前面的僧房墙根下晃了一下，仔细看看是个长方形的、旧布子样的东西挂在那里。但是什么呢？喇嘛们私下谈论的鬼怪的故事一下闪到他的脑海里，使他毛发都竖了起来。他退到刚刚拉起裤子要往回走的松堆跟前，指着前面轻轻问："你看，那是什么？"

"嗯？"松堆仔细看了看，冷笑道，"还能是谁？是丹赞呀！"

"是丹赞？"松赖扎拉森死盯着前面那个高高的东西。刚这时候，云朵背后的月亮瞬间露出了脸，照亮了周围模糊的一切。他看见前面那个飘浮不定的东西还真是挺像丹赞。可这人深更半夜在这里演哪出啊？来回移动悄无声响，烟尘云雾似的飘动。

"他这是在干什么呢呀？"他的心还是有些纳闷。

"哼，他呀，跟踪、偷听。然后去传闲话，告状。杂种！"松堆狠狠地说。

"他在跟踪什么呢？"

"那咱俩跟过去，那样你就知道咋回事了。"

松赖扎拉森虽然还是有些心有余悸，但拧不过松堆跟了过去。这时候也确确实实看见前面那个飘浮不定的东西确实是丹赞。

只见他进了索那木拉西家后院挨近窗户好像真的偷听什么似的站了半天，然后又飘飘浮浮地走了。

"好了，你现在去那窗户跟前听听，就知道那家伙在偷听什么呢。"

松赖扎拉森去了，只见屋里的索那木拉西正与一个女人丝丝窃语，淫笑不断。噢，原来如此啊，他真是如梦方醒。

"虽然是个疯子，但贼心还不死啊，一想也挺可怜的，就他那样，哪个女人能跟他呀？可那也是个有血有肉的男人呀，只能这样满足自己的欲望。但可恨的是，他那样听到的东西有时候还没良心地去铁棒喇嘛那儿告状，一想起这些真是恨不得往死了揍一顿。”松堆说得咬牙切齿的。

夜已深沉，今晚还有一个无眠的人是铁棒喇嘛。

空旷阴森的大厅里，他背着手站着，已经站很久很久了。众多僧人今晚都在干什么呢？做什么美梦呢？有没有人在犯教规寺规呢？众多喇嘛的面孔像走马灯一样在他眼前一个一个地过。年轻的健壮体魄的、眼睛总是贼溜溜转的那个家伙就是松堆，他负责庙堂马群的饲养和管理，搞得怎样先不说，但到山下到处拈花惹草、糊弄野女人倒是一把好手。还骂我是八个指头的，早晚会到阎王爷那儿报到的，别嘚瑟，哼！见了不三不四的女人就满脸堆笑的讨厌家伙是索那木拉西，经常以看病送药为名跑到山下，还动不动就领来个野女人钻进自己的狗窝，真是可恨。难道塔日巴格图草原上的病只有女人才得吗，男人就不得了吗？真是可笑。还有那个总不着家的卓尔丹……眼睛长头上的丹巴……不着调的东西们！撅起屁股就知道你是要拉什么屎，都别给我装，没用，孙悟空逃不出如来佛的手掌心。别嘚瑟，早晚东窗事发的，哼！到时候看我怎么收拾你们，往死了揍……

多么幽静的夜晚啊！但这只是表面现象，他心里明镜似的。就这样的夜晚，整个世界沉睡的这个时刻，罪孽和肮脏的勾当在夜幕遮掩下不断进行着。

铁棒喇嘛是个五十开外的、矮胖而微黑的人。油光锃亮的黑胖脸上，肥肉堆横竖不均地拥挤着，使得本来就不大的眼睛被挤得成了两条缝。而让众僧胆战心惊的也恰恰是那一双闪着贼光的眯缝的眼睛。哪个人被这双眼睛扫射，准不会有好下场。年轻的时候，这个人还没当铁棒喇嘛的时候，是不是有过怜悯、善心或爱心，不得而知，反正现在是丝毫也没有，连最起码的真心笑一下都不会。他从来没有一点悔改之心不说还觉得这些是掌握和镇压这些人的法宝呢。他天天什么也不想，只琢磨哪个喇嘛是犯教规教义的，怎样挖空心思地处罚他们。其实他是一个佛门脚下忠诚的奴隶，宗教教义的忠实捍卫者，更是众僧心目中的活阎王、铁石心肠的恶魔。

他总是考虑，谁是宗教规程的扰乱者？女人，对，就是女人！这是他总结出来的绝对的真理。有多少个僧人在金钱利益面前连眼睛都不抬一下，但是一旦面对了女人，个个都腿软眼睛发直，心里的防线就开始瓦解，然后跑上与宗教教义教规背道而驰的道路上。女人是这个世界上最可恶的东西。自从当了铁棒喇嘛，他一直勇敢地奋斗在抵制女人的影响和渗透的战线上。他认为只要没有女人，寺庙能清净，而自己也能过上安稳的生活。

右脚好像隐隐作痛。他想到了几十年前的那场大雪，就是那场大雪中他的右腿冻僵，失去了两个脚指头的，也是从那个时期开始，他深深懂得了女人是一切罪恶的根源。记得那一天他拿上袋子去野地上捡牛粪，爬过一个小山头，迎面碰见一位背着箩筐往回走的姑娘。姑娘笑着求："小师父，请帮忙给我装满我的箩筐，可以吗？"自己的袋子还没满的他，按姑娘的要求愉快地把她的大箩筐给装满了。姑娘却倚着灌木丛半躺着，指挥着："哎，装干的，湿的我不要，不好点。"他有点不高兴，心想求人帮忙还挑肥拣瘦的，说道："你看你的箩筐都快满了，而我却空了，回去肯定让师父骂的。"

"我这不是求你了吗？"用眼睛笑着继续说，"你帮了我以后不会忘你的。"被姑娘鼓励的他更加努力地把姑娘的箩筐给装满了。"明天来我家吧，我家就在前面，等着你啊！"姑娘说着神秘地笑着走了。他站在原地目送着姑娘，想想明天的事觉得心跳都加速了。可是等自己捡了半袋子牛粪时天色已晚，因此回去还让师父打了一顿。但是想着明天的好事，也没顾身上的疼痛，盼着明天的到来而辗转反侧到天亮。可是老天好像跟他开了个玩笑似的，当晚下了整整一夜的雪，第二天皑皑的白雪整个埋住了广阔的塔日巴格图草原。但是大雪没能挡住他的一腔热血，看着机会直奔了山下姑娘家。但不幸踩到旱獭洞里，努力的结果脚是出来了，但靴子却留到洞里，所以右腿冻得石头般坚硬，为了姑娘奉献了两个指头。假如迦米阳没能及时赶到，他丢的可不仅仅是两个指头啊。听着师父那严厉的训斥，忍着冻腿剧烈的疼痛，他没怪自己，而是咬牙切齿地恨了那个不知姓名的姑娘。原来女人是个这么可恶的东西，刚要靠近就跌入如此的灾难。这辈子再也不近女色，不是用嘴而是用心发了誓。每当看见光秃的指头，不近女色的誓言更加坚定。

他的誓言到现在还是坚定如初，没有一点点的动摇。因此看见与女人牵扯不清的喇嘛，他就恨得咬牙切齿。这是不是所谓的那个一朝被蛇咬十年怕井绳啊？

就是在盛夏的日子里，有时候站在阴凉地，他的腿还隐隐作痛。他微微撇着腿走向大殿门口，抬头看过去，大殿的房顶在夜空中威严地矗立着。再回头看，他想到了本殿的住持喇嘛嘎拉森尼玛，佩服他的满腹学问，但又不满他那放任不管的治理方法，却不敢吱声。他心中总是暗想，你纵容的那些货们，早晚会给你惹事，牵连寺庙的名誉的，会有后悔的那一天的。

围绕繁杂的事情沉思着站在门口的他，忽然听到轻轻的敲门声，迦米阳蹑手蹑脚地进来了。

“掌堂师父，家里捎信来了，说母亲的病又加重了，想请三天的假，回去一趟……”他犹犹豫豫地说。

“哎呀呀，你这个人怎么就总想往家跑呀？寺庙也有寺庙的制度呀！”铁棒喇嘛显得很不高兴。

“真是没办法了，要不走两天回来吧？”

铁棒喇嘛没吱声。这是他的风格，在别人的请求面前，他从来没有痛快答应过，不吱声就算是同意了。迦米阳知道他，所以赶紧退出了门外。

四

太阳西下的时候，两匹马的背上各驮着拉水木桶的松赖扎拉森牵着马越过了一个小山丘。看见婻斯乐玛家那个小小的毡包就在对面的草地上孤独地挺立着。他望了许久，犹豫着要不要过去。昨夜听完松堆说的话语，他心中的斗争再也没有停止过。

清晨出来的时候，就感到心胸有些不听话的躁动，如同飞出鸟笼的鸟儿一样一身轻松地奔向了目的地。宽广的塔日巴格图草原敞开博大的胸怀温暖地迎接了他，使他迈着强劲的步伐走向了草原深处。但是，走得越近心中的疑虑越重。佛教信徒的戒律、师父平日的教导、社会广众的舆论，他越想越犹豫越迷茫，渐渐觉得自己不是向着美好幸福走去，而是走向万恶肮脏的深渊。

但是婻斯乐玛那温暖的小屋就在跟前，可爱的小小毡房、紧凑而精致的羊圈、阿日嘎拉堆、马桩……多么熟悉多么温馨啊！尤其小屋的主人那圆圆的美丽脸庞、爽朗而富有朝气的笑声、分别时候那忧郁的眼神……他心情激动，下定决心赶快前去。

他快快走了几步，但还是慢慢停下了步伐，好像遇到了这辈子最大的难题而左右为难。他的决心越来越松懈，最终决定放弃前往却情不自禁地久久凝望。深情地望望那个让他向往又让他苦恼的小小的毡包，最后还是远远地绕着走过了。

他绕过婻斯乐玛家到了她家西北角小山丘回头遥望了一下，那个小小的包已经变成了一个点，在夕阳红中显得无比渺小、无比无助，让人看得有些心疼。好像在这里丢弃了他心中最美的东西似的，松赖扎拉森深深叹了口气牵着马默默地走了。

其实那个晚上，婻斯乐玛根本就没在家里。那天下午搅拌完酸乳，追回远走的羊群，然后到西北洼地想赶回那头自家唯一的两岁小牛。可中午还在安详吃草的它这会儿却不见踪影，因此着急地赶去好朋友乌珠莫家想打听信息。对于她这个可怜人来说，两岁小牛都是不小的财产啊，丢了是个不小的损失啊。她踏着晚霞风风火火走出了家门。

婻斯乐玛今年二十五岁，十七岁那年与邻苏木的叫道尔基的年轻人结婚。可道尔基是旗王府的兵差，因此经常为跟踪剿灭盗贼等事宜几个月几个月地不回家，有一次出去办差就再也没有回家来。那年她才二十二岁。兵差走得人再也没回来，她懂得这里的缘由，所以赶了两只羊送到奥伦哈日套鲁盖庙，给道尔基念经作法超度了他的亡灵，从此开始了一个人的真正孤家寡人的艰辛生活。

其实婻斯乐玛真是不怕苦难，她聪明伶俐、心灵手巧，而且总是以乐观豁达的态度应对生活的一切。这些年天天日出而作日落而休地忙碌着，把自己的日子过得井井有条。但偶尔的寂寞和无奈有时候使得她感觉度日如年，不知啥时候才是个头。对她来说不远处住的乌珠莫是她真心的朋友和无话不谈的知己，除此以外她还真没有什么其他的朋友。

傍晚她到乌珠莫家的时候，正赶上她圈好羊要进屋，看见婻斯乐玛跑过来愉快地迎了过来。

“你这黑灯瞎火的跑啥呢呀？找情人来了？”乌珠莫见了面就打趣。

“找情人还能找到你家呀？”婻斯乐玛也愉快地反击。

“哎，真的，找情人有啥不好的呢，草原上的旱獭都该恋爱恋爱，该生子生子，可我们都是人呀。但是我们这儿的男人都不是喇嘛就是当兵的。喇嘛不能娶媳妇，当兵的三五个月就没影了，守着空房留下的只有我们苦命的女人啊！过不了多久塔日巴格图草原的女人都要旱死了哟。”

“对了，”乌珠莫马上改变刚才的口气，兴高采烈地说，“你来得真是时候，松堆刚刚给杀了只羊走的，咱俩好好吃个肉包子，好吧？”

“那他呢？走了？”

“走了，怎么了？”

“没住一下就走了？”嫲斯乐玛说完讽刺的话羞涩地笑了一下。

“他要没走你能吃肉包子吗？没良心的！”乌珠莫并不生气，淘气地反问，“你咋样啊？有没有寻到一个？啊？”

“没有没有啊，哪那么容易就能找到啊！”

“奥伦哈日套鲁盖庙不有的是愣头青吗？见了你肯定是个个像猛兽，嘿嘿！找一个吧？”

“你可尝到了喇嘛的甜头了哈。”

“喇嘛怎么了？有什么不好的？又心善、又不去战场的。干起牧活儿个个是好身手呀！女人一个人过真是难啊！”乌珠莫说着说着深深叹了口气。

“喇嘛真的那么好吗？可是我没尝到啊！”笑着说完脑海里立刻想到了那位年轻而帅气的喇嘛，那个人就是松赖扎拉森。

“你可行了啊，那个叫松赖扎拉森的喇嘛，你不是让我给松堆说了吗？谁想见他来着？是我吗？啊？忘了？”

“但是他可没来呀！”

“没关系的，放心，塔日巴格图草原缺四条腿的蛤蟆也不会缺两条腿的喇嘛的。”

两个人有说有笑地进了屋。

其实乌珠莫的命运比嫲斯乐玛还苦呢。她在十八岁的时候就被家人嫁给了邻苏木的一个马庄，这可真是旷阔的草原上因为缺男人而出现的骇人听闻又人人知晓的事情。草原上的男儿几乎个个都去庙里当喇嘛了，所以适婚男人和女人比例严重失衡，一男子娶三个女子都不够用。所以也出现了把自家女子指明嫁给马庄、臼杵等现象。这样的惨事不幸落到了乌珠莫头上，但她没有因为此事而消沉得要死要活，而以一种乐观豁达向上的生活态度，信心满满地积极生活着。并且与奥伦哈日套鲁盖庙的喇嘛松堆相好几年，互相扶持互相爱护着过日子。

“今天我可没心思享用你的包子哎，我丢了我的两岁牛正着急找呢。”

“是吗？不早说，你那淘气鬼就在南面不远的洼地里，中午我还给你饮了水，这下放心了吧？”乌珠莫很高兴，“来吧，你和面，我切肉。”

婻斯乐玛这才放下心，与好友吃包子聊心事，到了很晚才出来，并赶着小牛走向自家。找到了牛，又与好友倾诉了衷肠，她的心情无比舒畅。满天星斗亮晶晶地眨巴着眼睛，扑面吹来青草味的暖风抚摸着她的脸。

刚才乌珠莫说的话让她回味，是呀，一直希望有个可以依靠的人，但是碰到的都是想占她便宜发泄完私欲就想走的人，真正从内心同情她呵护她的人很难遇到。想到这辈子可能就这样过了，觉得有些伤感，漫漫人生不知什么时候才是尽头。

一个年轻的脸在她脑海中闪过，那是巴扎尔。这些年来，真心喜欢而相处的是他，可惜没能长久。因为他是那个出名的盗贼敖其尔的亲弟弟，知道此事之后他俩的恋情也从此结束了。

那是去年夏天的事情。一位骑着枣骝马、穿戴整齐的年轻人这几天总是出现在她放羊的周围，刚开始她以为他是个寻找畜群或者是什么的外乡人。可是几天后的一个中午她在扎德盖湖畔饮羊群的时候，他突然来到她跟前，从而开始了一次激烈的争斗。

那个年轻人一下马就直勾勾地盯着婻斯乐玛，嘴里还念念有词：“就是你，就是你呀，你比去年更加美丽了哎！”他放下马缰绳一步一步向她走来，发现情况不妙的她赶紧往后退。

“去年奥伦哈日套鲁盖庙的庙会上见过你，从此就喜欢上了你，而且是不要命的……”说着开始脱衣服扔到一边走到了跟前。

怎么会有这样畜生一样的人呢，婻斯乐玛又气又羞地继续往后退，年轻人向前一步猛地抓住了她的手，他俩谁都不让谁，用力拉扯着把湖边一片绿地踏成草毡。最后还是以嫞斯乐玛的失败而告终。她在年轻人身下躺着，羞愧而愤怒的眼泪无奈地顺着脸颊流下来，看着年轻人裸露的肩膀用力咬了下去……

年轻人抚摸着渗血的肩膀，真诚地说："你别生气了，去年的庙会上见了你真的太喜欢你了，那天经过此地又看到了你，真是缘分。因为喜欢你还在这附近转悠了几天，今天……"他的脸上全是真诚，可嫞斯乐玛的愤怒一点都没有消除。

"那你是这样欺负你喜欢的人了？"她咬牙切齿。

"我……"年轻人红着脸无语了。

"你别再让我看见！"嫞斯乐玛起来梳理了一下秀发头也不回地走了。

可是巴扎尔却该来时就来，一点都没有把她的话当话。而每次见面都以激烈的争斗开始，却以嫞斯乐玛的失败而告终。刚开始如果说她是因愤怒而与他用全身的力气争斗的，但后来就变了，每次的全力争斗，只是为了发泄多少天以来心中聚积的无法释放的郁闷和心结，在与巴扎尔的歇斯底里的争斗中，她得到了永远难以言表的满足感。最终让巴扎尔把已经精疲力尽的她放到一边盖过来的时候，她才闭住眼睛静静地等待那年轻健壮的躯体的蹂躏。

巴扎尔一走好像把她的心都掏空了一样，使得她每天每夜盼望他再次到来。从他身上，她感觉到了年轻男人那虽然有些鲁莽却勇猛并且无比真诚而发烫的爱恋，觉得心满意足了。

有一段时间巴扎尔很久没来。她每天沉浸在对他的思念中。过了一个月她愉快地迎来了他。

巴扎尔说自己是很远很远的一个富足人家的儿子。嫞斯乐玛问男儿不是喇嘛就是当兵的，你为啥哪个都不是呢？

"富足人家有的是办法应付的。"他回答得有些心不在焉。

每当他到来，她都是把最好的东西拿出来让他享用，然后到晚上爱怜地抚摸着带着她牙印的健壮的肩膀，心情就像天高气爽的秋天一样舒畅。

正当沉浸在幸福生活的时候，有一天旗王府的兵差来到他家，询问："巴扎尔在哪里?"

她说："最近没来这里。他怎么了?"

"你是真不知道还是假不知道啊?他是那个有名的盗贼敖其尔的弟弟，亲弟弟啊!"

兵差走了以后孀斯乐玛发呆地坐了很久很久。

她所心仪的、想一辈子依靠的那个小子竟然是个盗贼，并且还是敖其尔的亲弟弟，她原来的丈夫就是在剿匪的时候，更确切地说是追拿敖其尔的时候遭到不测的，她怎能忘记呀。

大概半年之后，巴扎尔在一个深夜里来了。孀斯乐玛看着他那欲火燃烧的眼神，伤心地说："你走吧，以后也别来了。"

"为什么呀?"

"我已经知道你是敖其尔的弟弟了。"

"我是敖其尔的弟弟怎么了，跟咱俩的来往有什么关系吗?"

"我男人就是因为追剿你们而遭不测的……也许就在你手里丧生的呢。"孀斯乐玛流着热泪说完沉默了。

不知过了多长时间，她发现人已经走了，而且再也没有回来。

从此以后，孀斯乐玛心中那份爱的火焰已经熄灭了一样，对爱呀情呀的再也没有心思了。

但是突然在扎德盖湖畔与松赖扎拉森相遇，她是万万没有想到的，而且是以那样的形式。不过这也许是人们所说的缘分吧。湖边那个意想不到的、接二连三的闹剧，每当让她想起来都脸红心跳的，而且每每都觉得那个年轻喇嘛是世上最好的人，从而又从内心深处感到温暖和无比的感激。接着暴雨中相遇，而且又住到她家，给了她一个认真打量和进一步认识的机会。他那修长的身材、敏捷的动作、浑厚的男中音和那温和的一双眼睛总能打动她那似乎冷却的心，就那一次，她的心就被这个年轻的喇嘛偷去了。

从那时起，她不由得希望他再次在她的面前出现，而且越来越强烈，情不自禁地给自己的好友乌珠莫悄悄地说起了此事……

她思前想后地来到了乌珠莫家南面的水洼地，刚要抬头寻找自家小牛，突然听见狼嚎声，而且还不远。她怕小牛被狼叼走，不顾一切往前跑了起来，结果听见群狼的嚎叫更加厉害了，好像从正前面向她跑来。听老人说过，饥饿的狼群是不会轻易丢掉快到嘴边的食物的，但她想哪怕看一下自己小牛的尸体，虽然很害怕。正在此刻，有个黑影向她接近，仔细看好像就是狼。她浑身激灵一下，转身跑开，但是可恨的家伙紧跟其后。她不要命地跑过一个小山头，这时已感到腿软不说还眼前发黑了，她还在跑，但很快绊倒在一个灌木丛里，好像眼前闪了一下马匹的影子，她大喊了一下然后就失去了知觉。

五

危难时刻过来相助她的不是别人，正是她日思夜想的松赖扎拉森，她醒过来就知道了。所以放了心似的，安稳地闭上了眼睛。能感觉到他紧张得有些不知所措的窘态，停顿了片刻他扶起了她，战战兢兢地说："你还好吧？……你没事吧？"

"后面有狼追呢……请您赶紧送我回家。"她虚弱地说着，不知什么时候已经紧紧地抱住了他。

松赖扎拉森明显地有些紧张，努力挣脱抱着他脖子的女人，并喘着气问："你家在哪里呀？"

嫡斯乐玛真是又气又好笑，说："你可真是忘性大，前两天不是在我家住过吗?”

她松开松赖扎拉森的脖子，叹了口气，问：“那你以为遇上谁了呢?”

松赖扎拉森傍晚绕开婻斯乐玛家不一会儿就天黑了，他决定住野地，所以找了个小山头腹地，给两匹马上了脚绊，自己在旁边和衣躺下。看着满天的星斗思绪万千，想到婻斯乐玛知道他绕开她家的消息肯定会生气的，一个女人只是想有个人能疼她帮她而已，没什么非分之想啊。正在这个时候好像隐隐听见有女人喊了一声随后又摔倒的声音。他想肯定有事，所以赶紧跑了过去……

后来他牵来马把婻斯乐玛扶上马背送到了她家，这时候已经都半夜了。她还是有些虚弱，下了马慢慢走着进了屋便在火撑子东侧躺下。松赖扎拉森没心思坐下，犹豫了片刻小声说：“喝点热茶吧，我去熬茶。”

婻斯乐玛轻轻点了一下头，松赖扎拉森立即去外头取了柴火点火熬了茶给她喝了几口，轻轻问：“今晚你究竟是遇到了什么?”

她把今晚的一切一一告诉了他，然后很惋惜地说：“可怜我的小牛，成了狼的一顿美餐。”

“你就别伤心了，只要人安好比什么都强。现在稍微睡一下吧!”

“你也睡吧。”婻斯乐玛温和地说。

“嗯，我没事的。”

“你不会坐着到早晨吧?”婻斯乐玛窃笑了一下。

“好的，我出去把马绊上了再回来……”

那个夜里，她一直在做噩梦不断地翻身不断地哼哼，可松赖扎拉森却在火撑子西侧和衣蜷曲着身子，一动不动地背对着她，也不知是真睡着了还是假睡了。婻斯乐玛看见不由得乐了，这人肯定是睡不着才是这样的姿势，想到这样一个老实可靠的人这样帮自己，心中真是有了一种从内往外的温暖感觉。

第二天早晨，她起来要开始熬茶，松赖扎拉森急忙制止，着急地说："你身体还虚，别动了，我来做吧。"然后熬茶、扫地，其间把羊群也赶出去，进进出出地忙了半天，把一切弄好了说："你今天就在家里休息吧，我把水拉回去晚上赶过来吧，家里的事情交给我吧。"

嫡斯乐玛高兴地点了头。她觉得自己真是好累好累的，真想就这样躺上个三天三夜什么也不做、什么也不想。碰上这样一个体贴的人她很是舒心。

六

嘎拉森尼玛一早喝完茶领着松赖扎拉森就往寺庙的藏经阁走去。那里有他主办的蒙古文学校。

走进大堂西侧砖垒的院子，绕过小二楼的藏经阁，就看见了那五间青瓦房。几名小喇嘛正在清扫屋前院子，看见他进来都垂手站立恭迎。他直接走进小喇嘛们上课的房间，只见摆放整齐的矮桌子上备好的笔墨纸砚静静地散发着清香怡人的淡淡香气。其实平时小喇嘛们都在黑板上涂写练习，今天因为嘎拉森尼玛来亲自督学指导才专门拿出来摆放的。

主管此地的老喇嘛闻声迎了出来，笑容可掬地合掌弯腰，轻声问："住持今天是来传经吗?"

"看情况再说吧，孩子们最近的学习劲头怎么样?"

"嗯，都在很努力地学习呢。"

嘎拉森尼玛欣慰地点点头，抬眼看看这空旷的教室。他想经过一段时间的努力会有一些蒙古族青年智者从这里培养出的，他坚信不疑。

经过多年游历樊域地区，他深深感受到那些文化的深厚，觉得只有它才是真正把人间引向美好未来的纯粹的文化。但是传入蒙古地区之后，他发现这样神奇的文化不但没有使人们的思想开明进步，也没有把文化发扬光大，反而还使人们变得越来越愚昧，越来越不思进取了。他百思不得其解，所以一直寻求一条改变的渠道，所以才回到蒙古地区。

五年前来奥伦哈日套鲁盖庙当住持，也是想继续寻找或实现自己这个多年的夙愿的。来到蒙古地区第一个想见的人就是依稀巴拉珠尔，还有他的徒弟松赖扎拉森。当见到他心目中那位学识渊博、能背诵很多很多佛教经典的师父的时候却惊奇地发现，此人只是纸上谈兵、死记硬背而已，没有任何的思想和见解，没有自己的想法和主见，他感到非常失望。当他问“我们剃度出家，潜心修行的目的何在”的时候，他却支支吾吾地说：“为了做到不造孽啊……”

“那么什么是罪孽呢？”

“噢，多了，数不清啊！”

喇嘛是我们民族最优秀最有学识的一部分人，如果他们都这样了，别的更没希望了，他觉得很失望很吃惊。正好看见师父背后站着的松赖扎拉森，两眼射出来的智慧的眼神，想试试这位人们谈论中传说的有学识的年轻人的能力，问道：“那你说说看，罪孽是什么呢？”

“我不太清楚……但有时候想活着是不是就是个罪孽啊？”他有些紧张，有些羞涩地回答。

这话激起了嘎拉森尼玛的兴趣，他继续问：“这么说为了消除罪孽我们都应该不活了，是吗？”

“我想罪孽是消除不了的，但可以减少，我们活着的意义不是为了消除，而是减少的同时大力发扬善心、慈悲心。”松赖扎拉森说完腼腆地笑了一下。

“哈哈，你怎么会有这样的想法？很独特。”嘎拉森尼玛很高兴年轻喇嘛有自己的想法，而且也听说这个年轻喇嘛在辩经会上有不错的反响。

他想这个年轻喇嘛如果好好带的话也许会成为一个不错的修行人，如果跟着这个师父的话也许不到两年也成为一个废物。所以他微笑着向着依稀巴拉珠尔说：“依稀师父，我现在缺个贴身徒弟，想要你这个徒弟，怎样啊？”

这样松赖扎拉森就顺利地成了嘎拉森尼玛师父的徒弟。

之后这个蒙古文学校建成了。全寺有学识的喇嘛都轮流在这里教学讲经。嘎拉森尼玛自己也经常光顾这里，给小喇嘛们讲诗歌、绘画、历法、医术还有藏文等等，并且还计划下一步讲建筑、历史或更多的知识。他想从这里培养出诸多有学识有能力的人，比在这塔日巴格图草原建起多少个金塔都有用的。为自己这个宏愿，他有时候很高兴，觉得这才是积德行善的最高境界。

小喇嘛们全部聚在这里等着嘎拉森尼玛住持的精彩讲课，而嘎拉森尼玛看着这些稚嫩的脸庞和渴望知识的眼神无比欣慰，幻想着十年二十年之后这里能出现多少个能工巧匠。他微笑着说：“我今天不讲课，我先问问大家几个问题，看谁能回答好。”

小喇嘛们都好奇地猜测着他的问题。

“你们的家里每天有多少种活儿呀？都是谁在一个一个完成呢？”

小喇嘛谁都没有回答，这是什么问题啊？

嘎拉森尼玛继续问：“家里这些活儿哪件是容易完成的，哪些是不容易干的？你们认为怎么做才能又快又好地完成呢？”

小喇嘛们还是在沉默不语。

“孩子们，我知道你们早就有答案了，只是谁都不愿先说而已，是不是呀？”他笑一笑继续说，“知识这东西不仅仅是在书本和经文里，山下的茫茫大草原上、散落在山头洼地的每一个牧民家里，到处都有学不完的人生道理和生活知识，如果都知道了，你们就是个学识满满的能人了，是不是呀？”

小喇嘛们有的好像听懂了，点着头微笑着，有的却似懂非懂之间发呆。松赖扎拉森好像开始真正理解了师父，刚开始以为游山玩水到处游荡仅仅是他的爱好所在，可却没想到是为了学习和调查。他记得师父说过："草原是美的，绚丽的太阳、和煦的微风、清澈的空气，都是我们生存的根基啊！并且草原上可以学到很多很多东西的。"当时他还有些不以为然，偷偷笑话师父，觉得草原上能学到很多知识的话，我们这么多人剃度出家集中到寺庙为的是什么呀？而且师父本人还不辞辛苦在雪域高原修行多年？何苦来着呀？这次知道了师父游历各处的真正目的。塔日巴格图草原上有多少畜群、人均多少头牛羊、哪年的雪灾中损失了多少、几年后恢复到多少他都了如指掌，不用账目都能说得一清二楚。没有他不知道的事情。师父真的不是一般人啊！

一个风和日丽的晌午，嘎拉森尼玛走出院子心情很好地走过僧人宿舍，回头跟松赖扎拉森说："扎拉森，你想想啊，如果利用庙堂上供来的银子建一所大一点的学校，把周围的牧民子弟们都集中到这里学习的话，不是很好吗？"

"当然是好事呀，不仅让寺里的小喇嘛们学习，山下的俗人弟子也都可以来这里学习，那该多好。"

"先学文化知识，然后可以教授一些生活技能。"嘎拉森尼玛沉思着边走边说。

"那样太好了，我也想来学习呀，师父。"

"你当然需要学习很多东西，但今天跟你说的不是你来学习的事情，而是商量你来当这里的老师的事情啊。"

"啊！那可不行的。"

"为什么不行呢？"

"我的学识不够啊师父。"

"谁说只有把所有的知识都学完了才能当老师的呀，世上也没有这样的人呀，是不是呀？人总是把所会的知识教给别人而向别人请教不了解的知识。”嘎拉森尼玛笑着继续说，“就这么定了吧！”

“那就听师父的吧。”松赖扎拉森不自信地低声应着。

他俩说着商量着走回院子的时候，刚好碰见特古斯朝克图梅林也走进他们的院子。此人是塔日巴格图草原举足轻重的政界人物，又是师父的同门师弟，也是现在的好朋友，松赖扎拉森赶紧敬茶上座，然后退出去准备午饭去了。

走进伙房只见迦米阳师父满脸的汗在训斥丹赞。

“看看你，让你去抱点柴火来，结果半天没人影了，等回来了却没有柴火，真不知道你每天都想什么呢。”被训的丹赞却毫无反应地站在原地。

“迦米阳师父啊，梅林大人来了，在师父那儿聊天呢，得需要做午饭，来吧我帮你，肉和油都在哪里?”松赖扎拉森说着马上要动手。

“噢，我看看啊，看看。这样，炖点干牛肉，汤里做点面，你说行不行?”

“行呢师父，您先歇一会儿，我来做吧。”说着麻利地点上灶火，锅里放了干牛肉，出去抱柴火去了。正午的太阳照得所有的一切都热火朝天，千年老榆树都低头静静承受着难耐的盛夏。山下的塔日巴格图草原也在远处的蜃景中飘摇闪烁。他向山下看了看，心想也不知婻斯乐玛身体现在好些了没有。

等他端上炖好的干牛肉和面汤回来的时候，师父和客人正在高声争论着办学校的事情。

“我的喇嘛哥哥哟，给那些勇敢无比的蒙古汉子教授知识教授技能，以后谁还能听我俩的呀，如虎添翼的他们还不翻天吗?不要再考虑此事了吧。”特古斯朝克图激动地说着。

“那依你看怎样啊?”

“你就用你的喇嘛教压制他们就够用了，别这个那个了。说也奇怪，蒙古人个个死都不怕，但却怕你的佛，我早就发现了。所以你就安安稳稳地坐在庙里，就是对我最大的帮忙了。”梅林说完哈哈大笑。

“噢，我说呢，原来都是因为你们政界人的希望导致的结果啊。”嘎拉森尼玛有些不快。

“人啊，一旦什么都不怕了，那就会开始引起社会的动荡不安的。尊贵的住持师父，是不是这样啊？”梅林还是笑着说。

“咱俩沟通不成了。”嘎拉森尼玛下令，“开饭！”

七

奥伦哈日套鲁盖庙每年有两次重要的佛事活动，分别是七月二十一的经会和九月十五的跳鬼。今天是经会的日子。

一大早晨，众僧穿上新袍子，披上新袈裟，三五成群地朝着大雄宝殿走去，越过十三层的台阶，走进宽广的大门。

大殿里弥漫着藏香、黄油以及年久的经文的味道，喇嘛们穿过大殿，迈进释迦牟尼殿，上香磕头完再出来。镀金的慈眉善目的释迦牟尼巨大雕像面对着大门，两旁众星捧月一样的各路神仙护卫者，形象栩栩如生。面前的供桌上千佛灯闪闪发光，好不壮观。高尼尔[1]喇嘛站在供桌旁不断地剪剪灯芯，加加灯油，微笑着迎来送往。

松赖扎拉森在大殿门口遇见了原来的师父依稀巴拉珠尔，他赶紧上前扶着师父进了大殿。瘦小的老师父只有他的肩高，刚刚理了头，而且穿了一件较新的喇嘛袍，显得格外精神。他虔诚地站在释迦牟尼镀金雕像前，嘴里念念有词地合掌敬拜。松赖扎拉森在旁边等着的时候，有人悄悄拉了一下他的袖口，回头一看是松堆。

“听说你在嫱斯乐玛那儿过了一夜，怎么样啊？”松堆笑着对着他

① 高尼尔：佛教职称。

耳边轻轻说。

“闭嘴……”松赖扎拉森紧张地瞄了一下身边一心拜佛的师父。

“有啥可怕的呀？别看个个人模狗样的，其实都他妈一路货色。”松堆说完淫笑了一声。

松赖扎拉森吓得都冒了一身汗，求饶道：“求你别说了好不好啊？”

依稀巴拉珠尔师父拜完佛往前走，松赖扎拉森赶忙跟上，而松堆也跟在了后头。

“你看那位度母像，是个年轻女人哈？”

松赖扎拉森没搭理他。

不甘心的松堆继续说：“听说不孕不育的女人拜她的话能生孩子的，不知她自己会不会生孩子哈？”

“祖宗，求你了，闭嘴行吗？”

松堆继续淫笑。

喇嘛们集中到前殿开始了今天的念经活动。对着殿门安放的高桌子上，嘎拉森尼玛穿戴整齐披着袈裟端坐在上面，掌堂师手握戒律棒严肃地站在旁边，众僧坐在排列整齐的坐垫上，准备齐声念经。由于寺里的领经师去了塔尔寺还没有回来，所以决定由依稀巴拉珠尔担任今天的领经师职位。因为他是一位读破万卷经书的渊博的老经师，好多经文都可以倒背如流，所以经桌前不用放经书，闭着眼睛就开始了。在他浑厚的男中音领读下，喇嘛们齐声咏诵，殿堂里顿时回荡起雄浑的咏诵声。钹声鼓声阵阵响起，把神圣的宗教仪式推向了高潮。

松赖扎拉森也是一位声音饱满浑厚的咏诵者，而且是个饱读诗书的年轻僧人，他和师父依稀巴拉珠尔一样流利地背诵着，而松堆却不学无术而滥竽充数地坐在他身边左顾右盼打发无聊时间，不知又发现了什么，神秘地推一推松赖扎拉森，小声说：“嗨，看看那个卓二丹老东西，嘿嘿。”松赖扎拉森看过去，只见卓二丹师父在经桌前闭着眼睛正在打盹。

“知道吗，这个老东西昨晚在一个叫巴林达的女人家过夜，凌晨才赶过来的，我是出去尿尿看见的，嘿嘿，可怜缺觉的人啊，打打盹也是可以理解的哈。”说完淫笑。松赖扎拉森也情不自禁地笑了一下。

掌堂师也发现了卓二丹在打盹，悄悄绕到他背后举起戒律棒用力打了一下。卓二丹猛地惊醒，刚想发火，回头一看发现了自己的错误，就红着脸跟大家念起了经。

戒律棒是代表着宗教戒律的神圣东西，所以不仅对僧侣们有无比的震慑作用，还对佛像有三分的威力。传说很早以前，有一座寺庙塑了一尊佛像，可请进佛殿的时候却卡在殿门口怎么也进不去，掌堂师急得不由得用戒律棒打了两下，结果佛像顺顺地进去了。

“卓二丹刚才可能在梦中与巴林达相会来着吧？打断他的美梦了吧？”松堆幸灾乐祸地笑了。

休会的时候，迦米阳师父拎着大木桶进殿。喇嘛们从袍子里拿出木碗接受迦米阳师父给盛的大米肉粥。发完粥，他出去又拿斋僧茶进来一一给喇嘛们发放。这是经会期间的福利。

中午松赖扎拉森跑到灶火房帮迦米阳师父做饭，因为他觉得经会期间迦米阳师父太忙太累了。他看见丹赞正往大蛮近锅底部灶台不断地塞柴火，而随着旺火的起劲，信徒们上供的牛肉刚刚开锅，满屋飘香。安放在角落里的大案板上的油馓子堆到了顶棚，接着堆放了装进牛胃里的块块黄油和砖茶。油馓子的碎屑撒满地，踩着的时候能听见沙沙的声音。

迦米阳满头大汗地手拿长把儿叉子不断翻动着锅里的肉，间隙里还喝着凉茶，并且也不忘把渣滓倒出来准备晒干的事情。

“是否该捣茶了？臼杵放哪里了？”松赖扎拉森问迦米阳师父。

“扎拉森，幸好你赶来了，正着急需要有人捣茶了，臼杵就在那个角落，砖茶你看那儿，有的是，都是上供来的，随便取吧。”说完用袖口擦擦汗，继续忙。松赖扎拉森找到臼杵，拿了两块砖茶快速捣起来。

经会是要进行三天的。

经会的第二天早晨，住持喇嘛嘎拉森尼玛刚刚喝完早茶，掌堂师进来了，从没有笑脸的他见了住持却显得无比谦和。

“老师用完早茶了吗？”他轻轻问完靠着炕沿坐下。

“噢，有什么事情吗？”嘎拉森尼玛有些不悦地问。

“听说盗贼敖其尔他们扬言要一把火烧焦咱们的庙。”说完毕恭毕敬地看了一眼住持。

嘎拉森尼玛脸上没有任何表情，他平静地说：“一直都是这么说的呀，没关系的，他们烧他们的，我们该发展发展，盗贼该灭亡灭亡的。还有什么事情啊？”

“没……没有了。”

掌堂师低头哈腰地走了。

嘎拉森尼玛下炕站在门口背着手看看远方的天。盛夏的天空清澈如水，巨大的浮云在它怀中层层重叠，很是壮观。

“敖其尔……”他轻轻念叨了一下，好像在旷野上看到了他的身影。塔日巴格图草原北部丘陵地带上的敖其尔敖包是以木华黎的一名将军的名字命名的，可是现在这个盗贼的名字也叫敖其尔，很是巧合。他已经很长时间没去那里了……

四十年前，那个敖包跟前三个少年争论事情的情景又在脑海中浮现。那三个少年中一个是现在的嘎拉森尼玛，一个是旗王府的梅林特古斯朝克图，另一个就是当年那个勇敢伶俐的黑小子、现在的盗贼敖其尔。

三年前的一个深夜，敖其尔来到寺庙与嘎拉森尼玛长谈了一夜。那一夜晚又深又闷，他开上所有的窗户，坐在炕上翻阅经文，忽然感觉一阵风吹来，抬头一看，一个黑大个儿微笑着站在他跟前了，不知是什么时候进来的。

“站着干什么？坐呀！”嘎拉森尼玛放下经文，伸了一下懒腰，平静地说。

敖其尔笑了，问：“你真的不怕我吗？”

“真正的喇嘛是不怕任何事的。”他接着喊，“扎拉森，上茶来！”敖其尔喝了一口松赖扎拉森端来的茶放下，看看嘎拉森尼玛：“你老了不少啊！”

“四十年了啊！”嘎拉森尼玛看看儿时的伙伴，心疼地说，“你选择的这条路是够艰难的啊！”

接着两个人促膝谈心，把离别后各自的一件件的遭遇、草场畜群到远近的听闻一一谈论到很晚很晚，说着说着就吵了起来。

“特古斯朝克图天天忙着抓我，我不怕他，哪天抓住我砍了我的头，我相信我的儿子会给我报仇，这一点是无疑的。我已有四个儿子，常言道不要冒犯有儿子的人，真是至理名言啊！”他喝了口茶继续说，“你不知道吧？我俩天天忙于你杀我我杀你的争斗中，但到现在谁也没能得逞。我俩是真正汉子的较量，所以我不恨他，而是敬佩他，他可是个真正的男人！”

嘎拉森尼玛微笑着看着他说，并准确地猜测到他下一步要说的内容。

真不出他所料，敖其尔说道：“但是我可有些看不起你呀，我的喇嘛哥哥哟！”

嘎拉森尼玛没说话。

“真的，特古斯朝克图虽然是风风火火的刀光剑影，但他充其量也就杀我一个，而你不同，你在做毁掉我们整个蒙古人的事情。”

“为什么这么说？我想听一听你的高见。”嘎拉森尼玛平静地问对方。

“因为你正在用宗教思想削弱蒙古人的勇气和正气，并且正在努力削弱我们蒙古人祖祖辈辈刻在骨子里那永不灭亡的朝气，是不是啊？”

“请继续。”

“镇压蒙古人建一座寺庙胜过十万军马，这是满人的皇帝说的话。你是他忠实的践行者，不对吗？”

嘎拉森尼玛笑问：“你觉得蒙古地区传播喇嘛教是满人皇帝的缘故吗？”

“那不是吗？”

“你说完了吗？那你现在听听我的。你刚才所说的一切可真是一派胡言！”嘎拉森尼玛喝了一大口茶接着说，“满人在蒙古地区推广喇嘛教这是真的，谁都不否认，可是你想一想，为什么一推广就马上能建起这么多的寺庙啊？是蒙古人就爱听他满人的话吗？蒙古人是那么容易就听从人家的人吗？”

“那你说是为什么呢？”

“我想根源是蒙古社会有一股根深蒂固的拥护宗教思想的倾向，如同种子在土地中埋藏，一有条件就发芽一样。正好迎合了满人的需要，久旱逢甘雨的发芽条件。满人只是提供了雨水，而发芽的种子是我们自己的，是不是呀？”

“我的喇嘛呀，那你说，那些种子是谁埋在咱们蒙古的土地呢？”敖其尔问。

“谁也不是，那是历史造成的。连年的征战给蒙古汉子带来很多荣誉和光芒的同时，也带来了无限的苦难和悲痛，战争中有多少妻离子散的例子，那些失去男人的妻子们，丧失儿子的母亲们，久而久之就会厌倦逃避战争的，从而希望或寻求平安、和谐、仁慈的生活环境，这就是我说的种子。宗教就是迎合这种思想的温床呀，所以……”

敖其尔想了一下，说：“你说得也许有一定的道理，但是凡事都有阴暗面，蒙古人也是，勇敢光鲜背后也有懦弱的一面。一个真正有志向的人应该引导改变蒙古人懦弱的倾向，扬起他们渐渐削弱的勇敢向上的一面才是对的。可你呢？甘心做满人的忠实走狗，把咱们的蒙古人推向更加退化的方向。”

“没办法，我是宗教信徒，禁止杀戮，不提倡冤冤相报。”嘎拉森尼玛笑着说。

敖其尔也笑一笑：“我们俩志不同道不合，没法继续沟通啊！”

“对呀，强盗和喇嘛永远都不是一路人呀！还是吃点肉才是此时的上策。”

“炖肥一点的来。”

两个人吃完肉喝完汤心满意足地并排躺在炕上。

“我的喇嘛哥哥哟，我可早就不是怕你那些宗教理念的人了啊。”灭灯后敖其尔说。

“这一点我是知道的呀，但是我相信你是最后一个不信神佛的强盗，你的儿孙们都应该是完全的信徒。”嘎拉森尼玛信心满满地回答。

“妈的，我早晚会一把火烧了你的寺庙的，你信不信！”黑暗中敖其尔狠狠地说。

“那也不怕，喇嘛教会照常在塔日巴格图草原上发扬光大的。”

等嘎拉森尼玛好好地睡了一觉，醒来的时候，发现敖其尔已经走了……

自从那一次再也没见到他，有时候还很怀念。

庙会的第三天中午，特古斯朝克图带上几名官府兵差上供来了。庙里的总管、喇嘛们毕恭毕敬接应上前迎接，结果他直奔嘎拉森尼玛的住屋去了。

“加加，我的官家大老爷啊，哪阵仙风把您吹到我这寒舍来了呀。”嘎拉森尼玛开玩笑。

“别开玩笑啊，罪过罪过呀！我是来赎罪的。”

“怎么又有冤孽了啊？”

“唉，都是不得已而为之的事情啊！”

特古斯朝克图梅林近几年越来越信奉佛教，经常拜佛上供，成了一名虔诚的信徒。作为官府梅林难免有打打杀杀的事情，每杀人一次他就赶到庙里上供布施，给逝者念经超度，希望能减轻自己的罪孽。

“当梅林也是个难当的差事啊，先造孽后忙着赎罪，与其这样不造孽不就完了吗？何苦来着呀？”嘎拉森尼玛嘲笑梅林大人。

特古斯朝克图眨巴着眼睛，笑着说：“作为官府，清除作对者是我们的职责所在，但是作为老百姓的一员，我也得需要考虑自己的孽缘啊，是不是喇嘛哥哥？”

“因为你们的官府已经成了造孽的官府，因此才出现这么多的麻烦事啊。”嘎拉森尼玛毫不客气地讽刺。

“自古以来有不杀人的官府吗？”梅林说完喝了口茶。

想起四十年前关于剑和经哪个能使世界和平等问题的讨论，嘎拉森尼玛轻轻地笑了。现在不用再讨论了，都以各自的志向走到现在，而还没有结果。

“有敖其尔的消息吗？”嘎拉森尼玛问。

“两个月以前追捕他没有成，到现在再没有看见人影，好像人间蒸发了，不知在哪里晃呢？”特古斯朝克图叹了口气。

“我也快三年没见了。”嘎拉森尼玛也深深叹了口气。

“也够不如意的，谁想当盗贼呀，我的父亲让人砍了头的话，我也当盗贼去呀?!”特古斯朝克图说完又补了一句，“其实我也很想他呀!”

嘎拉森尼玛若有所思地自言自语：“与官方作对的人被称之为盗贼，这是满清的时候开始的。其实盗贼指的是那些与人民作对，坑害百姓的无恶不作的坏人。但敖其尔不是那样的人，他不伤害平民，不与好人作对，他是专门打劫恶人、路见不平能拔刀相助的好汉，可偏偏就是转不过弯来，非要与官府作对，可你又是官府领兵的梅林，所以事情就是你们俩之间的争斗了。这真是冤孽啊!”

“可能这就是命中注定的吧？”特古斯朝克图长叹一声，“之前的草原上，敖其尔这样的人是属于好汉的，真是满清开始才把作对的一切统统归结到盗贼行列的，真是有些狭隘了，太可恨了。”

“咱俩好好找到他，像四十年以前一样……”

“去年的春天，我遇到了他，可追逐中他跑过一小山头就突然不见了，只见一匹带马鞍子的骏马向远方奔跑的影子，我一看就知道怎么回事，他是贴着马侧身在奔跑，兵差们都不知道咋回事。我向远方的他招了招手，你想他是怎么回答我的？好像有块手绢随风闪了一下，跑过去捡起来一看，手绢上写着敖其尔的字样，真是聪明的家伙！”

“敖其尔啊……”嘎拉森尼玛轻轻嘟囔了一下。

喝完茶，他领着特古斯朝克图进庙帮他完成上供及念经超度亡灵等事宜时，看见梅林官帽上的顶戴在观世音菩萨像跟前千佛灯照耀下闪闪发光。

八

“扎拉森，你总是不安心待在庙里，拉水走一趟，跟着师父走一趟，许多天就没了，僧人就应该住在庙里潜心修行，是不是啊？”掌堂师威严地给松赖扎拉森说教，显示着自己在庙里举足轻重的地位。

晌午的时候阳光明媚，万物宁静。大殿门口遇见掌堂师发现他有些不高兴，松赖扎拉森没说话，只是静静地站着。他知道掌堂师为什么这么对他。出门拉水，跟着师父游走，也是他说不着的事情，但他今天这样说其实是影射很多庙里的一些说不明道不白的琐事，松赖扎拉森心里明镜似的。庙里的喇嘛之间其实也有很多明争暗斗的矛盾。首先住持嘎拉森尼玛就从内心深处不太欣赏这个掌堂师，而掌堂师也是对于住持那每天云游世界，对寺里事情不闻不问、对喇嘛也放任不管的甩手态度很有意见，可却无法表现，只能对他的贴身徒弟发发威、出出气而已。当然，对松赖扎拉森也很不满意，看着他跟着师父四处游荡，又得逞又舒服的样子就气不打一处来。这个不到三十岁就成了住持跟前红人的人使他每天羡慕嫉妒恨，心情很不舒服。

“你还年轻呢啊，而且在住持喇嘛跟前伺候，言行都一定要注意啊！”说完慢腾腾地走了。松赖扎拉森目送着他心里挺不高兴的，好好地就让他说教一顿，如果是真心也罢了，不学无术仅仅是因为这个掌堂师的权力到处张扬跋扈，敌对所有的人，真是让人厌恶。人与人之间应该和气生存，哪有那么多的敌人。他心想着往松堆家走去。

绕过大殿走到一个大院门口的时候，一位四十多岁的闪着一双炯炯有神的大眼睛的喇嘛微笑着看着他。那是卓二丹，一位出了名的游走山下每一个角落出格的喇嘛。喇嘛们私下叫他为“游荡神卓二丹”。

“扎拉森，要去松堆家吗？”

“是呀。”

“咱们那位喇嘛哥哥最近都忙些什么呢？”卓二丹还是微笑着。

“不是侍弄那些马匹呢吗？”

“对了，侍弄那些马匹确实是繁忙的差事啊。”卓二丹还是似笑非笑的。

松赖扎拉森继续走，心想今天怎么了，净碰见这些不靠谱的人。他不喜欢这个人，那双眼睛每天都贼溜溜地转着，永远是那种探别人隐私的样子。而自己是悄悄的什么都想干并且关键时候把自己择得干干净净，甚至栽赃给别人都不眨一下眼的人。他和松堆有仇怨，松赖扎拉森是知道的。

那是几年前的一件事情了。在庙会上，卓二丹看上了前来拜佛的乌珠莫，这样坐立不安的他几天之后骑着马赶去了她家。但是因为说话不够文明，玩笑有些过火，引起女方的厌恶，所以没能得逞，悻悻地回到庙里。如果是别人，此事也就过了，可卓二丹却不罢休，多处打听跟踪，最后知道那个让他颜面扫地的乌珠莫是松堆相好之后，专门去了她家，并且狠狠地说："庙堂的松堆你俩的事情我早就知道了，如果告诉给铁棒喇嘛，你俩相好的事情会是怎样情况你知道吗？皮肉之苦是小事，更重要的是名声扫地，从此在庙里抬不起头来，是不是呀？"他以为眼前的美人肯定吓得立刻下跪求饶，一切由他掌控。结果事与愿违，乌珠莫咬牙切齿地回敬了他："你告松堆还是什么人，我管不了，我是要去告你这个僧人每天来欺负骚扰我这个平民女子的事情。"结果卓二丹又一次悻悻地回到庙里，从此与松堆结下冤仇不说，还因与松堆之间一件事有了更加的发展，到现在还没有缓和。

那是去年，松堆为寻找一匹跑散的马而在草原上待到很晚，路过一牧人家门口的时候，看见卓二丹的白马拴在那家马桩前，好奇心驱使，使得本来没计划前去的人却鬼使神差地去了。家里有一位年轻的女人，是那种站在路边也不会引起他回头看的很普通的女子，可是卓二丹看着好就行了呗。这可真是俗话所说的鱼找鱼虾找虾，萝卜白菜各有所爱呀。卓二丹坐在灶火跟前喝茶，显然很不高兴他的不请自来的行为。松堆看他俩态度也犯了倔驴脾气，动也不动地坐着就是不走，无法赶走进屋的客人，女主人没办法，给他铺了被褥，三个人在同一屋檐下躺下了。灭灯不久，卓二丹和那女人就开始窃窃私语，松堆打断他俩问女主人："丢了一匹发情的种马，看见了吗姐？"

"啊……还真没看见……"女主人磕磕绊绊回答完，两个人不吱声了。夜深人静，松堆开始打呼噜，可不久又听见那两个人悄悄谈论，他继续打乱他俩："姐，看见有一匹发情的母马路过你们这里了吗？"那女人没回答假装沉睡，轻轻打起鼾来。这下松堆干脆坐了起来，问．"姐姐，油灯在哪里啊？"

"你究竟要干什么？"明显听出女人压住火气说话。

"我是着急找马匹的人，我需要赶紧赶路啊。对了麻烦姐姐，给我煮点茶好吗？”松堆说得不卑不亢。

那女人无奈起来熬茶，端到桌上时太阳已经升起来了。卓二丹咬牙切齿地坐那儿不说一句，女人拉下个脸生闷气，松堆压住笑声喝完茶走了，但是把马鞭故意留在门口吹着口哨走了。心想他俩发现我忘了鞭子肯定会一直忐忑不安地等着我回去取鞭子的，所以一路哈哈大笑走着回到寺庙。

从此，他俩之间仇恨进一步加深，而卓二丹天天找机会报仇。但表面上努力不让人看出来，假装两个人私交还可以。松堆也时时提防，不让对方抓住把柄，因此俩人之间形成了一个小心翼翼提防对方的紧张局面。

进到松堆家的时候，他正在自己制作马绊，索那木拉西在旁边帮忙。看见松赖扎拉森，他放下手中的活儿问：“坐吧，什么事？”

“师父出门了，我没什么事，看看你这里有什么帮忙做的。”

“你师父不回来该多好啊！他们在身边生活挺累的。”松堆说着伸了伸懒腰。

索那木拉西笑着说：“那说明你这几天是自由的！怎么样？去牧区玩玩不？”

“快不用去了。”

松堆看了看松赖扎拉森不知想什么，沉默着。

“卓二丹刚才见了我问你来着。”松赖扎拉森说。

“那家伙。不知又琢磨什么坏点子呢。”松堆说完吐了口吐沫。

“你俩待着吧，我先走一步。”

索那木拉西走出门的时候，松堆大声道：“又去给哪个女人号脉去呀？”

松堆喝口茶若有所思地说：“利用这几天，不行去趟婻斯乐玛家吧？听说前两天她病了。”

“怎么病了？没什么吧？”

“怎么病了，想你想的呗。”

“不会吧。”

“乌珠莫说的，她没必要骗我呀。”松堆又补了一句，“女人的心是软的，你要记住这一点。”

“可是我没理由去啊，拉水的时间也没到啊。”松赖扎拉森叹了口气。如果真如松堆所说的那样，应该尽快去一趟是对的，他心里想。

“你脑子坏掉了吗？不拉水就不能去吗？”松堆骂了一下又说，“给你牵一匹马拴在寺庙后门，怕有人看的话，晚些时候走吧。”

“……要不还是去一趟吧？”

“就这么定吧，别这个那个了。不过别给索那木拉西提此事了，他这家伙嘴碎，啥事都说个没完，知道了吧？马给你拴好了啊，记得骑走。”松堆说完先走了。

嫞斯乐玛去看了一下自家羊群，然后骑着马往家走。她频频回头看奥伦哈日套鲁盖庙方向，她知道他拉水的时间还没到，但是一种预感或是希望促使她总觉得他会突然出现在她面前。

她想起十几天前的那一次，深夜他从野地里把她扶回家熬茶伺候，第二天晚上从黄河回来后又烧茶做饭里里外外打理完，晚上睡觉的时候还和前一天晚上一样在火撑子西侧和衣躺下，一动不动沉默着的情景。

第二天早晨他走的时候，嫞斯乐玛温柔地看着他问：“什么时候再来啊？”

“十来天以后吧。”

“那时候你怎么也要来家里坐坐啊！”

“我会的……”

嫞斯乐玛突然觉得有些难舍难分，为了掩饰尴尬，她慌乱地回屋拿来针线，轻声说：“袍子挂烂了，我给你缝一下吧。”

“不用不用啊。”

“啥话呀，快脱了吧！”

松赖扎拉森听话地脱下袍子，老老实实坐在跟前。婻斯乐玛缝完袍子，递给他穿上，又给他装了一皮囊酸奶带上：“路上渴了喝吧。”

走出几步，松赖扎拉森牵着马回头看了看，只见婻斯乐玛在包前微笑着深情凝望。可是他俩谁也没说话，只用眼睛传递着彼此不舍的心情……

多么淳朴而勤劳的好人啊！她的心中住进了这位朴实而善良的喇嘛哥哥，白天黑夜地陪伴着她那温柔而孤独的心。她每天盼望着他的到来，日夜不思茶饭，从而头晕乏力病倒了。晚上乌珠莫跑来给她熬茶说：“原来你病了呀，看见你家羊群没人赶回家，我才猜测你这儿有事，就过来了。”

“我还行，没事。”看见好友的她觉得精神了一点，起身回答。

“你这究竟是怎么了？”

她把心中的秘密告诉了自己的好朋友。

“哎呀，你这个傻瓜，把那个秃头叫过来不就行了吗！我让松堆给你叫他啊！”

太阳在塔日巴格图草原尽头缓缓西下，牧村的黄昏即将到来。多么美好的时光，多么美好的草原啊！可是她的心是孤独的、伤感的。她骑着马刚爬上一个缓坡，只见松堆斜跨在马背上，用粗犷的嗓子唱着民歌跑过来。

看见婻斯乐玛直奔过来问：“乌珠莫在家呢吗？”

婻斯乐玛开玩笑：“不在，回娘家去啦，过几天才回来呀！”

“那好了，喇嘛哥哥今天只能去你家过夜了哈。”松堆坏笑着打趣。

“老鬼，你再这样坏下去看看，活着的时候掌堂师收拾你，死了后阎王爷惩罚你的。”

“你这是啥话呀，喇嘛哥哥我容易吗？不辞辛苦地为塔日巴格图草原广大的姐妹们解除痛苦排除苦难，是个积德纳福的大善人呢！你不觉得吗？”

“你好好当你的大善人，早晚会有人收拾你，等着啊！”

松堆爽朗地大笑着，说：“喇嘛哥哥可是干尽了坏事，阎王爷他老人家也数不清了。所以多一个不多，少一个也不少，虱子多了不知痛痒了，所以就随心所欲了哟。”接着他认真地说，“不过你可能不知道，我可不是那种见了女人就上的畜生啊，自从跟乌珠莫相好之后，我的眼里从没有别的女人。只因为我是喇嘛，才背这个恶名，如果是俗人，我可是个忠诚爱情的模范丈夫啊！”

“是呀，乌珠莫是个真正幸福的女人啊！”嫞斯乐玛由衷地说。

“要知道你也是个有福之人啊，松赖扎拉森可是个真诚的很好的人，要懂得珍惜和把握啊！”

嫞斯乐玛虽然很高兴听此话，但还是为了掩饰岔开话题说：“听说你们的掌堂师是个很严厉的人啊。”

“嗨，有一位两个脚加起来只有八个指头的家伙，我可从来不怕他的。”然后温和地说，“我不在这儿浪费时间了啊，我的目的地你是知道的哟，不过你也赶紧回家吧，有位叫松赖扎拉森的喇嘛已经说好今夜要拜访你的哟。”

嫞斯乐玛的心强劲地跳动了一下，她知道乌珠莫是说话算数的，已经让松堆传递了信息。她离开松堆愉快地快马加鞭地往家跑去。

傍晚，松赖扎拉森骑上松堆为他备好的马匹在夜幕降临的草原上疾驰。夏日的夜晚凉爽舒适，使他的心情无比地清爽。

上次与嫞斯乐玛分别，一路上心情激动，虽说僧人不能高声歌唱，但他的内心却不断地唱着美妙的歌谣。他频频抚摸着嫞斯乐玛给他缝补的前胸衣襟，觉得每一针每一线都蕴含着年轻的她那温情爱意，而每喝一口她亲手为他准备的爽口的酸奶，一股清凉畅快的感觉传遍他的全身，觉得生活无限美好。

媊斯乐玛那会说话的大眼睛告诉她的爱意。那双美丽的眼睛久久萦绕在他的心里，他现在才理解了那种可以看化一切的眼神。那眼神里包含着对美好生活的渴望，对真心爱情的期待啊。

人生除了吃饭喝水、穿戴生活，原来还有更多的美好的一切等着他们。一种向往新生活的决心正在他的心胸中燃起。媊斯乐玛那温暖的心在等着他，再次到她家的时候，她一定会用她那爱意满满的眼神拥抱我的。

活着真好，生活真好!

但是当奥伦哈日套鲁盖庙的金顶忽然闪进他的脑海的时候，他不由自主地觉得浑身发冷。

师父嘎拉森尼玛那安详的声音好像在他耳边响起。他说："剃度出家穿上喇嘛袍就是喇嘛了吗？只有知道自己为什么当喇嘛，才算是真正的佛教徒了。我们放弃恩怨、欲望，潜心修行，为的就是普度众生啊！人活着还有比这更幸福更有意义的事情吗?"他觉得现在最对不起的人就是师父了。

那次离开媊斯乐玛，随着寺庙的渐渐临近，他的心也是越来越沉重。那金光闪闪的金顶、伟岸雄壮的建筑、错落有致的僧房，还有那些院落中到处能看得到的棕红色的喇嘛袍，好像都蕴含着无限的神圣的力量，正压向他的整个身心。

刚刚还澎湃不已的心立刻跌入谷底，被恐惧和内疚占据了。拉着水刚刚绕过大殿还不幸正面碰见了掌堂师。

"怎么这么晚才回来呀？路途上不快点走干什么耽搁了啊?"

掌堂师那充满怀疑的小眼睛和满是横肉的脸吓得他不敢抬头。往里走的时候不知又有谁好像喊了一下，但他头也没抬一下，赶忙走开了。好像有股千斤重的压力忽然向他压来，他觉得浑身瘫软无力了。

到了夜晚，一个人躺在炕上慢慢入睡的时候，媊斯乐玛那可人的模样一下浮现在眼前，使他那跌入谷底的冰冷的心马上又温暖了起来。梦境中，他与她开始在绿草如茵的地上手拉着手欢笑了。那位心系他整个身心的人闪烁着美丽的大眼睛，牵着他飞舞在花草连连的草原上。后来婻斯乐玛跑得越来越快，挣脱他的手心越跑越远了。他忽然发现掌堂师也追了过来，吓得他一下瘫坐在地上。前面婻斯乐玛的身影慢慢消失，而掌堂师的铁棒正向他的头打来。

他一下惊醒，心跳得快从口腔里跳出来了。天已经亮了。

几天来，心胸备受折磨的他度日如年地过着每一天。

昨天早晨，他按嘎拉森尼玛的差使，去看了看他的依稀巴拉珠尔师父。他是本寺最德高望重的老师父，能背诵很多很多的经文，而且是出了名的老实人、笨人。弯曲走形的老腿，瘦小单薄的身材，始终如一地坚持素食，永远穿戴旧衣旧袍的穷苦僧人。他是一生严苛要求自己遵守教规教律，执着地把一本一本经文倒背如流的真正的苦行僧。他最大的愿望就是，能得到一款菩提子串连的佛珠。可现今已是六十三岁的老者，那个小小的愿望还没得以实现。

松赖扎拉森六岁就跟随依稀巴拉珠尔师父，到二十二岁才离开跟了嘎拉森尼玛，所以十分敬重和爱戴这个启蒙师父。他走到老师父的泥土垒的院子推开门的时候，师父正在院中站着晾晒捡来的蘑菇，他现在的徒弟、二十岁的鹏日来站在跟前帮忙。师父是禁红食的人，所以一年四季捡蘑菇晒蘑菇，腌制沙葱，天天以蘑菇汤稀饭和拌沙葱而度日。

见松赖扎拉森来了，老人非常高兴："嘿，扎拉森来了啊，这可……"他已经紧张得不知所措了，他就是这么个人，见了自己的徒弟都这样。

"师父捡了这么多蘑菇啊！"松赖扎拉森打完招呼，"您先休息一下，剩下的我和鹏日来弄吧。"因为从小在师父跟前长大，所以见了他显得格外亲切。

“那老朽我就先休息休息吧。”说完退到房子的阴凉地坐下，脱下已经没了后脚跟的鞋抖了抖，抓了抓长指甲的黑乎乎的脚丫子，高兴地说：“扎拉森，你看今年的蘑菇真肥哈？”

看着师父的样子，松赖扎拉森觉得有些心疼。一辈子都老老实实唯唯诺诺地生活，他今生所吃的最好吃的东西就是大野地上人畜踩踏过的蘑菇啊。

依稀巴拉珠尔师父又开始说起他那日思夜想的佛珠。他说：“……我刚来寺庙的时候，罗卜森师父手里有一款佛珠，一百零八颗珠子，每一颗珠子都有九个黑点，其实那个不是点，而是小洞，而且每个洞里坐着一尊佛。真是个漂亮的念珠呀。听说是雪域高原长的一种树的籽儿做的……”

松赖扎拉森听得有些伤感，说：“师父，以后我给您想办法找来一个，您就等着吧。”

“噢，好好，师父越来越老了，死之前希望能抓一抓啊。如果有人去塔尔寺的话，你想办法让带来一个啊！可能那里能找到那样的佛珠。”说着说着又想起来另一件事，高兴地说，“听说住持要给你授比丘戒啊？”

“不是吧？”松赖扎拉森也感到很惊奇。比丘戒，对于一个正在成长中的年轻喇嘛来说是具有重要意义的，也是对他修行的一种肯定啊。

“是呢，那天住持喇嘛在大殿门前见了我说的，扎拉森你可是后生可畏啊，才二十七岁，就能授比丘戒，我是四十六岁才授的。你要珍惜这份福分啊，能跟着住持当徒弟是件多么好的事情呀，以后要更加努力修行才对啊！”说完师父的眼里已经是满含热泪了。松赖扎拉森深深感觉到师父对自己的爱和殷切期望。他不想辜负老一辈的期望，想成为一名好喇嘛。但是婻斯乐玛那期待的眼神和美丽的脸庞也无时无刻不萦绕在他的脑海里，使得他纠结万分、坐立不安啊！

这些天，如果说婻斯乐玛因为思念而过着痛苦难耐的日子，那么松赖扎拉森也是不太轻松，矛盾和纠结让他同样煎熬难耐。。

现在，他骑上松堆为他准备好的马匹正往心爱的女人家跑去，心中满是幸福。凉爽的夜风迎面吹来，使他心旷神怡，激起他年轻的心无限的期待和力量。很快婻斯乐玛家在夜色朦胧中隐隐出现在眼前，他下马轻轻地咳嗽了一声，包门立刻打开，出现了一个年轻女人的脸庞。

他俩四目相对站了许久，谁也没说话。松赖扎拉森觉得又难为情又害怕，一时间不知说什么才好。而婻斯乐玛却也似乎委屈，似乎羞涩了似的，低下头不吱声。很久她才撒娇似的低声邀请："进屋吧，站这儿干什么?"

包里收拾得一尘不染，火撑子上的小铜锅里散发着干羊肉那扑鼻的香味。今天婻斯乐玛好像专门梳洗了一番，在火撑子的火光中显得格外地美丽，她红着脸羞涩地微笑着。

她好像真的瘦了许多，但却更显得修长婀娜了。松赖扎拉森靠着门傻傻地站着。

婻斯乐玛好像更加羞涩了，红着脸问："怎么看个没完？不认识我了吗?"

松赖扎拉森微笑着走到火撑子右侧坐下。婻斯乐玛急忙上茶端肉，然后递上蒙古刀温柔地说："快趁热吃吧！饿了吧?"

松赖扎拉森吃肉的时候，婻斯乐玛温柔地看着他，不停地说这说那。松赖扎拉森的到来，使得她真的兴奋不已。吃完肉，两个人一下又沉默了，他好像惧怕什么似的，心胸起伏不定，坐立不安。坐了一会儿，婻斯乐玛轻轻地问："不睡吗?"

"啊……行，睡吧。"

婻斯乐玛起身："那你先躺下，我出去一趟。"说完吹灭了油灯出去了。松赖扎拉森脱下了袍子躺下，但时间好像停止了一样让人烦闷无比。过了许久，黑暗中听见嫡斯乐玛进来，并听见窸窸窣窣的脱衣服的声音，然后一个光身子的女人钻进了他的被窝。

发烫的柔软的肉体，忘情的紧紧的拥抱，使得松赖扎拉森体内尘封已久的一股力量好像顿时爆发了。但正在这个时候，他的脑海中一下闪进嘎拉森尼玛和依稀巴拉珠尔的身影，接着雄伟的殿堂、闪闪发光的金顶、掌堂师那冷眼……像走马灯似的一个跟着一个转动。

搂着松赖扎拉森脖子的嫡斯乐玛的手慢慢松懈了下来，轻轻问：“你怎么了？”

松赖扎拉森浑身出冷汗，虚弱地说：“我……害怕！”

嫡斯乐玛失望地望着毡包顶，深深地叹着气……

九

九月十五跳鬼的日子到来了。清早，乌珠莫来到嫡斯乐玛家，两个人一起喝完茶准备共同参加今天的跳鬼活动。她俩把各自家的羊羔与母畜赶到一处，然后骑上马向着奥伦哈日套鲁盖庙愉快地跑去。

蓝天深处，朵朵白云安详地慢慢移动，草香花香随着秋日的清风扑鼻而来，使她俩感觉心情格外地舒爽。参加一年一度的跳鬼活动，调节一下沉闷的生活节奏，缓解一下繁重的劳动压力对这两位年轻的女人来说是件高兴的事情。她俩一路有说有笑的，轻松而欢快地享受大自然的美好。

“我已经很久没有上庙了，去年的跳鬼以后再也没去。”乌珠莫说着深情地望着一望无际的草原，感慨地接着说，“跳鬼的时候高兴一次，过年的时候高兴一次，咱俩就是这样一年高兴两次的人啊！”

“高兴两次的是你自己，我是只有过年才能高兴一下，我有五六年都没参加跳鬼了啊！”嫡斯乐玛轻轻叹口气微微笑了一下。

“上了庙能见到你那位了吧？”

“谁知道呢？”婻斯乐玛说完脸上掠过一个让人不易察觉的淡淡的忧愁，而后又沉默了。自从上次来家住了一宿，松赖扎拉森再没有来。其实她没有什么可以跟松赖扎拉森委屈或者生气的，她想剃度出家的人可能都变成他这个样子吧，只是偶尔想起有些郁闷而已。从而也越来越羡慕好友乌珠莫的幸福生活，她相好的喇嘛松堆是个虽然披上喇嘛袍，但骨子里却是个俗人汉子，他和松赖扎拉森虽然都是喇嘛，但却是截然不同性格的两个人。

“婻斯乐玛啊，我总觉得你最近有些情绪不高啊，能说说吗？怎么了？”

“没事，没怎么。”

“咱们这种人应该明白，遇事要自己缓解解脱的啊，想不开只有折磨自己，谁能可怜我们，谁能为我们排忧解难啊！”乌珠莫说完深深叹了口气。

“就是，知道。”

走了一会儿，乌珠莫打破沉闷说：“咱俩今天是为啥走呢呀？打起精神来，不说那些不高兴的话啊，来高兴起来，要不唱歌吧？”

“行，唱歌吧！”婻斯乐玛也提起情绪积极应和。

她俩开始策马扬鞭放声歌唱，惹得小鸟飞出草丛同声欢唱，蜜蜂蝴蝶飞舞萦绕。

正当这时候，看见远处有一位女人骑着红棕色马匹正迎着她们疾驰而来。

“看来又是参加跳鬼活动的人，谁呀？”婻斯乐玛看着问。

“她？不会是那个巴林达吧？奥伦哈日套鲁盖庙的喇嘛卓二丹的相好，听说她最近扔下卓二丹在追求别的喇嘛呢。”乌珠莫有些嫌弃地说。

巴林达是外旗人，最近才移居到这里的，所以婻斯乐玛不太熟悉她，听乌珠莫所说的事情，内心里感到有些厌恶。

穿着漂亮的她来到她俩跟前打了招呼。眼前这位虽说长得不是那种让人一看就心动的款，但一双会说话的眼睛还是很漂亮的。

“我也想去看跳鬼活动，可以和你们结伴同行吗？”巴林达闪着她那美丽的眼睛微笑。

“当然可以呀！”乌珠莫回答。

“去了到哪个喇嘛家喝茶呀？”巴林达神秘地笑问。

“当然是去认识的喇嘛家啊！”乌珠莫也笑了。

“认识的家伙有的是啊。”

听着她俩的对话，婻斯乐玛也不由得笑了一下，心想这位可是人们所说的不省油的灯啊。

日当正午，广阔的草原开始闷热难耐的时候了，而奥伦哈日套鲁盖庙的金顶也已经展现在了她们眼前。

奥伦哈日套鲁盖庙今天放下往日的威严和肃静，充满着节日的欢乐气氛。寺庙外面的小山崖上，摆满了小商品摊位，银饰用品、珊瑚饰品、糖果零食应有尽有，小商贩的吆喝声此起彼伏，使得原来宁静的小山头成了一个热闹的街市，数不清的信徒穿上节日的盛装，穿梭在人来人往的闹市中。婻斯乐玛、乌珠莫、巴林达三人也把马匹拴在寺外，心动地走到小闹区。

“看那个发带挺好看的，不买一个？”婻斯乐玛说着蹲在一个汉人商贩跟前，眼神投到一个红绿相间的发带上，乌珠莫、巴林达也跟过去站着看。

“有点贵。”

“就是，算了，再看看吧。”俩女友也犹豫。

这时汉人商贩看出她们在犹豫，马上满脸堆笑，说：“三位姐姐，这么便宜还嫌贵啊，回家后会后悔的哟，拿吧拿吧，三五个都不多，多好看呀！”

本来就犹豫的她们，看着商贩过分的热情，吓得赶紧离开了。旁边一些牧民围着回人商贩，抻着袍子的衣襟在买梨，她们三个看了一会儿又没买离开了。她们兜里没多少钱买东西，不过只是这样看一看、走一走也是一件让人高兴的事情。

“你们三个是想要梨吗?”

随着这个陌生的声音，她们回头一看，一个醉汉手里拿着酒瓶，眯着眼睛向她们走来。

“哎，碰到醉鬼了吧?”婻斯乐玛嘟囔一下，紧张地看向两个女友，此时醉汉也是摇摇晃晃地走到跟前了。

“三位美丽的女士啊，想吃梨了是吗?”说着淫笑着，“阿哥给你们吃吧，行不行啊?”

“那好吧，拿来呀。”巴林达笑着挑逗。

“真的?”

“当然是真的呀。”

“那你们就等着吧。”醉汉扔下手里的酒瓶，接着解下蒙古袍的腰带，甚至当着她们的面开始脱开袍子了。

“嗨，真是遇到醉鬼了，跑!”乌珠莫拽上两个女友撒腿就跑了。她们跑了一阵回头看的时候，那个醉汉半裸着身子深一脚浅一脚地在后面追。三个人一口气跑到大殿跟前甩开了醉汉，接着上气不接下气地笑了半天。

跳鬼活动是快到中午的时候才开始的。大殿宽大的门敞开，两侧摆放了四个铜制大喇叭，四名健壮的喇嘛吹出震天动地的声音时，殿里面也锣鼓喧天笙箫齐鸣，揭开了跳鬼活动的序幕并推向了高潮。雄浑壮观的场面让现场的人们都感到无比震撼，从而对喇嘛教的神圣产生了无比的敬畏之心。

戴各种面具的鬼怪从大殿中跳出来，跑到众信徒中间，随着喇叭锣鼓声跳起鬼舞。围观者越来越多，欣赏着各路鬼怪的尊容。

婻斯乐玛、乌珠莫、巴林达三人高高兴兴地欣赏着跳鬼，虽然知道讲述的都是一些佛教的故事，但是细节的问题她们还是不太清楚。只是看着他们华丽的衣服和各种各样的动作来慰藉自己长时间的苦闷和艰难的生活中被蹂躏的一颗心。

“特古斯朝克图梅林来了……”人们悄悄叫着，围观人群中掀起了一些小小的涟漪。接着戴着官帽的梅林大人威武地进来，登上大殿的台阶。以嘎拉森尼玛为首的寺庙高层赶紧出来前呼后拥地迎接，又是垫子又是椅子地迎请上座。梅林大人边看跳鬼边拿手里硕大的玛瑙鼻烟壶享用，好有排场。

到了下午跳鬼活动结束的时候，跳出来两个秃头鬼，跑到众人中间要梨吃，不给梨的人当众给个木棍敲打一下，引得众人哈哈大笑。

“跳鬼快结束了，找个地方喝茶去吧。回去的时候别等我了啊。”巴林达说完扭头走了。

“我也得去个地方。”乌珠莫笑着悄悄给婻斯乐玛耳语，“松堆等着我呢。”

“知道，知道了。”婻斯乐玛看着乌珠莫也钻进人群里了。

都走了，剩婻斯乐玛一人了，突然一种孤独感向她袭来，使得她无法看完马上要结束的跳鬼，退出了众人视线。

太阳西下的时候，参加跳鬼的人们慢慢解散，往各自的目的地走去。小商贩们也收拾自己的货物准备回家享受一天的收获。随着晚霞的消失，最后几名醉汉也都晃晃悠悠地哼着小曲骑上马消失在远处的迷雾中。

婻斯乐玛轻轻地叹息着牵着马慢慢走下山，本想这次怎么也能见一下松赖扎拉森，哪怕是远远看一下他的身影，但她的这点愿望也彻底地破灭了。

走到山下，塔日巴格图草原傍晚的美丽展现在她的眼前，可她却无心欣赏，骑上马向着远处的草原走去。那里有她那小小的孤独而无助的家。

突然，前面路上有个人在傍晚的朦胧中站着，发旧的棕红色的喇嘛袍，手里拎着个袋子。松赖扎拉森！娴斯乐玛一眼认出了。她那失望的、委屈的、孤独的心立刻被一种喜悦、惊奇代替，一个马鞭奔到了他的面前。

松赖扎拉森有些不好意思地笑着迎接了她。一天的委屈和思念一下让娴斯乐玛满含热泪。

“你……别生气，想见你一面我都着急了一上午，但是那么多人，你让我怎么见你呀，只好等在你回家的路上。”松赖扎拉森犹犹豫豫地说完后又补了一句，“我等你很长时间了。”

这句话让娴斯乐玛的委屈一下烟消云散，幸福的笑回到她脸上。她红着脸说：“谁跟你生气了？那咱俩找个地方坐一会儿吧？”

“不行不行啊，掌堂师让我必须参加晚上的念经。快到时间了，我得赶快回去。”他把手里的东西给她，“这是梨，给你买的，你带走吃吧！”

“那……”娴斯乐玛脸上满满的依恋，问，“什么时候能见啊？”

“大后天我去拉水，到时候去吧。”

大后天？娴斯乐玛心里满是幸福。她恋恋不舍地看着松赖扎拉森，本想说亲你一下，但还是忍住了，骑上了马。

走了一会儿再回头看的时候，发现松赖扎拉森已经消失在朦胧的夜色中了。

十

一个清澈的早晨，衣服前襟被抓乱、脸上满是血渍的丹赞嘴里嘟囔着哭哭啼啼地跑进了掌堂师家。这时候太阳还没有完全升起，大多数喇嘛还没有起床，所以奥伦哈日套鲁盖庙还在宁静中沉默。

今天是跳鬼后的第三天，也是松赖扎拉森与婻斯乐玛约定相见的日子。

早起的依稀巴拉珠尔师父到庙外倒了灶火灰，然后方便了一下，往回走的路上迎面碰见了丹赞。

看了他的样子奇怪地问："这是怎么了？"

"哼，该死的松堆，自己破坏戒律还打我。我……去告状，让掌堂师责罚他，给他扒皮，看他还欺负人不……"

丹赞好像很生气，说话还有些语无伦次的，而那双眼睛就像发疯的牛一般发光。依稀巴拉珠尔这时候才看见他那被抓烂的前襟和满是血的脸。因为胆小，他怯怯地问："你说什么？松堆怎么了？"就没有了下文。

"……该死的松堆……他在白塔那儿跟一个女人……让我抓了个正着。但是他还不认错，还打我……妈的……我一定告给掌堂师！哼！"丹赞说着哭着跑了。

出大事了。依稀巴拉珠尔吓得战战兢兢往前走的时候却碰见了刚从家里回来的迦米阳。迦米阳背着布袋子，看着丹赞跑的方向问："刚跑过去的是不是丹赞？他怎么了？"

"要去告松堆的状，说是跟一个女人……"依稀巴拉珠尔说完深深叹了口气。

迦米阳的脸一下变了，他转身快步走进自己那破破烂烂的院子把木板门紧紧地关上，战战兢兢地念起经来。

他好像比依稀巴拉珠尔更害怕，他昨晚悄悄回家看了看自己病重的老母亲，过了半夜才赶了六十里路一路小跑着回庙里的。浑身虚汗，没有了一点力气，他两腿发软地瘫坐到那里了。

刚才往家走的时候，他好像看到了丹赞，他觉得浑身发软、两眼发黑，昨晚那可怕的事情一直在他脑海中萦绕。

昨天下午，乡下来的人告诉他："你妈的病又犯了，家里连吃的喝的都没有，你怎么也回去送点啊！"听了这个，迦米阳再也坐不住了，因他是家里的独生子，四十年之前他当了喇嘛之后，他妈开始了独自一人的艰难生活。母亲的生活非常困难，常常陷入温饱不济的状况，所以这些年他的心思总是被扯到两处，尝尽了痛苦难耐的滋味。他常常处于人在曹营心在汉的境况，而还总是因为请假而看掌堂师的臭脸。好不容易请上一次假回家，又遭母亲的一顿数落。

自从把儿子送到奥伦哈日套鲁盖庙当了喇嘛，他母亲觉得心满意足了，逢人便说："我儿子当了奥伦哈日套鲁盖庙的喇嘛了。"迦米阳牵挂母亲而请假回家的时候，母亲虽然很高兴却也责备他不安心修行，并告诉他只要他在庙里潜心修行，做母亲的什么时候也是安心的，哪怕身体不好也是心情愉悦的。可是随着近几年母亲的身体越来越差，迦米阳往家跑的次数也越来越多，而受到的责备也越来越多了。

昨天他很是为难，因为前两天才请假回了趟家，现在再请假掌堂师肯定是不准假的，另一个听说母亲快没吃没喝的了，从哪里弄点呢啊。像他这样自己喝点茶都反复熬反复晒的穷喇嘛，哪有能力给母亲准备足够的吃的喝的啊。

考虑再三，他决定夜晚悄悄回趟家，而没有其他办法的他心烦意乱地等着夜深人静的时刻来。

不一会儿夕阳西下，灶火房开始暗了下来。他一直坐着，一个硕大的耗子从墙根底下钻出来，左顾右盼地找吃的东西。它是一个在灶火房里随心所欲找吃找喝的常客，它根本就不把迦米阳放在眼里，拖着肥大的尾巴，迈着肥壮的腿正向堆着食材的东北角走去。那里有摆放到屋顶的砖茶和蒙古馓子。那胖家伙开始享用自己喜欢的食物了。

看着耗子的迦米阳脑海里闪进一个想法，可他顿时吓得浑身抖了一下。但是那个想法没有消失，他喘着粗气、皱着眉头在沉思。

他慢慢起身，走向了耗子，好像醉鬼似的脚下晃了一下。在砖茶堆、蒙古馓子堆跟前呆呆站了一会儿，然后他战战兢兢地伸了手，抓了五个已经干得犹如石头一般的馓子，又抓了四分之一大的小块砖茶迅速地放进贴身布袋子里，好像完成了多大的事情一样，浑身虚汗，一屁股坐在地下一动不动了。不知过了多久，忽然听见背后有喘气声，吓得差点晕过去的他回头一看，原来是丹赞正默默地看着他站在那里。

两个人互相看着，谁也没说话，时间好像静止了一样。迦米阳觉得自己已经不会喘气了。他想这下完了，被人发现了。不过不知过了多久，迦米阳发现丹赞虽然看着他，但眼神是迷离的，好像并没发现什么，他的神志慢慢又回到了身上。他活了过来，问："你，你……在看什么呢？"

"我……我……"丹赞有些迷迷瞪瞪的，不知在说什么。

"你刚才看见什么了吗？"

"我？我？"丹赞还是有点神志不清的样子。

迦米阳提在嗓子眼的心一下放下来了，背起布袋子逃也似的跑出了门，跑出寺院走到广阔无垠的塔日巴格图草原上，心脏还是在心有余悸地跳动不已。

凌晨回来的时候，看见晓月的朦胧中静默着的寺庙，以为一切都安然度过，可突然遇见依稀巴拉珠尔师父不说，还听说丹赞给掌堂师告状去了。此时的他已经魂飞魄散，不知这个疯子除了松堆的事情还说些什么内容。

他急急忙忙刚跑进灶火房，就听见寺里的锣鼓声响起，一个喇嘛大声喊："众喇嘛听着！马上到大雄宝殿门口集合，掌堂师要处罚违反戒律的喇嘛。"

这时候太阳刚刚升起，白色的晨雾像逃也似的立刻消散殆尽。寺庙的大殿和僧房瞬间清晰可见，而锣鼓声和喇嘛的喊叫声在寺院空旷的上空可怕地回荡着。

掌堂师那本来就黑青色的脸这会儿干脆拉下，以吃人的眼神盯着门口傻站着的丹赞。

“松堆他还说啥了？”掌堂师严厉地问。

“嗯……他……”丹赞虽然糊涂，但他知道在掌堂师面前不能随便说一切。

“你快说。”

“他还……说您是八个指头的秃驴……”

掌堂师气得跳了起来，喊：“你说什么呢？该死的家伙！还有什么？赶快说！”

“上次我看到索那木拉西还跟一个女人……”

“行了行了，你去把松堆赶紧给我叫过来！”

离开掌堂师，丹赞像变了个人，他好像立了大功一样，挺胸抬头地去叫松堆了。

他这个人，有时候糊涂有时候明白，昨天一天还糊里糊涂，过了一夜倒是忽然清醒了许多。他记得昨晚迦米阳不在灶火房，在那里找到一些乱七八糟的剩饭吃后很快就闹肚子了，庙里庙外的折腾了半宿。过了深夜，他再出院外小路旁蹲的时候，看见寺庙东北角的白塔边上有一人骑着马哼着小曲下了马，借着月光他发现了是松堆。他恨松堆，因为他给过他一次嘴巴子，还有一次踹了他屁股，至今不能忘却。可是卓二丹却同情他，给了他冰糖吃不说还告诉他：“别怕那坏小子，下次要再欺负你就告诉我，我会替你出气！如果看见他还做些坏事，你就直接告掌堂师就行了，掌堂师会处罚他的。”再傻的人他也会知道谁对他好谁对他不好。他现在蹲在寺外狠狠地盯着松堆的动静。这会儿白塔背后有个女人轻轻咳嗽，接着白塔边上马上出现了男一女和两匹马了。他一下明白眼前的事情，肚子也不疼了，悄悄地跟了过去。

“乌珠莫啊！还以为你来不了了呢！”松堆轻声说。

“缘分让我遇见了你，怎么能不来见你呢？你怎么多少天没去我那儿呀？”松堆旁边那个女人说着说着就撒娇，“你不会又找了个更好的吧？”

“原来你怀疑我才让索那木拉西转告在这里等我的呀？”松堆说完认真说，“你知道的啊，喇嘛哥哥我虽然是臭名昭著，但对感情是认真的呀，不是那种见异思迁的东西。”

“嘿嘿……谁说得清呀！”

两个人打情骂俏地躲进白塔背面了。丹赞依着白塔站着看了半天，等到他俩开始穿衣服的时候觉得没什么看头了，才张扬跋扈地骂：“你俩在干什么呢？走吧！去见见掌堂师吧！”松堆一下蒙在那儿了，女人也狠狠地咬着牙关背着他站着。当松堆认出这个人是丹赞的时候，他冷笑着说：“你别像个癫狗似的乱叫唤，想看的话明晚再来，爷爷给你表演，但现在马上滚！你站在这儿我不高兴！”

“啊，你违反了戒律还跟我横？”丹赞手舞足蹈地往前上，他本是想打松堆，但不知为什么还没反应过来，随着噼啪两声，他的双颊火辣辣地疼，自己也仰面朝天躺下了。

“滚！”松堆打翻了他不解恨，还给他吐了口痰。女人在身旁窃窃地笑个不停。他怕再次被打，气急败坏地起身，骂骂咧咧地说要告给掌堂师跑了。

“告去吧，我才不怕你那八个指头的秃驴呢！”

丹赞又气又恨地跑到掌堂师家，又怕深更半夜的让人骂出来，所以才跑到灶火房，浑身哆嗦着挨到凌晨才跑出来的。其实出门第一个见到的人是卓二丹。

看着满脸是血而且衣服也被抓烂的丹赞，卓二丹奇怪地问：“你这是怎么了？”

“哼……恶人松堆……”

一听是松堆，卓二丹脸上马上露出坏笑问："啊？松堆，松堆怎么了？说说！"

丹赞磕磕绊绊地把昨晚的事情大概说了一下。

"那你这是要告给掌堂师吗？对对，去告吧，告这样出格的事情，掌堂师肯定夸你的，相反肯定会责罚松堆的呀，正好给你解了恨，是不是？"卓二丹火上加油。这样不仅给丹赞鼓劲了，而且自己也兴奋地去告了，这可是他等来的绝好机会呀。不过高兴得太早，不知同样的厄运也等着他来承受呢。

丹赞现在是信心满满地大踏步走到松堆家门口，用力砸了砸他家木板门。过了许久，松堆才睡眼惺忪地搭着衣服出来，不耐烦地问："妈的，怎么了这是？往死了砸个没完，谁家死人了呀？还是大殿着火了啊？"

丹赞现在已经不怕他骂了。他叉着腰大声说："掌堂师叫你过去呢，快去，你知道自己做了什么吧？"

"你说我做了什么？做了什么？"

"昨晚你在白塔背后跟女人鬼混，还打了我，不会忘了吧？"

松堆睁大眼睛表现很奇怪的样子问："昨晚不用说我去白塔那儿，连庙里都不在，我是刚从夏营盘回来的，刚睡下就让你个疯子吵醒了呀！"

丹赞做梦都没想到松堆会这样黑白颠倒地瞎说八道，他一下愣在那儿了。不过还好，正好这会儿掌堂师派来了两个喇嘛，不容分说把松堆拉走了。

所有的喇嘛都已经聚集到大雄宝殿门口了。大殿台阶上掌堂师站在那里俨然是个活阎王，看见被带来的松堆直接恶狠狠地下令："给我狠狠地打！"几名喇嘛把松堆摁在台阶上打了起来。

"把索那木拉西也拉过来打！"

不一会儿，松堆和索那木拉西的屁股已经鲜血淋漓，都快昏厥过去了。众喇嘛看得个个都像打冷战似的，紧紧地挨着站立着。迦米阳也站在人群中间，吓得瑟瑟发抖。他旁边的依稀巴拉珠尔师父完全闭上眼睛，嘴里不停地念着经文。

其实人群中吓得不亚于迦米阳的还有一个人，是松赖扎拉森。刚才站在那里看着松堆和索那木拉西的屁股被像雨点般的木棍狠狠打下去，他感觉浑身打冷战。这样处罚的效果就是，很快产生喇嘛们更加变本加厉地互相跟踪互相告状互相猜测的局面，从而一个接一个的屁股开花的事情就是家常便饭了。谁知道哪一天哪个喇嘛因为什么恩怨去掌堂师那儿告一状，而后就会上演眼前的这一幕呢。

遥看天空，觉得今天的太阳似乎都不像往常那样光亮了。今天婻斯乐玛肯定会等他等到半夜，他感觉心在隐隐作痛。如果不去，她又怎样地委屈和痛苦，但看现在的情况，也只能让她承受望眼欲穿后的孤独了。

“违反了戒律是怎样的结果，大家都看到了吧？你们中间还有人做了一些不可告人的勾当，我心里都知道，如果还不收敛，下次躺在这里的就是你们，记住！”掌堂师训诫完扬长而去。

几个喇嘛拿来木板子把血肉模糊的两个人脸朝下放上抬走了。苏醒的松堆趴在木板子上咬牙切齿地说：“指头掉了永远不会长出来，屁股烂了还是会愈合的，妈的，爷等着！”

十一

深夜，婻斯乐玛在睡梦中隐隐约约听见马蹄声由远而近地传来，然后又绕过她那小小的毡包向远方跑去了。不知谁家的牧羊犬，远远地吠叫了几声，之后深夜的草原又陷入宁静了。

从这里驶过去的是敖其尔兄弟俩。今夜他们是满满的收获者。

原来，有一位牧民从商贩手里买了两块砖茶，但是因为手头紧，当时没能付茶钱。商贩也一直没有来追要，已经十年了。但是前两天突然来牧民家追缴那两块砖茶钱来了，牧民高高兴兴给他拿钱的时候，那商贩正眼儿都没看一下，拿出随身带的算盘噼里啪啦打了半天，不到一顿茶的工夫连本带利算出个三岁牛的价钱来。牧民又气又恨跟商贩吵闹了半天，但无奈干不过他们人多势众又有随从又有刀枪的人，眼睁睁地让人家牵走了一头牛。不过这事马上传到敖其尔兄弟俩耳边，所以他俩就马上跟着追赶那些商贩去了。

当赶牛的商贩还没到本旗边界，兄弟俩就追赶到了。

看到两名手握蒙古钢刀的汉子挡住他们的去路，几个商贩阴笑着问："兄弟们，有什么需要先说吧，商量商量再说吧，不知二位好汉尊姓大名?"

"真想知道我们是谁吗?"

"真的真的。"

"敖其尔！听说过吧?"

听了这个名字，几个商贩的脸色立刻大变，而那兄弟俩却哈哈大笑。这时候那个可能是掌柜的人，好像突然明白了状况，上前一步满脸堆笑地说："早闻好汉大名，如雷贯耳，今天真是幸会。我愿意把所得的一切东西都孝敬给您。"说着跪在兄弟俩面前。

敖其尔兄弟俩还是大声笑着。

商贩好像有些生气了，不耐烦地问："这俩好汉怎么笑个不停呢?"

"我是奇怪呢，怎么抢人家牛的时候个个横得听不进好话呢，怎么转眼间都成了温顺的小猫呢？怎么你们是会变脸的吗?"敖其尔蔑视地问。

"那好汉您是想怎样啊?"商贩冷冷地笑了一下。

"我只是想看看你们究竟有多大的本事啊!"

"那就大家各自抄起家伙吧，我想敖其尔也是人吧？而且眼前这两位是不是那个传说中所谓的敖其尔，还真不知道啊！”商贩大声喊叫的时候，随从们也都跟着嚷嚷着拿起了各自的棍棒准备上阵。

敖其尔不慌不忙地下了马，掏出烟袋，对着弟弟说：“你先对付一下他们，哥哥抽一袋烟再说啊！”

弟弟巴扎尔点了点头，把蒙古长刀挂在马鞍子上，迎着那些手中拿着棍棒的人过去。一瞬间，那几个人还不知怎么回事，一个个都被打翻在地上。巴扎尔拽出他们的裤腰带，把他们的手都给绑在了后背上，问哥哥：“现在需要干什么？”

“不用着急，等我把这锅烟袋享用完再做计划。”

敖其尔慢腾腾地抽完烟，然后在靴子底上敲了敲烟灰起身，对弟弟说：“找些阿日嘎拉过来吧！”

巴扎尔捡来一些阿日嘎拉堆起来点着，把两个人的剑埋在火堆里了。在正午的阳光下虽然看不到多大的火焰，但不一会儿的工夫，两把剑已经烧红了，闪着晃眼的白光。

商贩们吓得面面相觑，求饶：“两位爷爷啊，求你们手下留情吧，你俩究竟要干什么呀？”

“骟蛋的时候给马的臀部都盖个章，马们一下就知道老实了，现在我俩想想，怎样让你们一下就老实了呢，这样以后大家都省心了吧？是不是呀？”敖其尔从火堆里拽出剑，来回翻着看。

“两个大爷啊，饶了我们吧。以后再也不敢了！”商贩的脸吓得都像白纸一样，哭喊着求饶。

“可是你们怎么就不知道饶恕人呢？两块砖茶你就要人家一头三岁牛啊？”敖其尔也阴阳怪气地问。

“我不知道他家是您这大盗的亲戚呀！”商贩绝望地哭着喊着连连求饶。

敖其尔笑了。“你又说错了哟，知道吧？告诉你，一、塔日巴格图草原上所有的人都是我的兄弟姐妹，只有你抢牛的那家不是。

二、我不是盗贼，好汉和盗贼是有区别的，我是只抢那些不义之财，然后还给原主的。你是到现在还不知道这些啊？”

“……好汉好汉，我知道了，我们手里的东西你都拿走吧，全给你，只是你那发红的剑别给我们用就行了。”

“你说什么呢这是？你手里这些全部的东西都是我塔日巴格图草原上的兄弟姐妹的东西，我拿走是天经地义的呀！用你说吗？但是你们把这些东西抢上，又拿到这里，给我们带来多大的麻烦，知道吗？所以，这些东西得拿走，还要给你们点颜色看看，以后好长记性，是不是啊！”说完把烧红的剑压在了商贩的脸上。

商贩大叫了一声就晕厥过去了。而其他随从也都吓得可能在裤子里拉稀了，瞬间有股难闻的味随风飘来……

多美的夜晚啊！满天繁星，亮晶晶地眨巴着眼睛，让人心情舒畅。天亮的时候，他们把牛赶到那家门口悄悄地走了。

“咱俩把手里的东西分一分再各自走吧，看谁家困难，需要什么就看着发给大家吧！”敖其尔看着弟弟欣慰地笑了。这时候，看见塔日巴格图草原地平线上淡黄色的晨曦慢慢升了起来。

晌午的时候，敖其尔眼前出现了一个很旧很旧的毡房。畜棚阴凉地站着十来个山羊，马桩被沙土埋了半截，穷困潦倒的景象在他眼中一目了然。他心想着帮帮这家温饱不济的人，就拴住坐骑拿上褡裢进了包。

包里黑暗无比，可以说是几乎看不见五指。黑暗中敖其尔努力地适应半天才发现包的东北角堆着个皮袄，领口处有一个乱蓬蓬的花白头动了一下。他想是个病人在那里躺着。

他冲着躺着的人大声问候了一下：“您好吗？”

“噢，等一下啊……”那边一个老太太的声音响起，接着一阵的咳嗽。然后传来很是虚弱的声音：“好像是来了客人，您自己找个地方坐吧，我是个病人，已经起不来了……”

敖其尔坐到火撑子西侧，问：“那家里还有没有别的人啊？”

“我是只有一个儿子啊，在奥伦哈日套鲁盖庙当喇嘛呢，可能听说过吧，他叫迦米阳，那是我儿子。”说起儿子，老人好像精神了许多。

“您病重他还不来看您吗?”敖其尔奇怪地问。

“唉……这不庙里忙着呢呀。”

“噢，您等等。”他起身走出毡包，拉起天窗，抱进一堆柴火准备给老人做饭。但翻箱倒柜了半天也没找到任何一点可以吃的东西。看见水缸里有水，就赶紧找锅放了水，从自己褡裢中找出了干肉开始熬肉汤。然后接着扫地收拾屋，不一会儿的工夫包里弥漫着干肉的香味。

老人喝了肉汤好像有点力气了，靠着哈那坐了起来。干草般杂乱的头发、黯淡无光的塌陷的双眼、灰暗憔悴的脸……敖其尔看着眼前的老人，觉得有些伤感，人老了，无能了，而且膝下还没个儿女相伴，好凄凉的晚年啊！他把从商贩那儿拿的所有的东西都留到老人家准备走了。他知道有些东西对于这个行动不便的老人来说也没什么用处了，可他就是想给，而且把剩下的可以吃的所有的干肉、馓子、奶豆腐都留下了。老人又惊又喜，又合掌感谢，嘴里念着经，感慨遇上了好心的财主而不知所措了。

“好人啊！佛祖会保佑的啊！祝这孩子平安长寿啊！”听着背后传来的老人的祝福，敖其尔的眼睛好像湿润了。

听说牧民的三岁牛让商贩抢走的消息，特古斯朝克图梅林立刻派遣兵差追剿过去。几个兵差赶到后，看见除了一条裤子别的什么都没有的商贩们不停地磕头求饶，都忍不住笑了。看着他们让烧红的剑烧得已经红肿并流水的嘴脸已经不能回答他们的任何问题了。然后他们转头追敖其尔去了，因为一看就知道眼前这些都是敖其尔所为。而且也知道敖其尔没有走远，因为知道他会把得到的物品食品都发放到贫穷的人家去的，甚至都能猜测到他现在在谁家。

第二天中午的时候，他们也正好追到迦米阳的母亲家。因为这两天有吃的了，老人着急地要起身给兵差们熬茶，可是他们没让老人动，自己动手熬起茶来，并问："有人来过这里了吗？"

"来了，来了。"老人回答。

"是昨天吗？"

"正是昨天啊！"

"一个大汉，是吗？"

"对对，一个好心的孩子，给我拿来好多吃的喝的走了。"老人高兴地说。

"咱们回去吧！"领头的知道，敖其尔是已经来过这里了，并把东西都给了老人，而且现在已经走了一天一夜，这会儿谁知道都去哪里了，追是追不到了。

"孩子们等等。"老人说着把敖其尔留下的所有东西拿出来，说，"你们回去的时候肯定路过奥伦哈日套鲁盖庙吧，顺便把这些东西替我上供到庙里吧，我这个等死的老人也用不着了，好人资助的东西，供到庙里我也心安了啊！"

兵差们看着老人家的样子有些犹豫，说："还是您自己留下享用吧！"

"你们就让我这穷老婆子上供吧，我每天因没有东西供而苦恼啊！我们可都是佛光普照下生活的人，不管多少也是我的心愿啊！昨天那个孩子送给我的时候我就想好了。我身体不好，行动不方便，儿子也暂时可能回不来，就麻烦你们为我代劳了吧！"

兵差们没办法，接过了老人的东西。

下午，那几个兵差来到庙的西侧，一个忽然大声喊："看，那不是敖其尔吗？"远处有位骑着白马之人正在优哉游哉地走着，好像真是敖其尔。

"不管是不是，接近再说吧！"领头的说着加快了马鞭。可看见对面的那个人也不慌不忙地迎着他们走来。不是敖其尔啊！如果是他怎么可能迎着我们这些手握剑的兵差而来呢？他们都这么想，可是他迎面走到一个洼地却不见了。兵差们以为马上就会冒出头来，可半天也没个人影。领头的马上意识到上当了，立刻跑过去看，结果洼地里连个旱獭的身影也没有了。只见进来的马蹄印，却找不到走出去的。真是神了。

“一个骑马的人啊，怎么会在这么多人眼皮底下瞬间消失呢？钻进耗子洞了？”一个兵差说着百思不得其解。领头的想：“敖其尔骑的不是普通的马，听说他的马有时候在灌木丛中都能匍匐前进的，也许是真的啊！”

“追吗？”一个兵差问。

“行了行了，这么神奇的人不是你我能抓到的呀！”领头的说着叹了口气。

然后他们进了庙，帮助老人完成了心愿。

十二

看见因为重伤的折磨瘦得已经脱了相的松堆，婻斯乐玛吓了一大跳，他在乌珠莫家有气无力地趴着，而乌珠莫也因伤心劳累眼睛都肿了。

“奥伦哈日套鲁盖庙的喇嘛是人还是狼啊？能这么打人吗？”乌珠莫边哭边骂着。

“佛教徒可以慈悲世间万物，可唯独不能善待女人啊！”松堆说着笑了。

婻斯乐玛怕哪天松赖扎拉森也遭此下场，吓得心跳都加速了。跳鬼那天他俩匆匆一见并约好了不几天在她家相见，但是他没来。原先她还觉得有些委屈，但现在看来坏事变成好事了，如果让哪个喇嘛看见告一下还不是今天的松堆吗？她想着有些后怕啊！

“你们那个掌堂师的心是黑的吗？”乌珠莫气愤地说着。

“爷爷我早晚让他尝尝我的厉害的。”松堆狠狠地说。

“对这样的人应该不客气，扒了他的皮才解恨啊！”嫲斯乐玛说完又想起了她的松赖扎拉森。

从乌珠莫家回去以后，她的心很沉重，深深的思念和向往让她无法自拔，但又怕他不顾压力而前来与她相见，一想起这些她怕得有些不知所措，呆坐在那里。但是她觉得见一面是应该的，两个人心心相印，并明确表达了互相的爱意，所以应该见一面告诉对方，这样的高压状态下暂时不来往是对的。可这一来，盼望他即刻来的心情日益加重，不思茶饭，只等着他的归来。

过了十天，松赖扎拉森没影；又过了十天，松赖扎拉森还是没影。病了？让人责罚了？还是吓得不敢来往了？

这些天，责罚松堆和索那木拉西的事情在寺院里成了一时的热门话题，尤其那些违反寺规不认真修行的喇嘛们都成了人们舌尖上讨论的重点，一时间整个寺庙里形成了人人自危、人人防备的局面，气氛非常恐怖。

松赖扎拉森每天闷闷不乐地低着个头完成着自己分内的事情，惩罚松堆他们的那几天，他的心情非常地压抑。他害怕如果有人发现了嫲斯乐玛与他俩的事情，并告给掌堂师的话，他马上就会是第二个松堆。而让他更加痛苦的是，通过这件事，他俩的关系也从此无法顺利地维系了。但是思念使他每天坐卧不安、茶饭不思的，快成了行尸走肉。他知道忘记嫲斯乐玛是个不可能做到的事情了。但是想去找她，那也是他很难做到的事情啊！

几次去拉水，他都远远地绕过嫲斯乐玛那小小的温暖的毡房，却没敢去找她。

接下来的日子里，他麻木地过着那种一日复一日的、完全没有色彩的日子，认真履行着僧侣生活那一天天的规定作业，且无法潜心修行。不过因为责罚事件之后，庙里的日常生活学习都紧张了起来，随之去蒙文学校上课的事情也越来越繁忙了，因此也一定程度上减轻了一些思念带来的痛苦。

嘎拉森尼玛非常重视学校的教学，经常亲自到校现场督导教学或者自己直接教学。蒙古语和数学是有专门指定的喇嘛教师，而松赖扎拉森却没有指定的教学内容。师父给他说："你只是给孩子们说说生活社会方面的一些故事、一些常识就行了，譬如，塔日巴格图草原上有敖其尔敖包、奥伦哈日套鲁盖庙，还有旗王府，这三个地方都各自有什么宗旨或者干什么的；还有为什么欲望和现实的冲突中带来社会生活方面的混乱现象；孽缘是什么？塔日巴格图草原上为什么出现了这么多的苦难的人们？怎样才能解除他们的痛苦等等，你想到哪儿就说到哪儿就行了。而且不仅自己说，还要让孩子们说说认识和想法。扎拉森啊，这些事都很重要的，什么叫普度众生啊？别以为只有自己悟到就完成了我们的宗教目的，是不是啊？"为了圆满完成师父安排的教学任务，更为了给孩子们讲得精彩一些，从思想到内容的准备上，他也付出了很多的努力。

"婻斯乐玛，来少喝点！"乌珠莫把刚酿好的奶酒斟满，放到婻斯乐玛跟前。这是她今早把好友叫过来帮忙刚酿好的奶酒。

因为草原上有个习俗，新酿的奶酒每个人一定要尝一尝的。婻斯乐玛只是尝了一下就还给乌珠莫，淡淡地说："嗯，酿好了！"

"再喝点吧！"

"行了，喝多了麻烦。"

"醉就醉吧怕啥？来我也喝点。"乌珠莫自己也倒了一碗，看了看还在趴着的松堆说，"要不你也来一碗吧！"这几天，松堆的伤痛好转了许多，这与乌珠莫天天从草原上挖来草药熬完给松堆洗伤口，并白天黑夜地细心照顾是分不开的，加上他健壮的体魄和乐观的性格，体伤很快有了好转。

“喝呀喝呀！”松堆咽了一下口水笑了。乌珠莫给他递了一碗，然后高兴地说：“炖点肉吧，咱们仨好好高兴一下吧。”

“麻烦吧？”婻斯乐玛有些提不起兴趣。

“有啥麻烦的呀？”

他们三个边喝着新酿的奶酒，边你一句他一句地闲聊开了。快到中午的时候捞出炖好的肉，汤里扔一些沙葱煮了点米粥。今天酿的奶酒有些硬，所以三个人都喝得有些晕乎乎的。吃完喝完，婻斯乐玛因忙着饮畜群，走了。

来到扎德盖湖畔的时候，她还是觉得有些头晕。又是一个炎热的午后，羊群堆挤着喝着清凉的湖水的时候，她到湖畔静静地坐了起来。去年湖边发生的事情好像又出现在她的眼前了，她呆呆地坐着，沉浸在美好的回忆中。

太阳如同想把一切都晒化了才罢休一般，使劲地灼烧着，周围的一切也因被晒得毫无力气了一样，宁静得没有一点点的声响。

她慢慢脱了衣服，进到湖水中。清凉而柔滑的湖水使她浑身无比地舒爽，她一下一下地拍着水洗着，肩、胸、小腹、腿……原来我的身子是如此年轻美丽啊，一种深深的孤独感和渴望袭来，让她觉得身心备受煎熬啊。她上岸慢慢穿好衣服，站了很久很久，随后跟着畜群悠悠地走开了。望着远远的天空，又情不自禁地进入了深深的思念中。

那天夜晚，她在沉睡中惊醒，听见马桩那边响起跑来的马蹄声，之后有人渐渐走近毡包。她虽然刚刚苏醒，而且日子已经久远，但还是认出了那曾经熟悉的坚定的脚步声。巴扎尔来了，但她还是一动不动地躺着。

毡包门被推开，影影绰绰看到有个人进来，他划火柴点灯的时候，婻斯乐玛在灯光中看到了巴扎尔那年轻朝气的脸庞。

巴扎尔脱了衣服躺到婻斯乐玛身旁，说：“想你想得不行了，忍不住又来了。”

“你就是个偶尔想到了才来一次的人啊！”她没有动。

“上次来的时候看见马桩上拴着两匹马，而且还有一名年轻喇嘛在进进出出地忙乎着……”巴扎尔的话语中有些淡淡的委屈和妒意。

“那个跟你没关系的。”

“女人是要跟男人相恋的呀，喇嘛还算是个男人吗？撒尿都要像女人一样蹲着，低眉顺眼的，还是穿裙子的一帮怪人。”

“喇嘛怎么了？我想喇嘛是这世界上最知道女人的苦难、最心疼女人的人啊，不像你们，只有想得不行才来一次的东西。”婻斯乐玛说着深深叹了口气说，“不过你也不用吃醋了，也许他以后再也不会来了。”

“我问过我哥，你家男人不是我们杀的，而且他重伤的时候，我哥还伺候了几天才走的。”巴扎尔认真地说。

“那他究竟是怎么死的？”婻斯乐玛急切地问。她想起那个与她生命中相遇的男人，总是来去匆匆，还没来得及享受生活的美好就不幸去世的一个朴实的人。

当年敖其尔敖包跟前有过一次激烈的追剿行动。敖其尔独自遇到旗王府兵差的追逐后快马加鞭地飞驰，他频频回头看，发现刚开始的十几个人最后只有五六个人追了过来，别的都被他甩得无影无踪了。他得意地笑了一下，他觉得后面这几个小子骑的马还不错，能跟上他的快马。后来跟来的马越来越少，等过了个小山丘的时候只有一匹马了。但很不幸，疾驰中的马失前蹄绊了一下，骑手也摔了下来被马镫拖了起来。

危急时刻，敖其尔赶忙跑过去，斜插那个拖拽主人的马前停了下来，只见那个人浑身是血，已经不省人事了。他望远看了一下，结果他们的伙伴们没有跟过来，犹豫一下就果断地把受伤人拽起抱在胸前向自己的驻地疾驰而去。回到驻地，他给受伤者喂了点水，结果那个人已经咽不进了，估计是内伤，呼吸很艰难。对于一个强盗来说，各种各样的刀伤摔伤药应有尽有，他全力以赴地努力救他，使用了各种办法，虽然好转了一点，却也不见能站起来。几天以后，敖其尔熬了茶喂他喝的时候，他虚弱地说："我可能不行了，谢谢你这几天的帮助和照顾，对我来说没啥遗憾了。俗话说好汉生在家里死在野地，我遵循了这个理念并有幸遇到了大盗你，已经够了。你今晚就扔下我走吧，你这驻地王府已经发现了，明天特古斯朝克图梅林就带领兵差来捉拿你，已经定了，明天一早就来。"

"我走容易啊，可是把你怎么安顿啊？活活地扔下你，我是做不到的。"敖其尔有些无奈。

"没关系啊，你走你的，明天我的队友就来了，不过他们来了，我也不可能有机会生还了。"他喘了口气，接着说，"咱俩有缘相识，我应该告诉你我是谁。我叫道尔基，塔日巴格图草原深处有我的家，我的女人是嫡斯乐玛，我俩还没来得及生个一儿半女的，有点遗憾了。"

第二天清晨，敖其尔扔下他从驻地离开了。但是没有走远，走到不远的一个山梁背后秘密注视着驻地的动静。不一会儿，他看见王府兵差赶过来了，领队的确实是特古斯朝克图梅林，他远远地一眼认出了他。

他放心了，道尔基终于活着见了他们的伙伴了，走过去牵了马瞬间消失在原野中……

这件事敖其尔前不久才告诉了弟弟巴扎尔。

"原来他是这么死的呀。"嫡斯乐玛轻轻嘟囔了一下，马上说，"不管怎样，我应该感谢你哥，因为你哥的相助，他才多活了几天啊。"

"知道了这些我才敢来的呀！你男人如果栽在我们手里，我怎么还来呢，杀了男人霸占他女人不是我们好汉所为。"说着把嫡斯乐玛往身边拽了拽，轻轻说道，“听了我哥这么一说我马上就来了，可惜看见一个年轻喇嘛在你家进进出出的，我又立刻走掉了。”

婻斯乐玛深深叹了口气说：“不管是兵差还是强盗，你们都不是女人的依靠，都偷走了女人的心然后把自己与爱葬到大野地的人。但是你至今还想着我，我真的很高兴。”

她忘情地摸了一下巴扎尔那年轻而充满生机的肩膀，觉得这才是男子汉应有的躯体啊，享受地闭上了眼睛。瞬间松赖扎拉森闪进她脑海的时候，眼泪不听话地涌了出来。

十三

灶火房里静悄悄的。其实三个人都忙着干活，沉重的气氛在这里已经把所有的一切都压得死气沉沉的。午后的时候，后山上的垭口上，一处黑黑的雨云升腾而起，不一会儿掩盖了半边天。气流都好像停止了流动一样，显现出夏日的暴雨马上要袭来，使得这灶火房整个暗淡下来，屋角的东西看得都有些模糊不清了。

迦米阳在收拾风干肉，松赖扎拉森在修缮他那拉水的木桶，而丹赞却在默默地擦洗着木盘。

“这么闷，好像要下暴雨。”迦米阳说着用袖口擦着满脸的汗水。

“就是呀，像是马上要下了，这两天一直闷的。”松赖扎拉森在木桶的缝隙里塞着麻绳迎合着迦米阳。拉一次水就放十来天的木桶都有了缝隙，不用麻绳塞堵的话，一装水就全漏了。

“嗯，嗯……下雨了，下雨了。”丹赞边说边笑。上次告状让松堆受了皮肉之苦之后，他的疯病好像越发严重了。一是让松堆打得气愤不已，另一个是去掌堂师那儿紧张了一场，再就是看到被打得血肉模糊的松堆和索那木拉西而吓得半死，因此他的病更加严重了，常常都不知道自己在做什么、在哪里呢。

看着丹赞的样子，迦米阳摇摇头叹了口气。

丹赞在十二岁的时候，他爸把他领到庙里当了个小喇嘛，至于他爸是哪儿的人很多人不太清楚。只记得一个穿得破破烂烂的男人经常带这个小男孩来庙里，有时候帮灶火房背点柴火什么的，拿点吃的喝的就走了。可是上次把儿子扔到庙里之后只来看了两次，然后就再没见那个人了。可能是死在外面了吧。丹赞当时是个很有灵气的孩子，经文学得也好，只是过于单纯善良，而且特别胆小，在庙里是出了名的。有时候他独自坐在庙外的小路上，伤心地哭泣，一旦见人走来就赶紧走开。每到晚上，他不敢一个人出房门小便，尿了炕而让师父训斥。他有超强的记忆力，每早的读经会上，他背诵的清澈声音响彻在殿堂的上空，让师父和众喇嘛都欣慰。可是因为他胆小，加上又是孤儿，常常让那些不懂事的小喇嘛取笑欺负，打不过他们的他常常哭着喊着逃跑。这就是他的童年成长经历，慢慢变成了一个孤僻的、沉默的、怕事的人。

他师父的一个远房亲戚的姑娘名叫诺敏索娃，也是个孤儿，她隔几天就给庙里送牛奶来，一来二去的，加上都是孤儿，有共同的命运和感受，两个人很快接近，互相心疼互相温暖了。这世界上丹赞唯一不怕的、亲近的人就是诺敏索娃。正因为这样，丹赞天天思念她，盼着她天天送牛奶来。如果她不来就陷入一种无尽的孤独中。他不说这些，不过说实话也没人可说，久而久之，他苦难的命运也因此而开始了。失去了诺敏索娃的陪伴，他就变成了个没有灵魂的人了。

他十七岁那年，诺敏索娃被远嫁他乡了。她来庙里把这事哭着说给丹赞之后走了。人们很快发现他整个人变了，不吃不喝也不说话，整天整天发呆。所有人看见他都有些奇怪，但因为他本来就性格孤僻，所以也没人太在意，过些天发现他已经疯了。

没有人可怜过他心疼过他，奥伦哈日套鲁盖庙就像是他生命中的冷冰冰的世界，让他感受不到世间一丝的温暖。

有一天，小喇嘛们在寺院外的小路上截住了丹赞。

“嗨尿床的，是不是还想着你的诺敏索娃啊？”一个小喇嘛戏弄他。他刚要逃走，让小喇嘛们包围了。

“你的诺敏索娃早在别的男人的被窝里了，你还想她，人家都忘了你了。”丹赞的脸渐渐在变，小喇嘛们在继续戏弄。

“哭一个，看看，你的诺敏索娃也许会跑过来的。”

突然，丹赞大喊大叫着跑了，小喇嘛们笑着追着，跟出去了。

对小喇嘛们来说，取笑个疯子是件快乐的事情。过了几天，那几个小喇嘛又过来戏弄丹赞：“你的诺敏索娃来了，在山下等你呢。”刚开始丹赞还笑着，但不一会儿就哭着喊着向山下跑了。小喇嘛们悄悄跟踪，发现他跑到诺敏索娃家的家址上转悠半天最后长长叹口气回来了。接下来那几个小喇嘛总是这样捉弄他，从此，一个破破烂烂的人经常哭着喊着跑下山，看见哪个女人就从后面跟过去呆呆地看半天才默默地回来。因此，天天不是让女人们骂就是让人取笑着。还有一次，山下的几个女人一起把他的衣服脱了个精光，并且用柳条把他打了个半死，日久天长，他的病就越发变本加厉了。

不久，他是见了女人就上，也不知是否以为是诺敏索娃不得而知了。而有些不懂得心疼的女人们利用丹赞的又病又傻，把取笑丹赞当成乐趣来玩。

“丹赞，给姐姐背一捆柴火，回来给你奖赏啊！”

“嗯……嗯，然后呢？嘿嘿嘿。”

“完成任务后晚上姐姐在东山口等你啊！”

“啊，东山口？嘿嘿嘿。”他还是傻笑。

然后在东山口等到半夜差点被狼吃掉了才悻悻地回来。到了第二天又让另一些不三不四的女人骗得帮她们干完所有的活儿半夜三更才回到庙里。针对无奈的事情，庙里商量决定，把他交给迦米阳师父来管理，并在灶火房里帮忙。这样做一个是为了限制他的行动，能少受外界的刺激，从而对他的病情起到缓解的作用，另一个当然是为了寺庙的脸面吧？

可是迦米阳师父使用了各种办法来阻止他的外出，但发现一切都是徒劳的。甚至有的时候反锁在屋里，他都打烂锁头逃走了，后来锁也锁不住了，发现要被锁，他立刻就先逃之夭夭了。无奈的迦米阳也只能任由他了，只要饿不死冻不死，他就烧高香了。丹赞今年才三十八岁，但是因为多年的营养不良、生活的动荡不安，他的身体已经严重透支，头发都白了一半，可以说已经是人不人鬼不鬼了。

阴了整个晌午的天，终于开始下起了雨。灶火房立刻闻到了泥土的芳香。不一会儿雨就大了，而且下得越发猛了。雨点变成雨线，一个劲地倾倒。迦米阳和松赖扎拉森干完手中的活儿，站在门口看着滂沱的大雨尽情地肆虐。

突然，松赖扎拉森看到大雨中好像有一群羊被雨水打得找不到方向在猛跑，后面有个牧羊女骑着白马赶上来。塔日巴格图草原好像在雨帘背后朦胧。

“唉！”一个深深的叹息打断了他的联想。迦米阳若有所思地望着屋外的雨，嘟囔，“看这大雨……我母亲不知怎样？我家蒙古包的围毡已经又旧又薄的了，不知能不能扛过这次。”

“那就赶紧回一趟啊，这雨真的不小啊！”松赖扎拉森也为他妈有些担心。

“哎，但是请假也是个难事啊！”

“不请假能怎样？我给你盯着灶火房，你明天早晨赶回来就行了吧。”

“我上次走了一趟，吓都吓死了，幸亏没人看见啊！”迦米阳有些心有余悸地说，但看着松赖扎拉森那肯定的眼神，他好像又有点心动了。

“走吧走吧，放心走吧！”松赖扎拉森用同情的眼神看着拿不定主意的迦米阳。迦米阳犹豫了一会儿，然后还是下定决心脱下鞋抓在手里，跑出去消失在大雨中了。

松赖扎拉森还是想着婻斯乐玛，在门口默默地站着。

忽然，一个牵马之人在大雨中出现，急急地跨过寺外小路直奔过来。他一下认出那是婻斯乐玛，但瞬间惊奇，不知眼前一幕是真是幻，接着心脏也不听话地猛地跳动了起来。回头看了一下丹赞还在原地傻傻地坐着，他目不转睛地看着雨中的婻斯乐玛，当她浑身滴着水急急地超过灶火房跟前的时候，他忘情地叫了一声：“婻斯乐玛啊……”

大雨中她听见了，回头透过雨帘看见了他，转身朝灶火房走来了。

“……哎呀，这么大的雨为啥跑过来了？”他心疼地喊，“快进来！”

“噢，原来你在这里啊？”婻斯乐玛小声惊奇地叫着，以不无委屈的眼神看着他。

松赖扎拉森跑出去，把婻斯乐玛的马拴在灶火房后面柴火垛旁又进来，把她领进了迦米阳住的小屋里，急切地问：“这么大的雨，怎么了？看全湿透了。”

“就是好大的雨啊！”她发现屋里有些阴气，不由得打了个激灵。

“等等，我点一下炉子。”松赖扎拉森说着麻利地点着土炉子，上面放了水壶熬起了茶。过了一会儿，婻斯乐玛的身子暖了起来，发白的脸上有了点红晕。

“松堆要拿换洗的衣服，乌珠莫脱不开身，所以我来了。”

“松堆怎么样了？”

“好多了。”

“那太好了。”松赖扎拉森说着叹了口气，“这次他可是吃尽苦了。”

“是啊，吃尽了苦头。僧侣生活也不是那么容易的啊！”婻斯乐玛有些伤感。

犹豫了一会儿，松赖扎拉森忧伤地说："本想去看你，结果还是不敢……真是。"

"不去也罢了，让哪个喇嘛发现了、告了，那可就完了……我知道我命不好，不怪你。"她无奈地说。

"可是……"松赖扎拉森欲言又止了半天，好像最后下定决心了，说，"可是我总是忘不了你。"

"那有什么办法啊，其实我也是思念，每天度日如年，但又有什么办法啊!"婻斯乐玛痛苦地低下了头，低语，"命该如此，谁也不怨。"

"茶好了。"松赖扎拉森说着给婻斯乐玛倒了茶，说，"别着急，松堆的衣服我去给你拿来，今天有雨没人来这里的。"

"我当然是不着急啊，如果可以的话我都不想走了。"她灿烂地笑了一下，然后又忧伤地说，"这雨再也不停才好呢!"

这样他俩坐了很久，雨还在下，外面冷飕飕的。但他俩的心是暖暖的、敞亮的。过了午后，雨停云散了。松赖扎拉森把松堆的衣服拿过来交给她，两个人来到灶火房后的拴马处。婻斯乐玛暖暖地看了他一下，就牵着马走了。他情不自禁地追过去深情地说："你不要太难过，只要有机会我就会去看你的。"

婻斯乐玛缓缓地点了点头。

十四

松赖扎拉森离开灶火房回去的时候，天已经很晚了。他绕过大雄宝殿刚往自己的住处走的时候，一阵急促的马蹄声响起，一个人急匆匆骑着马而来。他奇怪，什么人深更半夜进庙还这么不收敛，连马都不下，这样嚣张地进庙？他正纳闷儿，那人跑到他跟前下了马，问："住持喇嘛嘎拉森尼玛住哪里？"

“您是去他那里啊？跟我来吧，我是他的徒弟。”松赖扎拉森领着他前面带路。顺便看了一下，来的人是个二十来岁的血气方刚的年轻人。

靠着炕桌坐着的嘎拉森尼玛看着进来的年轻人微笑着说：“好的，上炕吧，王府兵差是不会追到庙里的，好好喝点茶，踏踏实实地睡一觉再说吧！”

年轻人惊呆了。“您怎么知道我是被王府兵差追到这里了？”

“噢，我刚才出去方便，听见庙外路上马蹄声声，呐喊声此起彼伏的，完了你就进来了。”嘎拉森尼玛平静地笑了一下接着说，“我不仅知道你是被兵差追捕的人，还知道你是敖其尔的弟弟，怎么样？”

进来的这个年轻人更加惊奇地呆在原地瞪着眼睛站着，他确实是敖其尔的弟弟巴扎尔。他对大师佩服得真是五体投地，原来传说中的这个大师真是名不虚传啊。我的事他怎么都知道呢？下午他无意中遇到了旗王府兵差，没有什么准备的他扭头就逃开了，但是因为最近几天他的爱骑被饲养得肠胃饱满，所以有些跑不动，无法远远地拉开与追逐者的距离。傍晚的时候跑到奥伦哈日套鲁盖庙，想起哥哥所说过的话，紧急时刻寺庙是可以成为临时庇护所的，被兵差追得无路可走的时候，遇见寺庙可以进去躲一躲，踏进寺外小路他们就拿你没办法了，因为寺院清净地避讳刀枪入内，更禁止绑人抓人等的事情。还说如果进了奥伦哈日套鲁盖庙，住持嘎拉森尼玛会给你个热茶和安稳的睡处的。如果别的喇嘛知道你的强盗身份会吓得赶紧躲得远远的。因此他麻利地放松缰绳跨进了那个屠杀和救赎的神圣的界限。

“你别以为我用了什么法术，没有的事，因为你长得很像你的哥哥，所以我才一眼认出你是敖其尔的弟弟。我和你哥是很好的朋友。”嘎拉森尼玛说着指指松赖扎拉森说，“这位是我的徒弟，名叫松赖扎拉森，认识一下吧。”

“我们已经认识了哟。”松赖扎拉森说着给巴扎尔让座倒茶，麻利地上了一些茶点。

第二天早晨，巴扎尔考虑着怎样从寺庙安全离开。因为王府兵差在寺院外面等着他出来，一旦他走出寺外的小路，他就马上成为他们追逐的对象。

嘎拉森尼玛与他喝着早茶，安详地说："好好喝吧，放心，一会儿我徒弟会把你送出庙门的。"

巴扎尔静静地看着眼前这位智慧的师父。

"我知道他们在寺外等了你一整夜，等着你一出庙门就抓你，不过没事，我写个信给徒弟带上，兵差们看了我的信就不会把你怎么样了。"

巴扎尔很感动，激动地问："大师您为什么这样恩赐我呢？"

"这还用问吗？一个虔诚的佛教徒能让一个鲜活的生命在眼前遭涂炭吗？而且我想我们俩之间肯定是前世有缘啊！"嘎拉森尼玛平和地说着。

松赖扎拉森与巴扎尔并肩走出庙门，王府兵差犹如从地缝中拥出一般，迅速地把他俩围住。"哪位是头领，住持师父有信给他。"随着松赖扎拉森的喊话，一个小兵跑过来接过信递给了头领。头领仔细看完信，立刻下马，把信举到头顶致敬后下令："全部下马！"

堵门的兵差兵分两侧，让路了。

走出较远，巴扎尔真诚地对松赖扎拉森说："我会永记住持师父的救命之恩的，当然也谢谢你的帮助，可现在不知怎样表达或报答啊。"

"师父邀请你再来做客。"松赖扎拉森说完回头走了。

巴扎尔骑上马疾驰了一会儿，拉住缰绳回头看了一下。只见奥伦哈日套鲁盖庙在远处的山崖上巍巍矗立着，金色庙顶在晨曦中闪闪发光，让人肃然起敬。

"好像有个骑马的人来过你家？"乌珠莫笑着问婻斯乐玛。松堆的伤渐渐好了起来，乌珠莫的心病也开始好了起来。

婻斯乐玛知道她说的是巴扎尔。她没隐藏什么，把前前后后的事情一五一十地都给好友说了。然后叹息道：“王府兵差天天都在追捕他呢，我心里总是有一个不祥的预感，唉！”

“你那个扎拉森再没有来吗？”

“没有……”

乌珠莫也为好友叹息着，说：“像你我这样可怜的人来说，不管是谁，有一个人总比没有强啊！”

每当想起巴扎尔，婻斯乐玛总是觉得心惊胆战，想着总有一天传来什么噩耗而时常忐忑不安。这一会儿，她忽然感觉有个东西在她腹中开始孕育了。

十五

那些堆满屋角的黴子上，迦米阳又一次伸了手，他的手在剧烈地颤抖着。

他的眼中呈现了他那苍老的母亲，昨晚他又回去一趟，看了看老母亲，她已经虚弱得卧床不起了。

他想起年轻时的母亲，第一次把他送到奥伦哈日套鲁盖庙的时候，母亲是那么漂亮、那么年轻。而现在的母亲满头杂草一样的灰白头发、满脸的皱纹、两眼塌陷、颤颤巍巍，想起来就让人情不自禁地热泪盈眶。

“妈妈不怕，我儿是出家人，虽然没有多大的学识，也是一个本分的僧人，一想到这些，妈妈就满足了。儿啊，赶紧回庙里吧，出家人应该在寺庙里安心修行才是正事，只要你在寺里，就是对妈妈最大的安慰啊！”妈妈说着就开始了上气不接下气的剧烈的咳嗽。他急得想给倒碗茶，结果发现茶壶是空空的，熬上茶再打开橱柜，发现橱柜也是空空的，没有任何吃的。他这才发现自己的母亲每天都没吃没喝地在艰难度日，所以他才急急忙忙回到寺里。

他伸出的手越来越颤抖。加上这次他已经第五次偷灶火房的东西。他偷拿的东西虽然还不及在灶火房住的老鼠吃的东西多，但是性质上这是多么严重的事情啊，他心知肚明。不仅佛祖知道不能饶恕，妈妈知道了也是不能原谅的，可他没办法，眼看着老母亲在饥饿中挣扎，他除了这么做没有任何其他办法了。

他干脆闭住眼睛，碰到什么拿什么。然后睁开眼睛又拿了两个已经干瘪的点心，赶忙放到褡裢口袋里。

“嗨，坏东西，人家说你偷东西，原来还真是的哎。”

听到脑后忽然响起的声音，他浑身的汗毛都竖了起来。回头一看，掌堂师满脸横肉地站在那里。

“把刚拿的两个点心拿在手里，然后跟着我到大雄宝殿门口来！”掌堂师命令。

意识到事情的严重性，迦米阳的脸一下惨白了，他突然跪倒在掌堂师面前求饶道：“……开恩啊！妈妈已经断粮两天了，我是无奈了呀，这……这……点心我不要了……”他想放回原处，刚伸手，掌堂师无情地发话了：“已经晚了，偷了就是偷了，快走，别这个那个的麻烦了！”

迦米阳的双眼犹如进了狼口的羊的眼睛一样，可怜地不断闪烁着求饶：“掌堂师原谅我吧，念在咱俩曾经是同门师兄弟的份儿上给我个机会吧，以后再不敢了啊……”

“掌堂师看了此事还不处理那就是失职，就不是掌堂师了！”掌堂师一点旧情都不顾，还是严厉地说着，“你要是不走就在这儿等着，我叫喇嘛们过来把你绑上再走吧！”他扬长而去了。

惩戒的锣鼓声再次在奥伦哈日套鲁盖庙的上空响起，喇嘛们个个儿惊慌失措地赶忙聚到大雄宝殿门口。当掌堂师派遣的两名喇嘛拿上绳子去灶火房的时候，发现迦米阳已经不在那里了。

其实这个时候迦米阳已经来到大雄宝殿，当时店门大大地敞开着，而且里面空无一人，所以他虽然很害怕，但还是进去直接走到大殿里面的弥勒佛殿跟前。殿里朦朦胧胧的，供桌上摆放的千佛灯迷离的灯光下，各路神仙的尊容显得神秘莫测。迦米阳脚下一软，浑身虚脱地跪倒在弥勒佛巨大的佛像前，眼泪像决了堤的洪水般涌了出来。

他滔滔不绝地把自己的罪孽一一忏悔，而且因悔恨痛哭流涕着。但他没有求饶，他觉得人一旦做了错事求饶是不对的，应该自己勇敢承担并赎罪才是应该的。死了以后下十八层地狱那也是咎由自取的。我是违反寺规的人，受到责罚是天经地义的。然后虔诚地祈祷，如果来生还能投胎做个人，一定要不作孽不犯错安安稳稳地好好过一生。接着还为老母亲祈祷，此时母亲那乱蓬蓬的白发、瘦骨嶙峋的矮矮的体魄、严重缺营养的灰白的脸色好像就在眼前出现，并在佛灯下责备着自己。他祈祷万能的佛祖能恩赐他苦难的母亲，救赎他的母亲。他流着眼泪频频磕着头。

跪拜很久，他从袍子前胸拿出一个自己准备好的佛灯，颤抖着靠前点着放在弥勒佛像前。这是弥勒佛殿点上的第一千零一个佛灯。佛灯刚开始忽暗忽明地闪烁了几下，然后向上蓬勃地燃了起来。他的心情也随着他那佛灯亮堂了起来。他再度虔诚地磕了一下头，然后站起来，用袖口擦了擦眼角的泪，拖着沉重的腿往出走去。忽然身后“呼”的一声，他惊恐地回头一看，不知从哪里来的一股旋流，在众佛面前回流。迦米阳看得目瞪口呆，魂都快飘走了，那个小小的旋流越来越强劲，又一个“呼”的一声，瞬间千佛灯全部熄灭，而只有他那佛灯安然闪烁着。

迦米阳惊奇地看了半天，然后脸上出现了满足的笑容。他再向弥勒佛像磕了一下头，然后流着泪走出去了。

第二天的中午，盛夏的太阳虽然照得万物灼热，但山头上还是凉爽宜人。朵朵白云随风飘浮，头顶上的天好像近了许多。塔日巴格图草原尽收眼底，绿浪荡漾。迦米阳站在寺庙北面最高的山头，前面就是一个悬崖峭壁。他一步一步向前，走进了山崖边缘。

塔日巴格图草原深处的那个小小的毡包好像就在他眼前，那个包里躺着他那奄奄一息的老母亲。如果听到我偷东西的事情，她会难过得死去的。唉！我的母亲啊……他的热泪又一次夺眶而出。然后慢慢回头望了望他那生活了四十年的寺庙，多么地温馨啊！在这里他度过了无数个平凡而艰难的日子。他不怨恨命运，也不怨恨眼前这个寺庙，但他知道这个寺庙、这个世界再也不会包容他了。

他走到山崖边缘，用衣襟盖上脸面直接跳了下去。

没有发出任何的声响。一切都那么平静。

去打柴的一个喇嘛发现了迦米阳的尸体，这下寺庙里整个轰动了。一方面飞速报告住持喇嘛嘎拉森尼玛，另一方面派人把迦米阳的尸体抬到山崖边上的一个小小的山洞里，并搬些石头把洞口暂时封堵了。寺里的所有喇嘛都赶到了那里，掌堂师铁青着个脸威严地站着。

"住持喇嘛来了。"喇嘛们小声说着让开路垂手站下。只见嘎拉森尼玛住持快步走进，黄色喇嘛袍在晌午的太阳照射下闪着光芒，红色袈裟随着他那矫健的步伐而飘扬。

"逝者在哪里啊?"嘎拉森尼玛赶忙问。

"暂时放到山洞里了，下一步怎样安葬等您的意见。"一个喇嘛轻声回答。

"那就在那里吧，不用动了。明天全体喇嘛都来这里念经，为迦米阳师父超度吧!"说完向着山洞深深鞠了躬。

所有的喇嘛都惊呆了，洞里的只是一个灶火房的下等喇嘛，并且是偷东西违反寺规失德行的人啊。如果不是自己跳崖，前天应该在大雄宝殿门口受罚的人。住持今天这是为哪般呀？

嘎拉森尼玛鞠完躬回头给众喇嘛说：“大家都知道这个山洞里安葬着什么人吗？一个深深懂得佛家慈悲之理念的、修行学识福报完满的大师，在他的面前，我这个受过拉然巴学位的嘎拉森尼玛什么都不是了。”

午后的艳阳把众多红衣教徒们晒得十分难耐，而山间这沟里也闷热无比。嘎拉森尼玛的句句言语都无情地敲打着喇嘛们的耳骨。

“……迦米阳师父干着寺里最重的营生，受着最大的苦难。他所为我们熬的茶聚起来可以成为大海，但是他却把熬过的渣滓反反复复晒干重复利用着自己喝。他背来的柴火能堆起山，但在寒冷中瑟瑟发抖着过冬。看着母亲饥寒交迫，从寺里拿了些馓子送给了母亲，这是对的，是大孝，不用说是几个馓子，就是把寺里的畜群赶过去，我也不说他的错，因为我们佛教的宗旨就是普度众生、解除人间的苦难的，为接济一个贫穷的老人而做的行为完全符合佛教慈悲为怀的理念。我们所说的普度众生绝对不是空话。这一点上我们可以看到迦米阳师父的修行到了很高的程度，奥伦哈日套鲁盖庙能有个这样的喇嘛那是佛祖的恩赐，也是大家的福报啊……”

掌堂师的脸从灰黑一下变成了惨白。众喇嘛的眼神都集中到了他的身上。

奥伦哈日套鲁盖庙举行了一个前所未有的大型经会。住持喇嘛嘎拉森尼玛穿上大昭寺带来的崭新的袈裟，亲自主持了为迦米阳师父进行超度的活动。

这次的经会全寺喇嘛几乎全部参加，这是从未有过的景象。那些千方百计地寻找各种理由不参加经会的喇嘛们也都早早地到场，都真心地卖力地咏诵着经文。

唯独掌堂师说身体不适而没有参加。

十六

卓二丹和索那木拉西两个人坐在家里静静地喝着茶。

“咱们这寺里虽然喇嘛众多，但是真正有学识的其实也没几个，是吧？但是你算一个。我很佩服你，又有学识又会看病，在咱们这里是屈指可数。”卓二丹讨好地给索那木拉西说。

索那木拉西显得有些不好意思。自从上次让掌堂师责罚后，他觉得再也没脸见人了，到远房亲戚家养伤昨晚刚回寺里。这是卓二丹在家里备好茶为他接风所说的话。他很感激卓二丹的好意，但是想起杖打的事情，还是觉得有些没面子。

“我？唉……”他红着脸默默地喝茶。

“可是咱们寺里历来就一碗水端不平，对你其实是不够公平的，我早就看出这一点了。远不如你的人都个个得逞，拥有大喇嘛的信赖，吃香的喝辣的活得都很滋润的，我不说谁你也明白吧？”卓二丹说着假装有些犹豫接着说，“我是对你没啥隐瞒的哈，咱俩说说知心话，说到哪儿算哪儿，都知道不会传出去是吧？你看看啊，比如松赖扎拉森，经文是好大家都知道，但是他能看病行医吗？之所以比你过得滋润，原因就是住持喇嘛的贴身徒弟。再说说那个松堆，每天不学无术的，骑着个马满世界招摇。他们联合起来都骑在我们这些老实人头上啊。”

索那木拉西知道，卓二丹是为了挑拨松赖扎拉森和松堆他们几个人的关系而说这些的，但是他却无法反驳他的言论。全寺喇嘛个个都躲得远远的，只有卓二丹请他喝茶说说掏心的话，所以只能顺着他的话接茬儿。

“咱们寺里的事历来就是这样的呀。”他似乎赞成卓二丹的话，摇摇头叹了口气。

“松赖扎拉森、松堆俩表面上与你是好朋友，但实际上都在压制你，你以后少跟他们来往，有什么事来我这儿一起商量，咱俩想办法吧。”

“……噢，行。”索那木拉西虽然嘴上同意，但心里却暗想，“这家伙可不是省油的灯，应该留点心眼才对。”

索那木拉西走了以后，卓二丹想着自己的心事坐了很久。

几个月前，他认识了他乡来的巴林达，并很快就相好了。那时候他每天把自己的马上了脚绊，把马鞍和缰绳都放在山下，等到夜深人静的时候神不知鬼不觉地悄悄跑到她包里，享受人间快乐。但好景不长，短短两个月，巴林达却变了心，不再与他来往了。他气得夜夜无眠、伤心痛苦、想起她那美丽的大眼睛、无拘无束的爽朗的笑声、柔软而饱满的嫩手，每天被折磨得犹如掉进地狱一般痛苦不堪，甚至觉得活着都是毫无意义了。

后来他无意间发现巴林达与乌珠莫和媾斯乐玛住得很近，他一下想到松堆和乌珠莫是相好的，后来又猜测到松赖扎拉森与媾斯乐玛俩也不是那么干净的。之后怀疑巴林达变心与他们有关系。

不要脸的东西们，等着瞧。坏了我的好事，你们也早晚不得好的。他咬着牙等着报仇的机会。后来没有多大心机的、有啥说啥嘴上没啥把门的索那木拉西被他选中了，所以他请了刚养伤回来的他来家喝茶，他相信这个嘴上没把门的家伙会源源不断地给他提供他想要的各种有用的信息的。想到这里，他美美地想入非非。

这些天，松赖扎拉森在认认真真地研读师父嘎拉森尼玛给他读的一本书。师父交给他的时候说：“这本书不是给你背的，你要好好读好好研究，也许给蒙古文学校上课的时候会给你一些参考和思路的。”

刚开始他没太领会师父的意图，但读了几遍之后，他好像开始了解师父的想法了，并且知道了它就是师父自己的著作。从此以后越读越有兴趣，而且随着阅读的深入，心中涌出很多想法和问题。

外面阳光明媚，屋里却凉爽宜人。松赖扎拉森放下经文，在屋里沉思着来回踱步。刚才那一段内容还在他的脑海中再现。嘎拉森尼玛的著作是从写旱獭开始的，而对旱獭的描写是吸引人的、让人深思的。文中说："塔日巴格图草原上有很多很多的旱獭，可是很少人注意到它们的存在，先人们为什么把这片草原命名为塔日巴格图草原呢？可见那时的人们对事物的观察力和注意力是认真而客观的……"师父接着写道："僧人我来到塔日巴格图草原已经五年有余，在这片草原上多次看到旱獭，忽然悟到旱獭即是人，人即是旱獭。这片广阔的草原上生活着旱獭一样的许多许多的人，而旱獭的世界有很多与人的社会共同的特点。"然后阐述人的社会各个阶层的矛盾和关系，与旱獭的世界相比较，认真深入地研究人的社会的"以力量征服"和"以智慧征服"的利与弊，还阐述了宗教理念中的"以智慧征服"的闪光点。

"推广思想为何要压制力量的发展？思想和力量并行发展为何不可？竭力推广思想现在为何又出现遍地的傻瓜？推广宗教理念必须蒙蔽一批人吗？《甘珠尔》《丹珠尔》经中写了很多技术专业、数学等的内容，为什么不推广此类内容而每天说教鬼怪神灵前世后世的事情呢？造就诸多莽撞无知的俗人，而压制智慧多谋的人才，是佛教的宗旨吗？"

念了一连串的问题，松赖扎拉森的心情无比激荡。他好像开始理解师父的思想和志向。原来师父考虑的是寻求一个人人头脑发达、智慧向善的美好世界啊！但是这个高僧目前遇到一个无法解释的难题了。

师父为什么让我看他的这个作品，而且建议在教学中采纳，他今天才真正了解，师父考虑的这些问题也是所有的信奉和推崇宗教的人认真考虑的问题。把这些问题告诉给更多的人，让人了解自己的主张，从而引起一些人的思考和惊醒才是师父的初衷。

嘎拉森尼玛师父今天去见特古斯朝克图梅林了，所以院子里显得静悄悄的，偌大的院落里，松赖扎拉森独自一人思考问题来回踱步。看见松堆匆匆走进来，赶忙迎了过去，高兴地问："你的伤已经完全好了吗?"

"当然好了，不就是屁股挨了顿板子嘛，又不是冻掉了。"说着坐到炕上，"嗨，茶呢？快渴死了。"松赖扎拉森赶忙递上了茶，然后仔细地看看他。松堆比以前黑了，也瘦了，但是一双有神的眼睛执着地闪着亮光，一股啥也不在乎、不怕一切的样子展现在他眼前。

"想问你的婻斯乐玛吗？紧盯着个我。你那个她呀，可是望眼欲穿地盼着你去的哟，可是你这家伙狠心不去，不过最近看见有个年轻人经常在她家进进出出的影子，但告诉你，你可没权利埋怨她，错误都在你身上。"松堆说着叹了口气，说，"牧区的女人们比起你我更可怜更艰难啊!"

听到婻斯乐玛那儿有人在照顾，松赖扎拉森一下觉得心里不是滋味，他知道他的心还没死，草原深处那个小小的毡包在他心里还是在温暖地存在着。但他觉得现在应该放下了，留住深深的遗憾，真诚地祝福她才是对的。

"咱们天天念叨着普度众生，可是远的不说，就在你跟前，眼皮底下生活的、挣扎在苦难边缘的女人们都救赎不了，她们可是伟大的母亲们啊！为什么看不到还在一味排斥？难道她们不属于我们要普度的众生吗?"松堆发完牢骚接着说，"留一些男人还俗有什么不好啊？全部都是喇嘛了，女人们都不生育了，人这种生物不都很快绝种了吗?"

"你每天考虑的都是这种事情。"松赖扎拉森挖苦了一下，但心中却觉得这也真是个问题啊!

“好了，我走了，拿来了一条新杀的羊腿，晚上做肉包子吃，你早点过来帮忙啊。听说索那木拉西也回来了，把那家伙也叫上吧，一起吃吧！”

松赖扎拉森留下来一个人发呆。嫡斯乐玛那圆圆的红扑扑的脸好像在他眼前出现，赶也赶不走。他觉得从未有过的忧伤袭来，无精打采地上炕躺下了。“僧人为什么一定要远离女人啊！”

这是他刚才也想到的问题，但是觉得谁也无法回答这个问题。其实剃度为僧的时候，就接受了普度众生的宗教理念，应该脱离家事纷扰，甚至抗拒人自身的欲望远离女人的思想。他曾经笃信不已，但现在开始怀疑了，这个理念回答不了眼前很多的问题。譬如：开天辟地的时候老天爷就造就了女人和男人，保证阴阳平衡，延续世间正常运行。如果没有了与女人香火连接的男人，那么这个世界是个不完满的，有地没天、有水没山、有冬没夏、有阴没阳的，反之也一样。所以离开哪个都不行。这几个月接触乌珠莫和嫡斯乐玛的生活已经深有感触。草木一秋都有开花结果的时候，这是世间的规律，何况是人呢？但是当喇嘛的为什么要违背这一切呢？

他对这些问题给不了答案，闭上眼睛了，眼前又出现了嫡斯乐玛那忧伤委屈的眼神。

十七

草原上的晨曦渐渐蔓延开来，橘红色的霞光染红了大地，接着火红的太阳瞬间升腾起来，壮美的朝阳使得整个塔日巴格图草原都通红一片了。

这是草原的秋天，一年最美的季节开始了。归雁在高空中委婉地鸣叫着，恋恋不舍地一字排开向南飞去。巴扎尔骑上马，望着空旷的秋日天空叹了口气，然后向着草原深处走去。归雁孤独伤感的叫声还在他的耳边响起。他想起来奶奶在世的时候给他唱过的关于母雁嘱咐雏鸟宝宝的歌曲：“飞上天空要跟上队伍走，记住不要飞在队尾落下，掉队会出现迷路的危险，遇到湖水江河谨慎小心，过夜要懂得众雁中间，别让狐狸饿狼把自己叼走。”想起这儿时的歌曲，思念和伤感让他陷入深深的忧愁中。

这位叱咤风云的年轻强盗之前从不知忧愁为何物，可最近总是一股忧伤、一股忧愁，频频光顾他那坚硬的内心，让他不能自拔。

……婻斯乐玛把他的手轻轻放在胸口，慢慢往下滑到小腹不动了。那里好像微微隆起并让她感到无比温暖和幸福，因为这里有一个崭新的生命正在悄悄地孕育。她上次就把这个喜讯告诉了他。

“我有后了，二十年以后又一个巴扎尔来震撼塔日巴格图草原啊！”

“那你的意思是让你的后人还是步你的后尘，是吗？”

“当然了啊！”

“那这个儿子不生也罢。”

“为什么呀？”

“当盗贼的人有什么结果，你应该比我清楚，是吧？你这是为自己未出生的孩子指了一条不归路，是吗？”婻斯乐玛说完激动地坐了起来，大声质问，“你是计划让我以后成一名没了男人又没有儿子的人吗？”

巴扎尔一下愣住了。要震撼塔日巴格图草原，震撼了又怎么样啊？结果都一个个躺在无名坟中，这是强盗的最后归宿。刚在母亲的腹中开始孕育的生命，我就给他指向不归路，这不是作孽吗？

“那怎么办啊？”他傻傻地问。

“这个孩子长大以后干什么都行，唯独不能干强盗！”

“可是……”巴扎尔有些无言以对了。世上哪有那么简单的事情啊！巴扎尔是强盗，早晚被砍头，当儿子的会站起来为父亲复仇，那时候不管婻斯乐玛乐意与否，当儿子的除了挎刀走上好汉之路，还有什么别的选择吗？蒙古地区虽然没有株九族的法律，但是王府会把强盗的儿子当奴仆、当人质来压制，永生不能翻身的。因为他们的强盗父亲生前摧残了多少人的生命、多少人的财产，所以替父亲还债是天经地义的，这是社会公众的共识。所以，强盗的后人过一种低人一等的水深火热的生活。

巴扎尔越想越心重，无辜的新生命，还没来到这世上，就因为父亲是强盗，而确定了孩子以后的苦难人生，这是怎样的孽缘啊！

婻斯乐玛伤心地哭着，说着："让我们母子俩不得安生的就是你这个人啊！我们怎么会有这么不幸的命运啊！"

"别伤心了，我想个办法，会有办法的。"巴扎尔咬紧牙关好像下定了决心似的说。

"你想到什么办法了呀？"

巴扎尔没说话，披上袍子出去了。

这是上次见面时候发生的事情。之后怎样改变这个孩子不幸的命运，已经成了他日思夜想的问题了。昨晚他来婻斯乐玛家的时候，她告诉了一件让他更担心他们母子的事情。

王府的几名兵差喝着婻斯乐玛递上的茶，讽刺她："看样子你已经怀上了？是盗贼巴扎尔的种吧？"她红着脸低下了头，没吭声。兵差继续戏弄她，说："这下可好了，下次你那盗贼来的时候告诉他，我们现在不用白天黑夜地辛苦追逐了，你总有一天卸下包袱生养的那一天吧？我们守株待兔就行了，如果贼人不去王府自首，那我们就带走你的孩子，盗贼的种早早解决是对的，省得长大了抄起家伙与王府作对，是不是呀？"几个兵差哄笑一堂。婻斯乐玛咬紧牙关沉默着，但是心里想："这些人都是说到做到的活阎王啊！"

"你说怎么办呀？"婻斯乐玛哭丧着脸问巴扎尔。

巴扎尔脑海中闪进一个想法，他自己都吓了一跳。但他没有吱声，平静地说了一声："放心吧，总会有办法的。"

这会儿他望着秋高气爽的天空，诸多解不开的问题在脑海中纷扰。他没太注意山梁背后跟踪他的很多双眼睛，就这样让王府兵差轻松地缉拿了。

“敖其尔的弟弟被抓了。”消息如同草原上的风一样飞速传开了。奥伦哈日套鲁盖庙的住持嘎拉森尼玛也很快得到消息，他跟谁也没说就独自一个人朝着特古斯朝克图梅林的兵营急忙走去。

金秋荡漾的草原腹地，错落有致的排排帐篷林立着，精神抖擞的骑兵进进出出，秩序井然。这就是特古斯朝克图梅林的兵营。快到中午的时候，他到了兵营门口，通报姓名说明要见梅林大人。兵差们又惊又喜毕恭毕敬地引导前面到了梅林帐前。梅林大人匆忙起身，把住持邀请到铺好地毯的上座上。“尊贵的喇嘛为何光临寒舍呀?”笑着问完向门外喊，“上茶点!”

嘎拉森尼玛笑了，没直接回答他的问题，反问：“官府大人怎样啊？追逐盗贼到什么程度了?”

“抓了个大头，关押在这里。”梅林信心满满地回答。

“听说了，那你想怎样处置呢?”

“明天太阳升起的时候砍了!”

“不能刀下留人吗?”

“不行，我饶他不死，他会涂炭他人的性命的。”

“如果他不再作恶呢?”

“这不可能。”特古斯朝克图大笑一声，“他可是狼崽呀，吃羊是他的本性啊!”

嘎拉森尼玛也笑了。“把狼变成羊，你不会，但宗教可以做到。”停顿了一下他说，“把他交给我吧，我会把他变成羊。”

“您真有把握吗?”

“当然有把握了。”

“为什么?”

“梅林大人您不是说过吗？蒙古人死都不怕，但却怕佛，是吧？您就把巴扎尔交给我吧，我带走他。”

两个人争论了半天，特古斯朝克图最后还是妥协，同意把巴扎尔交给嘎拉森尼玛。然后把被铐等死在石头房里的巴扎尔放开了。他不相信这是真的，但等看到屋外站着的大师的时候，一切都明白了。他跪拜了大师，然后跟着嘎拉森尼玛走出了兵营。

午后的斜阳下，塔日巴格图草原宁静高贵地沉默着。嘎拉森尼玛在巴扎尔前面矫健地走着，快到奥伦哈日套鲁盖庙的时候停下步伐，回头问：“缘分让我们第二次相见了，咱们俩说说话再分开如何?”

“大师您有什么教导请赐教吧！”巴扎尔真诚地看着这位救命的大师。

“你为什么就成了盗贼呢?”

“为了给父母复仇啊。”巴扎尔回答。

“谁杀死了你的父母?”

“王府的兵差。”

“他们为什么杀他们呢?”

“因为爷爷杀了他们的人。”

“为什么?”

“因为我爷爷的爷爷被王府杀害的。”

“等等，等等，我都糊涂了，究竟谁对谁欠命呢?”

说实话，巴扎尔自己也已经糊涂了。

嘎拉森尼玛赶紧打断尴尬问：“那咱俩继续说吧，你今后想怎么办呀?”

“今后？我想，早晚还是会被砍头的吧。今天如果没有你的救赎，我早就没命了。”巴扎尔说着有些沮丧。

“那……”

“那接着我儿子忙着为我报仇啊!”

“然后被砍头，是吗?”

“也许吧!”

“哪有也许? 那是肯定的啊!”嘎拉森尼玛大声说，“刚才我是有点糊涂了，但现在忽然明白了，孩子啊，有一条看不见的长长的锁链你没看到吗?”

“什么锁链?”

“复仇的锁链啊!”嘎拉森尼玛感慨地接着说，“从古到今，世世代代，不断地争斗，今后还是继续。你砍了我父亲的头，下辈子我砍了他父亲的头，不断地轮回。其中多少个母亲失去了儿子、离开了丈夫，又有多少个孩子成为孤儿，不是吗? 这究竟是为了什么呢? 这种无形的复仇的锁链，难道不能彻底地砍断吗?”

巴扎尔愣住了。好像真的看见了那条锁链。充满复仇的锁链伸向远方，没有尽头。

“为了那些母亲和儿女的幸福未来，勇敢地站起来砍掉它吧，孩子。慈悲为怀才是如今这个世道应该光大的理念。这是我要给你说的真话呀!”

嘎拉森尼玛的一席话，在塔日巴格图草原上晚霞中显得更加响亮更加辉煌。巴扎尔站着久久地沉思，等他回过味来的时候，发现嘎拉森尼玛已经走得无影无踪了。但是大师的话语好像还在他的耳边响彻。

十八

今天，松赖扎拉森马上驮着拉水的木桶走进了塔日巴格图草原。现在已是隆冬季节，前两天下的雪覆盖整个的草地，皑皑的白雪让人满眼的洁白。来到这里，他的心还是有些不听话的激荡，夏天那个大雨天，她来寺里取松堆衣服的时候见了一次之后再没有相见。因为后来松堆的伤好了之后回寺里告诉他婻斯乐玛已经有了心仪的人。

一切都已过去了，只有对婻斯乐玛那深深的爱恋永远地留在他那无助的心里。

有一个人在飞扬的雪中奔驰而来，原来是乌珠莫。看见松赖扎拉森急匆匆地喊："婻斯乐玛疼痛得快昏死过去了，快去照看一下，我去找个人来帮忙吧。"她劈头盖脸地说完跑过去了。他没太听懂究竟发生了什么事，牵着马就跑到婻斯乐玛家毡包前，拴了马，推倒木桶就推门进了婻斯乐玛家，只见她在痛苦地翻转着，而且大声哭喊着。看见此情此景，他又蒙又怕，除了把她紧紧地抱着，没有任何其他的办法了。婻斯乐玛的汗珠暴雨般不断滴下，把嘴唇都咬破了。这是得了什么急性病啊？疼成这样，他祈祷着乌珠莫赶快找见个大夫回来给婻斯乐玛解除病痛。

婻斯乐玛突然大喊了一声，然后好像精疲力尽似的安静了下来。这会儿发现身上盖着的皮袄下面流出了热血。松赖扎拉森吓得失声喊了出来。

随即一个婴儿的啼哭声也传了出来。他这才知道眼前的一幕是怎么回事了，从而更加蒙得不知所措了。

"……剪子。"婻斯乐玛虚弱的声音让他清醒过来了。看见她伸手的方向真的有一个剪子和棉线。他立刻抓起递给了婻斯乐玛。

"用……火，消毒一下。"

用火消毒是蒙古人自古以来的传统，他知道。所以他迅速地点上一把柴火消毒起剪子来，燃起的火焰呼呼地旋转着把剪子的白刃舔着。

"可以了……给我吧。"

婻斯乐玛的手颤抖着，好像都有些握不住剪了，这时候皮袍底下的孩子哭得更加起劲了。忙乱中松赖扎拉森突然想起来刚生下的孩子是应该剪断脐带这一说，就赶忙颤抖着手，不顾一切地揭开了皮袍。

一个婴儿在血水中哭着挣扎，可他不知道怎样下手。“往上一点点……高了，再稍微下一点，对了……拿这个线……”嫡斯乐玛一直虚弱地指挥着。

当一切完事的时候，松赖扎拉森才发现自己也已经整个湿透了，但是他没有工夫休息，麻利地点火暖屋、熬茶炖汤，还把血水胎盘等一切收拾得干净利落，一直忙得昏头转向。

这时候乌珠莫也赶回来了。看见干净温暖的屋子、锅上小火炖着的汤，还有已经静静睡着的嫡斯乐玛，满意地笑了。“天啊！一切顺利了。”

“不知道啊！真行了吗……”松赖扎拉森看见乌珠莫回来了，好像刚知道累了似的，站也站不住，一屁股坐下了。

乌珠莫探探身，欣慰地看了一下熟睡中的母子，说：“扎拉森，你今天可是做了一件积德的事，这比你念十次《甘珠尔》还功德无量啊！好了一切顺利圆满了，这下咱俩可以喝点东西，嗓子都冒烟了啊！可愣是一个人也没找到。”她如释重负了一样放心地大大喝了口茶。

接着他俩整夜守着嫡斯乐玛过了夜。她给松赖扎拉森一一诉说了他没来的这段时间的事情。“你是应该来的，女人的苦痛你们真的不会真正了解的。其实她一直没有忘记你。”

松赖扎拉森深情地望了一下嫡斯乐玛那惨白的脸，觉得这个美丽的年轻女人的脸上，藏着太多人世间的苦难，他感觉心在滴血。

松赖扎拉森没能去黄河取水，每天忙着给嫡斯乐玛伺候月子。

“你快休息一会儿吧，累了吧？”嫡斯乐玛看着他心疼，不断地劝他休息。

“没关系，不累。”他擦了汗水继续不停地干。天黑的时候，他给嫡斯乐玛吃了东西，出去拉住套脑[①]又取回来点牛粪点了起来。因为

① 套脑：蒙古包的天窗。

她家的羊让乌珠莫赶回家放了，所以也少了不少的事情。干完事，他点了油灯，在火撑子右侧和着衣服背对着婻斯乐玛躺下了。他觉得这样好随时能起来照顾他们母子俩。

婻斯乐玛目不转睛地望着他的背影，这位善良老实、任劳任怨的喇嘛来这里之后，她的心好像一下踏实了。但是她想，这个时候待在这里的应该是巴扎尔啊，可关键时刻巴扎尔没影，而松赖扎拉森却赶过来担当了所有的事。事情怎么会是这样啊？她百思不得其解。她想到巴扎尔，一个健壮的、热情的、气盛的年轻人，他给她带来无尽的快乐的同时也给她带来了无法解脱的忧思，来去无影的、风风火火的、让她在苦苦的等待中过着担惊受怕的日子。而每每回来一趟也不懂得单身女人支撑一个家的苦难，只急着满足久别重逢之后的欢快。巴扎尔那也是一种爱，她能理解，但是松赖扎拉森这样的，更是一种爱啊。男人的爱有这么大的区别吗？对于她这个无依无靠的单身女人来说，她觉得松赖扎拉森更适合她，但是觉得已经无法接受这个爱了。她和巴扎尔的孩子都降生了，以后只能跟随着巴扎尔为儿子奔波了，让松赖扎拉森在这里尽心已经不合适了。

孩子哇地哭了，她赶紧抬起身子解开衣襟给孩子喂奶。看着自己稚嫩可爱的孩子，母爱的乳汁从心底源源不断地涌出。松赖扎拉森也赶忙起身往火撑子里填火，忙着给母子俩取暖。

“没事，你睡你的吧！”婻斯乐玛有些不好意思地说。

“还是添点火吧，别把孩子冻着。”

“唉，总是让你辛苦。”婻斯乐玛叹气。

其实松赖扎拉森整夜都没怎么睡，又烧火、又熬茶、又给孩子换尿布子的，忙活到现在。第二天早晨，婻斯乐玛心疼地望着他，轻轻说道：“喝完茶你走吧，时间长了寺里会不行的。”

“没关系，给你把柴火和水都备好了再说吧。”

“你知道……这个孩子是谁的吗？”婻斯乐玛为难地问。

“不知道啊！大眼睛的，很精神的孩子啊。”松赖扎拉森真诚地笑了。

“这孩子的父亲到现在还没回来，只是麻烦你了。”媊斯乐玛还是有些为难。

“没事，别想太多的事，你现在最重要的是赶紧恢复你的身体，然后把孩子带好。”媊斯乐玛觉得眼睛一热。

晌午的时候，他驮着拉水的木桶向着黄河走了。

十九

当松赖扎拉森驮着拉水的木桶向着黄河的时候，巴扎尔在一个小山头背后密切注视着他，但眼里没有什么嫉妒的样子，而是好像完成了一件大事似的，微微笑了。俗话说盗贼的眼力是犀利的。真的如此，远远的，他就认出那个人就是嘎拉森尼玛师父的徒弟。

等松赖扎拉森走远了，他赶紧到了媊斯乐玛家。

巴扎尔今天有些奇怪，他一进来就亲吻着摇篮中的儿子和还很虚弱的媊斯乐玛，然后扫地熬茶做饭，还把茶饭端到她的跟前，忙得不亦乐乎。这在以前是从没有过的。而且还从褡裢中拿出一堆好东西堆到她身边。这会儿乌珠莫正好把媊斯乐玛家的羊给赶了回来，见了巴扎尔就毫不客气地数落了半天。“生养的时候跑得无影无踪，现在伺候月子的事就是你的啊!”

巴扎尔苦笑道：“姐姐哎，我是什么人你是知道的哟，一个地方不能待几天啊，还是姐姐您代劳了吧。”

“知道今天何必当初呢你，现在养下孩子了想逃跑吗?”乌珠莫还是毫不客气地责骂着他。

媊斯乐玛无奈地叹息着说：“我就是个这样命运的人啊!”

“来也来了，待两天吧，我走了。”乌珠莫说着就走出去了。

巴扎尔还是不停地干这干那的，加固羊圈，打扫院子，倒婻斯乐玛的大小便，整个忙完才躺到她身边。

“真是怕啥来啥了，像作对似的生了个儿子，王府兵差会很快来的。”婻斯乐玛虚弱地苦恼地说着。

“上次他们说过，盗贼的儿子还是早点处置的好，省得长大了找麻烦。”她越想越害怕。

“他们不会轻易地来的。”

巴扎尔脸上显出一种下了决心后的泰然。

“真的?”

“真的，以后你们母子俩会过一种太平安稳的生活的。”接着问，“我问你一个事，你不许生气啊。”

“问吧，什么事?”

“那个驮着木桶来的喇嘛对你好不好?”

婻斯乐玛笑着说：“我从来没瞒你什么呀，他那个人挺好的，老实本分，对我也挺好的，如果没有他，我们母子俩会不会在这个世界上还不知道呢。”

“那就我放心了，我也认识他，名字叫松赖扎拉森。”巴扎尔真诚地说。

过了半夜破晓的时候，他起身久久地爱抚着母子俩，然后出门走了。

之后的事情是这样的。

太阳出来之前，巴扎尔来到黄河边上，见到松赖扎拉森，从蒙古袍怀里拿出一袋子银子扔给他，说：“请你照顾好婻斯乐玛母子俩!”松赖扎拉森惊奇地刚要上前问个究竟，结果他一蹬马镫跑得无影无踪了。

“等一等！”使上吃奶的力气喊了一声。巴扎尔返回来，在松赖扎拉森面前下马，问：“干什么呀？”

“我是想问你，你到底是要干什么呀？”

“我是想把嫡斯乐玛母子俩托付给你。”

“为什么？”

“你不用管这个了。”他安然地笑了一下。

松赖扎拉森好像猜到了他的想法，急忙说：“嫡斯乐玛一直是想念着你的。”

“但是我是盗贼，除了这样我没有别的选择啊。如果我不这样，我的儿子会遭殃，当然他母亲也不好活。”巴扎尔真诚地看着松赖扎拉森，说，“所以，拜托你了。”

松赖扎拉森觉得眼睛湿润了，他轻轻地说：“那你就放心走吧，你的儿子我会好好养大的。”

巴扎尔笑了一下骑上马跑了。

下午的时候，巴扎尔骑着浑身是汗的马到庙里，跪在了嘎拉森尼玛面前。

“孩子啊，什么事？”

“听大师的话，我要砍断那个复仇的长链子。”

嘎拉森尼玛点了点头，说：“我相信你会这么做的。”

巴扎尔拿出褡裢告诉大师：“这里有四十个金元宝，想捐赠庙里建一个白塔，请大师您找人为我建一个白塔，为我这个罪孽深重的人赎罪还愿吧。”

嘎拉森尼玛的脸色有些变了，轻轻地问：“孩子啊，你真的决定了吗？”

看见巴扎尔坚定地点头，住持已经满含热泪了，说：“孩子啊！你安心走吧，白塔我一定为你建好！”

巴扎尔深深磕了头转身走出了奥伦哈日套鲁盖庙。

他走出寺外小路的时候，天已放黑，满天的星斗向着他眨巴着眼睛。他潇洒地吹着口哨骑上马消失在黑暗中。

第二天早晨，他已经在特古斯朝克图梅林兵营中，与他面对面地喝着茶了。他说："你还是不相信我？我真的是给你送头来了。"梅林大人欣赏地看着眼前这位精干的年轻人，说："我相信你，一定满足你的，有啥要求你说吧！"

"你取了我的头，咱俩的账就没有了。我有了个儿子，我死以后你不要动他，就这一个要求。"

梅林肯定地说："这一点你放心，你已经自首，自愿结束盗贼生涯，我们也不会把你儿子当成盗贼后代的，我能保证。"

"我哥也有四个儿子，他老子是盗贼，但跟孩子们无关，怎么处置我哥，我没意见，但是同样，他的四个儿子你不能动。我今天心甘情愿地把头给你送来，请你接受我的请求！"

梅林痛快地接受，说："肯定肯定，我接受！"

他看着和他哥哥敖其尔长得一样的巴扎尔，问："你哥还好吧？好久没见他。"

"我哥？还是老样子。"

"你应该为有这样的哥哥而自豪，当然他也应该为有你这个弟弟而自豪啊！"

梅林有些伤感，问："怎样安葬你呢？大葬还是……"

"不用了，让兵差埋了就行了，埋葬地不要告诉任何人。"

这一切的事情，人们事后才听说。但是还有一个人们不知道的事情，那就是：巴扎尔去兵营之前他还上敖包席勒与哥哥最后见了一面。那件事应该永远铭记在他的心里。

著名的敖其尔敖包坐落在塔日巴格图草原边缘的丘陵地带，高耸的三角形敖包常年弥漫着云雾，敖包上空巨鹰盘旋，如同木华黎的英灵还在此处光顾似的，让人肃然起敬。巴扎尔到敖包跟前的时候，哥哥敖其尔的坐骑在敖包山崖边上安详地吃草。秋日风景如画的景色中如同黄缎袍子上点缀的银色扣子一样，让人养眼。

哥哥举着大烟袋安静地坐着，齐天的敖包在他背后高耸入云，记载着几百年风雨的年轮痕迹在眼前展现，山崖上的树叶在微风中婀娜地摇曳。

见到哥哥他不由自主地跪下了。哥哥看了一下他，不屑地问："有什么事情？"

他把自己的想法一五一十地全部说了。

敖其尔不动声色地吸着大烟袋，望了望身后的敖其尔敖包，有些不满意地问："这些都是为了什么啊？为了你那儿子吗？"

"哥哥，您也是有儿子的人，而且也不是一个，是四个，我这么做不仅仅是为了我一个儿子，还有你的四个，一个脑袋，换取五个儿子的命，我觉得值！"巴扎尔看看哥哥的反应。

"把头给了人，好汉的香火从此泯灭，我觉得不值。今天我俩在这里谈论这样的话题，如果木华黎的英灵听见不笑话吗？"哥哥有些不高兴，说，"我看你好像有些厌倦这个好汉的生涯？"

"对，我已经厌倦。"

哥哥慢腾腾地把大烟袋的烟灰敲掉，说："这样，你厌倦就按你选择的路走吧，但是蒙古好汉的香火不会就此断了，你要相信！"

巴扎尔拜别哥哥，骑上马走下敖包，疾驰在塔日巴格图草原深处了……

巴扎尔被砍头了。砍头前，梅林给他敬了一银碗奶酒，他一饮而尽，望着秋色宜人的塔日巴格图草原。蔚蓝的天空，宽广的草原，还有草地尽头那奥伦哈日套鲁盖庙金碧辉煌的庙顶，都在他眼中展现。还有一名年轻的牧羊女抱着儿子在远处向他挥手……

二十

嫡斯乐玛的儿子开始会笑的时候，塔日巴格图草原上已经绿草如茵了。这两个月的时间里，松赖扎拉森在去黄河拉水的时候，来来回回一直帮助她干活。但是去年春天那样温暖的关系，在他俩之间已经不复存在了。他们互相不太交流，都默默地各做各的。松赖扎拉森把巴扎尔的银子交给她，并告诉了他的决定以后，嫡斯乐玛无法控制地哭得上气不接下气，然后再也没提起此事。

日子静静地在继续。又到去黄河拉水的日子了。松赖扎拉森去灶火房拿木桶的时候，一个新被安排来灶火房的年轻喇嘛正在熬茶，他叫查玛莫露。

迦米阳晒茶叶的柳条筐还在屋角放着，睹物思人，他好像有点伤感，看了很久，就拿上木桶，找松堆要马匹去了。正好看见丹赞迎面走来。他的头发几乎全部白了，好像又犯病了，脖子上围了五颜六色的布条，看见松赖扎拉森发呆了一会儿，接着看着布条突然笑了。松赖扎拉森觉得浑身激灵了一下，扭头走开了。

“扎拉森！扎拉森！”有人在喊他。循声看过去，原来是师父依稀巴拉珠尔站在对面叫他。他紧走两步到师父跟前，发现师父今天挺高兴的。

“最近玛尼会之前要给你授比丘戒称位了。”师父高兴地说。

“是吗?”松赖扎拉森也很高兴，这毕竟是个好消息啊。看着师父那又黑又瘦的脸，他一下想起来那个菩提籽儿念珠的事情。师父心心念念那个念珠几乎一辈子了。他忽然想起刚才听说那个查玛莫露的师父最近要去塔尔寺，正好让他带一个来吧。跑到自己住的僧房拿了平时攒的一些碎银子，就跑向查玛莫露师父的住处。

办完念珠的事情，他去找松堆要马。问了好几个喇嘛都说松堆去了灶火房，等他找到他时，他正好与查玛莫露对坐着喝茶呢。而丹赞站在屋角独自一人边说边笑。

“我是满世界地找你，你倒好，喝茶享清闲啊!”松赖扎拉森笑了笑。

“我也在找你呢呀，不然我能在这里啊?”松堆有些不满地叫屈。

“嘿嘿，我找你……你也找我，谁也找不到谁，嘿嘿。”丹赞突然清晰地说完，然后大声笑了起来。

松堆厌恶地看了一下傻笑的丹赞，恶狠狠地骂了一下：“可恶的疯子!”上次因他的告状而受到严厉的惩罚，他永远忘不了。

“虽然是个疯子，但好像有些不一般，最近说的有些话让人挺惊奇啊！是不是跟了什么东西呀?”查玛莫露若有所思地说着，又补了一句，“这样的人有时候容易跟一些东西的。”

“跟他？我想只有恶鬼才会跟他呀!”松堆恨得咬牙切齿。

“你不相信吗?”查玛莫露说着跟丹赞温和地说，“你昨晚说什么来着？再给我说一遍，好不好?”

“我，我……嘿嘿……”

“说了什么让人惊奇的话?”松赖扎拉森挺好奇。

“他呀，昨晚突然说红衣者喝黑茶，黑衣者喝白茶，刚开始我没太注意，后来一想还真是这样啊！我们穿红袍的喇嘛在寺里天天喝着砖茶，而山下俗人却天天能喝到奶茶，不是这样吗?”查玛莫露说。

松堆有些不相信，说：“这家伙好像真是说了句厉害的哈。”

“旱獭们都迷路了……”丹赞突然又说了一句。

“什么?”查玛莫露赶紧追问了一下。

“看，看……那些旱獭们都找不到出路，迷路了。”丹赞好像真的看到了一样，指着前面口齿伶俐地说。一句话都说不清的疯子今天说得如此清晰，确实让人有些惊奇。

“戴了花翎顶戴的没找到路，战马长刀的也是没找到路，念经出家的还是没找到路……哈哈，哈哈，真是滑稽啊！”丹赞完全沉浸在自己的故事里，边笑边鼓掌。

“等等，他在说什么呢？花翎顶戴不是旗王府吗？念经出家不是指的我们吗？战马长刀是谁了？”查玛莫露在疑问。

“应该说的是敖其尔吧？”松赖扎拉森觉得有些惊奇。

“对呀，是他啊！”查玛莫露失声尖叫。松赖扎拉森也感到有些不可思议。丹赞所说的其实就是塔日巴格图草原上三股势力，而且一语道破宗教、军政、盗贼这三股势力都在探索各自的出路。天啊！他觉得有些恐惧，难道丹赞身上真的跟了什么神鬼之类的东西？

“这家伙最近总是冒出这类让人惊奇的话语，你们说奇怪不奇怪呀？”查玛莫露给跟前的两个人说着，看向门外的丹赞。

“旱獭都迷路了……”丹赞还在重复着同样的话题。

松堆上去朝着丹赞的屁股给了两脚，丹赞害怕地看着脚下跑了。看到松堆向他使眼色，松赖扎拉森跟着他出来。到了那棵老榆树底下，松堆悄悄说：“乌珠莫家今天宰羊吃肉，让我俩早点过去呢。”

“你去就行了吧！”松赖扎拉森打趣。

“你那奶奶传来话让你一定去的。”

“谁？”

“你说还能是谁呀？你的嫡斯乐玛呗。”

这样两个人约定，松堆先走，松赖扎拉森驮着木桶随后赶过去。

等松赖扎拉森到乌珠莫家的时候，嫡斯乐玛也已经抱着孩子赶到了。乌珠莫拿出新酿好的奶酒，高兴地说：“虽说僧侣是不喝酒的，但是背着掌堂师的脸面，如果你俩想喝点的话，我俩是不会说什么的啊！”

松堆咧着嘴笑着：“喇嘛哥哥我是不管那些清规戒律的哟，啥不能我非做不可的，拿来！”拿起来就干了一碗。

“扎拉森，你今天也少喝点吧！”乌珠莫真情地劝。

松赖扎拉森是因为从不喝酒，所以尝了一口就放下了。

外面传来马蹄声，很快有几个人进包来。春荒已过，畜群已经能吃饱青草了，牧民们可以腾出手来会会朋友，喝酒吃肉，享受一下欢乐。人多了，自然欢乐也多了，歌声、笑声此起彼伏。

松赖扎拉森今天很高兴，他是首次参加山下这样的聚会，受大家情绪感染，慢慢激动起来。看着大家无拘无束地开玩笑，扯开嗓子歌唱真是羡慕。他想人生本来就应该这样的，不应该有太多的古板的戒律。嫡斯乐玛的脸因高兴而显得更加美丽，白里透红得锁住了他的整个视线。

乌珠莫更是因为兴奋，加上喝了几杯奶酒两颊通红地高声歌唱。

松赖扎拉森不知不觉已经完全融入大气氛中，也在忘情地跟着大家歌唱着。

阿拉泰哟杭盖，
平地拔起的高地；
骏马哟骏马啊，
天赐的良驹哟；

圣祖宝格德的，
两匹小马驹哟；
稚幼可爱的，
小神驹哟。

长期压抑的一种东西，好像从他的内心深处苏醒了，蒙古远古的山川好像在他的眼前展现，两匹神驹在草原上无拘无束地跳跃奔跑。从此蒙古草原上充满着勇敢和向上的氛围。随着此歌的深入，松赖扎拉森心中、眼中出现了很多景象。战旗满天，刀光剑影，远古英雄的呐喊响彻整个草原。他想：远古的蒙古草原真是好汉辈出的天地啊，因此那时的草原才是如此壮美，如此神奇啊！英雄的背后是那些大地般厚重而坚定的美丽女人，举着洁白的哈达把自己的英雄送走再迎来。他感到有些沉醉了，觉得只有真正的好汉才配有忠诚美丽的女人，并且能享用最幸福美满的生活。

悠扬的长调歌仍然在继续，松赖扎拉森好像忘记了对他来说高于一切的清规戒律，而在内心中却希望这春夏之交的夜晚的宴会一直延续下去。他热得感觉有些难耐，所以走出了包门，看见晓月在晴空中高高挂起。朦胧的月色中无边无际的草原静静地沉默着，犹如在梦中神秘地向往着美好的明天。他站了很久，享受着这难得的美丽的月色。

“原来你是一个人在这里坐呢?”随着女人的声音回头一看，原来是乌珠莫已经走到他的背后。

“啊……热得不行出来凉快一下。”他赶忙回答。

乌珠莫坐下，叹息道：“真想经常把你们叫过来共同欢乐，就是这样静静地坐一会儿，我们都高兴啊！”

“嗯……”

“今晚这么高兴，跟婻斯乐玛好好谈谈呗……”

“我是让她伤心的人啊。”他轻轻地说。

乌珠莫轻轻笑了一下说：“不全是你的错啊！婻斯乐玛会分清是非的，她不傻呀，与巴扎尔来往了一段，并且有了个孩子，这一点上你有什么想法吗?对这些事，你们男人都有些吝啬的。”

“我没那么狭隘，只是后悔让她伤心了。”松赖扎拉森说完，深深地叹了口气。

“那么你等一会儿啊。”乌珠莫起身跑走了。

不一会儿，婻斯乐玛抱着孩子出来了。松赖扎拉森站着看她，在朦胧的月光下的这母子真是楚楚可怜。

“好美的夜色呀！”她来到他身边悠悠地说。

他俩慢慢坐下，与婻斯乐玛之间发生的事情一一在他的脑海中闪了一下。扎德盖湖畔那肥壮的羊群和那洁白柔美的身材；雨后一起找回失散的羊群的时候那善良可爱的面容；驮着黄河水走的时候那背后射来的期待的眼神以及那让他震撼的热烈的拥抱……他刚刚清醒，其实他俩的关系和缘分早已注定而且早就开始继续了。

“草原的夜色真的太美了！”他有些情不自禁地感慨。

“其实我一直很感激你的，自从生下这个孩子，你一直都在帮着我。”她顿了一下继续说，“你来帮我我又高兴又担心，担心哪个不怀好意的喇嘛看见你，在掌堂师那儿告一下，你会像松堆一样受罪，但是你回去之后又天天盼着你早点回来，唉！人啊！真是矛盾啊！”

松赖扎拉森心疼地望着婻斯乐玛，因为坐得很近，她那圆圆的脸、长长的眼睫毛，都在月光下显得如此美好，浑圆的肩膀和丰满的前胸使得他的心胸不听话地跳动起来。他犹豫了一下，轻轻地说了一声：“我去你家。”

婻斯乐玛抿嘴一笑，愉快地答应。

“现在走吗？”

“可以呀！”她已经笑得用手掩住了热辣的脸。

这时候，乌珠莫再一次从包里出来，来到他俩跟前打趣道：“你俩已经黏住了吗？有话明天继续说吧，现在进屋再和大家乐一乐吧！”

婻斯乐玛笑一下，说：“我是带婴孩的人啊，还是回去让孩子睡吧，你们继续吧！”

乌珠莫打量了一下有些不自然的他俩，马上知道了情况，抿嘴笑了一下说：“那就你俩赶紧回吧，哄孩子睡也是个麻烦的事情啊，好好哄孩子睡吧。”她抑制不住自己的笑，给松赖扎拉森安顿：“扎拉森，你把木桶和马交给松堆走吧，他会替你拉来水的，你就安心地和婻斯乐玛待着吧。”

“行啊！”松赖扎拉森痛快地答应了。

他帮着婻斯乐玛抱上孩子，踏着银色的月光走去，过了一个小山头就看见她那小小的温暖的毡包。

一进屋，他情不自禁地紧紧地抱住了心爱的人。“等等，让我把孩子放好。”然后回头攀住了他的脖子。

松赖扎拉森知道自己正向着他期待已久的神秘地方勇进，今天没有惧怕、没有犹豫、没有羞涩，勇往直前。

过了很久，婻斯乐玛抚摸着他那满是汗水的胸膛，贴着温暖的脸颊，撒娇地呢喃了一下：“今天你怎么不怕了呢？”

二十一

塔日巴格图草原上青雾缥缈，蓝天白云习习微风。松赖扎拉森牵着马，心情无比舒畅地向前走着，他觉得自己已经变成另一个人了。从没有过的幸福和自豪感荡漾在心胸，好像有股使不完的劲蕴藏在他那年轻的躯体里。他真正意识到自己开始享受年轻人那种向上蓬勃的生活了。啊！生活真美！

婻斯乐玛已经完全掌控了他整个的身心。他觉得如果世界上没有婻斯乐玛这个女人，他的人生将是一个行尸走肉的过程，毫无意义。因为有了她，他的生活才有了色彩，才有了欢乐，才有了无限的美好的希望啊！

他满心欢喜地走在广阔的草原上，觉得它给了他无限的生机和舒畅的心胸，远处青青的山川，翠绿宽广的原野，天边耸立的白云尽收眼底，多么美丽的故乡啊！

他第一次开始考虑今后的人生，之前从没有想过，也没必要想。

每天念好经文，按要求做完功课，守好僧侣的清规戒律就万事大吉，不用考虑以后怎样生活了。按部就班、毫无新意的生活几乎让他的神经麻木，对未来也没有什么想法了。可现在不一样了。塔日巴格图草原深处有一位美丽温柔的女人在日思夜想地等着他，想想就能感到生活的无限美好，活着有奔头了，更美好的生活还在后头。当然，走出寺庙这辈子都不可能了，但是他乐意过这种寺庙和牧村之间来回奔波的、把自己的身心全部交给他的那个女人当成心肝宝贝的生活。等老了之后还俗回到嫞斯乐玛身边生活就行了。想到这里，他已经觉得浑身有使不完的劲了。

回到寺里，已经先回来的松堆迎过来问他："堂里要去城里买东西，你有没有要捎带的呀？"

"当然有了啊！"他高兴地应和。以前他几乎不买东西，可现在不一样了，他要给他的嫞斯乐玛和孩子买好多东西呀。因此急忙回到住屋，拿了平时省吃俭用的碎银去找了松堆。

"给你那个奶奶买啥呀？"松堆挖苦。

"一块袍子的缎子，还有蛋糕、冰糖……"他一个一个地点。

"你可终于有点人样了哎。"松堆说着与他喝完茶，看了看会心地笑了。

下次拉水的时候，他早早动身了。到中午的时候已经坐到了嫞斯乐玛那温馨的毡包里了，而嫞斯乐玛也是红着幸福的脸庞，一个劲地劝着他吃喝。他喝完茶看了看摇篮里的孩子，就起身出去修缮了一下羊圈，然后背着柳条筐捡了一筐牛粪后接着又挑了水回来，好不容易回来一趟，他想把能做的事情都给做了，省得嫞斯乐玛带着孩子辛苦，不管多累多忙，心里却是满满的幸福。

"你快休息吧，晚上吃干肉饭可以吗？"嫞斯乐玛从包里向他喊。

"我去把羊群圈好就来啊！"说完又匆匆忙忙跑向草场了。嫞斯乐玛那温暖的眼神跟随了很远。

到了晚上，满天的繁星挤满了夏日的天空，好不壮观。为了凉快，两个人在包前喝着茶，促膝谈论。嫡斯乐玛心满意足地坐在他跟前说这说那，卧在跟前的羊群那静静的反刍声在静夜里有节奏地继续着，显得夜晚更加地宁静了。

“有个男人帮忙就是不一样，我十天的活儿你一下午就干完了。”嫡斯乐玛由衷地说着给他满茶。

“尽量多干吧，省得你到时候手忙脚乱的。”松赖扎拉森真诚地说。

“明天杀一只羊吧?”

“等等吧，再上点膘再说吧!”

嫡斯乐玛幸福地靠在松赖扎拉森胸前，喃喃地说：“这几天真的好想你，咱们早点睡吧!”

两个人进包关了灯，包里的温馨呢喃延续到天亮。

松赖扎拉森去黄河取回水，在嫡斯乐玛家又住了一宿，恋恋不舍地走向寺庙了。

但到了寺庙，听见了一件不幸的事情，那就是丹赞死了。

灶火房门前许多喇嘛在三三两两地谈论，查玛莫露脸色惨白地说着：“唉！真是让人闹心啊！他怎么会吊死在门前的老榆树上呢?”原来破晓的时候，他出来小便，朦胧中看见有袍子挂在老榆树上在晃动，他以为是件晾晒的袍子，走到跟前一看舌头伸出来半尺的丹赞看着他轻轻晃动……

“怎么会突然上吊了呢?”一些喇嘛觉得奇怪。

“昨天下午开始就一个人反复嘟囔，美丽的姑娘诺敏索娃在榆树树梢上等着我呢……我也没太在意，好像真的有东西在树上召唤他呢?”查玛莫露说着说着耸了耸肩，好像有些害怕。

“告知掌堂师了吗?”

“告知了，但掌堂师说我只管活着的喇嘛，死了的应该由住持他自己管。”

上次在办迦米阳的后事方面，两个人意见不统一，因此才有了这样的情况，大家一听就明白什么情况了。

“那告知住持了吗？”

“去了，但是住持不在寺里，说是下牧区了。”

喇嘛们谁都拿不了主意，站在那里踌躇。天渐渐热了，丹赞的尸体不能这么放着，但是怎么葬、葬哪里谁也定不了。

正好松堆走了过来。“这样吧！不用说是人，牲畜死了也不能放着腐烂吧？这事我来处理吧！”听着他那干脆做主的话语，大家都松了口气。

这样，山麓一个绿草地上出现了一座新坟。正值夕阳西下时分，暖暖的晚霞照耀下，山间吹来的习习微风好像抚摸着这个小小的坟堆，给逝者一个温暖的慰藉吧。松堆和松赖扎拉森在坟前坐了许久。

“唉，他是因为女人而疯的呀，如果有个女人在他身边，他也不至于到这般下场啊！”松堆不无伤感地轻轻说。

松赖扎拉森没说话，但心里却想，对于丹赞来说早点死早托生早解脱，这样生不如死地活着，生命早就失去了存在的意义。

“把那些东西给他烧了吧！”松堆说着两个人堆起一些柴火，把那些红红绿绿的布条内裤等统统扔到柴火堆上，点上火一把烧了。火焰有力地卷了一下，随着一股难闻的味道，瞬间成了灰尘，随风吹走了……

二十二

松赖扎拉森上完课回来的时候已经快到中午了。阳光开始热辣了起来。他的脑海里还是想着刚才课堂上的那些事情。

其实蒙古文学校的孩子们比起去年都有了明显的提高。无论是学识上还是认知上都有了很大的长进，尤其对新生事物的探索或兴趣方面有了可喜的进步。但是想使用庙仓布施进来的银子扩大学校规模的计划还没得以实现。因为俗人弟子来寺庙学习需要得到旗衙门的允许，嘎拉森尼玛住持虽然亲自去王府跟王爷说了自己的想法，但至今还没得到明确的答复。

上午的课堂上，讨论了住持喇嘛前几天出的一个问题。那就是：“日常生活中，你家里的活儿都是谁来完成的?”

“我家的所有的活儿只有妈妈一个人干的。”

“我家也是啊!”

“我家也是。”

“我家的活儿是我妈妈和姥姥两个人干的。”

孩子们争着抢着说了半天一下沉默了，看着发呆的师父松赖扎拉森。他知道，这些孩子的父亲都当兵去了，家里只有女人们留下来扛起了生活中所有的重担了，有些孩子的母亲就像乌珠莫一样，被许配给马庄或者是什么随便一个物件，所以孩子连亲生父亲是谁都不知道。蒙古地区怎么了？再这样继续下去，以后的草原会是什么样？他的心在迷茫。

婻斯乐玛、乌珠莫，还有塔日巴格图草原上许许多多的女人，好像都出现在他的眼前，这些女人们用她们柔弱的肩膀和辛勤的劳动扛起了整个草原上的生活。蒙古女人们用她们坚强的意志、豁达的性格以及宽广的心胸编织着明天美好的梦想。

他一下觉得有些激动，想马上下山用自己的热情和一双手帮助这些伟大的女人们改变命运，哪怕自己的力量是微不足道的。

他与松堆已经说好，今晚去乌珠莫家诵经作法，所以直接找他去了。

路过藏经阁的时候，看见师弟鹏日来在那里站着。这个二十都不到的小伙子说话办事总是显得那么沉稳得体，让松赖扎拉森处处感到有些压力，甚至有些不知所措。当然这还是有些缘由的。

十来天前的一个夜晚，松赖扎拉森准备骑上松堆的马要去婻斯乐玛家，松堆牵来马悄悄说："警惕点啊！最近寺里有一些关于咱们俩的说辞啊，你那师弟鹏日来好像也发现了一些蛛丝马迹。"

这个鹏日来算是松赖扎拉森的同门师弟，因为他现在是依稀巴拉珠尔师父的徒弟。他不仅经文好，而且还是个忠实的佛教徒，清规戒律守得一丝不苟，别看他岁数还小、资历浅，但对那些臭名昭著的松堆、索那木拉西等人连正眼都不看一下的。所以松堆对他总是不满，经常在背地里骂，哼！牛气啥呀？让秃驴依稀骗蛋了似的，忠实教条的家伙。

"他怎么会知道了呢？"松赖扎拉森有些奇怪。

"谁知道啊？他娘的！"

他想，如果鹏日来真是知道了该多不好啊，临了临了还让新来的小师弟戳脊梁骨，那可真是个没面子的事了。可事情偏偏好像专门与人作对似的，等他第二天清晨悄悄骑着马赶回寺里的时候，却在寺院外迎面碰见了鹏日来。心里有鬼的他赶紧解释了一下："给松堆找回昨晚下绊的马刚回来。"说完本想从师弟旁边立刻走过。但鹏日来却看了一下松赖扎拉森那鞍子笼头一个也不缺的马，不动声色地说了声："这马浑身是汗哈。"便径直走开了。

松赖扎拉森已经无语作答，呆呆地坐在马背上看着师弟那自信的背影了。真的，鬼才相信，清晨找来昨夜下绊的马匹，还套上马鞍，还跑得浑身是汗？真是秃子头上的虱子，很明显啊！这真是自己打自己脸的事情，他觉得有些无地自容了。

可偏偏看见鹏日来走了几步又回头等着他，他只能硬着头皮犹豫着接近了他，但却不知该说什么好。好在鹏日来先搭话了："老师去蒙古文学校了吗？"

"是，去了。"

“师父说要看这个经文，所以我刚去藏经阁取的。”说着指了指抱着的厚厚的黄布包裹着的经文，不知是没话找话呢还是真的问：“这个经文不知阐述了些什么？”毕竟是同门师兄弟，还是显得亲切些。松赖扎拉森慢慢平静了许多，为了打破尴尬气氛，他说起了昨天上午蒙古文学校谈论的话题，然后说：“现在牧区几乎看不到男人的身影了，这样下去今后不知是什么境况啊！”

“啊？我想师兄不必为这些凡夫俗子的事情担心，该怎样上苍自有安排的，我们这些僧人就按佛祖的旨意潜心修行就行了。是吧？”

看着也是话不投机，驴唇不对马嘴的，而且再继续讨论可能更加会让小师弟数落了，他明智地走开了。有些失落的他直接找松堆去了，毕竟还商量下山找婻斯乐玛和乌珠莫的事情。进了松堆家没人，估计是找马去了。他自己倒碗凉茶刚喝完，这家伙就骂骂咧咧地喘着粗气进来了。

“完了完了，今天咱们是出不去了。”说着也倒碗凉茶咕嘟咕嘟地喝了起来。

“怎么了？”

“来了强盗了。”

“什么情况啊？”

“让我下了马，硬生生地把马牵走了。不给的话我看那架势啊，会一刀砍了我的。当时我以为我的生命就到此为止了，乖乖地闭上眼睛了，可那家伙忽然看到我脖子上挂着的佛像，一把拽走，还说什么，带佛像的脖子哎，快不砍了吧！奶奶的，刚刚是捡了一条命回来的，好险啊！”松堆说着好像还心有余悸，轻轻抖了一下。

“那些强盗不会去找婻斯乐玛和乌珠莫吧？”

“我想他们暂时不会离开这里吧，但谁知道啊？天黑了以后想办法去看一看吧！”

接着他俩焦急地等着天黑，但是天黑了还是没能下山，因为强盗把下山的所有路口都封闭了。

一直到傍晚时分，嫡斯乐玛和乌珠莫还没听到强盗们封锁山上寺庙的消息。她俩在乌珠莫家东南处摞了一处柴火，准备今晚的禳解法术，并把法术用的米捞出备用，还煮了一些干羊肉，等着两个人的到来。但是左等右等，最终也没等到个人影。

两个不太了解佛教道理的年轻女人，每年春天都邀请喇嘛做禳解法术，向鬼神祈祷消除去年和来年的灾殃，保佑人畜平安。这样一做，她俩就觉得心安了，但是这个法术的内容是什么？她俩其实都不知道。与松堆认识之前，她俩总是专门从奥伦哈日套鲁盖庙请喇嘛做，之后就由松堆请了，因为他自己不会念经，也是没办法的事情了。后来嫡斯乐玛与松赖扎拉森相好之后，就不用再请喇嘛了。

“他俩是否不来了呀？”嫡斯乐玛焦急地说。

“两个光头，哼，不来拉倒，他俩不来我们就啥也不行？”

又等了许久，两个喇嘛哥哥还是没影。乌珠莫没耐心了，起身嘴里数落着，说：“不等了，把捞饭拿出来，一切交给我吧！”她下定了决心。

“你咋会这个啊？”

“经不会念，法术还是能比画两下的吧？咱们自己来吧！”

“你瞎说什么呢？”

乌珠莫没再说什么，捞起饭放盆里，卷起袖子用拳头揉搓起来，不一会儿，捞饭变成了面团。然后把面团拿出来放面板上，一会儿工夫捏出一个法术用的模型。接着把模型立在盘子上，向嫡斯乐玛挥手，自豪地说：“妥了，咱俩现在就去做吧！”

“你快别疯了，女人怎么能做法术呢？”

“你别叽叽歪歪的啊！没有喇嘛就得女人来呀！是不是？”

然后乌珠莫前面端着盘里的模型走，嫡斯乐玛捂着嘴憋着笑后头跟着，去了堆好柴火的地方。她点着了柴火在旁边看着乌珠莫的举动。

火焰燃了起来。乌珠莫举着模型胸前转了三下后念叨着："去年的灾、来年的灾，还有不来的喇嘛头上统统散去！洞芮洞芮，鸿啪！"把模型扔进火里。

婻斯乐玛笑得快坐地下了，乌珠莫一本正经地好像完成了一件大事一样，一挥手："行了，走！咱俩吃饭去！"

可她俩回到家刚刚端出炖好的风干肉，强盗也到了门口。

众多马匹的嘶鸣声、奔跑声和人们的喊叫声乱作一团。有人大声喊："快出来，命重要还是钱财重要？"

两个女人听声音就知道是强盗来了。"怎么办啊？松堆和扎拉森赶紧来吧！"婻斯乐玛吓得小声喊了起来。

"就他俩秃头家伙？就是奥伦哈日套鲁盖庙全部僧侣都来也没用，那些红衣者吓唬吓唬鬼怪可能还行，对强盗可是束手无策的。"她这时候一下想起了敖其尔大盗，说，"只有敖其尔来了才能顶用啊！"

"平时张扬跋扈吓唬我们的王府兵差也不见人影，现在咱俩怎么办啊？"婻斯乐玛吓得脸都白了。

"能怎么办？妈的，等等看！"

不一会儿，外面的强盗们突然喊叫着："王府兵来了。"就好像逃走了，随着乱哄哄的马蹄声、喊抓声的渐渐远去，外面恢复了宁静，两个女人也安心地长出了口气。

清澈的蓝天下，塔日巴格图草原在宁静中沉默，无边无际的绿浪在眼前延伸。把辫子盘绕在头顶上的一个壮汉，骑着马在悠悠地前行，炯炯有神的大眼睛审视着周围的一切。

这位是特古斯朝克图梅林。今天他没穿官服也没戴顶戴，完全一副牧马人的打扮，出现在这片草原上。

昨天听到外来强盗来侵犯的消息，立刻带领手下一路追杀。但是这股强盗还真是不一般，前面逃着逃着兵分两路分开，然后形成了合围状态。他发现遇到了强硬的对手，虽然后悔带的兵人数少了些，但还是有必胜的决心。不一会儿天开始亮了，看到那些手握长枪短刀，还有木棍鞭子等各种各样武器的家伙们，有些穿着僧侣服、牧民袍子，还有人穿了女人的衣服，可真是个各类服装都有的奇怪的强盗们，特古斯朝克图梅林轻蔑地看着对方。但是对方确实是人多势众，而且都怀着一颗决一死战的心态，所以情况有些紧张。梅林冷眼笑着下命令："拿起剑来！给那些不知好歹的讨吃货们尝尝厉害，以为塔日巴格图草原没有汉子啊！"对面的强盗怎么也有百十来个人，而特古斯朝克图身边却不足二十人。正要开始一场血肉之战的时候，从晨曦方向跑来二十多个骑手，从背面向着强盗发起了进攻。这下他们反倒成了被包围状况，马上乱了阵脚，四处逃窜了。两边骑手顺势一起追赶逃窜的强盗，赶出了旗辖边界才停了下来。

来的这帮骑手是敖其尔大盗的人，他们相隔四五里地下马休息一下，然后各自回去了。回去的路上，特古斯朝克图给领头的交代："你们先回军营吧，我去牧区转一转再回。"于是拿出随身携带的平民服装换上，策马扬鞭驰骋到远方了。

他经常这样做，打扮成牧马人到处讨点马奶酒喝，遇上井边的畜群随手给饮一饮，游走在牧区草原上。见了他的人都以为是哪个富人家的马夫，而根本想不到是梅林大人。

但今天他不是为了讨点马奶酒喝，真正目的是想见一见敖其尔。清晨看见他挥舞利剑来帮忙，使他很激动。他相信一定能见到他。宽广的塔日巴格图草原虽然无边无际，但他知道敖其尔肯定在某一处看着他的一举一动。盗贼的本性，他不会见了兵差就逃跑的，而是躲在一处，看清兵差的活动去向。所以他相信，看见他换了牧民袍，独自行走在草原上，敖其尔会来见他的。

走到中午没见他的身影，所以他把马卧好，倚在马身边睡起了大觉。等醒来的时候，敖其尔已经坐在他身旁叼着大烟袋看着他。

“梅林大人可安好！”他笑了。

“你怎么像个猫一样一点声音都没有呢？其实我的觉是很轻的，轻微的动静我都能醒，可今天却不知道你来。”说着起身，歉疚地看着好友，真诚地说：“真想见你一面啊，你弟弟是我给办的呀！”

“嗨！我弟弟是自己给办的，是他的思想给办的。他不是提着脑袋给你送去的吗？”敖其尔接着又有些伤感地加了一句，“我弟弟确实是个好汉啊！”

“你更是一个好汉！如果你是一个人，我也就不会天天带兵打你，可你总是带着几十个人，还想起来就把我们王府兵差砍一砍，我是王府梅林啊，我的职责怎么会轻易地放过你呀？”特古斯朝克图无奈地叹了口气接着说，“个人交情咱俩是挚友，官方关系咱俩是仇敌。这世道太奇怪了，妈的！”他好无奈。

“咱俩这奇怪的缘分早在四十多年前在敖其尔敖包跟前就注定了，这不是因为咱们选择的道路不一样吗？”

“是啊，你为了开辟公平世道，而我也是为了众多百姓，嘎拉森尼玛却是为了普度众生，各自忙碌。但是世道公平了吗？百姓平安了吗？众生安乐了吗？”

“你是砍了我弟弟头的人，但嘎拉森尼玛才是罪魁祸首啊！我总有一天会把他的寺庙包括所有的经卷一把火烧了它。”

“但你别把他砍了啊！”

“我怎么会呢，信仰方面我俩是天地，可交情上我俩也是亲兄弟般的朋友啊。”敖其尔笑一下，“我知道他不是一个普通的喇嘛，是为了社会、众生考虑事情的人。”

敖其尔让特古斯朝克图跟他过去看个地方。于是两个人骑马飞驰一段，到了一个破落不堪的毡包跟前下马。这个毡包前后有些羊圈的痕迹和畜群的白骨，还有一个被沙子埋半截的马桩。

“我认识这家的老人，一辈子穷困潦倒，生活得异常艰难。一个善良的、虔诚的信徒。她把唯一的儿子送到寺里当了喇嘛不说，还总是把自己省吃俭用的东西也都无私地献给寺庙。上次把我送来的东西也全部献给了寺里。但是她却很不幸，儿子因偷了寺里的食物跳崖而死，之后老人也活活饿死在毡包里。你这个官府梅林，口口声声说是为了平民百姓、嘎拉森尼玛却说是为了普度众生、我是要建立公平的世道，但却改变不了一个苦难老人的命运。我们每天忙着各自的信仰，却阻止不了她老人家惨死的人生啊！”敖其尔说得有些伤感。

特古斯朝克图也无奈地看着眼前的惨状而无语了。

松赖扎拉森松堆俩骑着快马赶过来的时候，婻斯乐玛和乌珠莫俩正在捣酸奶。

“怎么样？强盗来过这里没？”松堆急忙问。

“来了呀！”乌珠莫黑着个脸没好气地回答。

“你们没事吧？”松赖扎拉森也焦急地问。

乌珠莫还是狠狠地回答：“有事没事跟你们有啥关系吗？”

“我俩都急死了，但没办法，所有的下山路口都让强盗封锁了，无法下山了。”松堆解释道。

“太可怕了，你们没来也是一件好事，真遇上了还不知怎样呢。”婻斯乐玛说着给他俩倒茶。

“就是呀，你们来了能顶什么用，念经能顶用吗？那些恶魔们着急了还把你们给废了呢。”乌珠莫说着情不自禁地笑了。

“天哪！那最后你们是怎么摆脱的呀？”松堆有些奇怪。

“来了一帮举着刀剑的人，好像是王府兵差，他们就旋风一样的逃走了，关键时刻还是那些挎刀的人比你们顶用哈？”乌珠莫还是嘴上不放过他俩。

“行了行了，别再埋怨了。没有强盗的时候，他来才是咱俩最顶用的依靠不是吗?”婻斯乐玛温和地笑着解围。

“小时候爸妈没把我送到寺庙里的话，我也应该是挎刀佩剑的好汉一个。”松堆不满地嘟囔了一句。

“好了好了，我的喇嘛哥哥哟，别计较我那些话了，这辈子也不可能跟着那些佩剑的走了，除了你没有人让我相思了。”乌珠莫哄了哄松堆，马上转移话题道，“你们昨天没赶上，今天再炖风干肉给你们吃吧。”

二十三

山下平坦的草原上，来了两个转场的牧户。两座新扎的洁白的帐篷，在绿草如茵的草地上格外显眼。清晨起，两位年轻的女人在帐篷附近放养了羊群之后接着开始忙碌着捣酸奶了。

帐篷中传出一个婴儿的啼哭声，其中一个漂亮的女人放下手中的活儿跑进去，从摇篮中抱出孩子，解开衣襟开始喂奶了。和煦的阳光照耀着他们母子温馨的身影，不远处碧绿的草地上，自家那羊群安详地吃着草，使得她的心情格外地舒畅。

这是乌珠莫和婻斯乐玛两个人的夏营盘之地。才来这里两天，可是什么喝马奶的、找庙堂牲畜的、捡新鲜蘑菇等五花八门的理由的喇嘛已经络绎不绝了。

“听了你的建议可是来了个好地方，这些喇嘛哥哥们看来不会让我们消停的，如果天天如此的话我是要搬家呀!”婻斯乐玛在诉苦。

“看你这个人没出息的，那些红袍子喇嘛有啥可怕的呀?”

“你看着吧，以后松堆扎拉森两个人倒是为了避嫌而不敢来了，却给那些喇嘛创造了白天黑夜跑来的机会了。从而寺庙和夏营盘之间很快走出路来的，随着那些不三不四的故事也开始传开的。”

"怎样对付那些不识好歹的秃头，我很快就会告诉你的。"

昨夜有个喇嘛来到乌珠莫帐篷真的不想走了，所以嫡斯乐玛抱着孩子去她那里陪伴，心想两个人在的话这个喇嘛怎么也不会做出格的事情。可是没想到这个喇嘛真没有眼力见儿，屁股粘住了一样，半夜了还没有动身的意思。

"深夜爬山有些不方便吧，师父还是早些动身吧。"听了嫡斯乐玛的话，喇嘛笑一笑："没关系，闭住眼睛也会找到庙门的，放心吧。"

"夏营盘的地方比较小，没有地方让师父休息啊。"

"三个人挤着睡会很暖和的。"喇嘛眯起眼睛淫荡地笑了起来。嫡斯乐玛吓得再没有吱声。

乌珠莫抿嘴悄悄笑了一下，说："你听听，马蹄声，他可能往这里来了。"

"谁?"嫡斯乐玛莫名其妙地问。

"你说还能有谁?掌堂师呀，不是说夜里来看看我们吗，忘了?"乌珠莫边说边向她使眼色。

嫡斯乐玛马上心领神会，不动声色地回应道："真的来了?不会这么早吧?看看茶点还有多少，赶紧备一备吧。"两个人配合得天衣无缝。

"哎呀，好像是呢，咱俩迎一下吧。"两个人走出了帐篷，乌珠莫大声说，"还真是掌堂师呀，快请进吧。"等两个人再进来的时候，那个喇嘛已经无影无踪了，肯定是从帐篷缝隙中钻出去了。乌珠莫笑得前仰后合的，可嫡斯乐玛却皱着眉头说："还是快点搬走吧，不能每晚都往进请掌堂师吧?"这时候夜已深沉，已经是下半夜了，松堆松赖扎拉森两个人才前后脚地跟了进来。

"两个不顶用的毛驴们，我们受苦受难的时候总不见你们人影，完事了倒是一个一个溜进来了，走吧，留你们有什么用，我们这儿没有你们住的地方。"

"人来人往地，我们是想整个消停下来再过来，两个女神理解理解啊！”松堆求饶。

“那么怕的话别再来了。”

“你俩是吵架呀还是打架呀，不管了，我要回去哄孩子睡呀！”婻斯乐玛领着松赖扎拉森往出走。

“行行，咱们的婻斯乐玛是就知道睡啊！”乌珠莫在后面大笑着挖苦。

进了帐篷，婻斯乐玛放下孩子就抱住松赖扎拉森，亲昵地说：“你一直不来我都吓死了，知道不？”

再过了两天，山下又增加了一个崭新的帐篷，那是巴林达的夏营盘。自从她来了之后，她俩这里喇嘛们的叨扰明显少了，都往巴林达的帐篷走了。这下她俩可是安心了不少。

巴林达帐篷里傍晚到清晨总是歌声不断笑声不断，僧人喇嘛络绎不绝。当第二天早晨太阳高高挂起的时候，她才睡眼惺忪地出来，趿拉着拖鞋，把羊群随便赶到附近草地后又钻进帐篷睡起来。等午后起床的时候，羊群也散落开好几处，甚至有些都走远了，晚上也回不来。但是巴林达可是不为这点事情发愁的人，哪个喇嘛先来了，直接发配工作让他把散落的羊群找回来，那个人也会兴高采烈地跑过去，把羊群如数赶过来讨好巴林达的。

有一天，婻斯乐玛看见有一位五十来岁的矮胖子喇嘛来巴林达家再走出去的身影。她突然想到，这可能就是那个赫赫有名的掌堂师吧？

天开始渐渐热了起来。

婻斯乐玛越来越不喜欢这个临时的邻居巴林达，从内心深处厌恶她。她把这个心思告诉了好友乌珠莫。乌珠莫摇了一下头说：“你还不知道她的情况啊。”

“她怎么了？”

“她可是个不幸的人，比起咱俩受过的苦难更多啊。”

两天以后，巴林达来婻斯乐玛家串门，说不上很漂亮，但那双会说话的勾人的眼睛很是让嫡斯乐玛喜欢。但巴林达今天不知为何，好像打不起精神来。三个人默默地喝茶。为了打破尴尬，嫡斯乐玛问："牲畜还好吧？"

"好坏都有啊，有的活蹦乱跳，有的蔫巴得要死去，还有的让狼叼走了，不过最终能留下几个也够我吃了，对于我这个孤独女人来说，有与没有都差别不大啊！"

"你的……男人呢？"嫡斯乐玛不由自主地问。

"让喇嘛打死了。"

"为什么？"

巴林达在十七岁的时候，就与相邻的一个小伙子相好。那个小伙子喜欢打猎，胆大心细，并且是个爱热闹的聪明孩子。有一次，他在寺庙辖地草地上射死了一头鹿而被抓进寺庙里，很长时间没有音信。巴林达又思念又担心的，茶饭不思，痛苦难耐，尝尽了人间相思之苦。大约半年之后，小伙子却剃了度回来了。

原来是为了赎罪而许愿当了僧人的。可那个年轻人在寺庙里把宗教戒律全部遵守，但见了心仪的姑娘的时候却没能过了情欲之关。被发现以后受到责罚，因伤痛过重而不久就不幸去世了。

"我当时觉得宗教戒律是严苛的，不守规矩应当受罚，但后来不那么想了。每当那些喇嘛像饿狼一般向我扑过来的时候，我真觉得我那少年情郎死得真是好冤啊！所以我要纵情地玩弄他们，让他们给我放羊，给我烧茶做饭，甚至让他们给我洗衣物裤子。"巴林达说得像是很过瘾的样子。

"你知道寺庙的那个掌堂师是个恶魔吗？要注意保护自己啊！"嫡斯乐玛好心提醒。

"就那位锅屁股一样黑乎乎的矮胖子吗？那天路过我家了，我可不会怕他的。他就是那个打松堆的人吧？"

"对，就是他。"

“你们耐心看着，总有一天我会给他个颜色看看，不近女色？讨厌女人？我倒要看看是不是。”说完巴林达幸灾乐祸似的笑了起来。

盛夏的亮丽日子一天一天地过着，山下的三个年轻女人每天忙碌着放羊，做奶食品等琐事。巴林达除了睡到午后之外，乌珠莫和婻斯乐玛却天天刚刚天亮就起来，一起来给母羊挤羊奶，当阳光高悬、露水消散的时候放出羊群，接着忙着捣酸奶。山上伟岸的寺庙就在眼前，她俩随时往山上仰望一下，希望各自的情人，不管哪个，突然下山而来。

是的，他俩没来已经几天了。

“他俩最近为啥没了人影呢？”乌珠莫有些无精打采地说。

“怎么？想得受不了了吗？”婻斯乐玛打趣。

“想是想啊，但更重要的是咱俩这么忙也不来帮帮忙啊。”

其实最近山上的喇嘛们已经忙得不亦乐乎了。嘎拉森尼玛住持召集寺里所有的喇嘛连续几天又念经又法会的忙得热火朝天。这是为了实现巴扎尔的遗愿，开始着手准备立塔的工作了。这一天念完经，住持亲自动身，参加了选址活动。带领寺庙重要职位的喇嘛们和邀请来的木工和泥瓦匠多人，来到了寺院外。松赖扎拉森也跟随师父参与其中。

嘎拉森尼玛直接领着大家爬上寺院西北角的一个小山头，周围四个方向看了一下就定了：“就在这里建吧！”

邀请来的一个老一点的师父微微一笑：“建寺庙是需要细致的考量和定制的，师父您可是一挥手就定下了？”他有些带讽刺的口吻问。

嘎拉森尼玛没有回答他的问话，从身边的松赖扎拉森手中拿起拐杖，在地上画了几笔就勾勒出塔的底座，然后向刚才那个工匠说：“看来你是熟悉寺庙的建设，你量一量我画的这个图，合理不合理？”

那个人想展示一下自己的能力，拿出各种各样的工具量了半天，然后瞪大眼睛大声说：“天啊！比仪器量的还准啊！高僧是怎么画出来的呀?”

嘎拉森尼玛笑了一下，款款地说：“只要心中有太阳月亮星辰的位置，寺庙大雄宝殿的位置，还有塔日巴格图草原上敖包席勒位置，画这个图就简单了。”望着远方接着说，“从敖其尔敖包席勒到旗王府拉直线的话，这个塔会在正中间耸立。兵差和盗贼从两个方向都能看见啊!”

那天夜里，松赖扎拉森来嫡斯乐玛家住的时候，把开始建塔的事情都告诉了她。嫡斯乐玛反复亲吻着儿子，流着热泪轻轻呢喃：“儿子啊，你爸的遗愿要开始实现了……”

二十四

狂风暴雨是半夜才袭来的。雷电交加中，山上的寺庙，山下的帐篷、羊圈以及羊圈中挤成一团的羊群，忽隐忽现地闪烁着。暴雨无情地摔打着地面上的一切，尽情地灌溉着宽广的塔日巴格图草原。

密集的雨点阵阵打过帐篷的顶部，斜拉的门缝中雷光一个接着一个地闪过，大雨呼啸着越发来劲了。嫡斯乐玛抱着儿子缩成一团，用袍子盖住脑袋阵阵发抖。忽然，外面有乌珠莫的喊声：“嫡斯乐玛啊！快起来，羊群都被打跑了。”她赶紧起来，放好儿子，披上衣服低头从帐篷钻出来，雷电中看见浑身流水的乌珠莫和简易的羊圈中的羊，羊群也已经跑了一半。

“怎么办啊!”嫡斯乐玛焦急地喊了一声。如果在原来的住处的话不会这样的，因为是夏营盘，羊群还不太熟悉新住处，所以才在暴雷中吓得跑了。

“也许跑到巴林达的营盘，我去看吧，你孩子还在帐篷里呢。”乌珠莫往急雨中跑去。不断闪的雷光和连续发作的雷声中，剩下的羊群也个个站起来，互相挤成一团了。

“孩子在帐篷里，问题不大，咱俩先把剩下的羊群圈好，再找其他的吧。”婻斯乐玛朝着乌珠莫大喊。这会儿她已经被浇得透心凉了。她回头把帐篷的门系牢一点，然后向羊圈跑去，身后传来儿子那哇哇的哭声。

正在这个时候，巴林达也跑了过来，大声喊：“我家羊群来你们这儿了吗？”她们三个这才知道，羊群已经跑向草原深处了，然后冒着雨就急急忙忙跑向草原。

又一个惊雷闪过，雷光中看见两个喇嘛飞快地跑向这里，是松堆和松赖扎拉森啊。

“怎么了？”

“部分羊随着暴风雨跑了。”

然后两个喇嘛，三个女人一起跑向草原了。三五一堆的羊群散落几处，马上让他们找到了。但羊这东西见了主人也还是拼命地逃窜，真是个讨厌的东西。几个人全力追赶，把大部分羊都拢到一处赶回来了，余下的决定第二天再找。

雨慢慢停了。

回到帐篷的时候孩子静静地睡着。婻斯乐玛吓得刚要往前扑，松赖扎拉森却拉住了她，悄声说：“没事，我刚刚给盖住被子，睡得好着呢。”

“你是什么时候干了这些细致的活儿了？”

“你们从羊圈跑出的时候我来了，听见你儿子的哭声进帐一看，小家伙一个人大声哭呢，所以哄好、盖好被子才追你们去的。”松赖扎拉森笑了一下。

进了帐篷点上灯一看，儿子好像什么也没听见，安然睡大觉呢。婻斯乐玛这才放心，看着松赖扎拉森激动得已经泪眼蒙蒙了。她深深感觉到，一个真心爱她的男人是多么地重要。

他俩还没脱湿透的袍子，就紧紧地相拥在一起了。“没有你的日子我一天都过不了啊！”她把头深深埋在松赖扎拉森胸口，热泪不听话地流了下来。

依稀巴拉珠尔师父的脸色看上去有些不悦，看见松赖扎拉森好像是欲言又止地继续收拾着捡来的沙葱。

“师父身体不适吗？”

“啊……还好。”

过了一会儿，他问：“扎拉森，你最近没干什么乱七八糟的事情吧？”

松赖扎拉森的心一下提到嗓子眼上了，难道师父听到什么消息了吗？

“没有……”他忐忑地看着师父。

“相传一些事啊！”师父叹了口气接着说，“听说你跟着松堆在瞎跑呢？好像还经常去山下的夏营盘等地，有吗？”依稀巴拉珠尔师父的脸有些发白。

松赖扎拉森尽量假装镇静，说：“全是瞎说。”但还是抑制不住地满脸通红。这些话都已经传到师父这儿了，说明离出事已经不远了，他的心加速跳动了。

“没有就好，我听了以后都好几个晚上没睡觉了。”他好像稍微安心了一下，叹口气说，“佛祖脚下生活的我们是不可以作孽的呀，而且住持很快要给你授比丘戒呀！”

显然，本分老实的师父真是吓坏了，叹气摇头地把收拾好的沙葱都不知道往哪儿放了，然后小心翼翼地往灶火房走去。师弟查玛莫露坐在那儿喝着茶，师父走出去以后笑着跟师哥说：“山下正是奶食品多的时候，可我们还是喝着黑茶呢，师哥如果下山可不可以给弄点来啊？”

松赖扎拉森着急地反复：“我怎么会去山下。”

“是呢？有人说你在山下有朋友，我还以为是真的呢。”查玛莫露继续喝茶而不动声色地笑着。

“哪有这事……”还没说完，松赖扎拉森的脸已经通红，原来说假话是这么难的事情啊，他刚刚领受。

到了晚上，松堆找他来问：“嗨，去吗？”

松赖扎拉森的情绪有些不高，说：“传很多说法呢，还是注意点吧，或者减少次数？”

“谁在放屁呢？”

“师父好像听到一些说辞了。”他把依稀巴拉珠尔师父说的话原原本本地告诉了松堆。

“嗨，那秃驴见了落叶都怕砸着脑袋，简直是个耗子胆的家伙，活着的时候怕佛，死了以后怕鬼，一辈子想去极乐世界而忙乎了。可看他那奴相，看极乐世界大门的佛都不会让他进的，哼！”他又反问，“那你是想以后不去了？”

“去是去呀，但是……”他一下觉得活着真是一个麻烦事啊！

二十五

关于松赖扎拉森的那些传说，都是索那木拉西一个人传播的，而他背后是由卓二丹指使的。

索那木拉西是个话痨，热衷于把所知道的一切传给所有的人，也是为了满足自己这个癖好，总是不辞辛苦地、废寝忘食地收集消息的人。十来天前，他背着药箱下山去了趟牧区。不乐意待在寺里的时候，他总是以看病为由经常在牧区转悠。有些喇嘛还怀疑过他总去牧区的目的，但没好说什么，因为他是喇嘛医生，下山去牧区转悠是天经地义的事情，谁能说不呢？那天在山下，绕过一片羊群的时候，看见有位牧羊女走来，那是巴林达。

“噢，面生的喇嘛师父哎，我还以为是松堆或者是松赖扎拉森呢！”巴林达闪着美丽的大眼睛笑着问候。

偶然碰见这么俏丽活泼的女人，索那木拉西顿时如同吃了五服提神散一样，瞬间精神焕发似的打趣：“你好像认识松堆和松赖扎拉森了，可是我不是他俩呀。是不是很失望啊？”

“我当然不失望啊，失望的另有他人呢，那两个师父的相好不是我，而是另两个帐篷中的女人。”说着随即指了指对面的那两个帐篷。

索那木拉西新奇地望了望那两个洁白的帐篷，满足地笑了一下，每当知道一个人的秘密他都会由衷地高兴，问：“他俩经常来吗？”

“喇嘛在山上，情人在山下，你说有少来的道理吗？师父您也好像有目的地走呢吧？”巴林达更加迷人地笑了。

“我可没有那么多的老相识，只是随便走一走而已。”

“那就认识一个新相识能咋的呀？”

索那木拉西在马背上坐卧不安地晃动着：“哎好渴，不然去你家喝口茶再走吧？”

“好一个渴坏了的师父，下来吧，滋润你的东西是不会缺的。”巴林达又媚笑了一下，说，“不过师父，我的羊群更有些渴了，不然你去给我饮完回来，我好给你回去熬茶等着你吧，怎样？”

那天，他收获满满地咧着嘴笑着回寺里来的。因为激动睡意全无地辗转反侧半天，迫切需要与人分享山下所听到的一切听闻。正在此时，卓二丹忽然走进他家来。这下他更是来精神了，神采奕奕地要迫不及待诉说了。

“怎么样？山下有什么好新闻？”卓二丹提起话题。不过索那木拉西却把到嘴边的话题没全部说给他，因为他知道卓二丹和松赖扎拉森历来不和，他不想参与，所以卖了个关子，说：“也没啥特别的。”但还是觉得有些意犹未尽。

卓二丹笑了笑："那说明你还是没听到些事情，都说松堆和松赖扎拉森的故事，我还以为你也知道呢。"他好像很遗憾地摇了摇头。

"大家都怎么说呢？"

"唉，不用给你说，人家强调我自己知道就行了。"

听了这话，索那木拉西一下被激怒了，觉得不赶快把知道的说出去，人家还以为我啥也不知道呢。"其实我早知道，他俩的事情谁不知道啊！"他着急地表明自己。

"噢，原来你也知道啊？只有我孤陋寡闻了哈！"卓二丹鼓励他全部说出来。

"就是，我早就知道了……"这样他把山下的所见所闻演绎着一股脑儿说了个痛快。当然删除了与巴林达的神秘相会。

"是啊？是啊？"卓二丹假装刚刚听到，张大嘴迎合着。

听完索那木拉西所说的一切故事，他高兴得都快唱出来了。终于抓住那两个得逞人的把柄了，他相信以后肯定是有用的。第二天开始，他暗地里悄悄观察那两个人的一举一动，以备关键的时候告状。

几天之后的一个夜晚，松堆和松赖扎拉森真的鬼鬼祟祟地下山直奔山下那两个帐篷了，卓二丹徒步跟随，并一清二楚地看见哪个进了哪个帐篷。可刚要回头，见另一个帐篷中又一个喇嘛出来往山上走，想不到那个是索那木拉西。他在黑暗中看得有些惊奇。他认识那个帐篷是巴林达的，因为去年初夏在巴林达那儿享受过美好生活的甜蜜。她要了两块绸缎，还要了买头饰的一些银子，然后再也不理他了。想起这些他就生气，可他尽量压住火气往山上回，他想这个事不能急躁，早晚给这几个不要脸的家伙尝尝苦头的。

每天，跟索那木拉西打听松堆和松赖扎拉森的事的人总有那么几个，起初的时候他推辞一会儿，但很快就添枝加叶地说完痛快了。而且还给人家补一句："不要给别人说啊，除了我没有人知道这个秘密哟。”但是另一个人来询问此事，他还会毫不犹豫地再次演绎同样的故事，假装只有他知道很多秘密，他心满意足地臭美。然后还是重复那句：“不能给别人说啊。”

“不说不说。”听的人连连做保证。

乌珠莫和婻斯乐玛两个人都是勤劳的牧羊女，她俩总是从早忙到晚。早晨放出羊群就捣酸奶，捣完酸奶做奶豆腐奶渣，整个做完奶食品，也就到了牧归时分，赶回羊群圈好的时候天也开始黑了。

今天中午，她俩捣完酸奶后准备去趟寺里看望松堆和松赖扎拉森两个人，他俩已经几天不见人影了，想必是忙的呢吧。这样装了两小桶奶，开始往山上走。

“还是寺庙住宅的地方不一样哈，真是雄伟啊！”婻斯乐玛由衷地说。

“是呀，佛祖生活的地方，那是当然了啊！谁能想到咱俩的命运也是和这个寺庙能联系起来啊！”乌珠莫也感慨。

“其实很多女人的命运都与这个寺庙有联系啊！”婻斯乐玛深深叹了口气。

“就是啊！”

松赖扎拉森在灶火房与查玛莫露边喝茶边谈论的时候，松堆从外面进来，把他俩的茶全部喝完说：“都盛夏了，查玛莫露你还是熬黑茶，弄点奶子喝点奶茶行不行啊？”

“那没人给我送奶子呀。”他笑一笑说，“扎拉森你俩不是山下有认识人吗？偶尔让送送多好啊！”

“他娘的，谁说我俩在山下有认识人啊？”松堆嘟囔。

“好多人都说呢呀！我看你俩也收收腿为好吧？”说完查玛莫露大笑。

“吃饱撑的家伙们，真是……”

正好这个时候，乌珠莫和婻斯乐玛两个人提着奶子进来了。

“师父们好！”乌珠莫问过好微微一笑。

查玛莫露也问候着站起来迎接。她俩把奶子递给松堆和松赖扎拉森，迫不及待地拉起家常告诉自己怎么怎么忙碌等。松堆麻利地把手中罐子的奶子递给查玛莫露，说着：“这下好了，奶子来了，你好好熬个香甜的奶茶享用吧。”领着两个女人和松赖扎拉森跑到迦米阳原来的住屋。

“你俩知道吗？那个卓二丹到处散播我和扎拉森山下有相好的事情，而且好像都告给掌堂师了呢。”松堆说。

“那个在巴林达那儿失利的家伙？他怎么会知道呢？”乌珠莫惊奇地问。

“我想是讨厌的索那木拉西嘴巴痒痒的告诉的吧，真是个欠揍的。”

“那怎么办啊？你们那个掌堂师又要发威了吧？”婻斯乐玛有些担心。

“我想不会，自从迦米阳死后，八个指头好像有所收敛了，但谁知道啊？”松堆若有所思地回答。

“嗨，那个家伙最近在巴林达家附近出现过，好像与巴林达有所联系。”

“谁？掌堂师，还是索那木拉西？”

“当然是掌堂师呀。那天与巴林达在牧场遇见好像谈得很是投缘。后来问巴林达那喇嘛是谁，她说是掌堂师呢。”乌珠莫认真回答。

“如果真是那样，这下好了，早晚会给他尝尝我的厉害的，他娘的！”松堆恶狠狠地说。

天边刚刚晓色朦胧，婻斯乐玛就起床走出了帐篷。夜寒还没有退去，迎面袭来的寒气使得刚刚暖被中出来的她打了个冷战。她把衣襟抱紧了些，抬头看看东方的鱼肚白，看见晓光正在慢慢扩大。拿起帐篷边挂着的长绳，刚抬脚往卧着的羊群走去，看见乌珠莫也正从自家帐篷那边急匆匆走来的身影。她俩是这样每天一起挤羊奶的，先挤婻斯乐玛家的，然后挤乌珠莫家的，这样是省劲、省事、省时间还可以有说有笑的。两个好友把自己枯燥的、艰苦的劳动，智慧地变成快乐的、轻松的劳动，把苦难的、不幸的人生过得如此精彩，真是可敬可叹的啊。

她俩把贪恋睡窝的羊们一个一个赶起来，集中一处。可不情愿起身的羊们很不乐意听她俩的指挥乱跑个没完。她俩奋力地喊着追着终于把领头羊抓住拴好，这样憋着奶的羊也听话地靠了过来。她俩也顺势麻利地把七八十头羊错开脖子一个一个拴好连起来，一人拿个挤奶桶，从两边对着开始挤奶了。连起来的母羊们安详的倒嚼声和挤奶的"吱吱"的响声，形成牧村美妙的晨曲，传遍周围。

晓光越来越壮大，东方地平线上的云彩瞬间被晨曦染红，整个天边变成红彤彤的一片。曚昽中的草原慢慢清晰可见，远处的几匹马在安详中吃着草，草丛中过夜的鸟儿叽叽喳喳地说着欢快的鸟语，迎接着清晨的到来。太阳升起的时候，两个女人挤完两家奶羊的时候，太阳刚刚升起，她俩拎着满满的收获回到帐篷跟前，细密的汗珠布满额头。晨雾围绕着羊圈和帐篷依稀缥缈，无数个露珠在草尖上亮晶晶地闪烁。

两个人把还带着温度的鲜奶，用柳条编制的笊篱过滤倒到酸奶缸里，然后开始起火熬茶了。很快轻烟渺渺，沁人心扉的奶茶飘香四溢了。

巴林达帐中有个红袍人出来，急急忙忙向山上走去。乌珠莫看了一下笑了，说："可能是松堆所说的那个索那木拉西吧。"

"这位巴林达是来这里放牧来了，还是放喇嘛来了呀?"婻斯乐玛觉得有些不可思议。

"咱们也多注意点吧，听说这个索那木拉西是个嘴没把门的东西，到处收集信息、传播信息的人。"乌珠莫小声说。

太阳已经高悬上空，晌午就显示是个炎热的一天。

有一个人下山，走向那几匹昨夜下绊放在草地的马。这人是松堆，看着不远处的马匹其实也需要她耐心地走到跟前，这一处小山谷延伸得很深。乌珠莫从帐篷前看着松堆走去，但好像如同原地踏步般缓慢，把酸奶缸安顿好再回头看，他才走到马匹跟前，准备牵马回头走，可突然看见松堆附近还有个红衣人在走动。

松堆牵上几匹马，呼吸着清晨绮丽的空气在行走，还没消散的晨露打湿了他的衣襟和靴子。他找见一个毡垫扔到马背上，矫健地跨上骏马，牵上其他几匹，唱起民歌，畅游在草原上……

> 皮袍的衣襟怎么湿漏漏了？
> 婚宴席上喝了两天两夜哟。

有个喇嘛步行走在前面，原来是那个让人讨厌的游荡鬼卓二丹。他直接过去不太友好地问："游荡喇嘛这是往哪儿去啊？"

"噢，只是去看看我那下绊的马啊，怕挣断下绊跑去找母马了，是个不着调的东西哎。"卓二丹说完觉得自己反咬了一下对方，情不自禁地笑了。

"你快去找找看吧，有些人发现一匹红棕马最近总是出没在巴林达家垃圾堆周围转悠，是不是你要找的那个，快去看看吧！"松堆反击了一下兴奋得两眼发光。

"行了行了，开玩笑的话完了再说吧，我是真的找我那匹马，明明下了绊，可却跑得无影无踪，你看见没有？"卓二丹正经地问。

"真的没看见啊！"松堆说完想，"真你妈找什么马？其实就是到处转悠跟踪找我们的信息而已。"

他跑到乌珠莫帐篷跟前，问："有什么需要干的活儿吗？"

乌珠莫倒着手中的酸奶，温和地说："你先进帐喝着茶，到中午的时候帮婻斯乐玛我俩把羊群给饮一饮，我俩今天捣酸奶有点腾不出手呢。”

这时候卓二丹已经坐在对面的小山头上，目不转睛地注视着山下三个帐篷，心中燃起一股无法压制的火焰，是嫉妒还是愤怒，他自己都无法分清了。松堆、松赖扎拉森还有索那木拉西，三个人都找到了心上的女人而过着人间幸福生活，而我却孤独难耐地游历在空旷的草原上。一想起这些，真想马上跑到掌堂师那儿告个痛快。但知道这事不能太莽撞太着急，万一三个人都不认账要赖的话，事情可能会麻烦。所以悄悄跟踪，找准机会，等到哪个晚上三个人都进帐篷脱下袍子躺下的时候抓个现行，那就可以万事大吉了。他想，一定要把三个人一起抓住，一个也不漏的。但是有点难度，三个人都一起下来，这个机会难把握……

卓二丹恨老仇人松堆；也恨虽然无冤无仇但得逞得发紫的松赖扎拉森；更恨经常出没在巴林达帐篷的索那木拉西，恨不得吃他的肉喝他的血，但是表面上却不能表现出来。

看见松堆走出帐篷往草地深处走去，清早看见索那木拉西匆匆忙忙走回庙里的身影，可却没看见松赖扎拉森下山的时候。

想去掌堂师那儿说说他们几个的情况而慢慢起身了。因为上次掌堂师听了他的汇报，虽然兴奋得有些坐不住了，但不知道因为什么，马上又打不起精神似的，告诉他慢慢跟踪，完了再说吧。所以他有些犹豫，去还是不去呢？

二十六

掌堂师骑着他那灰黑毛色的骡子下山了。绿浪连连的广阔草原，已经是野花争艳、水草丰盈的季节了。盛夏的早晨，清风宜人，他眯起那缝隙般的眼睛，望着晨光下的一望无际的草原，觉得从未有过地神清气爽。

这几个月他几乎没有出门。迦米阳死后，住持嘎拉森尼玛当着众喇嘛给迦米阳那么高的评价是他所没想到的。住持那些话语，有些好像是指给他的，专门为了压压他的气焰而说的似的。其实确实也是这样。下葬迦米阳之后，喇嘛们交头接耳，佩服嘎拉森尼玛的做法，而对掌堂师都有些明显的责备或不满，这种普遍的情绪使得他非常没面子，躲在屋里生闷气。他想，你是住持，怎样带好整个寺庙是你的事情，不用说把偷东西的喇嘛夸成好喇嘛，就是把鬼怪拜成佛都是你说了算。我就圈在屋里，看看你怎样折腾就算了。

春暖花开之后，他为了散心有时下下山，到处转转。这样，无意间认识了巴林达。

那是十几天前的事情了。晌午时分他下了山，不一会儿的工夫天渐渐热了起来，看见一处转场来的帐篷，直接过去想讨碗茶喝一喝解渴。迎接他的是一位年轻靓丽的女人，一双会说话的眼睛很是惹人喜欢。

“好像在哪里见过您啊，师父！”巴林达边递茶边笑容可掬地问。

“啊？……好像没有吧？”掌堂师怎么想也想不起来曾经遇见过眼前这位女子。

“师父真是贵人多忘事啊，您再仔细看看我！”巴林达笑着说。

掌堂师有些不好意思，腼腆地笑着：“……哎，真是有点……”

“嗨，师父，再看看，看看我的脸……还想不起来吗？”巴林达指着脸靠近了掌堂师。一张红扑扑的脸颊就在他眼前不到一拃远的地方。

“哎呀……还是想不起来啊！”掌堂师更加不好意思。

“当然也对啊，您是见识过无数个女人的人呀，能记住哪个呀，不像我们，见过一个就不会忘了。”巴林达更加扭捏地大笑。

掌堂师那灰黑色的脸庞开始发紫，开始显得坐卧不安，鼻头上冒出细密的汗珠子。

“师父怎么了？热了吗？”

“还好还好。”掌堂师站起身忙说，“我得马上走，约好在牧户家念经的。”可发现帽子没了，左顾右盼找了一下却没有。

“师父您找什么呢？”

觉得问陌生女人帽子在哪里有些不妥，所以哼哼唧唧地继续找。

巴林达笑得已经前仰后合，抿着嘴拿出帽子，淘气地笑着说：“跟师父开了小小的玩笑，见谅！”

掌堂师还是不好意思地笑着，接过帽子就想赶快走人。

“我想求师父一件事情，可以吗？”

“啊……什么事情？”

“过两天请师父来我家给念念经可以吗？保佑平安的。”

“说实话我不太擅长诵经，请你还是找别人帮忙吧？”

“我是不想找别人，只想让您来做。”巴林达忽然拉下脸噘起了嘴。

“那不行……下次来了再说吧，可以吗？”

巴林达把掌堂师送到半里路远，并且恋恋不舍地目送了很久很久才回了头。

今天下山他首先看到了那个帐篷，久久地相望了半天，最终还是犹豫了一下决定绕过它。但回头一看，那个神奇的女子如同从地缝中冒出来了一样，出现在了他的面前。

“我还以为师父您已经忘了承诺的事呢，生气来着，但今天您还是如约回来了，快请进！”

“哟，等等，我其实今天还是有点事……”

“那你就晚点来也可以啊！”

“那就……晚上去你家念吧？”

巴林达一笑：“您不是有急事吗？”她靠近骡子抚摸着它的鬃毛喃喃地说，“真是一匹好骡子呀，我给绣一个背垫儿吧？”掌堂师焦急地左右看了一下，巴林达却开心得银铃般地笑了……

这样晚上就出了一件大事。

夜色深深，巴林达家的灯刚刚熄灭，松堆就领上几个愣头喇嘛，拽开帐篷的门，点上早就准备好的火把，闯进了巴林达家。

“都起来！都干了什么龌龊的事情自己知道呢吧？去住持喇嘛那儿交代吧！”松堆大声呵斥。

但是事与愿违，松堆想看的那一幕根本不存在。火把的亮光下，巴林达举着灯站在门口，而掌堂师呆呆地坐在角落里。除了脱了鞋，衣服袍子整整齐齐的，连一个扣子都没有解开。他呆呆地看着火把，好像还不知道出了什么事情。

跟着松堆来的几个喇嘛有些泄气，本想看这位平时张扬跋扈的掌堂师在女人被窝里被抓现行以后的窘态，结果人家啥事没有。如果反问我们为什么闯进来，我们怎么办？他们有些心虚地退了一步。

松堆刚开始也有些蒙了，心想都灭了灯还不脱衣服干什么呢？难道真是什么也没有？那关灯干什么？妈的！但是他已经没有退路了，只能横下心来往前冲了。他一本正经地大声问：“掌堂师师父，您在这样一个孤女家连灯也不点做什么呢？”

“不……这，我是来念经的呀！”掌堂师还是有些蒙圈。

“噢，您这经是黑灯瞎火念的呀？”

掌堂师的脸慢慢变白了，而且能看到明显有些恐惧了。看到这些，松堆的胆一下大了，说：“那就行，跟我们回寺里，给住持和众喇嘛说说这个经是怎么给人家念的？”

掌堂师脸上开始冒了冷汗，他又气又羞，恨不得钻进地缝里了。其实上午和巴林达说过那几句话之后，整个下午都在激烈的思想斗争中度过的。去与不去中犹豫一下午，他知道女人让他晚上来的真意，所以在欲望和恐惧中纠结难耐，决定不了。

到了下午，他往回走了。巴林达的帐篷越近越纠结，那个女人那销魂的笑脸和柔美的小手，牵着他的思路想入非非。他想到了早在少年时期，捡阿日嘎拉的时候曾经遇到过的那个少女，接着想到松堆、索那木拉西等喇嘛的所作所为。他想，又不是我一个人第一次要这样，好多喇嘛都有问题，难道唯独我错过所有的好事吗？他情不自禁地拉住缰绳，心潮澎湃地到了巴林达帐篷门前。这时正好到了傍晚，坐在帐篷一角的他犹如垫子底下有刺一样有些坐卧不安，这会儿他们早就忘却念经的事情了。

巴林达说东道西地边说边笑，掌堂师虽然接不了茬儿地红着脸应和着。天很快暗了下来。

“今晚很闷啊，师父热的话把袍子脱了吧？”巴林达那会说话的眼睛在黑暗中扑闪着。

“好像不太合适吧……”

巴林达捂嘴笑了一下，探了身扑灭了灯，问：“现在不怕不合适了吧？”

掌堂师犹豫了半天，刚脱了鞋，还不知下一步该脱哪个的时候，松堆他们闯了进来。

掌堂师以为松堆他们在外面听了他俩在帐篷里所说的话，所以又羞又怕的他只想怎样逃脱松堆的手。松堆虽然不知道掌堂师此时的想法，但却看出来他已经不能再狂妄了，他不会失去这千载难逢的机会的。

“掌堂师师父，是您自己走呢？还是我们上手捆您呢？”

“噢……等等……”说完掌堂师突然腾跃起来，猛地推开松堆他们跑出门去了。松堆猛醒追出去的时候，黑暗中只听见咚咚的拼命跑的声音。几个喇嘛要追，松堆制止道：“不用追了，让他跑吧，骡子和鞋在这里咱们就够了。”

第二天开始掌堂师失踪了。

很快传开一首打油诗：

巴林达女士房门前

硕大一双脚印
清晰又可见

仔细看看又端详
原来是八个指头
奇怪不奇怪

松堆想，那个无能的八个指头，能走到多远，饿了几天会自行回来的。可是他错了，自从这事之后，掌堂师再也没出现在奥伦哈日套鲁盖庙，就像人间蒸发了一样，永远地失踪了。

二十七

已经到了夏末。乌珠莫和婻斯乐玛两个人从夏营盘回到原来的住地。这样，松赖扎拉森也还和之前一样，每次去黄河拉水就能在婻斯乐玛家住一宿再回寺里。每当穿过广阔的草原，看见那个熟悉的小小的毡包时，一股暖流传遍全身，心潮澎湃，不由自主地赶到那里，然后就像是这个毡包的主人一样，挑水做饭，清理羊圈，赶回羊群，肩膀上扛着小孩子出出进进，真是忙得不亦乐乎，然后恋恋不舍地一步三回头地回到寺里。

“我觉得真是好孤独，你一走这个家就是空荡荡的了。”婻斯乐玛不止一次地靠着他的肩说过。

“十来天我就又回来了。”松赖扎拉森也每次这样安慰。

“你那位住持师父不会快点喝黄河水吗？一天喝一水缸那该多好啊！”婻斯乐玛笑着说。

他俩的感情犹如宁静的秋天一样和谐融洽，日子就像缓缓的流水一样平静而柔和。但是这样的好日子没过很长就夭折了。有一天，当松赖扎拉森拉上水回到寺里的时候，查玛莫露平静地笑着说："扎拉森，听说你与山下一个女人都生下孩子了？昨天开始在寺里已经传得炸开窝了。"

松赖扎拉森蒙了。他知道这一天早晚会来，但一旦来了他还是有些招架不住。

查玛莫露还是平静地笑着说："我的师父从塔尔寺已经回来了，他说你让带的念珠已经带来了。"

"是吗……"他想到了自己的启蒙师父依稀巴拉珠尔，还想到了他告诉自己住持要给他授比丘戒时候高兴的样子。他匆匆忙忙取回念珠看师父去了。

听说师父病了，鹏日来在门前看着，看见他猛地站起挡住他，说："师父说不能让你进。"

"为什么？"

鹏日来说："师父说了，你已经破戒，与山下不三不四的女人走动，要逐出师门。"

松赖扎拉森呆呆地站在原处，满含热泪地问："师父的病情现在怎样啊？"

"挺重的。"

"那我怎么也得进去见见师父，你进去告知一下，如果师父真的不见我，那我一直站着。"松赖扎拉森说得很干脆。

鹏日来进去不一会儿就出来了，师父让他进了。

依稀巴拉珠尔师父真的病得已经卧床了。脸色苍白，闭着眼睛，呼吸已经很困难，听见松赖扎拉森的脚步声勉强睁开一条缝，嘴唇似乎也在抖动着。

"师父，我……"松赖扎拉森不知说什么好，赶紧从前胸里拿出那个师父喜欢已久的念珠，放在师父冰凉而骨瘦如柴的手上，轻轻说："师父，您想要的念珠，我给搞来了。"

"啊……念珠……"依稀巴拉珠尔以微弱的声音说完，把念珠紧紧抓住，放到胸前。

松赖扎拉森紧紧盯着师父的脸，好像这个经历了六十多年风雨的脸上好像刻画着太多的苦难和不如意，但是拿到心爱的念珠之后，一种祥和的、满足的状态出现在了脸颊上。

"师父，我是扎拉森啊！"松赖扎拉森贴近师父轻轻呼唤。但是师父已经不能说话了。"吃了住持的药才……不然昨晚就没了。"身后的喇嘛大夫缓缓地说。

原来依稀巴拉珠尔师父前天晚上开始已经不行了。听了这个消息，嘎拉森尼玛住持赶忙过来，号完脉给喝了一剂药，然后还香熏了一次，这样他才慢慢苏醒了。但还是虚弱无比，闭着眼睛，嘴里喃喃叫着："松赖扎拉森……松赖扎拉森……"

鹏日来守在旁边问："要找扎拉森吗？"

依稀巴拉珠尔又轻轻摇摇头嘴里嘟囔着。鹏日来贴近耳朵费了半天劲才听懂他在说什么。他是说松赖扎拉森已经违反僧侣戒律，从此以后他不认这个徒弟，也不见他本人。今天早晨忽然醒来，看见跟前的鹏日来慢慢说起了念珠的事情，可没说两句就又虚脱了，只是嘟囔着："念珠……念珠……"闭上了眼睛。鹏日来也知道师父一辈子盼望着得到一个菩提子串的念珠，所以看着到死都没能如愿的师父很是伤感。

听到这一切，松赖扎拉森已经是泪眼蒙蒙了。可怜的师父一辈子执着修行，为了一个心爱的念珠都盼了十来年。幸亏最后的时候给师父拿到了所想的念珠，松赖扎拉森觉得是个小小的安慰。

傍晚，松堆悄悄叫出松赖扎拉森告诉他："婻斯乐玛让你在白塔跟前等她呢。"

“她已经来了吗?”松赖扎拉森的心有力地跳动了一下。

“深夜才来呀。我今天去找马顺便进了趟乌珠莫家，正好嫲斯乐玛也在那里，所以让我带话的。”

回到住屋，松赖扎拉森焦急地等着深夜的到来。住持正好出游还没回来。他想起去年夏天初次见嫲斯乐玛的事情，一想时间过得真快，转眼间与嫲斯乐玛已经是一对如胶似漆的情人了。外面夜已深沉，周围的僧人都已进入梦乡。他拉上屋门，悄悄地奔向白塔附近。走过寺庙外的小路，夜色中的白塔已在前面依稀可见。他走过去，依着白塔，耐心地等着心爱的人。

对面的山坡上响起马蹄声并渐渐走来，他高兴地迎了过去，看见嫲斯乐玛正在下马。他快走两步接下嫲斯乐玛背着的孩子，心疼地说：“我去找你就好了，背着孩子来这里真是辛苦你了。”

“本没想来的，今天看见松堆去找乌珠莫，忽然想见你了，所以把羊群交给她就来了。”

松赖扎拉森看着熟睡中的孩子，脱下袍子铺到白塔底下，和心爱的女人肩并肩地坐了起来。

时间在快速流失。

“你看……好像要下雨呀!”嫲斯乐玛说。

“早着呢。你来得及回去的。”松赖扎拉森深情地抚摸着嫲斯乐玛那油亮的长辫子。

“我还是快点走吧，让雨浇上我没什么，怕儿子感冒了。”说着嫲斯乐玛起身。

“以后你还是别跑来，我会看着机会跟松堆要马去的。”松赖扎拉森说着把孩子抱起，给嫲斯乐玛背上。

这时候看见有几个骑马之人于他们不远处跑过，他们几个悄悄地毫无声响地显得特别诡异。嫲斯乐玛紧贴着松赖扎拉森，恐惧地呢喃：“都是什么人呀，我害怕。”

松赖扎拉森也奇怪，深更半夜的，这几个鬼鬼祟祟的人来庙里干什么呢?

不一会儿，殿堂那边有人喊叫并且有火苗升起。松赖扎拉森这才意识到庙里起火了，那几个骑马之人迅速地原路急速地返回去了。

火光越来越大，人的喊叫声也越来越高。

松赖扎拉森突然明白了事由，这是敖其尔他们来寺庙放火了。因为他曾经不止一次地扬言要一把火烧了奥伦哈日套鲁盖庙的。

“那怎么办呀?”

“现在……我们不能扔下走。看一下再说……”松赖扎拉森说的时候已经是吓得浑身发抖了。

火光越来越大，可正在这个时候，山川尽头的乌云迅速飘过来，在寺庙上空下起了滂沱大雨。燃烧的火光瞬间熄灭，而火苗刚刚熄灭，大雨也随即停下，乌云也飘走了。

他俩中间抱住孩子，把这神奇的景象看得目瞪口呆。松赖扎拉森佩服得五体投地，想：“住持师父说得对，宗教不会灭，上天不会让它灭的……”

二十八

松赖扎拉森和婻斯乐玛俩被人发现是因为小孩子病了才引起的。独身女人带孩子是艰难的，尤其孩子病了，必须有人在旁帮忙才行。所以松赖扎拉森在婻斯乐玛家住了三四天。

那天他刚去她家，就遇到孩子病了，摸摸孩子的头烫得吓人。

“怎么办呀?”婻斯乐玛急得快哭出来了。

“别着急，我去找大夫。”松赖扎拉森的镇定和自信给她很大的安慰。关键时刻还是男人啊!

他出去给婻斯乐玛的马架上鞍子就跨上疾驰了。

他今天有些不顾一切，也没有避人耳目，直接奔到寺外下马拴上，徒步跑进索那木拉西院，进屋就说：“快点走，孩子病了，给看一下吧。”

“谁的孩子？”索那木拉西假装瞪大眼睛问。

“别啰唆了，赶紧！”松赖扎拉森火急火燎得都上前拽了。

“等等，再急我也得拿药箱呢吧。”

这样领上索那木拉西出寺院，把松堆的一匹拴着的马解开让他骑上，两个人快马加鞭地来到了婻斯乐玛家。

“不碍事，就是个小小的感冒而已。不怕！”看完小孩给包了几包蒙药，说：“把一包药现在就煮了给吃吧。”松赖扎拉森与婻斯乐玛两个人，急忙点火煮药，手忙脚乱地给孩子灌了药。不一会儿，孩子的额头上沁出细密的汗珠，慢慢开始退烧了。婻斯乐玛高兴得合掌作揖不知怎样感谢了。

“就这样，把药给多灌上几次就可以了。我先回寺庙了。”索那木拉西说着，就要起身。

“哪能呢？茶都没喝不能走。”婻斯乐玛放下儿子赶紧说。

“没事没事，我还有点事。”说着向松赖扎拉森使眼色。

“真的，还是喝完茶再走吧。”松赖扎拉森也真心挽留。

“下次再来吧，你们忙吧！”说完回头问婻斯乐玛，“不知巴林达在家不？”

“应该在家呀！”

“我是去她家有点事情。”

索那木拉西走了之后，婻斯乐玛一下瘫倒在松赖扎拉森怀里，长出口气说：“吓死我了……”

“别害怕，我陪着呢。”确实，孩子还没痊愈，他还不能扔下这母子。

第二天松堆过来，说：“你就安心待在这里吧，你师父用的饮用水我去给你拉过来吧。”

没有其他的办法，松赖扎拉森只能感激地点头了。他想，松堆明天就能拉着水回这里，我从这里到寺里应该不耽误事。但是第二天早晨一出门，他蒙住了，木桶和马还在原处。他急忙去找松堆，问：“你没去拉水？”

“早拉回来了呀，不信你自己去看。”他赶忙去了一看，果然是满满的水。他一头雾水：“你什么时候给拉过来了呀？”

“那有啥，今早拉的。”

“啊？这么快就拉来了？”他觉得有些不可思议。

“嗨，谁说的非要黄河水了，扎德盖湖的不是水吗？”松堆毫不在乎地回答。

“啊？你是拉了扎德盖湖水？”松赖扎拉森急得喊了出来。

“又不是第一次，去年冬天婻斯乐玛坐月子的时候，我也是从扎德盖湖替你拉来的，你师父不是也一样喝了吗？”

“哎呀，你这个人……”

他想无论如何都不能欺骗师父，把松堆拉来的水全部倒掉，牵上马拖着木桶，急急忙忙奔向黄河。松堆从背后看着他无奈地摇头了。

这样，第四天才拖着黄河水回寺里，一路上还想着怎样编个理由说明走了这么多天，可是到了寺里才知道已经不用了。

原来那个讨吃货索那木拉西当天回到寺里，就见到了卓二丹。

“去哪里了？”卓二丹问。

“到牧区看病刚回来。”

“你哪个相好的又病了？”

“哎，瞎说。是扎拉森那个儿子发烧了，是他过来找我去的。”

“什么什么？他都有儿子了？”

“你不知道吗？”

其实卓二丹啥不知道啊，但他从来不说自己知道的事情，总想让索那木拉西的嘴说出来。而索那木拉西这个二货也是，满足他的心愿，把知道的一切添枝加叶地说了个痛快。

高兴的卓二丹把索那木拉西领到家，拿出俗称“塔”的细脖子瓶酒殷勤地说：“喝点吧，新买来的。”倒碗里给喝了两碗。这下可好，索那木拉西的嘴更加没有把门的了，从卓二丹家出来之后一路把松赖扎拉森在山下有儿子的事情见人就说，见树就写，这样，整个寺庙沸腾了。

不一会儿，卓二丹就站在了住持嘎拉森尼玛面前。永远把别人当枪使的他，今天却亲自出动了，因为他知道住持已经决定给松赖扎拉森授比丘戒了，不赶紧亲自去的话，这事也许成了……

住持听完他的汇报，平静地说：“好了，知道了。”

“扎拉森真是太给您丢脸了，听说您决定还要给他授比丘戒？太不应该了。”

“你是听了这个才来给我说的吧？不然你是不会轻易来的吧？”嘎拉森尼玛平静地笑了一下。

松赖扎拉森到灶火房卸下水桶的时候，查玛莫露迎过来告诉他所发生的一切，还告诉他：“住持师父已经知道了，传话来让你回来以后去一趟。”

听完这话，他已经整个六神无主了，但还是最后挣扎地说：“那不是我的孩子……真的……”

“当然不是你的呀，出家人怎么能有孩子呢？”查玛莫露很失望地摇摇头。

“真的……真的不是我的啊！”松赖扎拉森满脸通红。

这时大喇嘛来门口叫了一下：“住持让你赶紧去！”

嘎拉森尼玛在住屋里站着，显得比较安详。松赖扎拉森战战兢兢走到师父跟前站下，不敢抬头。

“人们说的都是真的吗？”嘎拉森尼玛望着门外蔚蓝的天空不动声

色地问。

“……是，真的……”

“啊……”师父轻呼一下，马上沉静地说，“宗教只要存在，这种事情就避免不了，如果没有这些了，宗教也没有存在的必要了。”他的语气中没有指责松赖扎拉森的味道，而是有些意想不到的安详。

“你知道掌堂师最后怎么了吗?”

“不知道……”松赖扎拉森瞪大了眼睛，猜不到师父的用意。

“他自己点灯供上天了。”

“啊?”

“在那个叫巴林达的女子那儿被抓以后，他认识到违背了自己的信仰，违背了神圣的宗教，深深忏悔，为了赎罪他决心徒步前往拉萨大昭寺，但可惜因劳累交加，病倒在途中一个小寺庙里，知道再也不可能往前走了，就毅然决然地用棉花缠绕自己灌注黄油点了天灯了……”

松赖扎拉森听着已经神志不清了，只觉得天边燃烧着一个熊熊的火焰。

嘎拉森尼玛接着深情地说：“宗教是不会灭的，而是会更加发扬光大的，你不看这么多人用生命在信仰吗?因为宗教是为了普度众生而崛起又因普度众生而存在的。”然后看着松赖扎拉森，“你那事情已被发现，我也没有埋怨的意思，世上自从有了男女，情欲也得肯定存在。只可惜的是，你得走了，不能再是僧侣了。因为你自己违反了喇嘛的戒律，你就得还俗蓄发，回去与那个女子好好生活赎罪吧！另外，要好好养育那个孩子，那个孩子身上已经断了一个怨恨的链子，也是符合天意佛法理念的事情。”

松赖扎拉森内心充满了痛苦。幼小的时候就来到这个寺庙，他已经无法离开这里了，所有的殿堂、塔院、每一处小路和弥漫的烟香、锣鼓的声响以及师徒间深厚的感情……已经是他身体中不可分割的一部分了。他刚刚意识到这些，但已经晚了。不过他还是再三请求师父开恩，哪怕是在灶火房当个俗人伙夫，他都乐意留下。师父没有同意，语重心长地教育：“你也不要太伤心自卑了，不是说只有在寺庙里才能得到真经，还俗了也一样，只要懂得积德行善，佛祖无处不在啊!”

几天之后，他背上行囊走向了婻斯乐玛家。他已经不再是僧侣，被清除了寺庙里的名单。下山之前，他还去看望了病重的依稀巴拉珠尔师父并告别了。鹏日来领他进去看了一下，师父已经是人事不省地躺着，比起前两天更加憔悴了，看着小时候的启蒙老师已经到了生命垂危的地步，热泪从他眼中不自觉地流了下来。

“你放心走吧，师父已经不省人事了，再清醒的可能性也没了，好在弥留之际如愿地拿到了心爱的念珠。”

松赖扎拉森痛苦万分地离别，真诚告诫师弟：“你要好好学经，好好修行啊!”

“你放心吧，纷繁世界上任何的诱惑都不会让我迷失方向的。”鹏日来说的时候一股决心和自信，闪烁在他那英俊的眉宇之间。松赖扎拉森看着好生羡慕并欣慰。

又一年的秋天来临了。他走到很远回头望去，奥伦哈日套鲁盖庙的殿堂高高耸立，金色的屋脊耸入云端，好不壮观。想起二十多年在这里的生活学习，犹如全部在眼前，他又一次地潸然泪下了。他向着寺庙，虔诚地磕了三头，用袖口擦了擦眼泪，然后头也不回地奔向远方了……

二十九

又过了十年。原来的那个奥伦哈日套鲁盖庙已经是今非昔比，发展成有更多的僧侣、更多的殿堂、更加远近闻名的寺庙了。白天，各个殿堂的金顶错落有致地闪闪发光，夜晚，屋檐下挂着的无数个小铜钟此起彼伏的清脆鸣响，显示着它的无上的高贵和神奇的地位。释迦牟尼殿的千佛灯已是增加到三千个，整个殿堂里香火弥漫缭绕，信徒络绎不绝，宗教活动频繁，呈现出从未有过的发展景象。

嘎拉森尼玛还是本寺的住持，比起从前，他更加自信满满、地位显赫了。

一个晨露清新的夏日早晨，四十来岁的一对夫妇领上一名十来岁的儿子来到奥伦哈日套鲁盖庙外的小路上，他俩深深吻了一下儿子的额头，说："儿子啊，好好听从师父的话，努力学习所教的经文啊！"儿子一步三回头地走进寺庙，而当父母的以满怀希望的眼神目送着儿子站了很久很久。

这两个人是松赖扎拉森和婻斯乐玛，而刚才那个小子是巴扎尔留下的那个儿子。

寺院里走来一个三十来岁的喇嘛迎接那个少年走进殿堂的背面，可两个人还在那里恋恋不舍地观望着。那个年轻的喇嘛是鹏日来，松赖扎拉森走了之后接替他当了嘎拉森尼玛住持的贴身徒弟，已经是受沙弥戒的、远近闻名的年轻喇嘛了，而且还是蒙古文学校的重要老师。

婻斯乐玛的目光越过殿堂看向西北边耸立的雄伟的白塔，那是巴扎尔在十年前留下的元宝所建的，附近的人们称它为"巴扎尔塔"。她深深地凝望着它满意地微微一笑。她想已逝去多年的巴扎尔的愿望和自己多年来的夙愿已经实现了。

他们骑上马慢慢往家走去。风调雨顺的塔日巴格图草原绿意盎然，远处天边的敖其尔敖包席勒云雾缭绕，横亘于天际。

有人传说，特古斯朝克图梅林带领兵马在那个席勒追剿敖其尔。

又有人说，在那个席勒上，为了报仇，敖其尔在挥剑飞驰着……

译者简介：

白春花，笔名春华，蒙古族。生于1964年，包头市人。从事公文翻译、刊物编辑、少数民族古籍整理工作多年。现内蒙古自治翻译家协会理事，副译审。译作有：《文韵大漠》（蒙译汉，文集）、《戈壁之魂》（蒙译汉，中篇小说）、《胡吉日图的迷雾》（蒙译汉，长篇小说）、《黑焰》（汉译蒙，长篇小说）、《漫漫驼铃声》（蒙译汉，散文）、《牧驼人的爱》（蒙译汉，短篇小说）等。

图书在版编目（CIP）数据

阿云嘎文集 / 阿云嘎著. -- 北京：作家出版社，2024. 1
ISBN 978-7-5212-2615-7

Ⅰ. ①阿… Ⅱ. ①阿… Ⅲ. ①阿云嘎 - 文集 Ⅳ. ①I217.2

中国国家版本馆CIP数据核字（2023）第234225号

阿云嘎文集

作　　者： 阿云嘎
责任编辑： 兴　安
特约策划： 锡林巴特尔　哈达奇·刚
特约编辑： 戴塔娜　那日苏
封面设计： 王一竹
内文设计： 张　亮
出版发行： 作家出版社有限公司
社　　址： 北京农展馆南里10号　　**邮　　编：** 100125
电话传真： 86-10-65067186（发行中心及邮购部）
86-10-65004079（总编室）
E-mail:zuojia@zuojia.net.cn
http://www.zuojiachubanshe.com
印　　刷： 北京盛通印刷股份有限公司
成品尺寸： 152×230
字　　数： 3000千
印　　张： 171.75
版　　次： 2024年1月第1版
印　　次： 2024年1月第1次印刷
ISBN　978-7-5212-2615-7
定　　价： 600.00元（全九卷）